"海岸线"美文典藏

人与山的对话

章武　著

海峡出版发行集团
海峡文艺出版社

图书在版编目(CIP)数据

人与山的对话/章武著. —福州:海峡文艺出版社，2023.7
("海岸线"美文典藏)
ISBN 978-7-5550-3372-1

Ⅰ.①人… Ⅱ.①章… Ⅲ.①散文集—中国—当代 Ⅳ.①I267

中国国家版本馆 CIP 数据核字(2023)第 138798 号

人与山的对话

章　武　著
出 版 人 林　滨
责任编辑 刘含章
出版发行 海峡文艺出版社
经　　销 福建新华发行(集团)有限责任公司
社　　址 福州市东水路 76 号 14 层
发 行 部 0591—87536797
印　　刷 福州印团网印刷有限公司
厂　　址 福州市仓山区十字亭路 4 号金山街道燎原村厂房 4 号楼
开　　本 720 毫米×1010 毫米　1/16
字　　数 340 千字
印　　张 25.75
版　　次 2023 年 7 月第 1 版
印　　次 2023 年 7 月第 1 次印刷
书　　号 ISBN 978-7-5550-3372-1
定　　价 78.00 元

如发现印装质量问题,请寄承印厂调换

人生第一山

人的生命只能有一个起点，那就是你呱呱坠地之时，母亲受难之际。

但对于体现生命价值的精神追求而言，人生也许还另有一次，乃至若干次至关重要的起点。

比如，我20岁那年，在福建师范学院中文系读大三，迷上了外国文学课，因为它突然在我面前打开了一扇眺望世界的窗口。任课的黄曾樾教授，号荫庭，虽已年过花甲，鬓发花白，却面如重枣，声若洪钟。闪动在金丝边水晶眼镜后边的，是一双睿智而又温和的目光。听说他出自清末民初著名学者陈衍（石遗）先生的门下，有很深的国学根基，后来留学法国，获得博士学位，还曾去非洲考察过，写过一本《埃及钩沉》，可谓学贯中西，见多识广了。在他那里，我第一次听到阿尔卑斯山、喀尔巴阡山、高加索山、安第斯山、乞力马扎罗山等诸多世界名山及其相关的文学名著。心向往矣而不能至，于是，便在一次课后斗胆发问："老师，我很想遍游天下名山，可是，穷学生哪有机会呢？"

黄教授笑了。"天下名山太多了，人生有限，谁也不可能遍游之。不过——"他热忱地鼓励我，"古人云：'读万卷书，行万里路'，又云：'登高壮观天地间'，读书和走路、爬山是分不开的。你能有这种

1

愿望很好，不妨先从身边的山爬起。比如，福州别称三山，城内有于山、乌山、屏山三山鼎立，你都爬过没有？"

我羞惭地摇了摇头。

"那好，就这个礼拜天吧，你邀上几个同学，让我先带你们爬爬于山吧！"

没想到他会发出这样的邀请，真叫人喜出望外！

于是，星期天一早，我和几位兴趣写作的同学，便在黄教授的带领下上了于山。记得在盘山的石磴道上，遇见一位下肢伤残的乞丐。黄教授把衣袋里的大票小钱全数掏给了他，回头对我们说："像他这种情况，要爬天下名山就不可能了。你们四肢健全，又还年轻，只要有心，以福州为起点，从身边的山爬起，由近及远，积以时日，总是可以多见识一些天下名山的啊！"

一席话，说得我们爬山的劲头更足了。

那天，我们登临了明代抗倭名将戚继光的平远台，观赏了郁达夫抗战期间寓居福州时的摩崖题刻《满江红》，还意外发现了吴佩孚的一副对联——尽管他是个杀人不眨眼的大军阀，但书法却还不错。路过山腰一座古庙时，传来了笃笃的木鱼声和嘤嘤嗡嗡的念经声。黄教授步入僧堂，双手合十，微闭双目，居然翕动嘴唇，跟和尚们念成了一片。此举实在太突然了，让我们这几个随行的学子面面相觑，不知所措。

事后，黄教授告诉我们："刚才念的是《金刚经》。你们别小看《佛经》，那里面有很深的哲学道理和文学内容。中国古代大诗人王维啊，苏东坡啊，都从中获得许多教益。其实，不只是《佛经》，还有《圣经》啊，《古兰经》啊，你们都要懂一点，否则，怎么理解欧美文学和阿拉伯文学呢！"

这在课堂上闻所未闻的一席话，在当年肯定是犯忌的一席话，直听得我们目瞪口呆。

2

说实话，于山只是一座小山，自然景观也很一般，但山上掩映在榕荫中的那几座古建筑，居然还有如此丰富的文化内涵，黄教授在信步闲谈中也许只是漫不经心的断言片语，却给我们留下终生难忘的印象。

从那以后，我把爬山当作读书的另一种方式，养成了逢山必爬，并尽可能一爬到顶的习惯。不论春夏秋冬，阴晴雨晦，也不论是在繁忙的工作之余，或在大病初愈之际。每座山都是一部百科全书，我满怀敬畏之情亲近它，阅读它，与它进行心灵的对话，从中感悟有关社会、人生、自然和艺术的种种道理。山，是我的良师益友，是我的精神家园，也是我取之不竭的创作源泉。

转眼间，时光流逝了 40 多年，我先后爬了中外 130 多座名山，也断断续续写下近百篇有关山和人的文字。尽管我为此双膝退化，下肢麻木，不得不挂起拐杖，艰难地步入晚年，但我无怨无悔。尽管我所能登临的，只不过是天下名山中极小的一部分，却倾注了我 40 多年的生命体验，成为一笔巨大的精神财富。而这一切，全要归功于福州城内的于山，归功于黄教授带领我们初次登临的于山。对于我来说，那就是我的人生第一山，一个影响我一生的至关重要的起点。

当年随黄教授一起上山的同学中，有黄河浪与连芸，如今是美国华文文坛上一对活跃的"夫妻档"作家。有陈娟，她的长篇小说《昙花梦》在香港出版后，被改编为电视连续剧，在内地播映，曾轰动一时。有福州教育界最负盛名的特级教师陈瑞洛。尽管 40 多年过去了，昔日同学少年，个个鬓发染霜，年过花甲，但每逢团聚时，大家都还念念不忘黄曾樾教授，念念不忘他当年带领我们爬于山的情景。

生命不息，爬山不止。而于山，是我们大家共同拥有的一个起点。

2002 年 4 月 26 日初稿

2009 年 12 月 22 日改定

目录

附录

后记

明月出天山

对于人类来说，再没有比头顶上的天空更崇高更值得景仰和敬畏的了。

在全中国无数崇山峻岭中，敢于与天比高，能够以"天"字命名的，唯有新疆中部的天山了。

它隐匿在远古神话的迷雾之中。翻开《山海经》和《穆天子传》，它是西王母宴请周穆王的圣地；翻开《西游记》，它又是王母娘娘举办"蟠桃盛会"的仙境。

它闪烁在唐诗或高远或苍凉的意境之中。在李白的笔下，它是"苍茫云海间"的一轮皎洁明月，是"瑶台月下逢"的一位楚楚动人的美女；而在岑参、李益等边塞诗人的笔下，它又是风雪迷茫的不归路，是呜呜咽咽的横笛声搅拌着流淌不尽的征夫泪。

犹如古希腊人崇拜奥林匹斯山，在维吾尔族、哈萨克族和蒙古族同胞的心目中，天山是神灵之宅、神圣之山、紫气之源、万物之所。因此，草原上的牧人见之下马，荒漠上的行人望之叩首，连大清帝国的汉族官员到了西域，也要在迪化（今乌鲁木齐）的红山上筑坛礼行"春日遥祭"的盛典。

正因为仰之弥高、敬之弥深，攀登天山、漫游天池、采一束冰峰上的雪莲，便成为古往今来无数游人的一场梦，一场心向往之却力所难及的美梦。

但有时，梦境的实现又全在突如其来的幸运之中。那天，我初到自治区首府，便慕名游览市中心的红山，为的是寻访闽籍同乡先贤林则徐大人的遗踪。就在山顶上瞻仰他老人家的塑像时，我突然发现湛蓝色的天幕背景上，远远闪出了几簇雪峰的倩影，如同白色的浮雕凝然不动，那庄重肃穆的气度，含而不露的威严，那在炽烈的阳光下冰清玉洁的风姿，像闪电一般击中了我。我在快乐的战栗中终于认定：它，便是誉称"天山东部第一峰"，我心仪的博格达雪峰了。

于是，我整衣，敛容，朝远在天际的圣峰深深一拜。

数天之后，一个会议刚刚结束，我便随好客的东道主进山朝圣去了。

公路如同利箭射入北郊的茫茫大戈壁，迎面扑来的尽是灼热炙人的气浪，但到了尽头处的浅山丘陵地带时，萧萧的白杨树便送来了一身清爽。公路深入山谷逶迤而上，一条山溪迎面曲折而下，可惜它被奇形怪状的老榆树林封得严严密密，我只能听见它潺潺的流水声，水声像哈萨克族牧民弹响冬不拉，时而悠远绵长，时而短促激越。

山路愈来愈逼仄，穿过两峰夹峙的石门峡，随着一阵天风飒飒而来，潺潺的流水声突然变成了万马奔腾席卷大地的轰响。响声炸开了眼前的视野，在无数陡峭的巉岩和平缓的山坡之间，溪水毫无遮拦地裸露出它的天生丽质。哦，那简直不是水在流动，而是雪浪在翻涌，冰涛在飞溅，白花花的银子在滚动，亮闪闪的珠玉在倾泻，刺骨的寒气在热烈的释放中钻进了我的五脏六腑。

这冰泉，这雪水，不正是天山母亲赐予山底下子孙最圣洁最甘美的乳汁吗！有了它，黄沙滚滚的大漠便有了绿洲，有了牛羊，有了棉田和麦浪；有了它，砾石累累的戈壁滩便有了坎儿井，有了果园，有了最甜美的哈密瓜和马奶子葡萄；有了它，这遥远的西域便有了人类，有了历史，有了古丝绸之路的驼铃声和本世纪欧亚大陆桥火车的轰鸣。

再往上走，绿茸茸的草地舒展开来，墨绿色的云杉站立起来，白色的圆形毡房闪了出来。我看见一群哈萨克族少女在泉边浣衣，红色的衣裙有如在雪浪中盛开的花朵。忽然，一阵马蹄声从远处传来，骑士黑色的披风飞扬，如同山鹰的翅膀。泉水边，顿时花枝乱颤。姑娘们在顾盼之间，小花帽上那一簇簇据说是猫头鹰的白羽毛，便在阳光中抖出了千般柔意，万种风情。

云杉，高大的雪岭云杉愈来愈密了。它们一棵棵紧紧挨着，全都把笔直的枝干伸向天空，碧绒绒的枝叶交叠成墨绿色、深蓝色，再远远地幻化为铁青色。于是，树底下的毡房显得更白了，白得就像点缀在草地上的白蘑菇。白蘑菇顶上升起了缕缕炊烟，那烟柱也被树影染成了淡淡的蓝色。

我们下车步行。穿过云杉林，登上了一道高坡，那高坡就像一座大水库的天然堤坝。攀上坝顶，眼前突然一亮，传说中的瑶池——海拔近 2000 米的天池便神妙地裸呈在我们面前。

跟山坡上活蹦乱跳喧闹不已的溪泉不同，这孕育无数冰川雪水的源头，竟是那样含蓄而宁静，娴雅而从容。它几乎没有一丝涟漪，一丝波纹。它清纯，澄澈，明亮，就像一大片蓝色而透明的水晶玻璃，以其最光滑的平面，最不规则的边缘曲线，向四周铺开，并恰到好处地嵌入了湖岸群山围成的画框里。

一幅画。但不是杂色斑斓的油画，也不是清虚淡雅的水墨画。它的色彩极为单纯，却又组合成三种泾渭分明的层次。其底层是湛蓝色的水面，中层是云杉林剪成的苍黑色的群山山影，而上层，在山林的背后，便是银白色的博格达雪峰，海拔 5000 多米的雪峰，在阳光中银得发亮，白得耀眼。而这黑与白两色，又全都静静地倒映在蓝色之中。我以为，只有三色木刻版画才能充分表达这画面色彩的意蕴。

我们跳上了湖中的游艇，游艇的尾浪犁开了平静的水面，森林与雪峰的倒影这才晃动起来。波纹中，似有一股风，一股蓝色的风飞旋上来。我们环湖半圈，上了西岸。依然是绿草地，依然是云杉林。林下立着一匹白马。我跃上马背，马儿轻快地跑了几步，在水与岸的交界处，俏皮地踏出了几簇雪亮的浪花。可惜我不是阿肯（哈萨克族歌手），否则一定会引吭高歌一曲，为这山，这水，这森林，这天上人间无与伦比的美景。

累了，我们就近钻进了一顶白毡房。女主人卡玛丽雅大婶满脸笑容地迎了上来，顷刻间便变魔术一般端来了香喷喷的奶茶，热腾腾的馕饼和烂熟酥软的手抓羊肉。一切，仿佛都早有准备。一问，原来这是专门招待客人的旅游毡房，收费低廉，款待周全，供应原汤原汁的哈萨克族美食。据说，这里的中外游客每年多达 30 万人，类似的毡房也有了 300 多顶。

茶足饭饱之后，大家全都仰卧在花团锦簇的地毯上小憩。阳光从穹顶的圆洞射入，一切全都暖意融融。我发现这毡房酷似一把撑开的巨伞，穹顶是放射状的支架，环壁是交叠成菱形图案的枝条。那枝条，全系细韧的红柳，再用牛筋和羊毛绳精心捆扎编织，富有天然的装饰美。我想起汉代细君公主远嫁乌孙王时所吟唱的《悲秋歌》："穹庐为室兮旃为墙，以肉为食兮酪为浆。"今天，这一切我全都享受到了。一个民族独特的习俗，能沿袭两千年不变，可见其生命力有多么旺盛！

哈萨克人以东为尊，毡房的彩绘木门全都朝东而开。坐在毡房里，正好面对东面的天池和雪峰。卡玛丽雅大婶眯着眼睛，为我们讲述有关博格达雪峰的两种传说。

传说之一：雪山上三峰鼎立，是古代三位哈萨克族勇士的化身。为了驱除霸占天池的一条恶龙，他们浴血奋战七七四十九天，直到把妖孽斩杀。但他们太累了，再也无力下山，便并肩倚立，石化成三座山峰。飘飘雪花，为他们披上了雪白的披风。

传说之二：有一位美丽的维吾尔族姑娘，美若天仙下凡，每当她临流照影时，天池边便开遍了雪莲花。为抗击恶少的纠缠、欺凌与侵犯，永葆其纯洁无瑕的青春，她毅然化成亭亭玉立的冰峰。

遥对天池和雪峰，我细细品味这两种风格迥异的美丽传说。一会儿，雪峰银盔玉甲，硬骨铮铮，果真是男性勇士威武不屈的形象；一会儿，雪峰冰肌欲露，又分明是女性娇美的身姿。一朵薄云轻轻地飘了过来，那是维吾尔族姑娘洁白的面纱吗？

我似乎有所领悟，在东方传统美学中，阳刚与阴柔历来是美的两极。泰山之雄，华山之险，可谓阳刚美的代表；雁荡之奇，武夷之秀，又恰是阴柔美的极致。但这二者之间并不互相排斥。在天工造化的大手笔里，它们完全可以得到神妙的组合与和谐的统一。眼前这博格达雪峰，便是一大明证。你能说清它到底是阳刚的武士还是阴柔的少女？

返回乌鲁木齐途中，已是初夜，茫茫的戈壁滩上升起了一轮明月。也许因为地处荒原，无遮无拦，这月亮显得特别大，特别圆，特别亮。但对于我来说，天山的天池才是我心中最美的月亮，它的清辉将永远照亮我心灵之旅的漫漫前程。

　　　　　　　　　　1994 年 9 月 12 日游并记

　　　　　　　　　　1995 年 10 月 30 日完稿

初探火焰山

唐僧在前头召唤，孙悟空、猪八戒在前头召唤。

于是，我们踏着他们的足迹，从吐鲁番向火焰山进发。只不过驮经的小龙马换成了"马自达"面包车，车里开足了冷气。

天气热起来了，午后的炎阳烤炙着漫漫戈壁滩，到处热浪滚滚。但奇怪的是，身上都流不出汗来。原来这里的风是热风，汗珠一出毛孔，便随之蒸发掉了。吐鲁番盆地的海拔高度是负数，低于海平面，仅次于约旦的死海。这里年平均降雨量只有 16 毫米，但蒸发量却高达 3000 毫米，故市街上什么都卖，就是不见雨伞。这里夏季的最高气温是 47.7 摄氏度，而地表温度甚至可达到 82.3 摄氏度，据说沙滩上可以烙面饼，还可以把鸡蛋烫熟呢！

于是，我们脱下了所有的外衣，戴起了遮阳的墨镜，吞下了预防中暑的藿香正气水，尽管几天以前，我们在厚毛衣外还罩着风衣。

在戈壁的荒原上，炽烈的阳光下，高耸着额敏古塔，散落着高昌故城和交河故城的废墟，延伸着阿斯塔那古墓群无声无息的神道……

也好，这里气候干热，没有雨水的冲刷，否则，像杏花春雨的江南，台风肆虐的沿海，这些纯用土坯、土砖筑成的城堡与王宫、庙宇与宝塔、墓室与洞窟，岂不一一消融、溶化、化解殆尽！悠远、邈长与深邃的历史岂不无迹可寻，中国的考古学、世界的文明史，岂不因此而黯然失色！

北望火焰山，像一道蜿蜒起伏的长城，自东而西横亘着。山不高，也不险，没有奇峰峻岭，没有流泉飞瀑，没有茂林修竹。不，没有一棵树，连草点儿也没有。光秃秃的，静悄悄的，一切都似乎已经死去，像月球的表面。真不知当年铁扇公主从哪里砍下芭蕉叶子当扇子？

土，却是赤红色的砂岩，在阳光下红得刺眼。坡面被风化，被切割成千万条裂缝，那裂缝，全是竖的，直上直下，却上细下粗，上浅下深，像一条条火舌腾空而起，烟雾蒸腾中，似乎能听见毕毕剥剥燃烧的声音。

> 火山突兀赤亭口，火山五月火云厚。
> 火云满山凝未开，飞鸟千里不敢来。
> ……

唐代诗人岑参在咏火焰山的这四句诗里，一口气连用四个"火"字外加一个"赤"字，每个字都发烫，不能不说是烈焰冲天的奇诗妙句。

尽管"飞鸟千里不敢来"，但我们还是来了。不但来了，还从山口深入腹地。有趣的是，路两旁的山坡上，土色由红变灰，变黑，简直就像大火燃过的余烬。

索性下车。一股热浪迎面打来，仿佛全身每一根神经都烤焦了，每一个细胞都煮熟了。

弯腰抓起一把泥土，热得烫手，却又细又松又软。

更有趣的是，前头的悬崖上，停着一辆红色小轿车，有人撑开一把白色的遮阳伞。走近一瞧，原来是香港某电视台在拍矿泉水广告。一位身穿比基尼泳装的小姐，星眼迷离，满脸通红，正高举易拉罐做痛饮状。

大家全都笑了起来。选在此时此地，推销矿泉水，这导演的创意也实在太妙了，不愧生财有道！只是苦了那位娇小姐，玉体上肯定要烤脱一层皮下来。

但火焰山也并非寸草不生。比基尼小姐所处的崖下，就有一条浅浅的山沟，叫拉木沟。沟底居然露出了星星点点的绿草。路随沟进，车随路转，那草又渐渐变成了树。靠沟的一排，是白杨树；靠崖的一排，是椿树。树下，便有了淙淙的流水声。树荫中，便闪出了几幢房子。而房子背后的崖壁上，又出现了上下两排洞窟。这，便是与敦煌莫高窟齐名的全国重点文物保护单位——柏孜克里克千佛洞了。

千佛洞现已编号 77 窟，尚存壁画 40 多幅。它始凿于曲氏高昌时期，而盛于西州回鹘时期，是当年回鹘国王的皇家寺院，也是佛教从印度传入中原的一处中转站。步入窟内，见有许多残存的壁画，画面大多漫漶不清，只剩下边框和斑驳的色块，但色彩极为华丽。据介绍，壁画上的题记，有汉文，有古回鹘文，也有波罗蜜文，是研究新疆各民族，尤其是维吾尔族历史文化的百科全书。可惜我看不清也看不懂。出洞，望山下赤土灼灼，紫雾腾腾，心中不免怅然。

没想到，导游的主人却语惊四座："这火焰山底下，还是个大水库呢！"

大家全都围拢过来，愿闻其详。

主人不慌不忙道：火焰山为天山支脉之一，形成于五千万年前的喜马拉雅造山运动时期。它横亘在吐鲁番盆地中部，东西长百余里。地壳横向运动时留下无数条褶皱带，经过风蚀，便形成起伏的山势和众多的沟壑。但它埋在地下的山体却像一条天然的堤坝，把天山雪水渗入地下的部分全都挡住了，蓄积了起来。否则，吐鲁番郊区的坎儿井水源自何而来？满城的葡萄园又如何能名扬天下！

一席话，说得大家如梦方醒。全国最干旱的地方，海拔最低的地方，之所以瓜果最香甜、老人最长寿、姑娘最漂亮，也许，其秘诀就在这里吧？

果然，同是火焰山的山沟，西端的葡萄沟比东端的拉木沟就润泽多了，活泼多了。

车子开进沟内，尽管两厢的山坡依然寸草不生，但沟里溪水潺潺，且都是银亮的雪水，晶莹洁白，看一眼就令人暑气顿消。清溪两岸，葡萄架层层叠叠，连绵不绝，一幢幢维式建筑，在绿荫中显得幽深而清雅。车窗外闪过"葡萄学校""葡萄公司"之类的红字招牌，不时有衣着鲜丽的维吾尔族少女迎面走来，小花帽，黑坎肩，红色长裙，袅袅婷婷，美如天仙。萧萧的白杨树下，渠水淙淙处，常见吊床悬着，婴儿酣酣地睡，母亲轻轻地摇，一幅幅恬静而又温馨的田园牧歌图。偶尔，一辆红色的摩托车风驰电掣般地冲了过去，大概是粗心的父亲吧？这才打破了四周的宁静。

新疆与北京时差 2 小时，戈壁日落，要等到晚上 8 点钟左右。现在，虽是傍晚 5 点多钟，空中依然骄阳似火，沟内却到处凉风习习。停车时，大家都披上外衣，在盈耳的水声中，步过一条小桥，像鱼儿潜入绿海深处。

到处都是迷宫般的葡萄长廊。黑葡萄、琐琐葡萄、玫瑰红葡萄、喀什喀尔葡萄，当然，更有肥硕的马奶子葡萄、小如珍珠的无核白葡萄，一串串，一穗穗，一嘟噜一嘟噜的，密密麻麻，沉沉甸甸，就悬在你的头顶，颤悠悠地垂到你的鼻子尖上呢！

长廊的两侧，一边是潺潺的溪水，另一边是淙淙的泉水。你净手之后，便可坐在葡萄架下，听泉、观景，尽兴品尝这名扬天下的吐鲁番葡萄了。

不过，其中又有讲究。据主人介绍，尝葡萄时不可同时喝开水，否则，水土不服，必大泻之，此其一。其二，整串葡萄捧在手心，不必用指头一颗一颗采摘，而是用嘴，横向依次啖之。一试，果然大大提高效率。反正，这里的葡萄不计斤两，包客人一次品个饱。

邻座的几个"老外"，看见我们的吃法，也一改斯文状，直吃得碧眼儿发亮，高鼻子淌汗，还圈起大拇指和食指，再竖起三个指头，连声欢呼："OK!"

我们则用维语应和："亚克西!"

这时，一群盛装的维吾尔族姑娘出现了，她们托着盛满葡萄的果篮，旋着舞步过来了。圆月般的手鼓敲了起来，热瓦甫和弹拨尔响了起来，喜庆的唢呐吹了起来，又细又长又多的黑辫子飘了起来，移颈、翻腕、跺脚，嘴角眉梢都是盈盈的笑意，举手投足都是优美的造型。随着欢快的乐曲声趋向高潮，舞步像旋风般卷起了热烈的掌声，而这一切，又全都在瞬间戛然而止。于是，在泉水的淙淙声中，在溪水的潺潺声中，又一位维吾尔族女歌手扬起歌喉，歌声就像芬芳四溢的葡萄美酒："吐鲁番的葡萄熟了，阿娜尔罕的心儿醉了……"

莫非，她就是阿娜尔罕？

1994 年 9 月 10 日游并记

1995 年 2 月 4 日完稿

[本文原载《海峡》1995 年第 3 期，入选《1995 年散文年鉴》（漓江出版社）、《语文大阅读》（广西师范大学出版社）。]

日月山与青海湖

一

告别高原古城西宁，沿青藏公路西行。一路上，白杨萧萧，流水淙淙，青稞麦和油菜花，满坡满垅，泛黄铺金，回族同胞的院子里，八瓣梅姹紫嫣红，盛开怒放。

然而，车子一盘上日月山，这一切纷繁的色彩全都消失了。举目四望，山坡上山脚下，全都是绿茵茵的牧草，像地毯般铺向天边，舒展、开阔、悠远。阳光淡淡的，但天特别蓝，云特别白。风硬了起来，吹拂着草原上星星点点的毡房和团团簇簇的羊群。

日月山，就像一道长城，把青海省一分两半：东为阳，西为阴；东部是风和日丽的农业区，西部是日淡风劲的草原牧区。东边暖，西边凉；东边村庄毗连、人烟稠密，西边唯有"风吹草低见牛羊"。没有过渡，没有铺垫，大自然一下子把阴阳界定，这日月山不愧为大块之文章，大家之手笔！

细看日月山，没有奇峰峻岭，没有陡岩峭壁，只有平缓的山坡，浑圆的山包，线条极柔和，极流畅，极优雅。山下是青藏公路，山腰是唐蕃古道。我们沿古道上山，却见路两边像双乳隆起两个山包，山包上双亭对峙，碧瓦红柱在蓝天白云间特别醒目，四角飞檐如苍鹰振翅，仿佛喊一声，便要飞走似的。

下车步行，路平坡缓，人却气喘。大家想抽烟，可惜所有的打火机全都打不出火来，原来日月山海拔 3460 米，缺氧。

慢慢爬上山包，入亭，读碑文，方知双峰分别为日峰、月峰，双亭分别为日亭、月亭，合起来自然便是日月山、日月亭了。

于是，一个古老而凄美的传说随风灌进了五脏六腑。当年，文成公主告别长安，渡过黄河，千里迢迢来到这里。这里，是青海通往西藏的咽喉，是远嫁吐蕃的必经之地。公主命车队停了下来。她从怀中掏出两面镜子，是唐太宗李世民赐给她的，一面是日镜，一面是月镜。据说，镜中贮满长安的繁华风景，当她思念家乡时照一照，便可消解离愁。没想到，她这一照，却离愁倍增，因为眼前的山水，尽是无边无际的茫茫大草原。她噙着泪，狠狠心，把镜子甩了出去。随着两道白色的弧光落到地上，两座对称的山包出现了：日镜，变成了东边的日峰；月镜，变成了西边的月峰。

12

从此，文成公主再不回首长安，再不留恋中原。为了汉、藏两大民族永结同心，她毅然决然地迎着风雪，沿着古道，向江河之源的唐古拉山、巴颜喀拉山，向夫婿松赞干布的家乡策马前进……

二

告别日月山，驱车西行。在茫茫的大草原间，笔直的青藏公路就像一条雪白的哈达，铺向天边。

突然，哈达上横过了一弯细细的彩虹。逼近细瞧，原来是一条纤细的小河，宽不足两米，但水源丰沛，在蜿蜒曲折的流淌中不失温柔与宽厚。它静静地毫不犹豫地向西流去，执着、柔韧，百折不回。它完完全全是一条女性的河，汩汩的涛声中似有千言万语在倾诉，甚至，还夹有几声轻风一般的叹息。

我们的领队，青海省作协主席朱奇告诉大家，这条河便是文成公主的泪水流成的。因为它自东向西倒着流，所以名叫倒淌河。

我特地蹲下身去，以手掬水，洗了洗脸。那河水清纯晶亮，凉意中似乎还留有一缕幽香。

据说，日月山本是昆仑山的支脉，十几万年前，随着喜马拉雅造山运动，它横腰一拦，把本是大海的青海湖封死成内陆湖，原来向东的河流也只好掉头朝西，变成这一条倒淌河，曲曲弯弯注入青海湖。当然，这都是地质学家们的科学考证。而我，更欣赏刚才朱奇所介绍的民间传说，因为它塑造了中国历史上一位美丽而伟大的女性，一位为增进民族团结、维护祖国统一而不惜远嫁西域的女性。她用她的纤纤素手和串串珠泪，在日月山和青海湖之间，拴上了这一条爱情和友谊的纽带，一条潺潺流动的永恒的纽带。

三

车子继续西行，草原继续向西伸展，蓝色的天幕与绿色的地毯似乎有意在比赛他们的辽阔、旷远与壮美。

13

不久，前方的地平线上，在天空与草原的交际处，闪出了一条湛蓝色的细线，那细线似乎还在微微地漾溢着、抖动着，且越抖越宽，越拉越长，越涌越近。我简直无法用笔墨来形容它那梦幻般的蓝色，那是一种比天空更深沉，比海洋更纯正的蓝色，蓝得令人铭心刻骨，令人热泪盈眶，尽管我们都是初来乍到的游客，但满车人全都不约而同地欢呼起来："青海湖，青海湖！"

是的，这就是青海湖，迷人的青海湖，遥远的青海湖，全中国最大的内陆咸水湖！在藏语里，它被称为"错温布"；在蒙语里，它被称为"库库诺尔"。其意，皆为"青颜色的大海"。是的，它应该称为海，因为它太辽阔了，绕湖一圈，便是 360 公里！那么，它为什么不称为"蓝"而称为"青"呢！也许，"青出于蓝而胜于蓝"吧？它海拔高度为 3197 米，可淹没两座相叠的泰山。它的湖水中含氧量很低，但含盐量特高，因此，更透明，更晶亮，难怪，它比海水还蓝！

随着青海湖越来越近，草原渐渐热闹起来。我看见黑色的牦牛像绅士一般在近处悠闲地踱步。我看见白色的羊群像白云一般在远处飘浮。我看见一对藏族青年，骑着一匹白马、一匹棕马，一前一后奔向一顶炊烟袅娜的毡房。那毡房，黑底上镶着几块白色的方块，远远望去，如同明窗几扇，简朴中显得明快而又稳重。

青海湖，犹如一只蓝色的巨鸟，张开宽大的翅膀，把我们揽入怀抱。湖畔，一大片金灿灿的油菜花，在阳光下闪射出令人目眩的光芒，仿佛给湛蓝的湖水镶上了一道金色的花边。

一匹双峰骆驼从花丛中探出头来，似乎有点好奇地望着我们。骆驼的背后，在油菜花和湖水之间，出现了一片纯白色的毡房和藏式红色建筑物。朱奇宣布：这里，就是我们今晚的下榻处——海南藏族自治州的帐房宾馆。

于是，一群盛装的藏族姑娘像彩云一般围了上来，为我们披上了洁白的哈达，献上了用铜碗斟满的热气腾腾的奶茶，并教我们如何敬天、敬地、敬湖，然后一饮而尽……

四

此刻，我们最渴望亲近的，自然是青海湖了。善解人意的主人，随之便驱车把我们送往码头。码头上有一道用巨石垒砌的防波堤，一只雄鹰伫立堤上，像是青海湖的守护神，正威严地凝视着我们。待一走近，它便展翅掠上高空，且久久在我们的头顶上盘旋。

眼前的青海湖，再也不像我们在草原上远远望见的那样宁静而温柔，它无边无际，浩浩荡荡，它以无比的神力，刮起了劲风，掀起了巨浪。巨浪拍击着湖岸的巨石，溅湿了我们的衣衫。有人一不小心，遮阳帽便被风刮走了，像飞盘一样旋转着，落入蓝湛湛的湖波之上。一群野鸭子随之飞了过来，游了过来，在遮阳帽四周扑着翅膀，戏着水波，全然不顾我们的游艇正从它们身边犁了过去。

14

置身在青海湖的怀抱里，感觉犹如在大海上航行。湖，像大海一般浩瀚、博大，却比大海更单纯、更安静。除了风浪声，湖面上静悄悄的，没有人烟，没有帆樯，没有汽笛，没有灯塔，自然，也没有任何人工的污染。只有蓝湛湛的湖水，连接着湖岸金灿灿的油菜花，绿油油的大草原，无声无息地铺向天边……

湖中央，孤悬着一座水泥平台，台上建有一幢小楼。据说，原先是海军的鱼雷发射台，如今改为藏族同胞的祭海台。

我们舍舟登台，在香烟缭绕之中，面对神龛中所供奉的绣像——班禅额尔德尼·确吉坚赞大师的绣像，默默焚香礼拜。我们感念大师生前为祖国统一大业，为青藏高原各族人民的团结所建立的丰功伟绩，同时，也祷祝青海湖在和平与宁静之中永葆其圣洁的青春，不受人世间的任何侵扰、污损与破坏……

五

青海湖是湟鱼的故乡，好客的主人常以湟鱼宴招待客人。果然，在我们的晚餐桌上，便有清炖、红烧、油炸的湟鱼，以及用湟鱼做成的酸鱼汤和辣椒鱼丁。

湟鱼又称裸鲤，是青藏高原特有的冷水性鱼类。其体形扁长，头锥形，灰褐色或黄褐色的鱼身上，除臀部及肩部外，皆裸露无鳞。它肉质细嫩、肉味鲜美，品之，果然名不虚传。

但听主人说：湟鱼生长极慢，每条鱼每年才能长一两重。如此说来，盘中皆是十岁左右的鱼儿了。长得慢，捕得快，湟鱼又是青海湖唯一的经济鱼类，长此下去，如何是好？

一种负罪感深深咬啮着我。我吞下几口浓烈的青稞酒，默默地放下了筷子。

主人见状，告慰道：青海省政府即将颁发禁渔令，今后，我们再也不会举办这种湟鱼宴了。

但愿禁渔令能早日颁布并得到切实执行。但愿青海湖湛蓝的湖波中，永远繁衍生息着湟鱼部族，它们是人类的至爱亲朋，它们的生命与高原同在……

六

本以为，四周荒无人烟的青海湖之夜必定是岑寂与冷清的，没想到，帐房宾馆的服务员个个能歌善舞，他们以高原上格桑花一般如火的热情，以草原上雨后彩虹一般鲜艳的服装，以冰川雪水般清亮的歌喉，雄鹰孔雀般多姿多彩的舞姿给我们留下了终生难忘的美好记忆。

夜幕低垂时分，联欢晚会在歌舞厅里举行。用金箔镶嵌的彩绘大门，用藏毡包裹的立柱，金碧辉煌的"唐卡"（壁画）和五彩缤纷的经幡，把整个大厅装点得既庄重又热烈，同时，还充溢着藏族文化独特的神秘。

灯光亮起来了，乐曲声响起来了。舞台上，藏族青年男女以高亢嘹亮的歌声，以丰富多变的舞姿，尽情地赞美昆仑山和青海湖，赞美草原上的羊群和马群，赞美男女之间真挚的爱情。他们的舞步起伏大，节奏对比强烈。慢舞时，舒展大方，稳健豪迈，似大鹏展翅；快舞时，动作敏捷，铿然有力，又似野羊奔跑欢腾。尤其是他们的长袖，如为舞姿添翼，给我留下很深的印象。每当他们双袖伏地而舞时，给人以草原上风吹草低之感；而当他们旋转跳跃时，将双袖抛向空中，随身体动作曲线飘荡，又给人以辽阔豪放之感。手持单面绘画羊皮鼓的宗教舞蹈，显得庄严而又神秘；模仿各种禽兽动作的热伊舞，则充满高原生活的自然情趣。此时此地，此情此景，连我这一向不涉足舞池的人，也情不自禁地加入舞者的圆圈，与他们手拉手跳起了锅庄舞……

尽兴而归，走在路上，这才发现高原之夜冷气逼人。猛抬头，又发现满天星斗特别大，特别亮，且似乎纷纷坠落在草原和湖波之上。

“星垂平野阔”，这唐诗中的意境，我终于领略到了。

日月山、倒淌河、青海湖，草原上的骏马和羊群，藏族同胞的歌声和舞姿，在这遥远的地方，在这难忘的夜晚，始终在我的梦境里叠印着，回放着。

七

然而，我终于被冻醒了。睁眼一看，帐房外透进了淡淡的晨光。我一骨碌翻起身来，披上衣服，抓起照相机，出门便往青海湖方向跑去。我虽然不是摄影师，但要为青海湖的日出留下纪念。

星星已悄然隐退，淡青色的苍穹只在东方微露一丝曙色。草原上静悄悄的，前方的青海湖也静悄悄的，天地之间，万籁俱寂，一切，仿佛都还在酣睡之中。

我以跑步来抵御清晨的严寒，但因缺氧，心跳，气喘，步履沉重。从帐房宾馆到青海湖码头，只有一箭之遥，但对于我来说，却似乎遥不可及。我全身发热。我丢掉了风衣，丢掉了毛衣，像夸父追日一般往湖滨跑去。

湖水亮起来了，闪动起玫瑰色的光波，一只野鸭像黑色的剪影冲天而起。我一边艰难地跑着，一边不断地按动快门，好不容易到了湖滨。我趴倒在地，再也没有力气站起来了。

太阳，从东边日月山的方向探出头来。阳光，像无数根金箭，射中了青海湖的湖波，湛蓝色的湖水泛起了闪闪的金波。我匍匐在地，振臂高呼——

早安，青海湖！

1994 年 8 月 24 日游并记

1997 年 7 月 6 日完稿

文都山朝圣

汽车喘着粗气，好不容易从黄河河谷中爬了上来，再慢慢盘上了文都山。

在藏语中，"文都"就是"牛犊"的意思。大概，这山的形状，有点像活蹦乱跳的小牛犊吧！

奇怪的是，刚才，在黄河岸边，全是光秃秃、干巴巴的山岩，有的，甚至百孔千疮，遍体鳞伤，一副在风沙的折磨中苟延残喘的模样。然而，一上山，风景陡然一变，草尖儿钻出来了，树木挺起来了，山坡上的梯田旋出来了，连凝滞的空气也慢慢流动起来，温润起来了。

正值麦收季节，梯田里的青稞麦一片金黄。那金黄的色彩在阳光下似乎要燃烧起来，一股股暖融融、热腾腾的气浪扑面而来。牦牛出现了，马车出现了，身穿藏袍的汉子把长长的衣袖别在腰间，驾着牦牛，驮着金黄色的收获过来了。羊群像白云漫了上来，牧羊姑娘出现了，耳环、项链，长长的发辫，裙子上的氆氇像七彩的虹霓一般鲜艳。这藏乡八月的风俗画深深吸引了我。

这里，是青海省循化撒拉族自治县的大都乡。但聚居在山间的，却又都是藏族同胞。作为黄河上游的交通要冲，青海南部通往西藏和甘肃的咽喉要道，自古以来，这里就是藏族与内地各民族之间友谊亲善的枢纽。早在宋末元初，吐蕃的阿丹家族就从西藏迁徙过来，落地生根，繁衍生息。到了清代，这里的藏族部落已发展成七寨、千户之众。他们世代臣服中原朝廷，安守属地，贡马易茶，与各族人民真诚相待，和睦共处。

这里，还是一位藏传佛教杰出领袖的诞生地。我们今天要去朝拜的，就是他的故乡——茂玉。乍听这一名字，便想象那村庄定然有茂盛的植被，莹润有如碧玉一般。果然，远远望去，村庄的周围便有许多苹果树，树荫中，闪出一方方用黄土墙围起的农家院落，每个院落中都升起一幢平顶的主屋，那是高原农业区特有的藏式民居"庄窠"吧？房顶的四角上，还竖起高高的旗杆，五颜六色的布幡，在天光云影中自由自在地翻卷着，翔舞着。

就在这个宁静而又祥和的村寨里，1938年2月3日，一个名叫贡保才旦的男孩，在一个普通的农家院落呱呱坠地。3年后，他被确认为九世班禅的"转世灵童"，送往塔尔寺供养。他9岁时，举行坐床仪式，并获得"班禅额尔德尼·确吉坚赞"的法名。其中，"班"是梵语，意为"精通五明的学者"；"禅"是藏语，"大"的意思；"额尔德尼"则是满语，"宝"的意思。合起来就是"精通五明的大学者至尊"。从此，作为十世班禅的他，迈步走向不平凡的人生旅程。

我们满怀虔诚的朝圣之情，在村口下车步行，穿过静悄悄的村道，步入了班禅大师的故居。一棵不知名的古树，以其繁茂的枝叶掩映着高墙中的一扇大门。进了大门，方知里头是呈"品"字形的三个院子。其正院中心，矗立着一幢双层的藏式木楼，楼上楼下，举目皆是雕梁画栋，油漆彩绘，充满藏文化繁复而又神秘的意蕴。令人惊喜的是，从院子中央到大门两侧，乃至楼上楼下的走廊，全都摆满了鲜花，花瓣上闪烁着晶莹的露珠，显然，是刚从花园里采摘下来的。

据介绍，大师圆寂以后，他的高堂老母一直在此安度晚年，今天，她老人家虽因身体欠安未能亲自会客，但特命下人洒扫门庭，摆放鲜花，以示对远方来宾的一点心意。一席话，说得我们心里暖洋洋的，眼前的一切，全都变得亲近起来。

在会客厅里品尝奶茶之后，我们鱼贯上楼，瞻仰大师生前的卧室和经堂。经堂檐下所悬挂的巨匾，上书"河源须弥"四个镏金大字，意境高远，耐人寻味。两边的对联为："九曲安详爱国早传拒虏，八荒向化护教所以宁邦。"

据落款所示，这是1983年大师故居重建时，"乡谊"们恭贺敬赠的。此联高度概括主人一生的丰功伟绩，尤其是他坚持团结进步，反对分裂倒退，为和平解放西藏，为雪域高原的稳定、改革和建设所做出的重大贡献。即使在"文革"中，他身陷囹圄达9年之久，但依然深明民族大义，矢志不渝，不愧是爱国爱教的一代宗师，一代楷模。

同行的循化县委宣传部部长宁武甲也是位藏胞。他告诉我，大师平反后曾三度返乡，为巩固民族团结做了大量深入细致的工作。他资助恢复了藏文中学、藏医院，还亲自调解了青、藏两省的山界纠纷。由于他的崇高威望，一言九鼎，从此山定河静，边界各民族情同手足，亲如家人。当年，从各地赶来接受大师"摩顶"祝福的人不知有多少！

大师圆寂后，从江河之源的每一座碉楼，到青海湖草原的每一顶毡房，家家户户都张挂他的遗像，焚香礼拜。大都乡的父老乡亲还为他修建了一座金塔。这金塔，就坐落在著名的文都大寺里。寺在村后不远的亚当山上，当我们驱车上山时，但见满山都是浓密的云杉林，挺拔的躯干，苍翠的枝叶，把喇嘛寺的金顶与红墙衬托得更加金碧辉煌。

穿过用金箔镶嵌的彩绘大门，步入宽敞而又幽深的大经堂，无数盏酥油灯的灯光，辉映着用藏毡包裹的通天大柱，用几十斤黄铜浇铸的大金塔，就高高地矗立在人们的头顶。它像一座被五彩祥云托起的金山，与日月同辉，与山河共存。

据介绍，这文都大寺，始建于明洪武三十五年（1402），距今已将近 600 年了，为阿丹家族的高僧喜饶坚赞所创建。这里，又是班禅大师幼年时出家的母寺，以研习佛教的显密哲学而闻名藏区。后来，大师又在大经堂的后面资助建起了"曼巴扎仓"（即研习藏医藏药的医学院），所培养的藏医已多达千人。

夕阳西坠时，我们依依不舍地踏上了归程。我看见山道上，还有几位藏族同胞，正风尘仆仆地一路走了过来。每走几步，他们就双手合十，高高地举过头，轻轻地碰到心，然后深深地匍匐在地，磕长头，顶礼膜拜。他们，是来求医问药，以寻求肉体的康复？还是向大师一吐心曲，以祈望灵魂的安慰？

在这古老而又神秘的高原上，在愈来愈浓重的暮色中，我只能默默地向他们道一声："扎西德勒！"

1994 年 8 月 21 日游并记

10 月 16 日完稿

孟达山：骑骡上天池

山高，沟深，峡长。

滚滚东流的黄河水，从青藏高原跌落黄土高原，从龙羊峡泄入拉西瓦峡、左秋峡、松巴峡、李家峡，好不容易穿行到这青海、甘肃两省交界处的积石峡，水流便明显地浓了，浊了，黄了，黄得就像黏稠的铜汁铜液，在深深的峡谷里艰难曲折地向东蠕动着。

峡谷中乱石横陈。石与石夹峙的最窄处，若有野狐狸弓起腰身，按下四爪，再轻轻一跳，便可从河面上飞跃而过。于是，这里便有了一个令人难忘的地名：野狐跳。

我们就在"野狐跳"下游不远处，暂时告别黄河，拐进通往孟达山的另一条山沟。

一路上看惯了光秃秃的山头，皱巴巴的石崖，浑黄浑黄的流水，乍入此山沟，立即感到天地有些异样。首先是阳光淡了下来，不再那么灼人，那么刺眼了。紧接着，干裂的嘴唇湿了，干渴的喉咙润了，干焦的肺部通畅起来，紧绷着的脸部皮肤全都放松了。乔木、灌木、藤类植物和草本植物，连同地衣、苔藓，团团簇簇的绿色，遮天蔽日的绿色，像宝塔，像大厦，像迷宫，就这样湿漉漉、清爽爽地包围了我们，浸染着我们。水，闪闪烁烁的水珠，氤氤氲氲的水雾，明明灭灭的水流，从浓浓的绿色中源源不绝地渗出来，冒上来，涌过来，飞起来，有时，就在路边活蹦乱跳地敲击着五颜六色的鹅卵石，送给我们一路清凉的音韵，一路清爽的快乐。

号称青海"西双版纳"的孟达山自然保护区果然名不虚传。据说这里拥有种子植物90科、302属、537种，其中不少还是中国乃至世界的珍稀树种。哦，在这幽秘的山林里，似乎正静悄悄地召开一个绿色的大会，秦岭山脉和华北平原的代表来了，长江流域和云贵高原的代表来了，甚至，连东北长白山林区的代表也来了，总之，来自亚寒带、亚热带，乃至热带的代表全都来了，真是"群贤毕至，少长咸集"，我们有幸"躬逢盛会"，不亦乐乎！

山更高了，林更密了，公路到了尽头。我们跳下汽车，没想到一大群骡子：白的骡子，黑的骡子，灰的骡子，枣红色的骡子，驮着五颜六色的垫毯，热腾腾打着响鼻，扬着尾巴，团团包围住我们。

这里，地属青海省循化撒拉族自治县，牵骡的全是撒拉族的少男少女。据说，他们的祖先原为中亚细亚撒马尔罕（今属乌兹别克斯坦）的一个游牧部落，因逃避战乱，千里迢迢迁徙到中国青海，在黄河边定居下来。如今，他们的人口只有六七万，循化是他们的聚居地，也是全国唯一的撒拉族自治县。这些牵骡的孩子，长得跟他们的祖先一模一样，一个个高隆着鹰喙般的尖鼻子，脸色白皙如朗月，而深陷的眼窝里，眼波闪闪如同两汪蓝湛湛的湖水。又仿佛阳光照亮湖水，湖水里闪射出热情的火花。他们争先恐后地邀请我们骑上骡子，穿过森林，到山顶去一览"天池"的仙境。

在中国，号称"天池"的高山湖泊有十多处，其中海拔最高、最负盛名的当数长白山与天山，前者为火山口湖，后者为冰碛湖，夏秋季节，皆可驱车直达。但这孟达山的"天池"，却只能骑着骡子上去了。借助最原始的交通工具，去领略最原始的自然风景，从保护环境和发展生态旅游的角度看，也许，还更有意思呢！

于是，我选中了一匹枣红色的骡子。牵骡的小姑娘高兴极了，立即塞给我一颗刚采来的猕猴桃，以示欢迎。

在她的帮助下，我稳稳当当骑上了骡背。绿底白花的坐垫毯子，柔软而舒适。出发了，拴在骡脖子下的铃铛叮当响了起来。涉过一条浅浅的山涧，骡蹄子踢溅起几簇晶亮的水花。我平生第一次在骡背上，一边啃着甜中带酸的猕猴桃，一边享受着绿溶溶的森林浴，自感心中的花朵也灿灿然开放了起来。

我早从青海民歌"花儿"中得知，青海人把"小"字念成"尕"（音嘎）字，小姑娘被称为"尕妹子"，于是，我便和牵骡的小姑娘有了如下断断续续的对话：

"尕妹子，这骡子几岁了？"

"才7岁。"

"你几岁？"

"不告诉你，"绿色细花的盖头遮住了含羞的笑脸，"你猜吧！"

"骡子调皮吗？"

"放心，有我呢！"笑脸又从绿盖头里露了出来。

"天池好玩吗？"

"那是仙水。你喝了，准保长命百岁。"

"上天池要骑多久？"

"莫急，才2个小时呢！"

我的天！一上一下，要4个小时。

"当心，树枝！"

我赶紧低下头，躲开迎面刮来的枝叶。哦，这里有许许多多我这南方人无法辨认的树木，姑且称其为不知名的树木吧！它们伸出或粗或细的枝条，或刚或柔的枝条，或鲜嫩或枯老的枝条，张开或宽厚如蒲扇，或细狭如眉毛的树叶，绿叶、黄叶、红叶、杂色斑斓的树叶，就这样层层叠叠地从我额头上、耳朵边、眉角眼梢处擦了过去。我不敢再分心言语。我左手拉着缰绳，右手护着脸面，小心翼翼地从密林里穿行过去。看不见前方或后方的骡子，只听见骡脖下的铃铛叮叮当当地在林莽中呼应，然而，这铃声却使幽静的山林更显得幽静。

总算眼前一亮，钻出了密林。前面却是一大片乱石岗。骡子巧妙地从乱石的夹缝中寻路前进，这下可苦了我那没套上皮靴的小腿肚，时不时要在石与石的夹击中挤过去，擦过去，磨过去，碾过去，一阵阵火辣辣的感觉不时传了上来。

山路越来越陡，且时左时右，忽上忽下，我只能屏声静息随着骡子顺势俯仰，汗湿的衬衫便紧紧地贴住了后背。

然而，前面又是高悬于万丈深渊之上的峭壁。骡子毫不犹豫地奋勇前进，我忐忑不安地叫了声"尕妹子"，打算跳下骡背，步行过关。不料，胸有成竹的"尕妹子"却轻轻拍了一下骡屁股，那和主人一样顽皮的骡子居然一路小跑起来，逞强好胜地追赶起它的同类。我别无选择，只能眯着眼睛，腾云驾雾地从悬崖边上擦了过去，然后，峰回路转，前面，又是一片莽莽苍苍的森林……

终于，在重峦叠嶂中闪出了一片蓝茵茵的湖水，冷飕飕的水汽从湖面上升腾上来，立即灌进了我的五脏六腑，一路上的热汗便突然间收了个干干净净。我们一个个跳下骡子，全都四仰八叉地躺到了湖边的草地上，浑身的骨头全都散了架。许久，才记起腿肚子，卷起裤管一看，果然是红红地挂了一片彩。不能怪那调皮的"尕妹子"和骡子，只能怪我自己太缺乏爬山钻林子的锻炼了。

热腾腾的羊肉"尕面片"端了上来，火辣辣的羊肉杂碎汤端了上来，香喷喷的烤大馍端了上来，这"天池"边上唯一的饭店服务得恰是时候。店老板是位蓄着胡子的复员军人，一问，全店4个人，4个民族：汉、回、藏、撒拉，典型的一个高山民族饭店！

汤足饭饱，浑身又有了热气和勇气。于是，我们穿上橘红色的救生背心，驾起小舟，滑入了"天池"的怀抱。

"天池"的四周，全是密不透风的森林。刚才在骡背上过于紧张，错过了观赏山林美景的机会，如今，在这湖波的轻舟上，一切得以补偿。同舟的地主，循化撒拉族自治县委宣传部部长宁武甲，倚立船头，指点江山，如数家珍地为我们一一介绍孟达山林区绿色大家族的重要成员——

红桦，白桦，紫桦；辽宁栎，华山松，台湾桧；苍翠的云杉和青钢木，浅碧的刺五加，老枝蟠虬的藤山柳；金光闪闪的花楸，烈焰腾腾的山里红……

是什么在湖边一闪而过？是林麝，还是岩羊？

是什么从湖中扑翅掠起？是斑鸠，野鸡，还是蓝马鸡？

舟到湖心，宁武甲用带来的白色塑料桶装满了蓝晶晶的一桶湖水。原来，他是藏族，他说："我们藏族和撒拉族同胞一样，都把孟达山尊为圣山，把天池的水奉为能医治百病、延年益寿的圣水、仙水……"

午后，我们舍舟登岸，在天池边的草地上小憩。湖波潋滟，山风徐来，不觉悠然入梦。我梦见我的坐骑，那匹 7 岁的枣红色骒子，突然间插上双翼，把我驮入云端。我睁眼鸟瞰大地，突然惊喜地发现，整个黄土高原，无数的山包山峁，全都披上了绿色的新衣，就像这孟达山的森林一样，绿得密不透风，绿得叫人心荡神驰！

1994 年 8 月 22 日游并记

1995 年 12 月 3 日完稿

遥望昆仑山

登昆仑兮四望，

心飞扬兮浩荡。

——屈原《九歌》

天塌地陷，山奔海立。两亿年前，当造山运动以不可抗拒的神力促使印度板块与欧亚板块轰然相撞时，波涛滚滚的古地中海上，便隆隆升起了世界上最雄伟最壮阔的青藏高原。

支撑青藏高原的骨架，由喜马拉雅山、喀喇昆仑山和昆仑山三大山系组成。其中的昆仑山，论平均高度，只能名列第三，但若算起山体的总长度来，它西起帕米尔高原，东抵黄河大河曲，横跨亚洲中部的我国新疆、西藏、青海三省区，连绵 2500 多公里，又雄踞三大山系之首。它孕育了长江、黄河两大水系，被古人尊为"万山之宗""江河之源"，理所当然受到华夏子孙的崇仰和感戴。

古往今来，几乎所有的诗人都把颂歌献给了昆仑山，但真正能涉足其间、亲历其境的，又有几人？当年，孔夫子登泰山，不无自豪地说："登泰山而小天下。"其实，海拔 1545 米的泰山，比之海拔 7509 米的昆仑山，又算得了什么！假若他老人家能活到今天，能背起氧气袋，跟随登山队登上江河之源，那他一定会老泪纵横，改口宣布道："伟哉，登昆仑而小环球！"

莽昆仑之高、之远、之险，都不是一般人所能企及的。此番，由中国作协组织的华东作家赴大西北采风团，虽然从东到西穿越了整个青海省，但昆仑山却依然可望而不可即。我们，只能在青海湖大草原上，在柴达木盆地上，南望它外沿或浓或淡的山影，遥致崇高的注目礼……

站在青海湖南岸极目远眺，一马平川的大草原，无遮无拦的大草原，就像绿茸茸的地毯一直向前铺去，越铺越高，一直铺向旷远的天际。也只有在天际的地平线上，才有些并不很高的山体悄然隆起。那山体，分明只是草原向空中的延伸，照样是淡淡的绿色，山势平缓，线条柔顺，光洁的坡面与山下的草原浑然一体。青海诗人朱奇说，那就是昆仑山北侧的外沿部分了。没想到，昆仑山留给我的第一印象，居然如此丰腴而温润，宽厚而谦和。

告别青海湖，驱车西行，平坦笔直的青藏公路像箭一样射穿茫茫大草原，进入了荒无人烟的柴达木盆地。

28

> 南昆仑，北祁连。
> 山下瀚海八百里，
> 八百里瀚海无人烟。

这支古老的民谣，是柴达木盆地最真实的写照。没有人影，没有树影，甚至，也没有一只鸟影。四野茫茫，只有黑黝黝的砾石，白花花的盐碱，星星点点的芨芨草、骆驼刺，间或有一些沙柳，在骄阳下抒写着无边的荒凉与寂寞。有时，连这些仅有的沙生植物也全然消失，我们，连同我们的影子，便仿佛置身于空荡荡的月球表面。

一路上，只有昆仑山在南边远远地注视着我们。

暴烈的阳光，燥热的漠风，尖利的沙雨，也许，还有冬季的冰刀和雪剑，早已剥下了它绿色的外衣，啃尽了它厚实的肌肉，唯剩下嶙嶙瘦骨，坚硬地挺立在荒沙戈壁之上。远眺，似万峰疾走的骆驼，扬起漫漫的沙尘；近观，如瘦狮，如饿虎，或仰天长啸，或醉卧沙场……

这大自然神奇的雕塑，使昆仑山显示出一种粗犷、狞厉、原始、拙朴的美，一种在苦难中挣扎而奋起的悲壮之美。

空旷的地平线上，终于出现了几个黑点，继而又膨胀成几方黑块。待逼近一看，原来有几辆从对面开来的卡车正停在前方。大半天未见到同类，双方的司机全都按响了喇叭，那声音在荒原上听起来特别欢快。我们也赶紧停下车来，耳畔便有潺潺的流水声传了过来。跳出车门，眼前一亮，一条亮晶晶的雪水，从南边昆仑山方向流过来的雪水，在夹岸的沙柳丛中，欢唱着漫过公路，又流向北边的瀚海深处。那瀚海深处，还影影绰绰地闪出了一片树影。

这雪水，这荒漠里的甘泉，天赐的玉液琼浆，浇灭了我们喉咙里的烈火，洗去了我们大半天的风尘与疲惫。早来的司机遥指北边瀚海深处的树影道："那是一个劳改农场，别看它周围赤地千里，因为有这条昆仑山雪水的浇灌，那里长出的大蒜有拳头大，芥菜比人高，全是绿色王国里的巨人家族呢！"

我回望南方光秃秃的昆仑山，在炎阳下焦黄干硬的昆仑山，不免将信将疑。诗人朱奇又告诉我："别看它貌不惊人，山里头有挖掘不尽的黄金和玉石，这地底下，还有开采不完的石油和天然气呢！你想想，连长江、黄河都从那里发育，又何况眼前这小小的雪水沟呢！"

一席话，说得我心悦诚服。看来，海水不可斗量，昆仑山也不可貌相！正如最贫乏的往往需要最华丽的包装，最伟大的却常常只寄寓于最朴素的平凡之中。昆仑山的一切，全都藏而不露。在最贫瘠、最荒凉、最干枯的外表下，蕴蓄着的，却是天上人间最珍贵、最富有、最充沛的资源！灵魂不灭，生命不息。男子汉顶天立地的胸膛里，自有热血滔滔，自有雄兵百万！

车子再次登程西行。西天的夕阳似乎永远挂在地平线上。这里与北京时差 2 小时，直到晚上 8 点，暗红色的火轮底部，才升起了一小簇黑色的树影与楼影。号称"昆仑明珠"的格尔木市，终于把我们揽进了它的怀抱。

正是华灯初上时分，宽敞的马路，洁净的街市，白杨树站成一排排绿色的屏风，八瓣梅在树下翻涌着五彩的波浪。简直难以想象：40 年前，这里还只是沙石与盐碱的世界，黄羊与野兔的故乡。某一天傍晚，一支风尘仆仆的队伍来到了这里。他们是青藏公路筑路大军的先遣部队。他们已经跋涉了五天路程，却不知地图上的格尔木到底在哪里。

"格尔木就在我们脚下！"领队的慕生忠将军斩钉截铁，一声令下，"我们的帐篷扎在这里，这里就是格尔木！"

于是，铲掉了红柳和沙柳，赶走了黄羊和野兔，戈壁滩上搭起了最初的六顶帐篷，一个全世界最高的帐篷城市就此诞生。40 年后，这里已成为一座拥有 20 多万人口的城市，一个青藏高原上首屈一指的工业重镇。

在格尔木宾馆，我们首先喝到的是"昆仑山"牌矿泉水。泉水清冽纯正，甘甜醇美，一路上的焦渴与疲乏全都冰消雪化。主人说，这矿泉水锶含量极高，是昆仑山顶部紫外线的强烈照射，才慢慢形成这真正天然的矿泉水。其整个过程，经科学论证，大约需要 20 年。

如此说来，我 1994 年夏天喝下的这瓶矿泉水，原是 1974 年夏季的某一天，某几朵雪花飘落在昆仑山顶上酿成的。时间与空间的距离如此遥远，简直是人间的一大奇迹！

"一城居民半城兵"，是格尔木的一大特色。这里是通往西藏的门户，是全国援藏物资的集散地。筑路大军、铁道兵、航空兵、汽车运输兵、生产建设兵团的老兵……每一个家庭几乎都流淌着军人的血液，整座城市英气逼人。也许，正是昆仑山的雪水哺育了他们，他们才具有这种"特别能吃苦,特别能忍耐,特别能战斗"的"格尔木精神"吧!

我们所采访的格尔木炼油厂,是成千上万柴达木人奋斗 40 年的结晶。传说 40 年前的某一天,有人无意中发现山上的石头会燃烧,于是,"进军柴达木,向荒漠要石油"的进军号吹响了。第一口油井喷出了浓黑的原油,原油漫成了湖泊,连天上飞过的野鸭都误落湖中呢!

酷暑、严寒、沙暴、雪灾、断水、缺氧,连同无边的荒凉与寂寞。40 年,漫长的 40 年。三代人终于有了这年产百万吨的炼油厂。它背靠高高的昆仑山,脚踩茫茫的戈壁滩,炼塔林立,烟囱高耸,密如蛛网的管道缠绕着成群的楼厦。入夜,全厂灯火通明,一根 40 米高的擎天柱,举起一束燃气火炬,火光熊熊,烈焰腾腾,映红了背后的巍巍昆仑,映红了眼前的茫茫戈壁。

这高擎在世界屋脊上的火炬,是柴达木人用生命点燃的"昆仑圣火",也是昆仑山奉献给人类子孙最绚丽最圣洁的花朵。

1994 年 8 月 26 日至 28 日游并记

1996 年 10 月 15 日完稿

翻越祁连山

寒流，是上帝派往人间的使者。每年秋季，它从西伯利亚悄然南下，沿河西走廊长驱直入，再南向钻进祁连山的五脏六腑。然后，它停下来，留下来，住下来，再也不走了。于是，便有了积雪，有了冰川，有了祁连山"四时积雪，六月飞霜"的奇异景观。

从甘肃酒泉、嘉峪关一带南望祁连山，只见波澜起伏的群峰，在其海拔 4000 米雪线以上，终年不化的积雪，宽阔颀长的冰川，像玉龙飞舞，像银蛇起伏，像白虎翻腾，又像一条条洁白的哈达，披挂在众山之神的身上。在正午骄阳的照射下，整个祁连山有如钻石般发出万簇光芒。

然而，从青海柴达木盆地北望祁连山，却少了这冰清玉洁的风韵。山势相对平缓的南坡上，呈台地状层层上升的，却依然是盐碱地、戈壁滩，依然是死一般的沉寂与荒凉。

我们从青海西部的格尔木市驱车北上，想翻越祁连山西端的当金山口，直插甘肃西南部的名城敦煌。

先是无边无际、无声无息、无波无浪的察尔汗盐湖。用盐盖铺筑，用卤水浇补的公路，长达 60 公里，就那样从从容容、潇潇洒洒地从不沉的湖面上飞越过去。白花花、平坦坦的路面，其硬度，其韧度，绝不亚于沥青和水泥。大自然用神力造就这"万丈盐桥"，的确是我国公路建设史上的一大奇观。

再就是长满罗布麻的盐碱滩了。我从未见到如此美丽的荒滩。一丛丛罗布麻，居然能从其他生物完全灭绝的咸涩中，蓬蓬勃勃地抽出了柔韧的枝条，舒展开狭长的叶片，而每一枚叶片都是黄澄澄、金灿灿的，在阳光下流溢着黄金般的色泽，举目四望，整个大地都变成了金光闪闪的海洋。

可惜，没有人烟，没有鸟影，没有兽迹。一切的美，全都淹没在无垠的静默之中。于是，金色便渐渐淡了，薄了，最终消融在灰黑色的砾石之中。好不容易，在戈壁滩的尽头出现了几排白杨树，一个炊烟袅袅的小镇。镇名大柴旦，我们这群不速之客才有了一个落脚歇息的去处。

三层楼的招待所是全镇最高的建筑。但我发现平生最难爬的楼梯就在这里等待着我。我提着行囊，心跳如鼓，气喘如牛，一步步仿佛踩在棉花堆里。原来这里已属祁连山南坡，海拔 3800 米，缺氧，难免有了高原反应。在三楼的住室里推开北窗，一束白光从后山刺进眼帘，我突然明白，我们已接近祁连山的雪线了。可惜，在此后的旅途中，它仅仅于此偶尔一露真容。

第二天，又是漫漫长途。山与石，显得更干，更瘦，更硬了。枯瘦到极点，便缩为沙蚀林，缩为风蚀残丘，再化为子虚乌有，化为一眼望不到边的茫茫瀚海。风，是天地间唯一的主宰，它不知疲倦、肆无忌惮地掠过荒原，卷起一柱柱烟尘，笔立着直上苍穹，却又迅疾地横向移动，不，不是移动，而是疾走，像远古神话中的夸父，正披头散发地追赶太阳，却又永远追赶不上。这唐诗中"大漠孤烟直"的奇观，我今天总算是领略到了。

没想到，在荒无人烟的地方，却冒出了一个像珍珠般圆润可爱的地名——南八仙。据说在 1955 年，来自江南的八位姑娘，八位美如天仙的女勘探队员，为了寻找石油，在风沙中迷了路，不幸罹难于此。无情的沙暴吞噬她们壮丽的青春，但理想的火炬却凭借地名烛照千秋。哦，路边沙堆上迎风摇颤的干枝梅，可是她们的灵魂在翩翩起舞？瀚海深处的红柳，可是她们的生命之火还在熊熊燃烧？

青海人喜欢把湖说成海，也喜欢把戈壁滩说成海。于是，地图上的"马海子""花海子"便次第在我们眼前展开。然而，没有骏马飞奔，也没有野花浪漫，只有漫漫黄沙，层层砾石，以"海"的形象无边无际地铺向可望而不可即的天际。

地平线上终于出现了影影绰绰的树影，闪闪烁烁的波光。树影中钻出了毗连的屋宇，波光中闪出了点点的风帆。可是，一走到跟前，这一切又全都烟消云散，原来，只是海市蜃楼罢了。

终于又看到了正前方隆起的山峦，光和影分明勾画出明亮的山坡和幽暗的山谷。车子盘上山坡，在当年一幢知青点的废墟前停了下来。于是，我们喝水，啃干粮，拍照。蓦然回首，却意外发现刚刚走过的来时路，已泛漫起蓝莹莹的湖水。湖水浩浩渺渺，似乎要淹没我们旅途上的所有记忆。来去无踪的海市蜃楼，居然以如此奇特的方式为我们送行。

汽车继续前行，钻进了长长的长草沟。沟如其名，便渐渐有了芊芊的青草，有了苍苍的胡杨，甚至有了汩汩的水声。细弱然而清澄的水波终于洗亮了我们干涩发红的双眼。羊群像白云漫过河滩，牧羊人的鞭子上扬起了红缨，可惜未听见高亢嘹亮的牧羊曲。

终于盘上了当金山口。这里，是祁连山南北交通的必经之地，是青藏高原通往甘肃、新疆的咽喉要道。传说当年金兵远征到此，天已向晚，便就地安营扎寨。不料狂风骤起，大雪纷扬，一夜之间，沟平路断，白茫茫进退不得。金兵困守山中，饥寒交迫，不几时，全军覆没，此山口便因此而得名。又有一说，被困的金兵曾试图以军犬开道，引兵突围。猎犬冒着风雪，觅路爬行，它们用尖利的爪子，剜开冰雪，在坚硬的山崖上挖着、抠着、啃着、咬着，于是，山上的石头至今还留下一道道深深的爪印。但我细察公路两边那伤痕累累的白色岩体时，却更倾向于那只是分水岭上风剥、雨蚀、水冲的凭证。

历史与传说，全都随山鹰的翅膀苍茫远去……

翻越当金山口，车子犹如骏马下山，双耳灌满飒飒的风声。山坡下的阿克塞草原，如同一面巨大的折扇，在我们面前张开了广袤无垠的鲜碧和嫩绿。

这里已属于甘肃省阿克塞哈萨克族自治县境内。在哈萨克语中，"阿克塞"是白色的意思。顾名思义，大概这里山上的石头是白的，沟里的流水是白的，冬季的大草原也是一片白茫茫的冰雪世界吧？

哈萨克族，作为中华民族大家庭中一支勇敢善战的英雄民族，在20世纪30年代，为何要从新疆分拨出七千余户三万余众，翻越马鬃山，涉过疏勒河，千里迢迢迁徙到这里散居游牧？其间，又有多少可歌可泣的人物和故事？

我问草原，草原缄默不语。唯有"风吹草低见牛羊"，宛如蓝天上的朵朵白云，抒写着空间和时间的悠远。

草原的尽头是戈壁。

戈壁的尽头是沙漠。

当干热的漠风扑面而来，炙人的热浪一浪高过一浪时，我意识到，古称"沙州"的名城敦煌已遥遥在望。

> 1994 年 8 月 29 日至 30 日游并记
> 1995 年 11 月 7 日完稿

三危山的佛光

大雨刚过，黄昏将临，空气格外清新。沙原上不再有滚滚的烟尘，干裂的嘴唇和干渴的心肺也全都润泽起来。尽管被淋湿的袈裟尚未吹干，他还是背着行囊，拄着锡杖，继续往东南方向跋涉。反正四顾茫茫荒无人烟，随地皆可坐宿，不如趁天黑之前多赶些路。于是，在光洁的沙漠上又延伸出一行深深浅浅的脚印……

也许，这脚印转瞬间便可能被流沙抹平，但它，却像一把金钥匙，即将庄严地开启一个宝库，一个日后被公认为中国艺术史上最辉煌的宝库。

他的背后，西天已燃起了愈来愈红的晚霞，而在他前方的地平线上，却突然升起了一座奇异的小山。山并不高，山崖上寸草不生，既无茂林修竹，亦无崇楼叠阁，却满山祥云缭绕，那笔立的崖壁就像一面铜镜，腾起了万道金光。似有诵经声与钟磬之声遥遥传来，似有纷飞的宝带簇拥着千佛在浮动，在旋转，在召唤……

他目瞪口呆，怔怔地站着，看着，听着。他的灵魂被一种神奇的力量飘然牵往一个迷离恍惚的世界。仿佛受到天启，他连忙把行囊一扔，锡杖一插，便深深地跪了下去。许久，他才慢慢抬起头来，双手合十，对天发愿：从今以后，他定要广为化缘，在这"灵岩圣地"，"梯空摄虚造一佛龛"，以弘扬神力无边之佛法。

他，就是后来举世闻名的敦煌石窟的创始人乐尊和尚。时前秦二年（366），山名三危山，海拔 1846 米，地处敦煌东南沙海深处。其事始载于唐圣历元年（698）的《李怀让初修莫高窟功德记》。

当然，按照今天地质科学的观点，他眼中的"佛光"，其实只是特殊地理环境在特殊气候条件下一种特殊的自然现象，是雨后的斜阳、夕晖、晚霞与大气中的水雾、沙漠上的蜃气，以及山崖上潴留的雨滴，通过映照、折射、反光，交相辉映后而形成的奇观。聪明而虔诚的乐尊和尚，为它罩上了绚烂而又神秘的宗教光环，于是，在中华民族的历史上，在丝绸之路重镇敦煌附近，一个必然要出现的艺术宝库，便在这偶然的机遇中应运而生了。

今天，当无数中外游客搭乘飞机、火车、汽车、马和骆驼，穿越茫茫荒漠，到敦煌莫高窟朝圣时，依然津津乐道于 1600 多年前乐尊和尚的这一奇遇。

当然，创造敦煌艺术这一伟大奇迹的，绝不可能只是乐尊和尚等一批有幸能留下名字的僧人。自东晋开始，历经北凉、北魏、西魏、北周、隋、唐、五代、宋、西夏、元等十个朝代的千余年时间，献资开凿石窟洞的"供养人"，上自达官贵人，下至僧俗平民，不知有多少！而一代又一代的工匠与画师，在此胼手胝足，辛劳终生，更不知有多少人耗尽了青春与生命，然而，他们却全都未能留下名字……

当我从一条干涸的河床进入莫高窟地界时，首先映入眼帘的，是河对岸光秃秃的山崖上，那千门万户蜂窝般密集的窟洞，简陋、破败、颓废的窟洞，像一个个没牙的老人，张开干瘪的嘴巴在喘息；像一双双抠掉眼珠子的眼窝，早已流干了浑浊的泪水。我的心隐隐作痛，却只能用照相机拍下这悲壮的一幕。

当年，无数天才的艺术家就住在这里。白天，他们上天梯，过栈桥，开凿石窟，雕塑佛像，彩绘飞天；夜晚，就蜷缩到这些寒窑里，啃着土豆充饥，点着篝火御寒，在荒原漠风的呼号声中倦然入睡。也许，只有在梦中，他们才能偶尔见到莲花盛开的西天佛国……

崇高的艺术和贫贱的人生，伟大的创造与艰辛的劳动，灿烂的才华与寂寞的岁月，无价的珍藏与荒凉的沙漠，在这里，既形成强烈的反差，却又那么和谐地融为一体！

穿过萧萧的白杨林，穿过由许多舍利塔、慈氏塔、千像塔组成的土塔林，跨过飞架沟谷的双拱桥，沿着老榆和古桑、苍松与翠柏掩映的林荫小道，钻过气宇轩昂的大牌坊，莫高窟千佛洞，终于在我面前一展真容。

简直难以置信，就在这三危山狭长的崖壁上，干燥而粗粝的沙砾岩体上，屈曲回环的石梯与长廊，勾连起层层叠叠大大小小或高或低或明或暗的 492 个洞窟。高撅的檐牙飞扬起逼人的气势，幽深的门户潜藏着摄人的神秘。在昏暗的光线中穿堂入室，仿佛钻进长长的时光隧道，走进了历史，走进了神话，走进了一个时空交错、神人共舞、五彩缤纷、扑朔迷离的艺术世界。

在这个世界里，至高无上的主宰者唯有艺术。这是线条和色彩的艺术，形体与服饰的艺术，想象与理想的艺术，诗的艺术，声音的艺术，飞翔的艺术，狂欢的艺术，是人的生命力创造力借助神的威力释放、宣泄，发挥到极致的登峰造极的艺术！

尽管在 492 个石窟中，每年只允许对外开放 30 个；尽管在总数 2000 余尊雕塑和 45000 米的壁画中，我有幸能匆匆一瞻的只是极小的一部分；尽管在这有限的一部分中也因年代久远而破损、霉变、剥落与残缺，然而，正如罗丹所言："有一种比美丽更美丽的东西，这就是美丽东西的残余。"面对石窟中这些"残余美"，在昏暝中独特的视觉效果，更加剧了我心灵的震颤。我屏声静息，我目瞪口呆。我感到自己是多么渺小，多么无知，多么浅薄！

我不是建筑师，无法洞察石窟形制的奥妙；我不是雕塑师，无法诠释佛像们不同手势所包含的禅机；我不是美术史家，无法描述汉唐画风由朴实古拙到绚丽奔放的流变轨迹；我不是舞蹈家，无法解构

"反弹琵琶"的高难度动作；我不是音乐家，无法从"飞天"们飘舞的彩带上捕捉那消失的音符；我更不是"敦煌学"的研究者，能从政治、经济、文化、军事、宗教、历史、考古、民族、民俗、地理、哲学、科技以及外交、外贸等各门学科、各个角度去破译敦煌艺术所蕴藏的各种密码，为后人解说这一份博大精深的文化遗产……

暮色苍茫，我痴痴呆呆地走出了艺术天国，回到了烟火人间。我又看到入口处前方山崖上那些破窑洞，那些古代工匠与画师们夜间蛰居的破窑洞，依然在夕阳残照中默默地面对着无边无际的瀚海大漠……

我忽然有所领悟：任何伟大的艺术都是一种宗教。只有教徒般虔诚而又狂热的信仰，锲而不舍的追求，义无反顾的献身精神，才能以无比的激情与非凡的创造力，在寂寞、清贫和艰辛的劳作中获得永恒的辉煌。

1994 年 9 月 1 日游并记

1995 年 12 月 11 日完稿

鸣沙山断想

鸣沙山虽天晴无风而沙长鸣。

——《敦煌县志》（清）

一

抬头是沙，低头是沙。

沙垄沙畦铺开沙的原野，沙波沙浪涌出沙的海洋，沙丘沙梁叠起沙的峰峦。

置身在沙的世界里，我感到人是多么渺小。人的生命犹如一粒沙尘，只要沙原上一阵微风，你便身不由己地随风荡起，飘飘扬扬，却不知最终要落向何处。

每一粒沙都是渺小的，轻柔的，微不足道的，但无数沙粒的集聚却无比强大，强大到足以吸干江河，埋葬绿洲，吞没城市，甚至，改变地球的面貌，重写人类的历史……

犹如眼前这鸣沙山。谁能说得清，它在静默中站了多少年？千年，万年，亿万年？又有谁敢断言，它脚下消失了的，可有比敦煌更敦煌的城市，比莫高窟更莫高窟的珍藏？

二

它在黄昏的斜阳中显得宁静而安详。

它很美。光和影奇妙地勾画出它山脊的曲线。那是由几道弓形的弧线，斜斜地弯弯地连环成的波澜起伏的曲线。线条柔和、柔美而又柔韧。富有张力，富有弹性。却又如此优雅，如此从容，如此潇洒而又自如。

像大海涨潮时的波涛，一波三折；像乐曲中回环复沓的主旋律，一唱三叹。

我知道其他的山脊线都是凝固的，静止不动的，唯有这沙山例外。一夜风来，曲线或向东延伸，或朝西撤退，每一道弯弓或拉得更弯，或绷得更紧，或干脆消失。在漠风这位顶天立地的大雕刻师手里，坡可以升成丘，峰可以削成谷，匠心所运，变幻无穷。因此，我所见到的鸣沙山，仅仅只是它万千形态中的某一种。

如果说，每座山都是一位演员，那么鸣沙山便是一位千面郎君。

三

奇怪的是，就在鸣沙山山脊线下方的山脚跟上，有一株——天哪，只有一株，是钻天杨吧？笔直地，绝无旁逸斜出地，孤零零地站了起来，像一根巨笔，要把笔尖上的一篷鲜绿，呈献给山体的万顷黄沙；又像是一根青铜色的箭，要搭在金色的弯弓上，直射苍穹。

照理，流沙不容清泉，不容绿色的生命。可你这鸣沙山，居然养育出这么一位生机盎然的独生女儿！

莫不是你黄色的胴体内，正裹着一个绿色的精魂？

四

我爬过雪山，爬过火山，更不知爬过多少石山、土山以及土石交错粘接的奇峰峻岭。但万万没想到，平生最难爬的山居然是你——最松最软的沙山。

人动，沙动，山动。

走一步，退半步；走三步，退两步。

每一脚都踩不到实处。随着流沙软软地倾泻，你后脚尚未踩稳，刚迈出的前脚又退近了后脚。我想以加速度来控制下滑，便憋足劲猛地拔腿向上冲了几步，没想到流沙的速度和力度同时加大，我下滑得更快，更惨，简直就退回了原处。

举头仰望，沙峰衔着夕阳，一片辉煌，但可望而不可即。

返首回望，我突然一阵惊慌，仿佛一个人丢失了自己的影子，我所有的脚印全被流沙拭擦得一干二净。

我像泄了气的皮球，脱掉鞋子，扔掉行囊，四仰八叉瘫在了沙坡上。

松软的沙坡透出融融的暖意，我甚至闻到了阳光的气息。我仿佛回到童年，回到母亲的怀里。

母亲启示我：不要留恋过去。过去的一切，犹如顷刻间被流沙掩埋的脚印。人，最重要的是把握现在。起来，向前看！

于是，我像古希腊神话中的英雄安泰，从大地母亲身上吸取了力量，又重新站了起来。

五

终于站到了沙山的顶峰，但夕阳已离我而去，坠到了沙山的另一面。

我掬起一把黄沙。还是那些细微轻盈的沙粒，那么光洁，那么柔顺，无声地从我的手指缝里筛落。

禅语：一沙一世界，一叶一菩提。

是的，每一粒沙都有一个神秘的世界。它是谁？它来自何方？今后，它又要随风飘向何处？

山顶上的沙，与山脚下、山坡上以及山体里的沙，并无不同。从本质上说，它们是平等的。都是沙，都是轻盈而柔细的沙，都是个体渺小而总体强大的沙。

山顶上的沙，虽然有幸登上了高位，但依然是普普通通的沙，平平常常的沙。只不过由于阳光的青睐，有时它能像钻石般发出熠熠的光芒。

六

没想到下山如此轻松，如此迅捷，如此容易。

你可以抱着双膝，弓起身子，像西瓜一样滚下去；你可以倒躺着，像在水中仰游一样游下去；你也可以大喊大叫着跳下去，在滚滚的烟尘中暂时体验一下飞天女神飞翔的乐趣。

人生的旅途犹如沙山。逆境时爬坡，步步维艰。顺境时，忘乎所以，一不小心便滑下无底深渊。

七

据说，鸣沙山之所以称为鸣沙山，是因为你在下滑的过程中，能听到无比神妙的沙鸣之声：或庄严如梵寺晨钟，或曼妙如玉宇仙乐，或凄厉如刀剑交锋，或狂啸如天马行空……

可惜，在满山游客的喧闹声中，我什么也听不见。

也许，我应该夜里来，在淡淡的月光下独自前来。那时，沙山完成了在白天大庭广众下迎来送往的繁文缛节，一身轻松地披上月光所赠予的薄如轻纱般的睡袍，便可以无拘无束地向我吐露它心灵深处最真挚的颤音……

八

骆驼在沙坡下等着我。

它温驯地曲下四肢，让我稳稳当当骑了上去，又稳稳当当升了起来。

我抱着毛茸茸的驼峰，在悠悠晃晃中听一路驼铃叮当，听一路汉音唐韵，仿佛走进了时光隧道，走进了丝绸之路的西风古道……

转过了一道又一道沙梁，在苍茫的暮色中，忽然亮起了一弯新月，滟滟的波光闪着清辉，四周的树影显得更浓，更重了。

我知道，那是著名的月牙泉在遥遥召唤。

但愿它不是海市蜃楼。

> 1994 年 8 月 31 日游并记
> 1995 年 3 月 23 日完稿

贺兰山岩画

在朔方，在黄河西岸，在阿拉善高原与银川平原之间，有一匹褐黄色的骏马，正扬鬃奋蹄，迅疾奔走在飞沙走石的戈壁滩上，奔走在烟尘滚滚、扑朔迷离的史书之中。它，便是赫赫有名的贺兰山。

"贺兰"一词，为古语"鞨拉"的谐音，据说它曾是一匹龙头、牛尾、麒麟蹄的骏马，当它仰天嘶叫时，可以惊落天上的星星为人们祝福呢！

在中国的名山中，贺兰山可算是最神秘的一座山了。

当年，岳武穆怒发冲冠，仰天长啸："驾长车，踏破贺兰山缺"，却为何壮志难酬，只留下"白了少年头"的遗憾与悲切？

当年，与宋、金鼎足而立，雄踞中国西部长达189年的西夏王朝，何以在一夜之间消失得无影无踪，只留下九座金字塔状的王陵，在夕阳残照中供人凭吊？

当年，鲜卑人、匈奴人、柔然人、羌人、突厥人，还有创建西夏王朝的党项人，一个个勇猛彪悍的民族，都曾先后骑上贺兰山这匹骏马，驰骋天下，叱咤风云，而今，骏马仍在嘶鸣，骑马的勇士们安在？

带着数不清的疑问和困惑，我们穿越茫茫荒原，深入幽幽野谷，企求在大漠的狂风中聆听历史的回声和余韵，在峡谷的岩画里破译先人的遗书和密码。

一条沥青公路，像一柄利剑深深地插进山体腹部。公路两侧，不见人影，不见鸟影，只有几群白羊，在乱石堆中啃着星星点点的杂草，只有漠风卷起一柱柱烟尘呼啸而来，呼啸而去。阳光特别强烈，光秃秃的贺兰山凸处极亮，凹处极暗，在光与影的对比中显示出强烈的立体感。嶙峋的山石如同刀刃一般，锋芒毕露。好在进入峡口时，耳边传来了汩汩的水声。水声细细的，柔柔的，就像有人用手指轻轻地触摸这亘古的荒凉与沉默。

潜入深谷，抬眼在两厢的峭壁上寻觅，高高低低，断断续续，居然就有那么多粗犷而又质朴的岩画，次第展现在我们的眼前。它们，大约有300幅吧？

牛在哞，羊在咩，兔子在跳。鹿在跑，马在奔，追随在马蹄后的，是野狼还是猎犬？一只鹰，平伸双翼，在空中凝然不动；一只猛虎，正躲在巉岩背后，虎视眈眈地注视着什么？

我们仿佛走进远古洪荒时代的大草原，走进影影绰绰的动物世界，感受生命力最原始的律动，分享某一个游牧民族对飞禽走兽最热烈的爱恋……

当然，主宰万物的是人，是那些勇猛、果敢、健壮而又有点狡黠的人。他们大都以脸部出现，有一根根直立起来的头发，一条条下垂的胡须，自然还有弯弯的眉毛，以及眉毛下方眯成一条缝、表情含而不露的眼睛……与众不同的是，高踞于悬崖上方的，还有一幅巨人的头像，他的头发，连同眉毛，像光芒四射的阳光，双目圆睁，炯炯如炬，而抿紧的嘴唇却显示出特有的坚毅和威严。他，是某一部落的酋长？是神箭手、摔跤冠军、百战百胜的英雄？还是主宰天地万物、最受人类崇拜的太阳神？

在如此坚硬的石头上，是何时，何人，用何种工具，凿刻出如此众多传神的人物与动物的形象？是有心为子孙们留下一部本民族石刻的画史？还是在劳动之余一种无意的艺术创造？我们不得而知。我们只能从这些简练、朴拙，然而又在朴拙中透出机智与灵巧的线条上，从这些线条组成的符号上，隐隐感受到古人所传递过来无比丰富却又难以破解和诠释的信息……

"看，手印！"有人惊喜地喊了出来。

循声望去，果然，在另一片悬崖的陡壁上，鲜明地呈现出两个小巧的手印。我四肢并用，顺着石隙攀岩而上，仔细端详这两只史前人类所遗留下来的手印。两个手印，一左一右。右边，手指修长而柔美，显然是女性的手印；左边，手指短小而稚嫩，显然是小孩的手印。与其他岩画的凿刻法不同，这里，分明是依据真人的手印，用磨刻法细细磨制而成的。

她，是一位贫穷的牧羊女，还是一位尊贵的公主？她为何要在这里印上自己的纤纤素手？是在风和日丽的日子里，和孩子一起嬉闹玩耍？是在山盟海誓之后，留给情人的一片思念？还是在兵荒马乱、国破家亡之际，以此传递母女被掳掠的消息，呼唤远方的亲人快快回来营救？

时隔千年、万年，或数万年之后，一切恩怨情仇、悲欢离合，如同沙尘一般全都随风飘逝。唯有这手印，这一位女子和一位孩子的手印，在高高的悬崖上留了下来，留给我们无穷的猜想和思索，留下悠长的悬念。

请原谅我的冒昧，因为我忽发奇想，要握一握史前女人的那只纤纤素手。我把自己的左手轻轻地贴了上去，贴在岩壁上那五指修长的手印之上。顿时，时间消失了，距离消失了，坚硬的石壁变得柔软起来，冰冷的石壁上似乎还留下一丝手泽的余温。我闭起双眼。耳畔，从远古时代遥遥吹过来的风声，如羌笛在悠悠地吹奏，如陶埙在沉沉地低鸣，一种幽深与苍凉之感直灌进我的五脏六腑……

从峡谷深处另一侧返回时，又发现岩壁上有五个方块字竖刻成一行。乍见之下，它们都很像汉字，点、横、竖、撇、捺、折，一应俱全，且四角饱满，疏密匀称。然而，细读之下，它们却在横竖之间，添上许多斜笔，像天书一般，一个字也认不得。这，自然是典型的西夏文字了。以此推算，贺兰山岩画产生时间的下限，当在一千年前的西夏时期。这种严整、端丽而又奇特的文字，随着西夏王朝的覆灭，曾一度在历史上消失，直到 19 世纪与 20 世纪之交，才重新被人们所发现。面对这尘封已久的神秘"天书"，中外学者立即掀起了一股研究的热潮，时至今日，与其有关的西夏学研究已逐渐发展成为一门国际显学，其内容之博大精深，自然不是如我辈之浅薄者所能望其项背的。

走出峡谷时，看到一群人正在翻修沥青路面。他们一个个低着头，剃得光溜溜的脑袋特别引人注目。忽想起距此不远，便是张贤亮"出卖荒凉"的镇北堡，他笔下的小说，不就常常出现这些剃光头的"劳改犯"吗？

48

一个满脸络腮胡子者还抬起头来，朝我们嘟哝道："山里头啥金银财宝都没有，你们城里人大老远跑来干啥？吃饱了撑的！"

我只能报以微微一笑。到荒漠野谷寻找一种失落的文明，这道理不是三言两语就能说清楚的，也不是任何人都能弄明白的。何况是神秘的贺兰山，它的诸多千古之谜，就让一代又一代的西夏学学者们，去慢慢解答吧！

2000 年 7 月 30 日游并记

2001 年 1 月 7 日完稿

六盘山上高峰

天高云淡，

望断南飞雁。

不到长城非好汉，

屈指行程二万。

　　　　　——毛泽东《清平乐·六盘山》

西边，是黄沙漫漫的腾格里沙漠；东边，是烟尘滚滚的毛乌素沙漠。中间，像牛舌头一样往南伸出的一块高地，是宁夏回族自治区的固原地区，因内辖西吉、海原、固原等县，故又统称为"西海固"。这里，十年九旱，赤地千里，历来是中国最贫困的地区之一，素以"苦甲天下"而著称于世。

好在南端有座六盘山，葱葱茏茏、青青翠翠地盘旋在宁夏与甘肃的边界上，总算给黄土高原赤裸裸的金色胴体拴上了一条绿色的腰带。

六盘山，古称陇山。之所以得名"六盘"，一说是"左盘道六重，方能始达山顶"。另一说则缘于一则美丽的民间传说：很早很早以前，山上无路可走，只有一只小鹿常下山到小溪边饮水。有一天，一位年轻的樵夫发现了它，并悄悄地尾随跟踪。只见小鹿穿沟越坳，攀岩而上，到了山顶，便不见了。但小鹿经过的地方，却出现了一条弯弯曲曲的小路，久而久之，这条"鹿攀"之路，便转音成了"六盘"。

这里，作为古丝绸之路北线的必经之地，作为北方游牧文化与中原农耕文化的结合部，历来是各民族和衷共济的共同家园，但有时，也不免战火频仍，烽烟四起，成为兵戎相见的用武之地。传说"一代天骄"成吉思汗六攻西夏未克，就在此间的凉殿峡饮恨驾崩。

我从小得知六盘山的大名，自然源于毛泽东那首气壮山河的词篇，并从其注释中约略知道，1935 年 9 月中旬，毛泽东率领中央红军进入甘肃省南部，10 月上旬，突破敌人的封锁线，打垮了敌人的骑兵部队，胜利地越过了六盘山。

来到固原，方知六盘山的主峰位于固原、隆德、泾源三县交界处。这里，恰是福建省对口支援"西海固"的重点地区，因此，也是我们福建作家采风团此行的目的地。于是，在固原地区副专员马国林的率领下，我们有幸两度攀越六盘山主峰，对当年红军长征北上的路线有了较为直观的了解。

在宁夏，"十回九马"。唯有我们这位马专员例外，他是汉族，是福建省农委派来挂职的。但他早已和当地回族同胞融为一体。出发前吃早餐，他特意抓来一大把紫皮大蒜，尽管又生又涩又辣又呛，却逼我们硬吞下去："这里水硬，含氟量高，诸位初来乍到，若不吃蒜，肯定要胀肚子，拉稀！"说着，他还吟诵起自撰的一副对联："少喝酒多吃蒜保平安，树形象讲奉献求发展。"看来，在西海固工作的老乡们，之所以能吃苦耐劳，因为他们心里明白，他们的一举一动，都关系到回族同胞的利益，关系到国家西部大开发的战略全局。

我们驱车抵达山南的单家集。此地属固原县境，是回族同胞的聚居地。车水马龙、熙熙攘攘的集市上，一眼望去，全是白色的小圆帽和白色的头巾，如同一朵朵白云在飘浮。市集的一隅，藏有一座古老的清真寺，拱形的木门油漆剥落，呼唤楼的檐顶上也积满了尘土，悠悠的岁月似乎已在此凝固。

一位白胡子阿訇迎上前来。他热情地和马专员打了招呼，便掏出钥匙打开礼拜堂侧翼的一间小平房，说：这里，就是毛主席在行军途中喝茶小憩的地方。当年，中央红军攻克腊子口，跃出岷山，一路进军来到单家集。听说马步芳骑兵欲借六盘山天险阻止红军北上，他当即命令先遣部队出发迎敌。别看匪军平时作威作福，一遇上红军便人仰马翻，丢盔弃甲，不到三个钟点，战斗就结束了。当天下午，红军一鼓作气翻过了六盘山。说着，他兴致勃勃带我们到寺外，瞻仰一座由当地回族同胞集资建立的纪念碑，自豪地说："我们西海固地区的穆斯林，是最拥护红军的了。"

据说，毛泽东是 10 月 7 日登上六盘山的。那天，他骑着一匹大白马，从单家集近邻的驻地张易堡出发，沿小水河入牛头山口，自南往北攀登。当他翻过长征途中这最后一座高山时，心情豁然开朗。艰难的日子已成为过去，胜利的前景遥遥在望。恰巧那天又是个好天气，丽日晴空，云淡风轻，一群人雁成一字队列往南飞去。于是，他就在大白马的背上"哼"出了这首《清平乐》词，从此，我们的六盘山，便以长征胜利的标志而彪炳史册。

不过，我们今天上六盘山，却是个雾蒙蒙的阴天。那雾，就像大海中的潮水，涨潮时，吞没了天地间的一切；退潮时，那一座座峰峦，又像大大小小的岛屿浮现出来。岛上，全是湿漉漉的针叶林：奇崛的华北松、华山松，还有挺秀的箭竹林，每一针叶梢上都有雾珠在闪烁。一路上，看惯了黄土高原焦黄、干瘦的山山峁峁、沟沟坎坎，乍到此，犹如久旱逢甘霖，这才知道六盘山不愧为黄土高原上难得的"湿岛"与"绿洲"。

我们是沿西（安）兰（州）公路驱车上山的。路上虽有几处大弯，却宽敞、平坦，穿山而过的"六盘山隧道"，更使昔日天堑变为通途。不过，马副专员却命司机拐上另一条岔路，即当年红军上山的旧路。于是，车子剧烈颠簸起来，且不断在山崖间左旋右转，我们这

51

才领略到"六六三十六盘"弯道在雾海中穿行的艰难与险阻。不过，在一次90度的急转弯中，居然有一只山鸡，拖着长长的红色尾雉，冲出浓雾，从车头一掠而过，给了我们意外的美丽与惊喜。

车子在山肩处的停车场泊了下来。场中央立着一块大石头，上刻"六盘山"三字。背后，一面"中国工农红军第四方面军"的军旗，在雾中呼啦啦飘扬，如同一蓬熊熊的烈火。我们沿着长长的石阶，往山顶的纪念亭攀登。奇怪的是，这里海拔近3000米，举步间竟不觉得气喘。大概，是因为四周植被丰富，湿润的空气中氧离子特别多吧？石阶两旁的山坡，碧草如茵，野花烂漫，把八根石柱高高托起的纪念亭衬托得更是雄伟。亭中矗一方白色词碑，上刻《清平乐·六盘山》全文，其笔迹龙飞凤舞，一气呵成，自然便是我们所熟悉的毛泽东的亲笔手书了。

52

六盘山上高峰，
红旗漫卷西风。
今日长缨在手，
何时缚住苍龙？

伫立亭中，回望山下，来时的公路如同一条金色的飘带，在茫茫雾海的波峰浪谷间，浮沉、起伏、出没……

我悠然想起，作为革命领袖的毛泽东，正是从"山里"起步，靠着对山的跨越，才一步步走向成功的。因此，作为诗人的他，便有一种特殊的大山情结。1996年新版的《毛泽东诗词集》，共收录他67篇作品，其中，以山为题或写到山的，就占了一半以上。尤其长征途中，从《忆秦娥·娄山关》开始，一直到《十六字令三首》《七律·长征》《念奴娇·昆仑》《清平乐·六盘山》，他几乎是以对群山连续不断的歌吟，来完成长征这部波澜壮阔的史诗的。山，是他的灵感源泉，也是他的精神象征。如果说，《忆秦娥·娄山关》里的"马蹄声碎，喇叭声咽"，还多少带有点沉郁，有点悲壮，那么，到了《清平乐·六盘山》里的"红旗漫卷西风"，则充满一种柳暗花明、豁然开朗的轻松与喜悦，一种历经艰辛之后稳操胜券的自如与自豪了。

翻越六盘山主峰之后，我们夜宿泾源县。次日，马副专员又率领我们向六盘山腹地进发。我们潜入密林掩映、溪流湍急的凉殿峡，寻访成吉思汗当年避暑养伤，最终因箭伤发作而驾崩之处。我们上溯泾水之源的老龙潭，寻访《西游记》中所写的"魏征梦斩泾河老龙"处。我们还骑马沿香水河进入野荷峪，十里清流十里荷香，仿佛又回到山明水秀、花香鸟语的江南水乡……

然而，毋庸讳言，在整个宁夏南部，在腾格里和毛乌素两大沙漠夹击威逼中的"西海固"地区，像六盘山这样的"湿地"和"绿洲"，毕竟太少了。我们在途中更多看到的，是断流的干河床，是呈龟裂纹的荒土地，是连发菜和甘草也被扒光的寸草不生的山峁山梁山沟山谷，是回、汉两大兄弟民族为驱赶旱魔，脱贫致富所进行的种种艰苦卓绝的尝试与奋斗。因此，当我们折返原路，驱车穿越六盘山隧道，仰望主峰上的红军纪念亭时，大家对毛泽东的《清平乐·六盘山》词，似乎又有一番新的理解：如果说，有关西部大开发的战略是今日在手的"长缨"，那么，我们何时才能"缚住""贫困"这只"苍龙"呢？

巍巍青山，阵阵林涛，马专员和我们全都陷入了沉思。

2000 年 7 月 27 日至 28 日游并记

2001 年 3 月 4 日完稿

桥山祭黄陵

一部中华文明史，浩浩荡荡五千年，它的源头在哪里？

开天辟地的盘古、炼石补天的女娲，全都是远古神话中虚无缥缈的迷云。有巢、燧人、伏羲、神农诸氏，在九州大地上亦难觅遗踪。唯有黄土高原的桥山之上，实实在在屹立着一座帝陵，一座传说是有熊氏公孙轩辕的衣冠冢——"人文始祖"黄帝之陵。

自古以来，不论是"居庙堂之高"的帝王将相，"处江湖之远"的庶民百姓，还是远走异域、浪迹天涯的游子，只要他自认为是华夏巨树上衍生出来的一枝一叶、一藤一蔓，就不能不以后辈子孙的身份，到此寻根溯源、焚香礼拜。

据说，轩辕"以土为德，故称黄帝"。那土，自然是黄土了。从西安到黄陵，从秦川平原到黄土高原，这一路上的黄土地，壮实而又壮阔的黄土地，由南往北呈台阶状层层递升的黄土地，便是把巍巍帝陵推向高潮的铺垫了。

使我惊异的是，当车子进入黄陵县城时，一路上层层叠叠的黄色突然间消失了，扑入眼帘的，是修长如巨桥般的桥山上，那密不透风的绿，严严实实的绿。这种绿，不是白杨树鲜洁明亮的绿，不是混交林深浅斑驳的绿，而是像墨一般黑的绿，黑压压、沉甸甸的绿，一种古意森然的苍绿。

步入林中，我突然发现自己变矮了。身边，一株又一株古柏，听说有六万多株吧？就像六万个巨人一齐站了起来，为黄土高原撑起了一片苍绿的天空。

脚下的土地，也不再是绵软松散的黄土，而是类似南方水乡一样黑褐色的泥土，富有黏性和弹性的肥沃的泥土。只是土上没有花，没有草，没有任何明艳的色彩和喧闹的声息。这里，阳光难以下泄，森林中弥漫着潮湿阴冷的气息，笼罩着肃穆庄严的氛围。

仰望一株株巨柏，或像威武的将军凛然肃立，或像睿智的哲人陷入沉思，或像宽厚的长者微含笑意。岁月，在它们壮硕的躯干上刻进深深的沟纹，在它们粗粝的表皮上嵌上一片片暗黑色的鳞状物。就像老人们的脸上，布满了皱纹和寿斑。这里，并不显得拥挤，因为树干与树干之间，全都保持一定的距离。它们，各就各位，互不相扰。但顶上的树冠却难分彼此，纵横的枝柯和繁密的叶片紧紧拥抱成一体。

一百年，一千年，还是五千年，一万年？这柏树的王国是如何形成的？又是如何被精心保护了下来？为什么黄土高原上到处都是黄尘滚滚的荒山秃岭，唯独这里却奇迹般地团聚着一个如此和谐的绿色大家族？这无限旺盛的生命力、无比强大的凝聚力从何而来？中国各地陵园都有广植翠柏的习惯，这习惯是否渊源于此？

静穆中，天风徐来，林涛微涌。兴许，它们正用一种绿色的语言在诉说着一个亘古之谜吧？可惜我听不懂。

沿着数百级砌有护栏的石台阶，我默默地登上桥山之巅。黄帝的灵魂就安息在一个巨大的半球体土冢之中。冢前有四角微翘的古式碑亭，亭中一大一小两块石碑。大碑略新，竖刻"黄帝陵"三字，系郭沫若手书。小碑稍旧，刻有"桥山龙驭"四字，不知出自何人之笔下。"龙驭"者，驾龙升天也。传说轩辕活到110岁，在河南荆山铸鼎祭告天地后，骑上鼎中腾起的黄龙升天而去。当他飞经陕西桥山时，按下云头小驻，四方百姓闻讯赶来，纷纷拽住他的衣带不忍相别。于是，当他再度升天时，被拽下来的外衣和靴子便留在人间，葬之于桥山，这，便是今天这座黄帝陵的由来。

传说毕竟是传说。五千年前，黄帝是否能穿上锦衣和皮靴，是否已掌握了铸鼎冶铜的技艺，也还尚待考证。出生于一个游牧部落酋长的他，说不定那时还是披着毛发，裹着兽皮，以石斧、石镞为武器的原始人呢！但不管如何，他统帅熊、罴、貔、貅、䝙、虎六种猛兽为图腾的各路大军，涿鹿一战，与炎帝族一起斩杀了九黎族的蚩尤；阪泉一战，又征服了与其分庭抗礼的炎帝。他在南征北战中先后接纳了四方前来归附的羌人、夷人、戎人、狄人和苗人。他挺进中原，在"华山之周，夏水之旁"建立了多民族统一的华夏古国，其首创之功，如日月经天，江河行地，是后世任何政治家、军事家都无法与之比拟的。

黄帝一统华夏，带来了和平、统一与稳定，也带来了发明、创造与进步。尽管没有史书可以查阅，但从民间世代流传的神话传说中，我们多少也能接收到有关人类文明初始阶段的若干信息：黄帝发明舟车与弓矢，嫘姐尝试养蚕、缫丝与织帛，仓颉造文字，大挠作干支，伶伦制乐器……总之，是黄帝和他的妻子、臣民，以集体的智慧和力量，开启了中华民族五千年文明史光辉灿烂的先河。

如今，我就站在这河之源。我整束衣冠，拈香礼拜，献上一瓣心香，一片赤诚。轩辕黄帝，我和我的同胞们最伟大的始祖！据说你生有 25 个孩子，其中 14 子得 12 姓。从此子孙繁衍，绵延不绝。我，福建省莆田县陈氏，到底属于你的哪一衍派哪一支系？这，既无从考据也无须考据。我明白，我是你无数胄裔中的一员，尽管普普通通，微不足道，但我永不能背叛你的土地，你的民族和你所创立的国度。

请原谅我刚从你陵园古柏树下挖取了一抔泥土。我将把这抔土带回东海之滨，以昭示我的子孙——当然，更是你的子子孙孙，在任何情况下，都不能忘记自己的根脉之所系。

山半，又有轩辕庙。庙里，保存着孙中山、毛泽东、蒋介石分别献给你的祭词或祭文。这三位 20 世纪中国的风云人物，尽管代表不同的阶级，创建不同的政权，指挥不同的军队，其世界观和政治理念大相径庭，却在这里，找到了他们之间的共同点，这，便是对你，对他们共同的祖先一种共同的崇拜和敬仰。

其中，毛泽东对你的长篇礼赞，便全文镌刻在庙里的石碑上。还记得吗？那是 1937 年的清明节，万里长征刚刚抵达延安不久，他便在窑洞里挥毫泼墨，为你写了长篇祭文，并派林伯渠专程到此祭献。祭文的开篇为：

> 赫赫始祖，吾华肇造；
> 胄衍祀绵，岳峨河浩。
> 聪明睿智，光披遐荒；
> 建此伟业，雄立东方。
> ……

今天，当我抄录这篇祭文时，内心的惊喜无以名状。我拜读过毛泽东所有业已公开发表过的雄文，但以如此严谨的四言古文句式，如此音韵铿锵，文情并茂，如此一气呵成，毫无保留地赞颂一位古人尚无先例。我以为，这是两位巨人之间时隔五千年的对话。尽管他们属于不同的时代，但"建此伟业，雄立东方"的胸襟和抱负，雄才与大略，又何其相似乃尔！

轩辕庙始建于汉，再建于宋，占地约十亩。大院内现存 15 株参天古柏，比山顶上的六万株柏树，显得更古老、更高大、更精神，也更令人肃然起敬。

其中，最令人引颈久仰，仰之弥高的，便是这株誉称"黄帝手植柏"的参天巨柏了。它高五丈八，下围三丈一尺，需七八人伸手方可合抱。陕北民间俗语"七搂八拃半，二十四个疙瘩不上算"，便是专指此树而言。它已经五千岁了吧？五千年的风刀、雨箭、电闪、雷鸣、雪压、霜冻、天火、地震，以及无数次战火硝烟，全都伤害不了它，撼动不了它，全都不能使它低下高昂的头，弯下挺直的腰！

　　站在树下，仰望它巍巍然顶天立地的躯干，浩浩然遮天蔽日的树冠，诗圣杜甫的名句不禁脱口而出："霜皮溜雨四十围，黛色参天二千尺。"当年，现实主义诗人能写出如此浪漫主义的诗句，不能不说是巨柏点燃了他的灵感，从而在诗史上创造了一页奇迹。而今，时光又流逝了一千多年，这巨柏依然蓬勃旺盛，毫无怠倦衰朽之态。相反，它似乎更年轻了，你看，那树皮上一道道暗色的沟纹居然被岁月磨平了，显得那样光滑润泽，神采焕然。它是一位返老还童、鹤发童颜的老寿星。它是树中的至强、至高、至尊、至圣者。它就这样从容安详地站在中华大地上，站成了我们伟大祖国万古长青的象征。

1991 年 5 月 24 日游并记
10 月 15 日完稿

延安的山影与塔影

山、梁、峁，沟、谷、川……

一眼望不尽的，除了黄土，还是黄土。仿佛只有到了陕北，到了延安，才知道黄土高原上的黄土有多深、多厚，由它堆积成的馒头状的山峁，被雨水和老黄风冲刷、搓揉成皱巴巴、瘦瘪瘪的山梁，要多朴实有多朴实，要多平凡有多平凡。然而，正是毫不起眼的它们，在1937年至1947年的整整十年时间里，底气十足地支撑起解放区一角明朗的天空，支撑起中华民族的理想与信念，创造出一个政党、一支军队前所未有的精神高度。

这，就是延安的山——在延河边鼎足而立的宝塔山、清凉山、凤凰山，以及西北郊的杨家岭。

对于我们这群结伴同游延安的作家、记者来说，杨家岭和清凉山都具有特别的意义。杨家岭的那幢青砖小楼，因为中间高、两翼低，被戏称为"飞机楼"。尽管楼内只有几张方桌和几十条长板凳，却是著名的延安文艺座谈会的会址，在作家们的心目中，自然是和自己命运之河息息相关的源泉了。而清凉山，则是中国无产阶级新闻事业的发祥地。山上，不仅有唐宋时期开凿的"万佛洞"，更有新华总社、新华广播电台、解放日报社和中央印刷厂等遗址。当年，身穿八路军军装的新闻战士，就在这里的窑洞和石窟洞里，用无线电波，用粗糙的充满高原泥土气息的马兰纸，向解放区、国统区和沦陷区发出了抗

59

日救亡的最强音……

当然，在延安的众山之中，我最神往的，还是那在课本里，在画册里，在歌曲里，在邮票和钞票里，在电影银幕和电视屏幕里出现过无数次的宝塔山了。

记得在"文革"期间，喜欢集邮的我，曾忍痛用 50 枚各色邮票，从一位"红领巾"手里换回一枚延安邮票——那是第 65 号特种邮票一套八枚中我仅缺的最后一枚，面值五角二分。此后，不知多少个夜晚，我关门闭户，洗净双手，在灯下用放大镜细细赏读这枚来之不易的珍邮：在黄色的天幕和黄色的延河之间，紫色的桥，紫色的山，紫色的塔，像一个遥远的紫色的梦……

"几回回梦里回延安，双手搂定宝塔山。"是贺敬之的诗吧？听起来，却像是一位头缠白羊肚毛巾的牧羊老汉，在黄土高坡上高唱陕北民歌"信天游"呢！

今天一早，我终于跨越延河大桥，走进了这个梦境。旭日初升，紫气东来，黄土高原的千山万壑如同紫雾腾腾的大海。眼前的宝塔山，像是雾海中的一艘巨轮，山巅上那高高耸立的塔影，便是巨轮上一根光芒四射的桅杆了。

这山影，这塔影，既熟悉，又陌生。熟悉的是它的背景，它的轮廓线，与心屏中的记忆分毫不差；陌生的是，它已不再是一座光秃秃、干巴巴的土山了，满山浓密的苍松翠柏紧紧裹住了它，它就像一位威风凛凛的大将军，身披青铜盔甲，绿色的斗篷在晨风中呼啦啦飘扬。

它只在山根处裸露出一片石崖，上刻"嘉岭山"三个大字，每字一人多高，用红漆涂抹，远远便可望见。原来，此山古称"嘉岭山"，后来，山顶上建起一座九级六棱宝塔，老百姓就顺口叫成了宝塔山，久而久之，约定俗成，原先的雅称反而鲜为人知了。

登山前，我们先到崖下赏字，意外发现这几个大字还是范仲淹的手迹，难怪笔力雄健，气势不凡。遥想一千多年前，北宋与西夏在此对峙，狼烟四起，边关告急，他临危受命，来延知州，屯田拒敌。其文韬武略，深受老百姓们的拥戴和怀念，至今，清凉山上的"范公祠"，还依然香火不绝。

塞下秋来风景异，衡阳雁去无留意。四面边声连角起。千嶂里，长烟落日孤城闭……

这苍凉悲壮的《渔家傲·秋思》词，便是范仲淹当年艰难岁月的真实写照。也许是"心有灵犀一点通"吧？在延安十年的毛泽东对此特别欣赏。由他亲笔抄写的这首词，至今，还悬挂在"范公祠"里供人一并瞻仰呢！

眼前的宝塔山，因为有了范仲淹的题刻，更加激发了我们的游兴。不料，当我们兴冲冲开始登山时，却遇到了意外的阻拦。一位说不清穿什么制服的年轻人，用斩钉截铁、不容商量的口吻说："今天山上拍电影，停止参观游览！"

他话没说完，一声雷吼在我背后炸开："这，这是谁下的命令？"

我转身一看，原来是一路同行的谭老。他是位"老延安"，年轻时曾在《边区群众报》工作过。他忘不了陕北的窑洞，忘不了延安的小米粥和山药蛋，离休后特地从北京来此旧地重游。我们从西安开始，结伴同行，一路上见他文质彬彬，气度娴雅，没想到在这里却发了这么大的脾气。

陪同的延安文联同志赶紧上前朝那年轻人轻声说了几句。于是，形势急转而下，我们，连同身后的一拨游人，托谭老的福，全都获准鱼贯而入。

山道两旁，迎接我们的，是一片春意盎然的"青年林"，据说是各省共青团员代表来此参观时集体劳动的成果。林中，有松柏杨柳，也有几株盛开的杏花。若用"信天游"里常见的叠字形容词来描写，便是"金疙瘩瘩的山来，银疙瘩瘩的崖"，"绿格莹莹的松树杨树"，"红格艳艳的杏花"了。可见，黄土高坡也并非全都寸草不生。

我见谭老背着双手在甬道上漫步沉思，便趋前悄声动问："当年，你常来这里吧？"

"哪能呢！"谭老轻轻一笑，"那时，天一亮，军号一吹，我们就起来浇菜、纺纱，劳动两小时后匆匆吃过早饭，便上清凉山山洞编报纸，搞校对，岂有余闲登山观景！不瞒你说，我在延安九年，还真没上过宝塔山呢！今天，这才是平生第一次……"

一席话，使我目瞪口呆。我恍然明白，当年，在革命的词典里，"旅游"一词，尚未诞生呢！

62

绿荫丛中，一碑矗立，上刻 1949 年开国大典后毛泽东给延安人民致敬电的复电全文。电报中的一段话，曾使抱病来此的周恩来潸然泪下。那是 1973 年 6 月 9 日，总理陪同外宾回延安。时值"文革"，延安老区满目贫困，一片苍凉。那时，延河上没有桥，他上宝塔山前，吉普车陷入了南河的河滩。是闻讯赶来的老乡们，一声吆喝，硬是用一双双手把车子给扛了起来。总理上山后，曾在此碑前伫立良久，把复电全文从头到尾读了两遍。当他读到"迅速恢复战争的创伤，发展经济建设和文化建设"时，双眼流下了泪水。

宝塔那边，游人早已矗起了整齐的人墙。我挤进一看，原来是广西电影制片厂正在拍摄传记故事片《周恩来》。可惜来迟了一步，未能重睹刚才碑前那动人的一幕。扮演周恩来的表演艺术家王铁成，身穿短袖白衬衫，正迈着沉重的步履，一步步走下山去。他，只留给我们一个背影，一个山岳般崇高，却渐行渐远的背影……

"要得，要得……"不知什么时候，谭老也挤到我身边，含着泪水，用他家乡的四川话喃喃低语。

一阵山风迎面吹来，九层宝塔六角塔檐上的风铎全都响了起来，丁零当啷，丁零当啷，声音，清亮而悠远……

1991 年 5 月 24 日至 25 日游并记

2003 年 4 月 14 日三稿

延安的山影与塔影

从骊山到马嵬坡

古都西安，有两个地方不可不去：一是城东 50 公里处临潼县境内的骊山，一是城西 100 公里处兴平县境内的马嵬坡。

在我的印象中，东边是花红柳绿春光无限，西边是云愁雾惨鬼气森然。从东走到西，恰好可目睹一朵女性的生命之花如何从盛开走向凋零，一个赫赫煌煌的王朝又是如何从极盛走向无可挽回的衰败。

骊山是秦岭的一条支脉，山不高，但颇有气势，满山林木葱茏，远望，如同一匹纯青色的骊马，故以得名。

历代建都长安的帝王，都喜欢携带后宫佳丽，骑上这匹骊马风光一阵。然而，这匹马却往往使女人得意而男人倒霉。君不见那山顶上至今还残存着的古烽火台？斑驳陆离的夯土台基，依然在夕阳残照中诉说着一个残忍的笑话：周幽王为博得褒姒一笑，竟导演出一场"烽火戏诸侯"的闹剧。闹剧很快以悲剧收场，一个美人的嫣然一笑，竟使一个王朝在笑声中灰飞烟灭。

受宠的女人自然还有杨玉环。她比褒姒幸运的是，那时骊山下已发掘出温泉。风流天子李隆基大兴土木，在温泉上建起了极尽豪华的华清宫，宫内的浴池用汉白玉砌成，玉莲花上喷出清澄温润的泉水，似碎琼乱玉，却又氤氲着暖融融的雾气。每年十月金风送爽季节，"八十一车千万骑"，浩浩荡荡从长安来到这里，直到次年暮春三月才离开，每次逗留时间长达半年之久。据说唐玄宗在位 41 年，便有 36

个冬天是在这里度过的。其间，杨贵妃与君王共沐爱河，创造了中国诗史上最辉煌的罗曼史，这便是白居易脍炙人口的《长恨歌》：

> 春寒赐浴华清池，温泉水滑洗凝脂。
> 侍儿扶起娇无力，始是新承恩泽时。

遥想当年，浴后的杨贵妃在倚榻晾发之际，俯瞰山下宫门一层层打开，一匹驿马飞驰而来，她便知道，从四川穿越秦岭的鲜荔枝已经送到了。"一骑红尘妃子笑，无人知是荔枝来"。于是，她独自一人开怀畅笑了。这笑声，尽管有点懒洋洋的，却透出了无比的骄傲。只有深受君王宠幸的女人，才能，也才敢发出如此志满意得的笑声吧！

然而，也就在这笑声中，李隆基开始倒霉了，盛唐的巍巍大厦已摇摇欲倾，终于有一天，安史之乱爆发，来不及收拾细软的杨玉环，也只能跟着李隆基，哭哭啼啼地逃往西方……

正是榴花似火季节，我来到此地访古。骊山依然在，温泉照样流。大规模的仿唐建筑群，以九曲回环的长廊、堤岸和小桥，把重重叠叠的殿堂楼台与闪闪烁烁的烟柳湖波连成一气，竭力再现"长安回望绣成堆，山顶千门次第开""酒幌高楼一百家，宫前杨柳寺前花"的盛唐气象，并以此招徕中外游客，来此共享恒温 43 摄氏度，饱含各种矿物质，具有多种奇特疗效的地热温泉水。

海棠汤、莲花汤、九龙汤、贵妃池……一口口大大小小的浴池，或深藏于宫门之内，或半露于池柳丛中，或巧置于石舫之上。前些年，传说贵妃池即为杨贵妃沐浴之处，游人趋之若鹜。如今，又据最新考证，刚发掘出来的芙蓉汤，从出土的莲花纹砖、瓦当、蛇形陶等加以判断，才是真正的杨贵妃享用之所。于是，一个新的旅游热点便后来居上，冠盖群芳。但我对这些考证兴趣不大，站在大如篮球场空荡荡的芙蓉汤大浴堂内，只觉得心里头一阵阵发冷……

幼时读史，见马嵬坡的"嵬"字从山从鬼，想必是处乃山深林密的僻远之处，穷途末路的险绝之所。要不然，御林军为何要选在此地兵变，硬逼唐玄宗派高力士用白绫把好端端千娇百媚的杨贵妃活活缢死！

　　六军不发无奈何，宛转蛾眉马前死。

　　花钿委地无人收，翠翘金雀玉搔头。

　　君王掩面救不得，回看血泪相和流。

在白居易的笔下，那情状也够惨烈的了。

此番有幸来到此地，没想到马嵬坡之"坡"，只不过是关中平原上一个小小的土坡而已。从西安到宝鸡的大道坦坦荡荡从坡下穿过，偌大的马嵬坡镇商店林立，市声如潮，游人云集。

贵妃墓就坐落在镇西头的土坡上。小巧的砖砌门楼上额书"唐杨氏贵妃之墓"，为原国民党时代陕西省省长邵力子所题。登上数十尺台阶，便可看到一个丈余高的砖包坟冢，冢后立着一尊杨贵妃塑像，云髻高耸，长裙曳地，丰满肥腴的身躯洁白如玉，眉宇间并无悲戚怨懑之气，许多红男绿女在此争相留影。我以为，这尊塑像倘若移到骊山华清池，可能更为恰当。

传说"贵妃伸手笑雪黑"。她死后精气不散，连马嵬坡一带的黄土也变白了。更奇怪的是，八百里秦川的老鼠全是灰色的，唯有此地的老鼠，浑身雪白。贵妃墓原为土冢，土白如粉块，被称为"贵妃粉"，四方妇女争着前来取土馈面美容，以致墓土一日少于一日。长此下去，整个坟墓岂不被人扒平挖尽？于是，便有好心人出资把土冢用青砖包了起来，这就是今天贵妃墓有别于关中其他土墓的缘由。

其实，墓中所葬，未必就是杨贵妃本人。据关中民间传说，这墓内只有她的一双袜子和一只靴子。安史之乱平定后，当时已"退居二

66

线"的唐玄宗不忘旧情，曾密令中官到此寻尸迁葬。可怜兵荒马乱之际，被草草掩埋的贵妃早已香消玉殒，不知所之。于是，那中官从路边一位卖大碗茶的老妪手里讨来一履一袜交差了事。前人诗云："怨粉愁香委路岐，只留罗袜使人悲"，便是这一传说的佐证。

有趣的是，在日本，杨贵妃的命运却另有一种结局。传说她根本没死，是唐明皇用偷梁换柱之法，秘密派人把她从马嵬坡送走的。此后，她一路辗转，去了朝鲜，再从釜山港搭船，穿过对马海峡，到了日本，最后定居于向津县的久津，成为日本国的移民。至今，久津二酉院尚存有杨贵妃墓，墓前常年供奉鲜花，且有不少孕妇来此祈祷，希望所生的女孩能和杨玉环一样漂亮。久而久之，"久津出美女"的佳话，便传遍日本列岛。可见，连崇拜大唐文化的东瀛人，也对这一屈死的女性寄寓了深刻的同情。

在马嵬坡贵妃墓两侧的碑廊里，镌刻着从唐代的白居易到清代的林则徐等历代诗人的题咏。匆匆浏览一遍，我发现诗人们几乎都把谴责的矛头指向了封建帝王。作为我国历史上最强盛的大唐王朝，其由盛入衰的种种原因，追根溯源，都必须由帝王来负全责。杨玉环天生丽质，美艳绝伦，但美丽本身并不是一种罪过。她生前难免邀幸招宠，生活奢华，但也只是统治者的玩物而已。比之距此不远乾陵里的另一位女性武则天，她只能算是一位平庸的弱女子，岂能把祸国殃民的脏水全都泼到她一人的头上！

也正因为如此，从骊山到马嵬坡，从中国到日本，才有那么多有关这一位女人的遗迹——不管是真是假，是虚是实，供人游览，供人凭吊，供人思之又思！

1991 年 5 月 20 日至 22 日游并记

1996 年 1 月 21 日完稿

夜登华山

华山天下险。正因为它太险了，所以只适宜夜攀。夜幕笼罩下的华山，减损去几分险峻，却增添了几许神秘——西安的朋友如是说。

客随主便。于是，我们于薄暮时分抵达玉泉院，在附近找了家客舍小憩。两片安眠药立即把我送进梦乡。突然，有人把我拉了起来，吼道："你怎么还睡得着？这里的臭虫有图钉大！"我揉揉惺忪的睡眼，笑了。一看手表，已是上半夜11时，距原定出发时间尚有半个时辰。

于是，我们背起行囊，走出客舍。夜色漆黑如墨，但玉泉院前却一片灯火辉煌，每一盏灯都裹着一团雾气，散发出油辣子诱人而又呛人的气味。我们在一个小摊前落座，满耳都是面团在案板上摔打的"噼啪"声响，一看，傻了眼，那拉出来的面条宽如腰带，几小段便填满一海碗，活脱脱冒出一股八百里秦川的豪气，使我们这些柔肠细肚的江南人自愧不如。好不容易咽下这些"腰带"，又喝了碗酸中微甜的醪糟蛋汤，这才垫下了登山所必需的全部热能。

遵照主人的命令，我们每人都去租了一把三节大电池的手电筒。那手电筒长长的，在夜色中闪出一道银光，用带子斜挂在腰间，颇有点古代长安诗人"仗剑远游"的架势，想到此，不觉腰板也挺直了几分。

穿过玉泉院，钻过陇海铁路的大涵洞，我们便进了华山的谷口。

忽然发现脚下是一座石拱桥，却不知桥下山涧有多深。倚栏仰观华岳，五峰交错相叠如黑色巨人。巨人缄默似铁，似已在沉沉夜色中睡去，唯西峰一侧巨崖，像瀑布一般微泄白光，给这漆黑的夜幕刷上了一笔亮色。

我们溯山涧而上。涧随山转，路随涧旋。夜深人静，不知山有多高，路有多长，唯闻流水声时近时远，时急时缓，时洪亮似引吭高歌，时细微如低吟浅唱。偶见涧中有巨石如白鲸，但只一闪，便倏然消失。随着双脚一左一右，那手电筒光也一晃一荡的，却只能照亮眼前的咫尺之地。但凭脚步时重时轻，约略知道这山道时陡时缓。七拐八弯，出五里关，穿石门，上莎罗坪。但见前方，有星星点点的灯光，由低往高串成一条曲曲折折的银链。主人说，这是路边卖茶点的小摊。

果然，从莎罗坪到青柯坪，路上每隔里许，便有茶摊出现。那茶摊，或倚崖斜搭半边棚顶，或利用四棵树拉起一方帐篷，除供应茶点外，还摆上几张木凳或几块光洁的石头，供人落座歇息。不过，主人警告道：那座位系有偿服务项目，每坐一次，不论时间长短，均收费三角钱。正说话间，有一群中学生模样的少男少女路过。店主眼尖，立即喊住了其中一位："小女娃，你能穿高跟鞋上山吗？来，我这里有运动鞋！"说着，便扔出一双。那女孩穿了，正好，甜甜一笑，笑出了满脸感激。不料，店主人又硬邦邦掷去一句话："租金五元，不二价！"那笑容顿时在女孩脸上僵住了。店主又循循善诱："从这里上去，每隔一站，鞋价提高一元钱，你看着办吧！"

女孩在同伴的怂恿下，只好乖乖掏出五元钱。只是那脸上的笑容，像被浮云遮住的月亮，顿时暗淡了。

看来，今日华山，再也不是当年解放军甘洒热血夺取的天险了。商品大潮之风，已吹进群峰诸岭的每一条皱褶，每一丝缝隙，这是时代的进步，抑或是历史的倒退？

月亮出来了，一钩弯月，使天幕变得明净，而群峰却显得更黑，更威严。我们在十八盘山道上盘旋，那月下的西峰仿佛逼在眼前，却又远在天边，始终走不到它的跟前。山涧不知何时消失，水声也逐渐远去。夜风起来了，哗然作响，不知是水声还是松涛声。继而，又隐隐传来了人声。那人声，有时从头顶的悬崖坠落，有时，又像是从脚底下石头缝里钻了上来。但四顾茫茫，人影儿却缘悭一面。大腿开始酸痛，小腿越来越重，满身汗水，湿了又干，干了又湿，好不容易才上了青柯坪。这里，地势略为开阔，方见黑压压坐了许多走在我们前面的游客。我趋前几步，又见前方兀立一块巨石，借着淡淡的月光，辨认出上刻三个大字：回心石。

主人气喘吁吁道："自古华山一条路。从玉泉院到这里 10 公里，正好一半。前半程算是比较平缓的了，后半程，便全是危崖险道，但好风景也全在后头。有许多人走到这里就走不动了，看到回心石，便回心转意掉头下山去了。不知诸位，如何？"

他这一番激将法，全把大家激"怒"了。我虽身患胆结石诸症，到此也不甘示弱。想你巍巍华山，海拔不过 2200 多米，与福建武夷山不相上下，我堂堂闽海健儿，岂能俯首称臣！

于是，我脱下身上的毛衣，往腰部一箍，便甩开回心石，继续前行。夜风中，似听华山冷笑一声，便推出一道绝壁挡在我面前。原来，这就是著名的天险第一关：千尺幢。

顾名思义，那千尺幢不过千尺高吧？逼近仰观，原来是夹在两面峭壁间一条狭窄的石缝，缝中凿出踏步，却又浅又陡。好在两边悬有铁链，我四肢并用，爬了上去，头顶唯见一线天光，仿佛置身于深井之间。但贴身均是石壁，又颇感安全。千尺幢之上紧接着是百尺峡，号称华山的咽喉，那峡顶只是一个方洞眼，旁边斜放着一块铁板，只要把铁板一扣，唯一的孔道一封死，纵有千军万马，也只能陡叹奈何！

转眼间，千尺幢，百尺峡，已在脚下。

说实话，比想象中的攀登轻松多了。原因是四肢用力比双腿迈步省劲，我只要用双手抓紧上方的铁链，两臂用力，下身的重量自然减轻，双腿也就轻而易举吊了上去。这意外的发现使我大为惊喜，想想那些在回心石下打退堂鼓的懦夫，真是太窝囊太令人惋惜了。

前面又是"老君犁沟"。与半封闭的千尺幢、百尺峡不同，它是把570多级的石阶凿在光溜溜、空荡荡、寸草不生的大石壁上，让人在心理上觉得危险多了。传说老子在此修炼时，怜恤石工们凿石不易，便驱赶神牛一夜犁出此道，故而得名。好在是夜间，看不见两厢的流云飞鸟万丈深渊，我们也就稀里糊涂攀了上去。

没想到，转了几转，北峰就转到了眼前。抬眼望去，月色下的真武殿孤零零地立在山顶，仿佛随时会被狂风卷走。听说此间拟建索道，让山下的游客直达这里，但我以为万万不可：华山好比一台戏，倘若没有回心石前10公里路程长长的铺垫，这高潮如何崛起！登华山者，倘若不攀登千尺幢、百尺峡、老君犁沟，又如何能领略华山之险！建索道，与其说是建设，不如说是破坏。华山天下险，丢掉"险"字的华山，还能算是华山吗！它还有何面目能在五岳中独霸一方！

正议论之际，山风来了，阴冷刺骨，刚被大汗湿透的全身竟起了鸡皮疙瘩，我赶紧把毛衣套上。这时，领队的主人做了新的安排：凡年老体弱者，留在北峰游览；凡年轻力壮或不服老者，便继续往中峰挺进。我，自然属于后者之一。

从北峰到中峰，又途经猢狲愁、擦耳崖、天梯诸险径。那猢狲愁，你得学猴子翻腾挪转的本领；那擦耳崖，你必须紧贴石崖挪步，哪怕为此擦破耳朵，也不能掉下万丈深谷。那天梯，你必须用足尖楔入石壁上浅浅的凿痕，像壁虎一般慢慢蠕动上去。上了天梯，却又满身大汗，且唇焦口燥，喉咙冒火。于是，我们到小摊上喝一碗汤面，那汤面川味十足，红红的辣椒汤呛得我连打几个喷嚏。结账时发现价格不菲，但想想这面粉、煤球全是从天梯上背过来的，便又觉得太便宜了。

终于到了华山险中之险苍龙岭。前些年看电视，一批游人在雨中掉下悬崖，又有一批游人冒险进行抢救，其肇事地点就在这里。此时，月光已经消失，东方天际微泛鱼肚白，熹微的晨光中，远远可见苍龙岭是一条突出的山脊，又狭又长，狭如薄薄的刀背，长如一条悬空垂下的长绳。走近细瞧，那长绳上的游人如同蚂蚁。

此时，同游者已拉开距离，我身边只剩下新疆来的邓君。他有惧高症，恳请我放慢速度，陪他共渡难关。我们吃光喝光随身携带的一切存货，丢掉食品袋和矿泉水瓶子，减轻了行囊的重量，这才一前一后，脚踏实地开始登攀。

路，宽不过尺余，上下游客需仄身而过。路两旁全是下滑的峭壁，那峭壁像瀑布一泻千里，我们既无闲暇也无勇气俯视，谁愿意一步踩空，跌下悬崖，让苍鹰饱餐一顿呢！

晨雾弥漫，头发湿漉漉地粘住前额，不知是汗珠还是朝露？我们手抓铁链，屏神静息，全心全意地向上，不紧不慢地向上。心跳如鼓，咬紧牙关；双腿发麻，挺住腰杆。人生之路，就是漫漫上坡路，哪一步不艰辛？哪一步能允许你后退？

终于，长达1500米的苍龙岭之路被我们征服了。钻出龙口，全身骨头仿佛散了架。我们瘫倒在一块石平台上，大口呼吸着凌晨鲜美的空气，心胸何其旷达！

待回过神来，才发现这平台后壁刻着"韩愈投书处"五个大字。我想起一个著名的传说，说是"文起八代之衰"的唐代文豪韩愈，千辛万苦攀上这苍龙岭，站在这里回望时，大惊失色，自度无力下山，生还绝望，便写了遗书投掷岩下，后来，是同行者用酒把他灌醉，才把他硬抬下山的。这传说未免夸张，颇有点借贬损韩愈来抬高华山的意味，但韩愈未老先衰，身体不好，却有他自己的《祭十二郎文》为证："吾年未四十，而视茫茫，而发苍苍，而齿牙动摇。"可见，他近视，牙疼，说不定还有神经衰弱、心脏病乃至惧高症，这全是他忧国忧民引起的，那皇帝兴高采烈要去法门寺迎"佛骨"，他偏要上书说三道四，结果，人家"佛骨"照迎，他自己却落得"夕贬潮阳路八千"的下场，可悲，可叹，可惜！

这时，晨光由熹微渐趋明亮，山谷中升起氤氲的雾气，空气清新得可以挤出矿泉水。我们在雾中登五云峰，峰回路转，每一转都是一幅绝妙的山水画，那山石、树木、石阶小径，全都配搭得恰到好处，却又毫无雷同、重复之感。更令人惊喜的是，开满白花的龙贝树，在雾中银装素裹，仿佛刚刚下了场皑皑白雪。

然而，体力已成强弩之末，脚步悠悠晃晃，整个人仿佛踩在云团上。原计划赶到东峰看日出，来不及了，我们只能到达中峰的金锁关，便再也无力迈出最后一步。

这里，是上东、西、南三峰的隘口，八面来风，吹得人哆哆嗦嗦，站不住脚。我们钻进关内石砌的门洞，把行囊中的衣物全都套在身上，好不容易点燃一根烟，静静地等待日出。

隔着深谷，遥见东方的群山如波浪起伏。波浪上方，已抹上一层淡淡的红晕。继而，天幕上出现一点唇红，一颗红草莓。红草莓鲜艳欲滴，急速膨胀成半轮旭日，紧接着又扩张成整轮旭日。那旭日红得透明，隐隐可见其间有金黄色的溶液在涌动、在蒸腾、在喷溢……

曙光驱散了严寒和疲劳，我与华山全都沐浴在温暖的光波之中，仿佛溶成了一体。

1991 年 5 月 22 日至 23 日游并记

1993 年 10 月 10 日完稿

太行天下脊

现实与想象之间，往往相距甚远。

原以为纵贯晋冀两省的太行山，定然是群峰高耸、沟谷纵横、树深林密的森森气象；原以为横穿太行山的滹沱河，也定然是浊浪排空、激流穿云、惊涛裂岸的浩浩乐章。没想到，进入河北省平山县境内，静悄悄展现在眼前的，却是类似白洋淀那样明媚秀丽的水乡风光。曾经是那样狂野的滹沱河，被南冈水库大坝拦腰一截，竟变成温情脉脉的人工湖。湖畔，是稻麦两熟的阡陌平畴，是绿意葱茏的梨园、苹果园。果园深处，甚至还闪出了儿童游乐园的红色尖顶。

我们弃车下湖，登上游艇，驶向湖西的西柏坡村。碧绿的湖水犁出了雪白的浪花，不时有鱼儿从船舷两侧蹦了出来。风迎面吹来，湿润润的，泥味、草味混合着鱼腥味。举目西望，太行山只是呈现出几叠淡青色的山影，不高，线条也很柔顺。想必这只是它东临冀中平原的余脉了，显得宽厚温和，平易近人。

坐在船头的河北省文联秘书长郑世芳，曾在西柏坡纪念馆工作过，对这里的山川历史了如指掌。他说，新中国成立前夕，党中央之所以选中这里作为解放全中国的指挥部，不仅仅这里背倚太行山，面向华北大平原，进可攻、退可守，不仅仅因为这里土肥水足、稻麦两熟，是晋察冀边区的"乌克兰"，更因为这里建党早，群众基础好，是边区有名的抗日模范县。"父母叫儿打东洋，妻子送郎上战场"，享誉解放区的"子弟兵母亲"戎冠秀就是平山人。因开发南泥湾而名闻天下的八路军359旅，其中有个"平山团"，就是由这里的1500多名子弟组成，被聂荣臻赞为"太行山上的钢铁子弟兵"……

郑世芳的一席话，使我对眼前愈来愈近的西柏坡，油然而生敬意。半个世纪前，我们的党，我们的领袖，正是依托这个小山村，这个只有百十来户人家、毫不起眼的小山村，指挥了震惊世界的"三大战役"，召开了彪炳史册的七届二中全会，为即将诞生的新中国绘就了宏伟的蓝图。

当年，毛泽东在这里起草文件时，情不自禁地显露出他的诗人本色。他用"朝阳""航船""婴儿"等一连串美妙的比喻，来描绘心目中所憧憬的新中国形象。而西柏坡对于新中国来说，无疑就是朝阳喷薄时的第一缕曙光，航船露出海平面时的第一根桅杆，婴儿在母亲身边最温暖的摇篮……

我们舍舟登岸，爬上苍松翠柏掩映的黄土高坡。一座青铜雕塑迎面站了起来。这是当年党中央"五大书记"并肩屹立的群雕。

也许是太行山春寒料峭，滹沱河坚冰似铁吧？他们身上都穿着鼓囊囊的棉大衣。只不过居中的毛泽东把棉衣的扣子解开了，帽子也不戴。从1947年3月至1948年5月，他用一年又两个月的时间，转战陕北，东渡黄河，翻越五台山、太行山，终于抵达西柏坡。他右手叉腰，抬眼眺望前方，胜券在握，神采飞扬。比他先期一年抵达这里的刘少奇、朱德伫立两侧，犹如左膀右臂。刘少奇在此主持制定了《土地法大纲》，朱德在此指挥了解放华北重镇石家庄的战役，皆功不可没。从延安到西柏坡，一路跟随他的周恩来已不再是"美髯公"了，为了迎接新中国的诞生，他刮掉了浓密的大胡子，一双剑眉底下，是两束如炬的目光，透出他在日理万机时的缜密、精细和果断。五位书记中最年轻的是戴近视眼镜的任弼时，他是在大雪封山、人车受阻时，拽着马尾巴一步一步翻山越岭走过来的。此时，他虽已沉疴在身，却和周恩来一样，常常通宵达旦呕心沥血……

我们默默走进了黄土高坡上的西柏坡村。一幢幢黄土垒砌的小平房，一方方单门独户的农家小院，一棵棵楸树、梨树和槐树，树下的一个个石碾盘。透过当年灯火通明的窗户，依然可以看见室内的土炕，炕上的纺车，木桌上的老式电话机以及墙上的军用地图……

多少个天寒地冻的深夜，多少个雄鸡报晓的黎明，领袖们就围坐在这里，围坐在石磨盘边，"运筹帷幄之中，决胜千里之外"，而所谓"帷幄"，居然就是如此简陋、如此朴素，朴素到了寒碜地步的农家小院！

最令人难以置信的，是当年的中国人民解放军总部、军委办公室及其所属的作战科、情报科、战史资料科，其办公用房的总和，只是一排四个房间大，但中间减去隔墙的小平房，只是三张长方形的木桌子及几架普普通通的木柜子。

但战争的胜负从来不取决于军事指挥部的办公条件。"得人心者得天下"，指挥辽沈、淮海、平津三大战役的无线电波就是从这排小平房里发射出去的。墙上巨大的军用地图，至今留下许多红色或蓝色的点、线、圈和箭头。据说，为了节约从战场上缴获来的红蓝铅笔，当年的标图者竟别出心裁地用红毛线、蓝毛线加以替代。

徜徉在西柏坡的乡间小路上，郑世芳还为我们讲起了一个个在当地民间广为流传的小故事：毛泽东教农民插秧，朱德扶耧播麦种，董必武培育槐树苗，周恩来把大白马让给老乡拉碌碡。而在刘少奇与王光美的"洞房花烛夜"，他俩如何为大家合唱《南泥湾》，前来贺喜的朱德、周恩来又如何拉大家"蹦喳喳"跳起了交谊舞……尽管时光流逝了半个世纪，尽管故事中的主人公除王光美外全都已不在人世，但故事中所体现的领袖与人民之间，领袖们彼此之间的深情厚谊，却如同当地农家酿制的高粱酒一样，历久而弥香。

此行的高潮是拜谒七届二中全会会址。自然，这也只是一幢略高稍大的土坯房。原为大伙房，开会前临时布置成了会场。1949年3月5日至13日，34位中央委员、19位候补委员连同11位列席人员，共计64人从全国各地赶来赴会。从当年拍摄的黑白电影纪录片里，我们可以看到：天寒地冻，瑞雪纷飞，开国元勋们三三两两踏雪而来，他们掀开厚厚的门帘步入会场，一个个脸上都掩盖不住胜利的喜悦。当他们谈笑时，一股股热气还化成白烟从嘴中冒出来呢！

主席台上，毛泽东背倚"敌我战略形势图"，庄严宣布：面临全国胜利的局面，党的工作重心必须由农村转移到城市。他以一个无产阶级革命领袖清醒的头脑和科学的预见，谆谆告诫即将成为执政党的全体中国共产党党员：夺取全国胜利，这只是万里长征走完了第一步。

接着，他灵机一动，为我们的汉语词典发明了一个最新的成语："糖衣炮弹"。他要求全党同志，务必要警惕来自资产阶级"糖衣炮弹"的袭击。

为此，会议做出六条规定：一、不做寿；二、不送礼；三、少敬酒；四、少拍掌；五、不以人名作地名；六、不要把中国同志同马恩列斯平列。

也许，跟今天"反腐倡廉""廉洁自律"各项规定相比，这六条未免太简单了，对违反规定的处分也语焉不详。但在当年，在夺取全国胜利的枪炮声中，在庆祝共和国诞生的欢呼声中，这简简单单的六条规定，却是中国共产党人，尤其是党的高级干部，在行将掌权执政之际，最明确最严格的自我约束。

斗转星移，半个世纪过去了。今天，他那带有浓重湘音的誓言，仍然回响在我们耳际。尽管新中国创建的各项任务早已圆满完成，社会主义建设也取得了举世公认的丰功伟绩，但执政党的党风问题，仍然是一个关系到国家民族生死存亡的大课题。毛泽东所说的那场考试，似乎并没有结束。

离开西柏坡，我的脑际一直回旋着古人的一句诗："太行天下脊。"如果说，太行山是中原大地的脊梁，那么，从西柏坡进京的中国共产党就是中华民族的脊梁。它在任何时候都不应该因缺钙而被腐蚀、被压弯、被扭曲。

巍巍太行山，可以做证。

1998 年 9 月 9 日游并记

1999 年 7 月 18 日完稿

香 山 秋 色

香山是北京西山的一部分。《宛平县志》载："山名香山者，杏花飞香二月中也。"

但北京人游香山，却更喜欢金秋时节，即每年 10 月中旬至 11 月上旬。其时，霜降刚过，大风未起，漫山遍野黄栌树的树叶，在艳阳天里由绿变黄，变红，变丹，变赤，变紫，"霜叶红于二月花"，那浓浓的秋色，不似春光，胜似春光，像醇酒一样叫人心醉。就像东京人春天到上野公园看樱花一样，北京人秋天登香山赏红叶，已成为中国首都一项新的民俗活动。

我便是跟随滚滚的车流和人流涌进香山的。因为人多，一进香山公园的北大门，便看见乾隆皇帝御书"静宜园"的赤金大匾下，矗着一块同样醒目的告示牌子，恳请游人爱护香山的红叶资源，"切勿随意攀树折枝采叶"云云。但与此同时，售票窗内却也展销透明塑料薄膜套封的红叶，每封一至三枚。隔窗望之，果然与枫叶不同，多呈椭圆形或圆形，红得像一团火。但我没买，我想我应该先看看原生态的红叶，即在秋风中抖动于枝头，或刚刚飘落在地上的红叶……

不过，我顺手买了本有关香山的小册子，进门后，先在"眼镜湖"畔戴起老花眼镜，找个地方坐下来，翻阅其中专门介绍红叶的那一章。原来，黄栌树是清代乾隆年间从北方移植过来的，成为当时皇家园林"静宜园"的二十八景之一："绚秋林"。顾名思义，是色彩绚

79

烂的秋之森林吧？但当时面积不大，仅有一小片。后来，西北风不断把树籽往南吹散，年复一年，层林尽染，才逐渐发展到今天拥有10万株的森林规模。当然，跟大北京千万人口相比，10万株也不算多，平均每百人才一株，若100人围着一株树乱采，再多的红叶也要在顷刻间化为乌有的。提醒游人共同维护生态环境，自然大有必要。

有趣的是，书上还说，乾隆皇帝特地从承德避暑山庄捉来两只蝉，雌雄各一，投放香山丛林，繁衍后代。如今，蝉鸣伴着泉声松韵，成为香山一大特色。可惜盛暑已过，这种天籁今天大概是听不到了。

一阵微风，送来清脆悦耳的铜铃声。我收起书本，寻声望去。原来是山腰上一座密檐式琉璃塔，七层八角共56个铜铃，在秋风中一起叮当作响。有了这铃声，四围的山谷和丛林，显得更幽静了，难怪乾隆皇帝要把这片园林称为"静宜园"。

琉璃塔的前面，是昭庙，全称"宗镜大昭之庙"，是当年为迎接西藏班禅进京朝觐皇帝而建的，现存虹台及大牌坊，皆由厚重粗大的石块垒砌，完全是藏式的碉楼风格。作为皇家园林，原先二十八景中，属于建筑方面的寺、庙、殿、堂、楼、阁、斋、馆、亭、轩等，便多达十余景，可惜由于清政府的腐败和懦弱，英法联军和八国联军两度闯上山来，野蛮洗劫之后，众多雄伟壮观的古建筑，已残存无几，昭庙的局部及其背后的琉璃塔，只能算是劫后余生的幸存者。想到这里，那随风传来的塔铃声，便显得颇有几分悲壮了。

但不久，我的心境又开朗了起来。因为我望见了香山饭店的白色建筑群，它掩映在苍松翠柏之中，错落有致，独具一种冰清玉洁的风韵。这是华裔建筑大师贝聿铭先生献给祖国的一大杰作。它借景西山，园中套园，在布局上兼有北京四合院和苏州园林的特色，是北国与江南、东方与西方、传统与现代、环境与建筑种种艺术美的高度融合与统一，朴素中见高雅，单纯中寓丰富，简洁、明快中给人以宁静、闲适的感觉，徜徉其间，自然是心旷而神怡了。

此后，我保持着这种平和的心态，以从容的步履走进香山寺的废墟，叩拜那两株枝叶依然青翠的"听法松"；我踏进双清别墅的庭院，寻访那两股至今还在汨汨奔涌的"梦感泉"。山石重叠，松柏参天，光影斑驳，泉声不绝。寂静中似传来江与海的咆哮，铁与火的轰鸣。当年，毛泽东就在这里，挥写了"百万雄师过大江"的壮丽史诗。

在双清别墅的背后，便是此行的高潮——香山的红叶区了。

远望，满山满坡密密匝匝的黄栌树，如同火烧山一般红红火火，烈烈扬扬，烧得人热血沸腾。

近观，那一树树红叶冒着火苗，吐着火舌，在我的头顶、身边、眼角、眉梢、耳畔，熊熊燃烧，呼呼窜动。

我坐地仰视，只见阳光下的每一片红叶都像透明的金属片一般闪闪发亮，且每一片的色彩都不一样：黄的，有柠檬黄、橘黄、金黄；红的，有粉红、酡红、朱丹红；紫的，有绛紫、玫瑰紫、黑紫。但更多的，是同一片红叶中，黄中渗红，红中透紫，紫中凝黑。

我低首俯察，又见地上厚厚的落叶，颜色更深，更重，更浓。那是在生命的最后阶段，迎着光明所释放出来的全部潜能，是在热烈、奔放、灿烂与辉煌之后，一种自觉的悄然隐退。对大地的无限眷恋，最终，只化为一缕从容的微笑。

在中国古代诗文中，伤秋悲秋之作太多了，但以红叶为代表的香山秋色，明朗而不灰暗，丰饶而不贫乏，强劲而不衰败，豪迈而不颓唐，热闹而不孤寂，繁盛而不凋残，给人以积极、乐观、蓬勃向上的美的力量。

我就在这种力量的推动下，健步登上香山的最高峰香炉峰。

香炉峰海拔不高，才 557 米，但山势险要，巨石高耸，状如香炉，且常常出现吞云吐雾之状，远望如香烟缭绕。也许，这又是"香山"之所以得名的另一说吧！

伫立峰顶，极目远眺，但见晴空万里，山峦重叠，树海苍茫。永定河萦回其间，飘飘然如白色的腰带，卢沟桥隐隐约约露出一线。昆明湖的碧波，玉泉山的塔影，首都北京城的无边秋色、万千气象，全都历历在目。

1984 年 11 月 10 日游并记

1996 年 7 月 6 日完稿

从八宝山到八达岭

上　篇

也许，在我所拜识的所有名山中，这是最不忍心爬，也是最难爬的一座了。实际上，它只是京西一座毫不起眼的小土丘，高度微不足道，坡度也十分平缓。然而，所有到这里的人，步履都特别沉重，仿佛双脚都绑上了铅块，仿佛眼前矗立的是冰山，是雪峰，只能艰难地、小心翼翼地、一步一步地慢慢向上挪动。

这，就是八宝山——阴阳分界的地方，生者与死者告别的地方，许多伟人和名人灵魂栖息的地方。

1999年3月19日，我平生第一次，大约也是最后一次上了八宝山。春日的首都上空，本来就灰蒙蒙的，那天显得更加阴沉、忧郁与伤感。寒风一阵阵吹来，山上的每一根松针，每一片柏树叶，似乎都在颤动，在啜泣。

灵堂外，一条红色的横幅，"送别冰心"四个白字特别醒目。上午10时左右，当我们排着长队缓缓走向第一灵堂时，额头上、鼻尖上突然有了冰凉的感觉。站在我前头的老作家李瑛和袁鹰异口同声地说："下雪了！"

我抬头一看，果然，像柳絮一般轻盈、洁白而又柔美的雪花飘了下来。

前来送别的人群全都静静地在大门外等候。白发苍苍的老者，稚气未脱的小学生，个个神情肃穆。有人在两边拉起了绳子，挂出一副副挽幛、挽联或悼词。我匆匆一瞥，发现署名者中有美国的冰凌、泰国的梦莉、日本的竹内实等熟悉的朋友。还有一篇悼文，落款为"一家三代小读者"。我想，在世纪老人面前，我、你、他，今天，来这里为她送行的近 2000 人中，还有谁不是她的小读者呢！

来自冰心家乡福建的许怀中、舒婷和我，跟随中国作家协会的队列，终于走进了大门。我们每人都领到一枝鲜红的玫瑰，据冰心研究会秘书长王炳根介绍，这是特地从云南、福建等地空运来的，一共是 1700 枝新鲜的红玫瑰。鲜红的玫瑰，带刺的玫瑰，是冰心生前最喜欢的花卉。她说过："爱花者无恶人，花是真善美的化身。"她还说过："红玫瑰不仅有它的色、香、味，更因为它的花枝上有坚硬的刺，和人一样，有自己的风骨。"

如今，中国文坛公认的老祖母冰心先生，就躺在大厅中央用玫瑰花铺垫的花床上。我们每个人都把各自的玫瑰花轻轻地覆盖在她的身上。我看见她胸前别着一枚我所熟悉的"冰心"徽章，那是冰心文学馆开馆时，征得她老人家的同意，用她的一枚阳刻篆文私章仿制成的馆徽。我把我的玫瑰花放到了这枚"冰心"徽章的一旁，愿她那颗博大的爱心如同玫瑰花开遍千秋万代。我凝望着花丛中的百岁老人，她和我以前在医院里所见到的一样，依然面色红润，神态安详，仿佛刚刚睡着一样。

大厅里没有哀乐。只有海风的呼啸，海鸥的鸣叫，伴随着小号和管风琴的优雅旋律，一声声，似从遥远的天际飘摇而来。我知道，这是她的外孙陈钢从美国带回的音乐素材经过合成制作的，乐曲分为"大海""生命""光明""晚霞"四个部分。冰心一生热爱大海，她的胸怀像大海一样宽广、坦荡，她的生命就是波澜壮阔的大海，一个充满美丽景象的世纪之海。

今天，蓝海洋上开遍了红玫瑰，国内外亿万读者都在为她送行……

下　篇

冰心走了，永远地走了。

她的骨灰将安葬在哪里？她的灵魂将栖息在哪里？

大凡智者，对自己生命里程的终结往往都有某种预感，冰心也不例外。她在生前，不但请她的挚友赵朴初先生提前书写了墓碑，而且，还曾在一份遗嘱中交代，她的骨灰要和吴文藻先生的骨灰合葬在一起；她的骨灰盒上一定要标明：福建，长乐，谢婉莹女士……

2000 年 10 月 17 日，我和一批乡亲再度晋京，跟随着中国作协的车队，往京城北郊八达岭进发。不是去瞻仰明长城的雄伟，也不是去领略居庸关的险要，而是在秋山处处如火的红叶中，去参加吴文藻、冰心墓的奠基典礼。

这里，背倚八达岭长城，面对弹琴峡——据说，每年春分前后，溪水中流，空谷传音，犹如悦耳的琴声。今天，听不到叮叮咚咚的琴声，却听到了满山遍野的松涛声，像海涛一样汹涌澎湃，一声声，一阵阵，不断敲击着人们的心弦。一座状如骆驼的小山峰，姑且称其为骆驼峰吧，业已削平的峰顶上，一方墓碑立了起来。这是高达两米的一整块汉白玉石墓碑，周边呈毛石的天然状，中间磨平的石面上，镌刻着赵朴初题写的碑名："吴文藻（1901—1985）谢冰心（1900—1999）之墓"。

四围的苍松翠柏，把汉白玉石映衬得更加晶莹洁白，其天然的毛边似乎还有一种冰的质感。听王炳根说，这里还将矗起两位老人的艺术雕像，以表现他们相濡以沫相伴终生的人生历程；雕像的下方，还会有一个古铜色的小读者的雕像，以表达冰心一生对儿童的热爱。我为艺术家们对墓园的设计暗暗叫好，天使般的儿童形象，不仅能为这多少有点凝重的墓园增添生命的活力，同时，也喻示着墓主的作品将代代相传，是真正的传世之精品。

时任中国作协书记处书记的张锲还告诉我：这里，将建成"中华文化名人雕塑纪念园"，茅盾、夏衍、田汉、徐悲鸿、曹禺等中国新文化运动的巨人，都将重新在长城下聚首……

我跟随冰心家人和来自各方面的代表，挥动铁铲，为墓碑培上新土。

当张锲要我代表冰心的福建乡亲致辞时，我动情地说了如下一段话——

从东海之滨到长城脚下，从"福建长乐谢婉莹女士"到中国文坛最慈祥的"老祖母"，冰心先生走完了整整一个世纪波澜壮阔的人生旅程。她生前曾在《我的故乡》一文中，深情地把她的祖父比作一棵大树，她的父亲是树上的树桠，而她自己是枝上的一片绿叶。她表达了"叶落归根"的美好愿望。如今，这一片永不褪色的绿叶将在这里落地生根。我想，作为一位伟大的爱国者，她的骨灰不管是安放在家乡的闽江之畔，还是在首都的八达岭脚下，只要是在祖国的大地上，都算是叶落归根。因为，冰心先生不仅仅属于长乐，属于福建，更属于全中国，乃至于全世界……

1999 年春初稿
2003 年秋定稿

金山岭长城漫步

从承德避暑山庄返京途中，车子一直在燕山山脉的群峰中穿行。临近滦平县巴克什营乡古北口地界时，一场大雾铺天盖地席卷而来。抬头南望，但见山峦影影绰绰，忽明忽暗；长城隐隐约约，时起时伏，似巨龙在天际游动。

开车的司机说："这里南距燕山主峰雾灵山不远，所以雾多。"

而我，却更愿意把大雾想象成古战场上的连天烽火。因为我早已得知，发生在古北口的古代战争和现代战争，不下一百次！一百次千军万马的拼杀，那铁蹄踏出的滚滚烟尘，那炮火燃起的漫漫硝烟，郁结至今，尚未消散呢！

好在我们攀登金山岭长城时，一股来自塞北的强风撕开了雾幔，视野逐渐开阔起来。金山岭由大、小金山组成，雄峙其上的金山岭长城是我国保存最好的一段明长城。它西起古北口，东至望京楼，全长约20公里。其气势之雄伟，敌楼之密集，建筑艺术之精美，均超过八达岭长城而堪称我国万里长城之精粹。然而，跟人潮滚滚拥挤而又喧闹的八达岭长城相比，这空荡荡、静悄悄的金山岭长城显然冷清多了。除了一位卖苹果兼卖矿泉水的老大娘，一位肩背照相机却找不到顾客的摄影师，我们这批福建作家算是今天仅有的游客。但我转念一想：这里人迹稀少，使我们免去摩肩接踵之累、排队等候之苦以及身陷重围之困。何况，"宁静以致远"，此时此地，不更易于让人"发思古之幽情"吗？

金山岭长城，不愧为京都东北部最坚牢的军事防御工程。其底部以巨石奠基，上部以青砖包砌，顶部的马道用大方砖铺面，可容六七人并行。每逢大小陡坡，便用大砖砌成梯形台阶，上下之方便，超过了只有斜坡的八达岭。漫步在宽敞的马道上，犹如闲庭信步。马道两边的矮墙，不论是内侧的女儿墙或外侧的垛口墙，均设有上、中、下三层射击孔，可供士兵以立、跪、卧三种姿势瞄准来犯之敌。这一点，又是八达岭所不曾具有的。金山岭长城另一独到之处，是敌楼密集的程度为全万里长城之冠。短短 20 公里的长城上，共筑有各式各样的敌楼近百座。关山相连，楼台相望，处处布防，道道设险。紧要处均设有烽火台，若狼烟一起，则全线壁垒森严，严阵以待。

漫步金山岭长城，又仿佛徜徉在中国古代建筑艺术的长廊之中。且看那重重叠叠的敌楼，或方形，或圆形，或扁形，或拐角形，依山就势，气象万千；或平顶，或穹隆顶，或船篷顶，或四角钻天，或八角凌云，在蓝天白云中各领风骚。至于城墙上数不清的瞭望孔、射击孔、吐水嘴，也都施以各式精巧的图案，如鲜桃，如箭头，如云钩，如锯齿，如刀把，如漏斗，争奇斗巧，令人目不暇接。

据考证，金山岭长城已历经 400 多年历史的考验。其间，它承受了多少次地震的摇撼，多少次雨雪的冲刷，多少次炮火的轰击！

长城依山势起伏，我们顺马道前行，终于登上了高踞于危崖上的大金山楼。此时，阳光普照大地，云雾早已散尽，站在楼台上极目远眺，西端的卧虎岭如猛虎威镇古北口，东方的雾灵山如潜龙藏在丛山背后。南边，一角波光在山林中闪现，可是京郊的密云水库？北方，则苍山如海，滚滚涌向天际，涌向塞北大草原……

面对如此壮丽的塞上雄关，如此壮阔的北国风景画，我的眼前一直晃动着一位将军的身影，一位最受福建人崇仰和感戴的英雄——戚继光将军。他，正是这金山岭长城的总设计师和总工程师。

距今 400 多年前，明王朝由盛入衰，北方民族趁机南犯，给京都造成严重威胁。于是，抗倭名将戚继光从南方被调来北方，任蓟州总兵。他一到任，便首先巡视了塞上长城，发现明初所修的长城又低矮又单薄，不少段落已倾圮崩塌，根本无法发挥正常的防御作用。于是，在蓟辽保总督谭纶的支持下，他奏请朝廷同意，对 1200 里长城全面进行改建和重修。地处京城北大门古北口的金山岭长城，便是戚继光精心设计、精心施工的得意之作。诚如史学家黄仁宇先生在《万历十五年》一书中所言，戚继光不仅"是一代卓越的将领，一位极端刚毅果敢的军人，也是一位第一流的经理、组织者、工程建筑师和操典的作者"。

戚继光是有幸的，因为他的一生毕竟全面地施展了他的才华，办成了两件大事：一是取得了闽浙两省抗倭斗争的彻底胜利，二是把金山岭长城这样举世无双的精品工程留存后世。但戚继光又是不幸的，因为他功高镇主，难容于朝。长城修好之后，他不得不解甲归里，在贫病交加中含冤辞世。所以，黄仁宇先生在专章评述他时，特地在他名字前加了个定语，称其为"孤独的将领"。今天，当我们漫步金山岭长城时，仍然不能不为英雄暮年的悲惨命运而扼腕叹息。

长城，处在中原汉民族与北方少数民族之间的长城，处在农耕文明与游牧文明交界线的长城，它的军事防御功能早已消失，它在多民族之间、两大文明之间所产生的封闭、阻隔等负面影响也早已不存在。那么，作为一种不屈精神的象征，作为古代劳动人民智慧的结晶，作为中国建筑艺术的瑰宝，它是永恒的、不朽的。因而，修长城有功的戚继光也依然是我们心中的骄傲。

何况，在我们共和国的国歌里，也庄严地屹立着长城的影子："把我们的血肉，筑成我们新的长城……"

1998 年 9 月 13 日游并记

1999 年 8 月 1 日完稿

八问磬锤峰

磬锤峰，河北省承德市第一名山。它像一个巨大的惊叹号，炸出了我心中的许多问号。

——题记

一

磬锤峰，你为何有如此之多的名称？

郦道元为你取名"石挺"，是因为你"挺在层峦之上，孤石云举"吧？

康熙大帝为你赐名"磬锤峰"，是因为你形若磬锤，能替大清帝国敲响盛极一时的钟磬之声吧？

承德的老百姓亲切地把你唤作"棒槌山"，是因为王母娘娘在天河里洗衣衫，不小心把捣衣棒落下人间吧？

还有些外国游客，发现你的形状很像非洲西南部的一座山，那座山在纳米比亚，被称作"上帝的大拇指"。大多数中国人不信上帝，那么，你就是"中国人的大拇指"了。请问，你喜欢这个外号吗？

二

你从哪里来？你在这里站了多少年？

地质学家推算，你诞生于侏罗纪——距今已有一亿三千万年了。

据说，你从大海中崛起，主要成分是红色钙质砂砾岩，与南方"丹霞地貌"极为相似。

我从福建来。我知道南方的"丹霞地貌"多呈"峰林"奇观。如武夷山，便有 36 岩 72 峰，在九曲溪两岸的云里雾里花丛里，徐徐展开秀美的画卷。

而你，却孤峰独标，冲天而起，在阳光中赤条条裸呈，散发出塞外所独有的阳刚之气。

你若真属"丹霞地貌"，那么，你周围的姐妹峰、兄弟岭，又何故像大海退潮般全然消失呢？

三

登山路边的小摊上，像彩旗般悬挂着许多文化衫，全都印有醒目的大字："摸到棒槌山，活到一百三！"

是"生命在于运动"？还是满山遍野的玉米、高粱、荞麦、苹果、杏仁特别滋补，特别富有营养？

乾隆皇帝为了与你朝夕对望，特地在避暑山庄建了个亭子。那么，你用什么灵丹妙药，让他活到 89 岁，成为中国历代帝王中首屈一指的老寿星呢？

四

你高高挺立在承德东郊的山顶上。

书上说，你的台基和槌部总高 59.42 米，重达 1.6 万吨。

试问，这些数字是如何测算出来的？

用梯子吗？你脚下并无立锥之地。

用直升机吗？那飞旋的螺旋桨又如何敢逼近你的峭壁？

天底下又有哪一种度量衡工具，能把你连根拔起，再去称重呢？

五

爬上高高的台基，面临三面深深的悬崖。

我小心翼翼地向前蠕动，一步，两步，五步，十步……终于慢慢靠近你。

天啊，我终于摸到了你！

你的岩体毛糙、粗粝，但似乎并不坚硬。

你上粗而下细，头重而脚轻，仿佛风一吹，就要飞走一样。

但你却落地生根，牢牢地插在这里，插了亿万年。就连唐山大地震，你也纹丝不动。

请问：你为何能有如此巨大的向心力、粘合力和凝聚力？

六

半空中飘起一面绿色的旌旗。

那是一株老桑树，枝繁叶茂，斜斜地插进你腰际的岩缝。其树龄，听说也有 300 岁了。

它到底何属，何种？它的果实，是大是小，是酸是甜？它诞生于何年何月？是一只什么样的鸟儿，从什么地方衔来一颗种子，偏偏就落在你这可望而不可即的高处？

七

毫无疑问，在时间的长河里，你是一位权威的见证人。

请告诉我：一个人烟稀少的小山村，是如何变成威震天下的塞北重镇？

避暑山庄，外八庙……一个全中国规模最大的皇家园林，是如何得意扬扬地向普天下宣示一个帝国的文治与武功？

而不可一世的赫赫王朝，又是如何由盛而衰，由强变弱，最终逃不脱崩溃与灭亡的命运？

八

当然，这一切的一切，全都属于过去。

而今，我不论从远处眺望，还是从近处仰视——

磬锤峰，你像一个巨人的大拇指，在地平线上，朝着天空，高高地竖了起来。请问，你这是为中华民族的复兴，在大声喝彩叫好吗？

1998 年 9 月 12 日游并记

2000 年 10 月 2 日完稿

五台山日记

5月13日　晴

晨自太原驱车北上，经忻州折往东北，午抵定襄县河边镇。

河者，滹沱河也，简称沱河。镇上最引人注目的是阎锡山故居。高墙内层层叠叠的青砖楼阁，拥抱着大大小小的天井院落，地下，还藏有暗道、密室。这组土洋结合、格局奇谲的近代建筑群，活脱脱勾画出统治山西长达40年之久的"土皇帝"色厉内荏的本质。"昔日阎府深宅第，今朝民俗集萃园"，如今，这里已辟为"山西河边民俗博物馆"，成为游客上五台山前的必经之地。

镇里盛产砚石，称文山砚，又称五台砚，简称台砚。文山者，五台山西麓之段母山也。石料为火成岩，始采于隋唐，所制台砚瓷实细腻，厚重古朴，远近驰名。我在"故居"前购一仿古砚聊作纪念，而山东文联袁君见其价格低廉，居然扛走了一麻袋，一时传为美谈。

午后，车抵豆村，已进入五台县境的"台外"地界。据说，五台山方圆300公里，以台怀镇为中心，分成台怀、台内、台外三个层次，像三个渐大的同心圆。在这个奇妙的同心圆内，现存古代寺庙47座，居中国四大佛教名山之首。

我们先上莲花山参拜佛光寺。该寺依山而建，坐东朝西。步入山门，见左右两树丁香，一红一白，争相斗艳。其背后又有两株古松，苍劲挺拔，如同身披青铜盔甲的古代将军，肃然守护着居全寺最高处的主殿。主殿称东大殿，佛家以东为上，此寺又坐东朝西，故名。

东大殿是我国仅存的唐代木构建筑，藏风聚气，雍容大度，有泱泱然盛唐之气象。殿内 500 多尊彩色泥塑，上自佛陀、菩萨、金刚，下达供养人，主次分明，尊卑有别，皆形态丰满，宛然如生。人物身上的衣带，轻柔细薄，视如丝质，似有微风吹拂，飘然欲飞。即此一端，便知它作为全国重点文物保护单位，确实名不虚传，难怪当年梁思成、林徽因夫妇要千里迢迢来此实地测绘。

在中国四大佛教名山中，峨眉山供的是普贤菩萨，普陀山供的是观音菩萨，九华山供的是地藏菩萨，而五台山，传说是文殊菩萨的道场。在金代建筑的文殊殿内，至今完好地保存着骑在狮背上的文殊菩萨巨型彩塑，其面相秀润，仪容丰满，衣饰富丽，令人神往。

初游五台山，仅仅只是先看到"台外"的第一寺，这佛国圣山的非凡气象，就把大家给征服了。

离佛光寺，公路盘山而上，我们算是从"台外"进入"台内"。但山上人烟稀少，四顾多为童山秃岭，只在山谷底部半干的河滩上露出几排白杨，给这单调沉闷的黄土高坡补上了几笔难得的绿意。忽然，一炷烟尘，伴着凄厉的风声，滚滚扑了过来，紧闭的车窗外飞沙走石，一片混沌，什么也看不清了。

在植被如此稀少，生态环境如此恶劣的地方，何以能有佛教事业的繁荣昌盛，实在令人费解。或许，古代的五台山，本是林木繁茂、人烟稠密的繁华之地，那么，又是何时何故，使五台山变得如此形销骨立呢？

为了消解旅途困倦，广东文联的吕女士扬起清亮的歌喉，教大家唱起歌剧《刘胡兰》的插曲："交城的山来交城的水，不浇那个交城浇文水；交城的山里没有好茶饭，只有莜面烤烙烙还有那山药蛋；灰毛驴驴上山灰毛驴驴下，一辈子也没坐过那好车马……"在五台山学唱山西民歌，别有一番风味。

夕阳西坠时分，我们终于抵达五台山腹地的台怀镇，住进山西省人民政府的宾馆"栖霞阁"。

夜半醒来，听窗外风声，像一个巨大的陀螺在旋转，尖利的呼啸声由远而近，仿佛就从屋顶上窜了过去，我赶紧用被子把耳朵捂了起来。

5月14日　晴，阴，雪

晨起，打开电视，方知今天为农历四月初一，福州气温高达34摄氏度，是睡凉席的时候了。但在这里，在海拔3000米左右的"华北屋脊"五台山，出门时居然感到冷风刺骨，急急又回房披了件风衣。

阳光却依然灿烂。我花两元钱租了匹枣红色的小马驹，骑着上南山。牵马的老乡说，这匹马才三岁，相当顽皮。不过，在我看来，它却颇老练，在石径上选S形路线曲折前进，让不谙骑术的我也自觉颇为潇洒。据说这里每年的旅游旺季约五个月，他这匹马除交税1000元外，尚可收入几千元。到底几千元？他笑而不答，却顺手推销给我一串核桃核的佛珠。

看来，随着旅游业的兴起，淳朴憨厚的山里人也多了几分生意人的精明。

下马。前面是108级台阶。五台山的大部分寺庙，其门口都有又高又陡的石台阶，且与佛珠的数目相同，不多不少，108级。这，比起我们南方的寺庙，自然雄伟多了。

南山寺与佑国寺隔墙而邻。两寺皆依山而建，高低错落，层叠有致。寺门前的照壁，台阶上的栏板，大殿的门楣、梁柱及窗棂，多有精美的石雕、砖雕与木雕，加上一尊汉白玉的送子观音像，使这里成为一个雕刻艺术的世界。

佑国寺的石庭上，架设有高倍望远镜供人远眺。我自然不放过这一机会。五台山五峰环抱，但高耸的五峰顶上，皆平坦宽阔，如垒土之台，故称五台。五台各有其名，各有其形：东台望海峰如立象；南台锦绣峰如卧马；中台翠岩峰如雄狮；西台挂月峰如孔雀；最高的北台叶斗峰则如同共鸣鸟，每年九月积雪，来年四月解冻，台顶更有终年不化的坚冰，故又有"清凉山"之美称。

可惜，我今天在镜中只能望见五台中的三台——南台上有座钵状的白塔；中台上有座气象站；最引人注目的是北台，台顶是一片白皑皑的"千年冰""万年雪"，在阳光中闪闪发光。可惜旅程太紧，我无法上去朝拜，只能在这里向华北的最高峰遥致注目礼了。

从南山寺下来，我们又驱车游"台内"的碧山寺、龙泉寺以及祀奉杨五郎的五郎庙。其中龙泉寺九峰环抱，一泉中流，汉白玉大牌坊上，雕刻 89 条蛟龙，昂首舞爪，玲珑剔透，其雕工，似不亚于皖南的徽派石雕与闽南的闽派石雕，可见，山外有山，天外有天。而在杨五郎庙的神龛上，居然看到福建晋江香客所捐的帷幕，可见杨家将的故事流传全国，妇孺皆知。

午后，进入此行的高潮——参拜台怀镇金碧辉煌的寺庙建筑群。只见红墙、绿树、白塔、碧瓦随山势起伏，灿灿的阳光如五彩祥云飘浮其间，一派佛国梵宫的鼎盛景象。其间，最引人注目的便是塔院寺的大白塔了。这是座藏式舍利塔，塔身似藻瓶，塔基为"亚"字形，皆用米浆拌石灰砌成。塔高 75 米，塔刹、露盘、宝珠皆铜铸，在阳光中熠熠生辉，自然是五台山的标志性建筑了。塔腰周遭悬有 252 枚铜铃，山风吹来，叮当作响，在松涛雄浑的伴奏声中，清亮而悠远。伫立塔下，闭目聆听，心中一切俗念全都烟消云散。

就寺庙建筑艺术而言，国家级重点文物保护单位显通寺可谓首屈一指。寺内的中轴线上，依次排列七座大殿，两厢廊房左右对称，布局严谨，但建筑式样却又无一雷同。其中，无量殿、千钵殿、铜殿堪称"三绝"。所谓无量殿，又称无梁殿，其实就是大雄宝殿。殿内无梁无柱，造型古朴却气势恢宏，是我国古代砖石建筑的杰作。所谓千钵殿，乃殿内铜铸千钵文殊像。而铜殿，共用十万斤青铜浇铸而成，从头到脚，浑然一体，无一裂缝，更是令人啧啧称奇。

幼时读《水浒传》，很为大闹五台山的"花和尚"鲁智深叫绝。想象中的他，酒后醉醺醺的，怀里揣一大块牛肉，高举禅杖，摇摇晃晃地在山路上一路打将过来，何其神勇，何其鲁莽，又何其痛快！今日到此，方知他当年造反的大文殊院，就在台怀镇最高处的灵鹫峰上，相传文殊菩萨显圣过，故俗称菩萨顶。

从山门处昂首仰望，108级大石阶似天梯直架天宫。那天宫，高踞山巅，黄、蓝、绿三色琉璃瓦富丽堂皇，仿佛是西藏的布达拉宫。可惜此时，天阴了下来，否则，那浮动在蓝天白云中的瓦顶该是何等壮丽辉煌！

迎着寒风，裹紧风衣，快步登山。我们踏着当年康熙、乾隆皇帝的履印，去参拜这五台山最高的喇嘛庙。气喘吁吁上了寺院，迎面便是康熙御笔"五台圣境"的石坊，乾隆用汉、蒙、藏、满四种文字书写的汉白玉御碑。

步入后院，眼前又忽然一亮：上千个小铜碗，碗口朝天，整整齐齐地摆在一长溜桌上，一群身披红色袈裟的喇嘛，一边念经，一边往碗里灌入清水，满了又倒，倒了又灌，神情十分庄严，把大家全都看呆了。

同行的内蒙古文联秘书长用蒙语请教一位喇嘛，方知今天农历四月初一，此间正举行一年一度的"水祭"典礼。据说，喝"圣水"可得福，而倒掉碗里的水又可消灾。又据说，铜碗里的水为"甘露水"，溶有草药。于是，大家纷纷喝水、倒水，诚惶诚恐，毕恭毕敬，忙得不亦乐乎。

说来也巧，"水祭"刚一结束，天气陡变，洁白、轻盈的雪花纷纷扬扬，漫天飞舞，不久，竟落了我满头满脸。五台山，果然是"清凉世界"！遥想家乡福州，正值 34 摄氏度高温，两地真是天差地别！

又听一位老喇嘛说，农历四月初一降雪，在五台山历史上也不多见，屈指一算，乾隆皇帝上山那年下过一场，距今约 200 年了。200 年一趟的瑞雪，自然是大吉之兆，那位老喇嘛手捻佛珠，口中念念有词："今日必有贵人上山……"

那么，谁是贵人呢？眼望身边游客，皆喜滋滋、乐陶陶的，仿佛都有点富贵之相，一笑。

5 月 15 日　晴

一夜雪花飘飘，晨起，见诸峰皆白。近处，雪压青松，雪压红墙，颜色鲜丽可爱。由此，又发现凡红墙内必有青松，而红墙外多为黄土荒坡，可见，在保护生态环境方面，五台山僧人功不可没。

今晨，五台县人民政府特备素餐，为我们这批来自全国各地的文联干部饯行。刚刚入座，栖霞阁宾馆主人便朗声宣读佛门就餐规矩："斋宴能益寿，素食可养身。唯请就餐者不得喧哗，不得交谈，坐姿端正，碗筷不得碰撞发出声响……"

直听得个个鸦雀无声，全场极为肃穆。

接着，身披黄色袈裟的普化寺妙明法师，开始诵读《供养咒》。那咒语听不分明，但他手敲铜磬之声却悠扬动听，一声声，直把我们敲进了莲花世界。

待妙明法师夹一筷子食品"祭佛"之后，主人才宣布上菜。第一道菜名"开花献佛"，其实是大瓷盘上放一束鲜花，花开五朵，只能看，不能吃。据说，它象征文殊菩萨的五种智能：大圆境智、妙观察智、成所作智、平等性智、法界体性智。我在赏花之余，似乎也开了点窍。

第二道菜是"罗汉斋菜"，内有山药蛋、粉条、香菇、果仁、油炸豆腐等，据说食之能消除一切烦恼，带来终生愉快。能否如此，我不知道，但一大早起来直到现在，早已饥肠辘辘，又冷又饿，能有如此美味，自然愉快得很。

第三道菜是"金粟贡佛"，金粟者，金灿灿的小酥米也。这道菜我最喜欢，因为它能管饱，且闻之异香扑鼻，食之甜糯爽口，最具晋东北地域特色。据说，这酥米还具有补养元气、丰盛容颜、温暖脾胃、滋润喉咙等十大功能，可惜我回到福建就无缘享受了。

第四、五道菜分别为"清凉茶果"和"慈航普度"，前者为糕饼茶点，后者为葱花清汤，象征观音菩萨普度众生，万事如意。

最后一道菜"出三界桃"——献给你一颗鲜桃，吃了它，你会跳出欲界、色界、无色界，从而进入极乐世界。可惜五台山此时没有鲜桃，献给我们的，是染上桃红色的桃状大馒头，我把它囫囵吞进肚子，也不知此生何时能跳出"三界"？

五台山斋宴是一种独特的饮食文化，揭开其神秘的宗教面纱，祖露在我们面前的，乃是地地道道的晋东北农家风味，充溢着浓重的山西高原草木的芳香和泥土的气息。它虽不如厦门南普陀寺的素宴丰盛，但质朴无华，别具特色，令人回味无穷。

太阳升起来了，近山的积雪在消融，而放眼仰望，北台上的冰雪却依然皎洁而高远。我们依依不舍地告别佛国圣山，驱车返回红尘滚滚的俗世人间。但五台山大白塔上那随风飘送的塔铃声，却余韵不绝，始终在耳畔回旋。

1991 年 5 月 13 日至 15 日游并记

1997 年 7 月 20 日至 26 日定稿

北岳的悬念

从大同驱车南下，越过桑乾河，地平线上隆起了一脉淡淡的山影。随着车轮滚滚向前，山影愈升愈高，山色也愈来愈浓重。这，便是西衔雁门、东跨幽燕、南屏三晋，在塞北高原横亘五百里的北岳恒山了。

公路从浑源县郊擦了过去，眼前那巨大的山影从中裂开一个豁口，如瀑的阳光泻落口内，光与影的强烈对比使两厢的山势旋即陡峭起来。这，便是金龙口，进出恒山的倚天之大门了。天峰岭、翠屏峰左右夹峙，一线浑河水从中夺门而出，似龙门，若剑阁，好一个兵家必争的绝塞天险！怪不得连见多识广的徐霞客也不能不为之倾倒，援笔惊叹曰："伊阙双峰，武夷九曲，俱不足以拟之也！"

车进口内，忽而左旋，忽而右转，忽而又钻进幽深的隧道。乍明乍暗之间，偷眼往车窗外望去，两边皆是万仞峭壁，却与别处裸岩尽露的峭壁大不相同，这里是一层赭黄色的风化岩，一层墨绿色的灌木丛，像多层宝塔一般，层叠而上，色调单纯，却不单调，干燥中透出朗润，雄浑中蕴涵挺秀，如同一幅幅套色木刻版画，耐人寻味。

被徐霞客称为"天下巨观"的悬空寺，就危危然高悬在翠屏峰的断崖绝壁之间。当我从车上向它投去匆匆一瞥时，感觉到它是一只彩色的凤凰，经过万里长空的长途飞行，累了，暂时趴在此间小憩一番，随时准备重振双翼，再度凌空飞去呢！

下车步行，站在峡谷底部的浑河边抬头仰望，只能看见层楼叠阁及栈道的底面，由十几根细长如红木筷子般的木柱子轻轻地撑住。可能由于视觉上的误差，我仿佛看到整片山崖正微微向前倾斜，那木柱子也在山风中簌簌颤抖，崖上的危楼随时可能崩塌下来。我下意识地后退几步，闭起双眼，心中闪出了当地的一首民谣："悬空寺，半天高，三根马尾空中吊。"

顺着石蹬道，一步步攀崖而上，终于踏进了寺门。那门，与一般寺庙位居中轴线前端的大山门不同，它躲在紧贴崖壁的一个小角落里，狭窄得仅容一人通行。我猜想，如此设计，既是依山就势的需要，同时，也限制了入寺登楼的人数，以减轻总体建筑的负荷吧！

小心翼翼上天梯，登悬楼，过长廊，跨飞栈，但听脚下木板吱吱嘎嘎作响，头顶的楼台也似乎摇摇晃晃。在如此险峻逼仄的地方建寺，空间十分有限，但任何高超的艺术不就是在限制中求得创造与发展吗！也许，小中见奇，小中见巧，小中见精妙，乃至于小中见宏大，这正是当年——距今 1400 多年前，北魏时期能工巧匠们崇高的艺术追求和辉煌的艺术创造吧！

据说，全寺共有楼堂殿阁 40 间，有关儒、道、释三教的各类雕像凡 80 余尊。整个建筑群一半高高悬在空中，一半深深嵌入岩壁。有时，危崖碰鼻，仅有一架小梯把你引向上头的另一番天地；有时，巨岩挡道，却有一隙小窗让你钻入里头的另一窟石洞。就这样，步云梯，钻天窗，穿石窟，上下左右盘旋之中，我才逐渐看清整个寺庙的主体建筑是左右对称的两幢三层殿阁，两阁之间，中隔断崖，于是，便有一条栈道凌空飞架，像一根扁担把两端的楼阁挑了起来。令人称奇的是，那扁担的中央，又压上了另一幢双层重檐的楼阁来，好比一个表演杂技的大力士，在一连串高难度的惊险动作中，不断展示其非凡的勇与智、力与美，让人在惊心动魄中获取最大的审美愉悦和满足。

然而，这一切艺术的创造又都是建立在科学的坚实基础之上。以栈道为例，其下方只有数条横木和数根立木支撑着。那横木，俗称"铁扁担"，是用当地的特产铁杉木加工成方形的木梁，深深插进岩石里去的。据说还用桐油浸过，防腐，防白蚁。至于那些立木，每条柱子的落点都经过精心的计算，或起承重作用，或仅仅只是为了平衡栈道的高低。有人用手轻推其中的一根立木，它居然离开下方的落点，左右摆动起来，直看得人心跳不已。

　　没想到，这小小的悬空寺，内里却大有乾坤，高低错落的楼阁，屈曲勾连的栈梯，竟让我足足盘桓了一整个时辰。依依不舍下得楼来，反身回望，却又发现崖壁上刻有"巨观"两个大字，传说还是诗仙李白的留墨呢！

　　创建北魏王朝的鲜卑族真是个了不起的民族，它不仅开凿了云冈、敦煌、龙门三大石窟，而且又在恒山上建造起如此一座悬空寺，一座在中国古代木构建筑中稳居"第一把交椅"的悬空寺。

　　在中国的五岳名山中，其他四岳都是通过长长的山道，步步引人入胜，最终在山巅处推出览胜观景的高潮。唯有这北岳恒山，却把它最精华的部分，最得意的作品悬空寺，高高悬挂在大门口，给人以巨大的视觉冲击力和心灵的震撼力。如果把名山的建筑视同一篇文章，那么，北岳恒山这篇文章，在布局上便是以先声夺人、起笔不凡而取胜。

　　悬空寺，高悬在绝壁上的悬空寺，你也高高悬挂起我对北岳恒山无尽的思念……

2000 年 8 月 4 日游并记

9 月 16 日完稿

沧 桑 云 冈

在人类祖先所创造的无数文化遗产中，泥塑的容易损毁，木构的容易朽坏，金属的也往往在一场大火中熔解殆尽，唯有石头的相对牢靠一些。古希腊的神殿、古罗马的斗兽场、古埃及的金字塔、古印加帝国的马丘比丘城堡，乃至于复活节岛上的巨人像，之所以能留存至今，莫不得益于石头生命力的恒久。

在中国，誉称"三大石窟"之首的山西大同云冈石窟，自然也应该算是世界级的石刻艺术宝库了。但始凿年代与它不相上下的甘肃敦煌莫高窟，比它年轻的河南洛阳龙门石窟，业已荣登《世界文化遗产名录》，唯有云冈，却因何姗姗来迟呢？

带着这一困惑，2000年夏，我走进了历史文化名城大同，走进了大同郊外的武周山，登上了武周山最高处的云冈。

尽管没有阳光，没有彩云，只有冈顶用黄土夯筑的一截古堡，孤零零地突兀在塞北高原灰蒙蒙的苍穹之中，但古堡之下，那东西绵延长达一公里，依山崖而开凿，密如蜂窝般的200多个洞窟，那半藏半露在洞窟内外的5万多尊石刻造像，就像阴天里突然出了个大太阳，云蒸霞蔚，流光溢彩，令人目眩、神迷、心醉！我是在初游敦煌，继游龙门之后，才有缘来拜识云冈的，但哪怕只是最初的匆匆一瞥，我已从心底断定，论规模之宏阔，气势之磅礴，色彩之富丽，内涵之繁赜，泱泱云冈，绝不比敦煌和龙门逊色！

它的诞生，距今已遥遥 1500 多年。那时，居住在"幽都之北，广漠之野"的鲜卑族拓跋部，经过两度由北向南的大迁徙，战胜"九阻八难"，终于一统中国北方，建立起北魏王朝，并迁都平城（今大同）。北魏的皇帝们把佛教定为国教，把武周山视为祈福的神山，大兴土木，建寺立庙，于是，云冈石窟便应运而生。"凿石开山，因岩结构，真容巨壮，世法所希。山堂水殿，烟寺相望，林渊锦镜，缀目新眺"。当年，地理学家郦道元在《水经注》中的描写，至今读来，犹令人怦然心动。

然而，1500 多年的风雨沧桑，山堂也好，水殿也好，烟寺也好，十之八九化为灰烬，唯有一尊尊苍古的石佛，却还透过石窟的一扇扇门洞，默默地窥视着今朝的人世。

云冈石窟按自然地形分为东、中、西三区，按造像风格又可分为早、中、晚三期。其中，位于西区的五窟，是在名僧昙曜的主持下最早开凿的，皆为马蹄形平面，穹隆顶，世称"昙曜五窟"。巨大的如来佛像占据每窟的中心位置，据说对应北魏王朝的五代帝王，特别引人注目。其中，最西头的那一窟，现编号为第 20 窟，由于窟前立壁早在辽代以前便已崩塌，高达 13.7 米的大佛像凸显在光天化日之中，远远便可望见，其硕大的体形，非凡的气势，一下子就把人给镇住了。仿佛有一股巨大的神力把我吸至他的跟前，我的身高还不及他的膝盖呢！举目仰视，只见他高耸的发髻，紧贴天幕；长长的耳垂，直落肩头。顺着丰厚圆润的下巴再往上看，他的嘴角略为上翘，似乎微含笑意；高隆的鼻子下，还留有两撇八字胡呢！深陷的眼窝中，一双炯炯有神的眼睛正宽宏地垂视人间。全像挺秀劲健，浑厚质朴，据说是中华传统艺术与印度犍陀罗艺术两相结合的精品，也是整个云冈石窟早期艺术风格的代表作。

然而，比他更大的巨佛还深藏在中区的第五窟里头。它是在云冈石窟中期的鼎盛阶段开凿的，后经盛唐时期重新彩绘。由于视线被窟前高达四层的木构楼阁遮断了，我是在浑然不觉中穿堂入室的。待眼睛慢慢适应窟内昏暗的光线，这才突然发现鼻子前矗着一尊顶天立地的巨佛。赶紧退后仰望，方知他高达 17 米，膝盖上可同时站立 120 人，就连一只脚背也可容纳得下 12 人呢！在四壁无数佛龛造像的环衬、簇拥下，他褒衣博带，高高在上，右手上举外扬，做无畏状，自然显得特别威严了。以至于身边的游客全都屏声静息，似乎连杂沓的脚步声也都消失了。

当然，云冈之美，绝不仅仅以佛像的体量巨大而取胜。藻井上，塔柱间，佛龛里，哪怕是小至数寸的造像，也无不玲珑剔透，精彩纷呈。当年，是 1935 年吧？我的两位前辈同乡——福建长乐籍的作家郑振铎、冰心结伴来游，各有一段妙语，至今读来，倍感亲切。身兼考古学家的郑振铎写的是："每一个石窟，每一尊石像，每一个头部，每一个姿态，甚至每一条衣襞，每一部的火轮或图饰，都值得你仔细的流连观赏，仔细的远观近察，仔细的分析研究。"而才华横溢的冰心女士却援笔感叹："一如来，一世界，一翼，一蹄，一花，一叶，各具精严，写不胜写，画不胜画。后顾方作无限之留恋，前瞻又引起无量之企求，目不能注，足不能停……方知文字之无用了。"

两位文学大师尚且如此，我辈夫复何言！

只是驻足流连、观赏赞叹之余，我不能不痛心地看到，云冈石窟遭受自然和人工所破坏的程度，比之敦煌、龙门，实在有过之而无不及！石窟开凿在侏罗纪统砂岩层上，岩石颗粒粗粝，结构松散，1500 多年的日晒雨淋，风化剥蚀，再加上历次地震，早就使它不堪重负，遍体鳞伤。如昙曜五窟的前半窟，皆已崩圮塌陷，空出的地面上不得不用白色油漆标示原先的方位，以供后人之凭吊。更有一些石刻造像，被历代奸人断首砍肢盗卖殆尽，留下累累空窟，如被剜去双眼的盲人，怅对苍天，欲哭无泪。到了阎锡山军阀统治时期，这里到处土壅水浸，蛛丝雀屎，整个石窟已奄奄一息，形同废墟。而后，日寇兽兵大举入侵，又把摇摇欲坠的石窟当作喂马的槽棚，臭气冲天，则更是令人发指！

新中国成立以后，云冈石窟终于重见天日。1973 年 9 月 15 日，周恩来总理陪同法国总统蓬皮杜到此参观。当着中外记者的面，他庄严宣布："云冈石窟艺术，我们一定要想办法保存下来。"此后，维修工程才得以初步展开。可惜当时"文革"硝烟未尽，国力衰微，云冈石窟积重难返，回天乏力……直到世纪之交，大规模的拯救、维修和保护，才得以全面实施。周公的遗愿，终于到了可以实现的时候了。

我来云冈的那天，是 8 月 3 日，"云冈旅游节"刚刚拉开序幕，申报"世界文化遗产"的工作也正进入紧锣密鼓的攻坚阶段。但我心中的忧虑依然挥之不去。大同素有"煤海"之称，一年四季，煤烟滚滚。我站在云冈顶部的古堡下极目远眺，尽管景区周围有数万株苍松翠柏团团围护，但仍然抵抗不了从附近工矿企业和农村飘散过来的漫天烟尘，乃至于你在任何石窟洞的洞壁上用手指轻轻一摸，就能摸出一指乌黑来，更不必说那些佛像脸上五官和全身衣褶中的煤垢了，水冲不得，刀刮不得，自然更增加了维护的难度。也许，这正是云冈在申报"世遗"的道路上比敦煌和龙门更为曲折和艰难的一大原因吧？

好在我们这一代人不是中华民族的不肖子孙。大同人民众志成城，煤场搬迁，工厂让路，铁路改线，满山遍野植树造林，终于使整个石窟一洗千载之蒙尘，重新焕发出青春的亮丽与无穷的魅力。我离开大同一年以后，即 2001 年，云冈石窟，继敦煌、龙门之后，终于登上了"世界文化遗产"的龙虎榜。

虽然有点姗姗来迟，但再也不会缺席了。

2000 年 8 月 3 日游并记

2003 年 3 月 10 日改定

敕勒川，阴山下

敕勒川，阴山下，

天似穹庐，笼盖四野。

天苍苍，野茫茫，

风吹草低见牛羊。

　　从小便背熟了这首民歌，这首苍茫、壮阔、充满天地浩然之气的北方民歌。它既古老又新鲜，古老得就像一坛醇厚的陈年老酒，清新得可以从扑面的清风中听见牛哞、马嘶、羊咩，闻见青草的芳香，看见草尖上的露珠在颤动，在闪烁……

　　一个海滨少年，从此便做起了纵马阴山，在大草原上驰骋之梦。

　　说来惭愧，梦圆之时，我已是两鬓苍苍的半老之人了。那天夜里，火车一到呼和浩特，我便向前来接站的蒙古族老作家嘎拉扎胡请教这首歌的出处。

　　作为内蒙古自治区作协主席的嘎拉扎胡，自然对此如数家珍。他告诉我：这首歌诞生于距今 1500 年前的北魏时期，是鲜卑族敕勒部落的一位将军在马背上哼出来的。他的名字是：斛律金。

　　于是，我牢牢记住了这个名字。遥想当年，斛律金将军骑一匹高头骏马，由北而南，风驰电掣一般穿越了阴山。他勒住缰绳放眼远望，黄河在前方滚滚东流。在大山和大河之间，是辽阔无边的天空连同广袤无垠的大草原。这，不正是上苍赐予他和他的部落最美好的家园吗！看，连他的坐骑也跃起前蹄欢快地长嘶起来，鬃毛飘扬如同绣有图腾的旗帜。于是，他命令部属就地安营扎寨，然后，用鲜卑语在马背上唱出了这首民歌，这首从一个民族灵魂深处流淌出来的千古绝唱。

然而，丰茂的水草只能给游牧者带来短暂的和平与宁静。也许，正因为这里太美了，太富裕了，自古便成为兵家必争之地。正如鲜卑人来了，原先的匈奴人消失了；突厥人来了，原先的鲜卑人又不见了。然后，又是回鹘人、契丹人、女真人……一个又一个游牧民族，像鹰一样飞了过来，又飞了过去，在这里轮番演出一幕幕威武壮丽的历史悲喜剧。直至 13 世纪，蒙古族定居于此，"一代天骄"成吉思汗从这里发出了震撼世界的声音……

古时的阴山，后来被称为大青山。顾名思义，那山上定是青色的大森林吧！在蒙古语中，山下的一对姐妹城——呼和浩特和包头，前者意为"青色的城"，后者意为"有鹿的地方"。这不正意味着：当蒙古人在此建功立业时，山上是茂密的森林，山下是丰美的草原，而最初形成的城市里，还依然有美丽的鹿群在出没吗？

可惜，如今的大青山，树木已十分稀少。阳光无遮无拦地倾泻在裸岩尽露、棱角分明的山体上。远远望去，整条山脉，就像是用青铜浇铸的大屏风，横亘在祖国朔方的高原之上。

天，自然还是无边的"苍苍"；地，自然还是无垠的"茫茫"；黄河，也依旧在不紧不慢地流淌着。但草不见了，牛羊也很难再看见了。古代鲜卑人的"敕勒川"草原牧区，变成了后来蒙古人土默川部落的"土默川"平原，而后，又变成了黄河的河套平原。在晋西北、陕北民歌"信天游"中，它又是许多"小妹妹"流不尽的伤心泪，许多"小哥哥"不得不离乡背井所要走的"西口"了。如今，在这块得天独厚的平原上，是阡陌纵横的农田，是小麦，是荞麦，是马铃薯，是在阳光下金光灿灿的向日葵，甚至，还有一个波光潋滟、渔歌唱晚，颇具江南水乡风韵的淡水湖——哈素海。

从草原牧区演变为平原农业园区，这自然是人类文明的进步。但山上的树少了，北方的沙尘暴经此滚滚南下，直逼北京，这似乎又不能不说是历史的倒退。站在敕勒川—土默川—河套平原这一方热土上，我心中百感交集，喜忧参半！

幸好，自治区的蒙、汉两大民族同胞，在西部大开发的热潮中，都把植树造林、保护生态环境作为首要任务。这，既是建设祖国北疆的当务之急，又是造福子孙后代的长远之计。

那天，蒙古族诗人阿尔泰陪我们探访大青山南麓的一处林场。从一马平川的田野进入一条峡谷，再渐渐上山，星星点点的绿，团团簇簇的绿，层层叠叠的绿，由点到线，由线到面，由平面到立体，终于，像湖波、像海涛一般把我们拥进了怀抱。我们这些来自南方的游客，犹如鱼儿回归水域，全都鼓腮奋鳍，摇头摆尾，乐呵呵忘乎所以。漫步林中，头顶，是高高的苍松；身边，是青青的杨柳；鲜花，在草地上盛开；彩蝶，在花丛中翩跹；一顶顶白色的蒙古包在绿荫中若隐若现，如同晨星一般闪闪烁烁……

不知不觉间，我们已置身于大青山的半山腰。透过眼前的松涛，可以望见古老的赵长城，顺着山脊蜿蜒奔走，夯土的墙体，犹如一条黄褐色的巨龙，出没在天际，出没在历史的云烟之中。在长城的右下方，始建于明代的大喇嘛庙乌素图召，依山就势，高低起伏，红墙内的重檐、翘角、画栋、雕甍，无不生动地展示着蒙古族工匠巧夺天工的建筑技艺。

据阿尔泰介绍，在蒙语中，"乌素图"意为"有水的地方"。可见，只要有地下水源，便能植树种草；或者，反过来说，只要坚持植树种草，便能涵养、保存地下水源。有了它，大青山便能恢复其青青的本色，山下的"青城"呼和浩特也定能万古长青……

听说附近有座"敕勒川民俗博物馆",是内蒙古自治区博物馆馆长文浩生前在其家乡所建。既来此地,自然不能失之于交臂。阿尔泰带我们在土默川左旗城乡转了一大圈,因到处都在拓建道路,交通受阻,最终竟未能如愿,成为此行最大的遗憾。

好在一路上都有那首北魏民歌做伴。那首 1500 年前斛律金将军在马背上哼出来的民歌,那首建立在人与大自然的和谐关系之上,表达人对大自然由衷热爱和自豪的千古绝唱,此时此际,听起来显得特别亲切、亲近,特别令人荡气回肠:

敕勒川,阴山下,
天似穹庐,笼盖四野。
天苍苍,野茫茫,
风吹草低见牛羊……

2000 年 8 月 1 日游并记
9 月 24 日完稿

长白山天池

上篇　风云际会

在飞狐山庄用红松垒起的木楞房里，整整听了一夜雨声。

雨声，犹如一位朝鲜族女子正敲击着长鼓，时远时近，时急时缓，热烈而又执着，却叫人心绪不宁。

听吉林的朋友说，一年四季，只有夏季才能上长白山；而在这夏季的三个月里，也只能在无雨的日子里才能看到天池。

全国以天池命名的高山湖泊，大约不下 15 处吧？我曾在新疆天山的天池畔信马由缰，曾在青海孟达山的天池里飞舟踏浪，也曾在江西庐山的大、小天池边久久徜徉。它们，都以明媚的阳光欢迎我。而在全国所有天池中，海拔最高、面积最大、蓄水最深的长白山天池，高悬在中国、朝鲜边境的天池，松花江、图们江、鸭绿江三江之源的天池，我心驰神往数十年，千万里迢迢赶来朝拜的天池，今天，你怎能忍心用雨来谢绝我的造访？

好在黎明时分，鸟声取代了雨声，又似乎有曙光在窗外闪动。我推窗一望，四周的白桦林已亮了起来，一根根挺拔的树干在素洁中竟浮动出一层淡淡的玫瑰色光晕，心境也随之澄明起来。

然而，长白山的阳光像风一样，游移不定，来无迹，去无踪。来时，赐给你意外的惊喜；去时，留给你无尽的惆怅。而我们，就在这希望与失望轮番交替的心情中驱车上山。来不及观赏美人松亭亭玉立的秀美，来不及赞叹岳桦林扭曲弯折的倔强，甚至，连高山苔原地带盛开在芊芊绿茵中的野花，也未能勾起我一星半点浪漫的情怀。我一直坐成一种仰望的姿势，眼睛，只紧紧盯住天上的云，心中，只留下一个愿望：赶紧，上天池去！

长白山的云，也许是我所见到的高山顶上最为变幻莫测的云了。一会儿，像几根洁白的羽毛，轻轻拭擦着纤尘不染的一角蓝天；一会儿，像一条长城横在半空，城上，丽日晴空，城下，雨脚如注；一会儿，乌云翻滚如滔滔洪水，吞没了远近的山头；一会儿，云层又从中撕下一道裂缝，金色的阳光如巨瀑倾泻而下……

车子盘上天池北侧的天文台，台前平缓的坡顶犹如一个天然的停车场。可惜，风来了，雨来了，我们暂时只能躲在车厢里，哆哆嗦嗦地看车窗外云走雾飞，一片混沌。偶尔，雨帘掀开一角，我看见对面有座山峰，峰顶尖如鹰嘴，它，就是天池十六峰中的鹰嘴峰吧？但转瞬间，它就飞走了，消失在灰蒙蒙的雨云之中。好在不久，又有一缕阳光像金粉一般飘洒下来，鹰又飞回来了，且翅膀上站满了影影绰绰的游人。再也不能犹豫了，我打开车门，冲了出去，顺手租了件棉大衣披上，便直往鹰嘴峰登攀。

看得出，鹰嘴峰是由火山的爆发物——浮石在层状熔岩上堆积起来的。浮石质轻，多孔而松脆，在无数游人的脚下，早已碾成了沙粒和粉尘。我爬山的感觉几乎就跟在敦煌爬鸣沙山一般，走一步，退半步；走三步，退两步。终于爬上了峰顶，眼前，却是白茫茫一片。风，挟着雨雾，从脚下倒刮上来，刮得人几乎站不住。探头俯视，悬崖峭壁的下方，哪有天池碧波的倩影？只有云，一团团云，白云、灰云、黑云，在纠缠，在拥抱，在飞旋，在上升，把湿漉漉、冷冰冰的水汽、雾气和雨点，自下而上地倒刮了上来，我的棉大衣居然也像伞一般撑了开来。

天池上空何以有如此之多的云雾雨雪？

据说，这是西伯利亚季风和日本海气流在此间对峙、冲撞和交汇的结果。"两军相逢勇者胜"，若干冷季风取胜，则晴空朗朗；若暖湿气流见长，则云雨交加；当双方相持不下时，茫茫雾海便铺天盖地而来。看来，今天早晨是东洋气流占了上方，因此，天池在雨雾中深藏不露，因无缘拜识，它也就显得更加遥远，更加神秘了。

既然看不见天池，那就看看环绕天池的群峰吧！

然而，十六座山峰中，有十三座全被云雾吞没了，我只能看见脚下的鹰嘴峰以及与之相毗连的，左侧的黄岩峰和右侧的铁壁峰。黄岩峰由黄色的浮石堆砌而成，但深深浅浅的黄色中又渗透出一簇簇赤红，令人遥想火山喷发时那熊熊的烈焰冲天而起，炽热的岩浆灼灼奔涌。铁壁峰陡崖壁立，怪石嶙峋，在一片墨灰色中夹杂着斑斑驳驳的暗红，又使人想起飞石落地、岩浆冷却之后，那一大片令人心有余悸的灰烬和余火。

贴近天池却与天池失之交臂，我只能在寒风冷雨中怏怏下山。好在浮石层有如巨大的鼓面，踏步其上，咚咚作响，这奇异的声音给了我些许的安慰。

下篇　山水交响

山腰以下却依然阳光灿烂。

乘槎河宛如天上的银河，跳荡的浪花星光闪烁。雨后的长白山大瀑布，三股飞流并成两股，如雷的吼声山鸣谷应。从五颜六色的岩缝中热腾腾地喷涌出来的温泉，飘荡着硫黄味和熟鸡蛋的香味。几只梅花鹿奔跳的身影，给幽暗的谷底森林闪出了一抹亮色。

一路上都有朝鲜族男子在兜售"棒槌"——名列"东北三宝"之首的长白山人参。挤进围观的人群，我总是急切地求教："请问，今天这天气，还能看得见天池吗？"

也许是"心诚则灵"吧！午后，终于有位热心人给了我们明确的鼓励："上吧，天池顶上云开了，祝你好运！"

于是，车子掉头，再次往天池方向盘旋而上。没想到，相距不到半天，天池四周全然已是另一番景象：十六座山峰如同十六根擎天巨柱，撑起了蔚蓝色的天幕。暖融融的阳光驱散了乌云，吸干了浓雾。风，依然有点潮湿，但寒气早已消失，柔柔的，吹得人全身心都暖和起来，那些出租棉大衣的人再也见不到踪影了。

我站在鹰嘴峰上，一汪绿莹莹的湖水立即征服了我。它是那样宽柔而丰沛，向四面八方漫溢开来，形成一个边缘不很规则的椭圆形。像上苍赐给人间的一面明镜，又像人类高高举到天上的一樽酒杯，酒杯里斟满了琼浆玉液。它平卧在距峰顶数百米的下方，从高处俯瞰，显得那样安详而宁静。没有微波，没有细浪，没有涟漪，没有船影。没有鱼类从中跃起，也没有传说中的怪兽从中出没。它似乎正在酣睡，却感觉不到它的呼吸。一切，都是静止的，凝然不动的，只有天光云影，连同十六座山峰的倒影，把一湖清水染成了深深浅浅、浓浓淡淡的不同色调：孔雀蓝、翡翠绿、琉璃碧、葡萄紫……

在我的心目中，它只能是一位仙女，一位清纯到了圣洁的仙女，一位矜持到了孤傲的仙女。天山、孟达山、庐山的诸多天池，我都可以在湖畔或湖心与之进行亲密的接触，唯有这位长白山仙女，只能远瞻而不能近亲，显然，它不属于人间，不属于尘世。

简直难以想象，如此天使般的仙女，却曾经是一位恶魔，发出过惊天动地的嚎叫，喷出过遮天蔽日的黑烟，邪恶的激情燃烧成熊熊的火焰，再用炽热的岩浆孕育出十六座山峰奇异的胎形……

作为火山口湖，它已经休眠了几百年了。也许，它也忏悔了几百年。人们，可以原谅它罪恶的过去，却不希望它还有疯狂的未来。

我的目光，环着天池，在十六座山峰的顶上盘旋了一圈又一圈。

玉柱峰如同擎天的玉柱。梯云峰恰似登天的云梯。玉雪峰高戴白皑皑的帽子，可是夏日里未曾消融的积雪？锦屏峰的五彩云锦，想必是织女飞花点翠，巧手编织？相距太远了，我听不见鹿鸣峰的鹿鸣，卧虎峰的虎啸。观日峰峰起一尖，却已错过东方日出的盛典。紫霞峰紫壁生辉，正迎来西天落霞的绚丽。

最应该感激龙门峰和天豁峰，它们网开一面，让天池水从中溢出，跌落成瀑布的壮观，奔流成松花江、图们江、鸭绿江，源源不绝地滋润着中国的东北平原和朝鲜半岛的三千里土地……

誉称中国东北第一高峰的白云峰，是十六峰中体积最大的山峰。它就像一座顶天立地的大钟，倒扣在天池的西岸，钟顶直入云端。那云，是十六峰顶上仅有的一片白云，白得就像凝脂一般，在天际闪着银光。

十六峰中海拔最高的，是朝鲜境内的将军峰。它就像一位威风凛凛的将军，挺立在天池的东岸。它那左侧的山坡，自上而下斜斜地插入池中，就像将军身上斜披着斗篷，益显英姿勃勃。

还有，我脚下的鹰嘴峰以及左右两翼的黄岩峰、铁壁峰……十六座山峰，分明是十六位威武的卫士，共同守卫着天池这颗硕大无朋的明珠。尽管卫士们分属两个不同的国籍，两支不同的军队，但他们并肩环立，尽心尽责，情同手足。

当我依依告别天池及其十六峰时，不知从环湖的哪一座峰顶吹下来一股峭急的山风。平静的水面竟轻轻地泛起了一层层细细的波纹，像是酣睡初醒的仙女轻启朱唇，发出一阵喁喁低语。

可惜我站得太高了，听不见她那深情的倾诉。

2001 年 7 月 28 日至 29 日游并记

12 月 23 日完稿

北山今日无庙会

一条大汉，用一根扁担，挑着两块大石头，从北方匆匆赶来。到了松花江畔，不知为什么，他把担子一撂，就跑掉了，从此，无影无踪。

他留下的那两块大石头，变成了紧挨着的两座小山。东边的，叫东峰；西边的，叫西峰。连接双峰的那根扁担，正好是一条拱形的石桥。

这，就是吉林市的北山了。

我是从长白山返回长春的途中，路经吉林市的。吉林市是东北地区屈指可数的国家级历史文化名城。它四面环山，是"山城"；松花江穿城而过，又是"水城"。如此江山形胜，人文荟萃，自然应该"偷得浮生半日闲"，畅游一番的。当年，张学良将军不也曾诗兴大作，为此地留下一首妇孺皆知的打油诗吗！诗云："四面皆山三面水，十里江堤分外美。欲问天堂在何处？不在苏杭在东北。"

不过，主人说我来得不巧。要是早点来，农历四五月间，北山上的庙会是全东北最热闹的庙会；要是迟点来，到了冬、春季节，江畔十里雾凇，玉树琼花，那可是北国最冷艳的风景了。

我顶着炎炎夏日而来，既未能躬逢盛会，又无缘拜识雾凇，那么，就到北山上走一走，随便看一看庙会的场所也好吧？于是，便进了北山的山门。抬眼一看，山门内是一大片湖泊，湖的北面，才是双峰并峙的北山。北山给我的第一印象，便是本文开头的那一幕场景。当然，那位挑山的隐形大汉，只不过是我心中的幻影罢了。

隔湖遥望东峰，满山浓荫中透出几簇红墙灰瓦，似有钟磬之声隐隐传来。与它相邻的西峰，密林中泻出一道清流飞瀑，让人双目为之一亮。东、西双峰比肩并立，高度差不多，体量也相当，峰顶又各有一亭，遥相呼应。如此布局，如此对称、平衡之美，在各地名山中似不多见。更难得的，是居中的那架石拱桥，悬空一横，便把双峰从腰部连了起来。听主人说，桥名"揽辔桥"，康熙皇帝北巡时，曾在桥上揽辔勒马，纵目四顾呢！

登山之前，必先游湖。满湖荷叶田田，菡萏飘香，一派北国江南风韵。驻足观赏时，耳边忽传来一阵丝竹之声，紧接着便有一队古装女子款款而来。领头的红衣女郎头顶一朵硕大的荷花，在艳阳下一步一颤，熠熠生辉。簇拥其后的女子，一袭袭翠绿色的曳地长裙，又如同满湖莲叶在清风中翻涌。此情此景，不能不令人想起那句著名的宋诗："接天莲叶无穷碧，映日荷花别样红。"

原来，今日北山，正是一年一度的"荷花节"，东峰西峰，前湖后湖，赏荷的游人络绎不绝。我们随同游人上山，在"揽辔桥"两端的山林间转了一大圈，再钻进东峰迷宫般的古庙群，在关帝庙、药王庙、坎离宫、玉皇阁之间左右穿梭，这才逐渐明白：北山之所以成为东北的一大旅游胜地，全在于它那世俗化和平民化的色彩。其庙宇建筑，既有汉族的严整布局，又有满族的民间情调。其所供奉的神祇，孔子与佛祖左右并列，老子与观音比邻而居，关公与玉皇大帝还能前后呼应呢！再加上与老百姓衣食住行、生老病死息息相关的火神、水神、财神、药神以及送子娘娘等穿插其间，真可谓是儒释道三教杂糅，民间信仰九流之总汇了。所有善男信女，都可以在山上找到心目中的一位或多位偶像，在香烟缭绕、钟磬齐鸣中倾吐各自的心曲，祈求实现各自的愿望。

何况，北山又以庙会为载体，不断进行大规模的集市商贸活动：农历四月初八佛诞节，四月十八娘娘节，四月二十八药王庙会，五月十三关帝庙会……其中，又以连续三天的药王庙会最为隆盛。听主人说，每年上山逛庙会的游客总数多达 30 万人呢！怪不得东北有句民谚："千山寺庙甲东北，吉林庙会盛千山。"

尽管北山今日无庙会，但我在古庙群之间的市街中徜徉，眼见沿街商铺林立，左右摊床摆开长龙，更有货郎担穿梭叫卖，仍可想象庙会时人山人海的热闹景象。作为一个南方人，我对市街上浓浓的北国情调尤感兴趣。满族的旗袍、坎肩、长筒靴和木底花盆鞋，朝鲜族的"赤古里"短衣和"契玛"长裙，"东北三宝"人参、貂皮、鹿茸角，都使我眼界大开。我甚至返老还童，变成三岁小孩，在那位捏面人的白胡子关东老汉面前，呆呆地站成了一根木桩。当然，热腾腾、香喷喷的名点小食更是令人垂涎，满族的萨其马、驴打滚、御膳糕和白肉血肠，朝鲜族的冷面、打糕、狗肉汤和克依姆奇泡菜，都看得我如痴如醉，恨不得多长出几个嘴巴逐一品尝呢！

据说，庙会也是东北各民族民俗文化表演的大舞台。尽管今日无庙会，但我在"揽辔桥"的桥头，还是有幸看到了满族的抬花轿表演，那喜庆的唢呐声至今犹在耳边鼓荡。而一位头戴红花的朝鲜族女子，在荡秋千时，素洁的长裙在空中飘舞，更像是一只丹顶鹤飞入云天……

小小的北山，以其宽大的胸襟，兼容并收的气度，包容着东北各民族的民间信仰和民俗文化，也为中朝两国人民的友谊，留下一支动人的插曲。

2001 年 7 月 30 日游并记

9 月 23 日完稿

千朵莲花山

传说很早很早以前，有位仙姑驾着白云，翩翩然飞到辽东半岛上空。她轻舒玉臂，洒下九百九十九朵莲花，化成九百九十九座山峰。后来，有位高僧云游到此，觉得只差一座山峰而凑不成整数，太叫人遗憾了，便发动人工再造一座。于是，这里便有了千朵莲花山，简称千山。

在一望无际的东北大平原上，唯有千山能与吉林的长白山、辽西的医巫闾山遥相对望，并称为"东北三大名山"。而在三面环海的辽东半岛，它自然是首屈一指的"辽东第一山"了。从鞍山市市区往东南驱车不到半小时，便见簇簇青峰如碧海洪涛滚滚而来，风景区大门口好一副楹联，字大如斗，气贯长虹："南海八千路，辽东第一山"。

千山山脉的走向，大致可分为北、中、南三沟。沟随山转，路沿沟进。昂头仰望，奇峰突兀，怪石峥嵘，一棵棵松树全在悬崖峭壁间挺起了腰身；俯首低察，峡谷深深，溪涧幽幽，不时有流水声潺潺入耳。

据说，奇峰、怪石、松树与梨花为千山四绝。其前面三绝，与华东地区的诸多名山大致相仿，只不过少了云的缠绕，雾的遮掩，雨的润泽，少了几分江南女子的灵秀、含蓄与缠绵。它们，就像赤条条的关东大汉，在蓝天白云下尽情享受日光浴，多了几分坦荡、粗犷与豪迈。

至于誉称千山第四绝的梨花，只因我们迟到了一个星期，竟无缘拜识。当车子由梨花峪进入中沟时，满眼都是层层叠叠的梨树，但枝头已觅不见一朵花蕾，地上也不见一片落英，那香雪海一般银装素裹的奇观，只能寄托在无穷的想象之中了。

千山与佛有缘，历来是东北地区的宗教活动中心。早在1400多年前的北魏时期，山上就留下了佛教徒的踪迹。盛唐一代，大兴土木，庙宇建筑次第兴起，到辽金时已盛极一时，赢得了"千山寺庙甲东北"之美称。其中，始建于唐的祖越、龙泉、大安、中会、香岩五寺最负盛名，且至今犹存，并称为千山的"五大禅林"。

坐落在中沟深处的中会寺，在地理位置上恰好是"五大禅林"的中心，全山僧侣多在此集会，故得"中会"之名。寺院背倚犀牛望月峰，前临海螺、净瓶二峰，在三峰夹峙中深藏不露，唯有香烟袅袅，钟磬声声，从松林中隐隐透出。寺中供奉以金箔贴面的毗卢遮那铜佛，双手食指尖对顶于唇间，似欲言又止，令人颇费猜想。铜像高13米，重30多吨，有人说它曾是亚洲最大的铜像之一。

小时候看电影《古刹钟声》，悠悠的钟声从幽幽的山林里传来，曲曲弯弯的山道上，仿佛每一级台阶都布满了诡秘和凶险。此番进了北沟，爬上似曾相识的盘山石径，方知那古刹，就是龙泉寺。此寺依山而建，寺后岩罅间有股山泉，被巧妙地引入寺内，从人工雕琢的石龙嘴中涓涓滴落，再顺石壁潺潺注入下方的幽壑之中。传说这就是"龙涎吐水"的奇观，寺遂以泉名。寺西，又有清乾隆年间进士王尔烈的读书处，据说，这位曾当过皇帝老师的"关东才子"，挑灯夜读之余，还把龙泉寺四周的风景编辑成十六景，并留下"一千峰里烟霞胜，十六景中图画存"的名句。

大约也就在王尔烈吟诗作画的同时，道教传入千山，于是，在"五大禅林"之外，又渐渐增添了九宫、八观、十二茅庵，形成了佛道同居一山的繁盛景象。位于中沟的五龙观是现存最大的道观，它兀立在半山坡用巨石垒砌的平台之上，远远望云，有如一座孤城拔地而起，层楼叠阁，参差错落，雕梁画栋，金碧辉煌。有趣的是，周围的五座山峰，由左、中、右三个方向蜿蜒而来，一到宫前的龙潭，便突然收拢，成五龙戏珠之势。那"珠"，便是本文开头所说的，由云游和尚叠石垒起的一小座人造假山。和尚的本意是为千山补足最后一座山，没想到时过境迁，竟为道观增添了不可多得的一大奇观。

听说五龙观的王全林道长是位名医，还身兼中国道教协会的副秘书长，我们便慕名登门拜访。没想到一见面，他居然是一位银髯飘飘的美髯公，今年虽过花甲，但握起手来，坚如铁钳；走起路来，步履生风；说起话来，更是声若洪钟。辞别时合影留念，他特意郑重其事地换上一身素洁的道袍，并头顶黑色的道冠，足蹬黑色的道靴。一阵山风吹来，银髯飞扬，衣袂飘舞，宛如一只仙鹤，就要腾空直上碧霄似的。

匆匆一日千山之游，虽不可能遍览九百九十九峰奇景，却拜识了这位仙风道骨的奇人，也算是不虚此行了。

2000 年 5 月 13 日游并记

2004 年 5 月 27 日完稿

本 溪 水 洞

山中有洞，洞中有水，本不足为奇。一部《徐霞客游记》，有不少篇章都与我国南方各地的石灰岩溶洞有关。

然而，万万没想到，在关外，在辽东，在徐霞客的足迹未能抵达的本溪满族自治县，居然还藏有一处奥秘无穷的大溶洞。其洞之宽，可容两艘游艇对开；其洞之深，尚未探明尽头；其水量之充沛，居全国溶洞之前茅。

南方的溶洞，大都以山为名。本溪水洞，却为何只突出一个"水"字，山名反倒被省略掉了？

但太子河畔，好一座凛凛的奇峰就高高地站在我们面前。山顶，林木葱茏；山体，峭岩壁立。壁立的峭岩中央，裂开一个巨大的洞口，无遮无拦，就像一位关东大汉朝我们咧嘴大笑，热情而又纯朴，开朗而又豪爽。

山名待考。我们还是先进洞去吧！

乍从初夏的艳阳底下钻进洞口，眼前一暗。暂时分不清高低深浅，但觉习习凉风迎面吹来，精神为之一爽。待视力渐渐恢复，定睛四顾，方知此洞奇伟开豁，气势磅礴，宛如一个可容纳千人的大厅。

大厅右侧，有旱洞长 300 米。漫步其间，见大洞套着许多小洞，高低错落，曲折迷离。据说日寇关东军曾在此堆放军用橡胶，投降前放一把火全烧掉了，故洞壁上至今还留下许多烟熏火燎的痕迹。

大厅正面的纵深处，便是通往水洞的码头。闪闪烁烁的灯光，映出一片玻璃般平滑的水面，宛如静夜里的海港，怀抱着几艘敞顶的游艇。此时，习习的凉风已变成嗖嗖的冷气，冷气透入肌肤，深入骨髓，令人难以消受。据说洞中一年四季保持恒温 10 摄氏度，我们南方人到此，好比从初夏季节一步跨进深秋，便赶紧租了件羽绒大衣，把全身裹了起来。

从护岸石阶逐级而下，通过长长的水上栈桥上了船，我们便开始了既逍遥自在，却又险象丛生、高潮迭起的地下暗河之旅。据介绍，目前已通航的河道长达三公里多，水流或深或浅，或急或缓，山洞时高时低，时宽时窄，沿途又有三峡、四宫、九曲、十三弯，船行昏暝幽暗中，全凭两岸岩穴中暗藏的灯光闪动领航，故有"地下银河"之美称。

灯火迷离中，两岸悬崖、峭壁、石笋、石柱、石钟乳影影绰绰，扑面而来，擦身而过。一股股清泉，从头顶飞了下来，溅落河中，玲玲琮琮，奏乐相迎。主人在船头说起有关水洞的种种民间传说，更为此行增添了许多神秘的色彩——

清末，有三位道士驾石舟进洞，至今尚不见出来。

黑瞎子（黑熊）常常摸进洞里饮水、洗澡呢！

有条三丈多长的大蛇，头戴红冠，身披金鳞，爬出洞口，团在石头上晒太阳，一晒就是一个时辰。

洞里有两只角龙，一翻滚，大水就咕嘟咕嘟往外冒，日寇一船五人进洞勘察，翻了，全被吃掉了。

……

但传说毕竟是传说，所谓黑熊啊，大蛇啊，角龙啊，全都躲起来不见我们。呈现在我们眼前的，尽是千姿百态、光怪陆离的喀斯特地貌——

雪山冰川顶上，隐现琼楼玉宇，是天上的宫阙吗？

刀枪林立之中，杀出一彪人马，可是人间古战场？

玉象戏水，白猿捞月，好一个动物王国！

凤凰展翅，彩蝶翩跹，好一片花鸟世界！

最逼仄处是剑门峡。悬空的钟乳石犹如万剑斜插，寒光闪闪。谁敢不低下头来，小心翼翼地匍匐而过呢！

宽敞处却像大音乐厅，穹顶上的枝形大吊灯，每一盏灯泡都玲珑剔透，熠熠发光。同行的何申等几位北方作家，索性亮开歌喉，唱起了京戏。他们高亢嘹亮的嗓音，与大厅四壁、暗河两岸的岩石相碰撞，宏大的共鸣声，几乎达到了震耳欲聋的地步。遥想欧洲的巴尔干半岛，在克罗地亚、斯洛文尼亚等地海滨，不也有一些音乐厅就设在天然的大溶洞里吗！

游兴正浓时，不料，前方水面上有巨石挡道。汽艇只能在此稍停片刻。主人说：巨石背后，水洞还不知有多深、多长呢！为了保护旅游资源，避免因炸石而震落周围的石钟乳，我们的航线只能到此为止。言之有理，大家都表示理解。毕竟，如此天造地设的水洞奇观，只能在保护的前提下加以合理的开发与利用。想想，在我国的许多地方，因急功近利、杀鸡取蛋而毁掉名山胜水的惨痛教训，难道还少吗！本溪人对本溪水洞的保护意识，不能不令人钦敬。

趁游艇掉头返航之际，主人又说起了一桩往事：这水洞，虽然留下老祖宗的许多传说，但直到1962年，周围的老百姓还是不敢贸然进洞。为此，当地驻军派出探险侦察小组，驾着橡皮筏，穿上防化衣，头戴防毒面具，怀抱冲锋枪、轻机枪，身背步话机、氧气包，小心翼翼进洞探险。没想到，洞中空气畅通，水流清澈，曲径通幽，风景绝佳，且未见任何异物，未遇任何危险。唯一的小插曲，是橡皮筏在一块巨大的钟乳石底下暂停时，有人用铁锤乐呵呵地敲击道："瞧，这玩意儿不就是一个大冰溜子吗！"

话音刚落，"扑通"一声，又连着"哗啦"一响，水花四溅而起，筏上的人全都跌落水中，一个个成了落汤鸡。原来那钟乳石是易落石，经不住一敲便拦腰截断，坠落水面时把橡皮筏子都击穿了。好在水不深，有惊无险。战士们虽然全身湿透，却个个喜笑颜开。他们测绘出完整的地形、地质、水文资料标示图，为开辟本溪水洞这一国家级风景名胜区立下了汗马功劳。

出洞后，查阅资料，方知这山还是有名字的。道家称它为"玉京山"，盖因洞中风景有如玉砌的"太极宫"。当地老百姓又叫它为"谢家崴子山"，其"崴"字，关东口语为"河流拐弯"之意。我想，叫"玉京山"太玄乎，叫"谢家崴子山"又太冷僻，还是叫"本溪水洞"好，一目了然，干脆利索。于是，在我所有与山有关的游记中，本文是唯一一篇不以山冠题，而以水命名的另类之作了。

2000 年 5 月 15 日游并记

7 月 9 日完稿

白玉山之耻

中国乃多山之国。千条山脉，万簇奇峰，全都是中华母亲身上的铮铮硬骨，容不得半点损伤，更容不得丢失其中的任何一小块。

然而，却也有那么几座山，仿佛是深深楔入母体骨骼里的伤疤，一遇阴雨天，便会隐隐作痛，令全体炎黄子孙都难以消受。

我以为，地处渤海、黄海之交，位居辽东半岛最尖端的白玉山，就是这样的一座山，一座虽然很小，却时时触人警醒的山。

它的地理位置实在太重要了。因为它就站在"京津门户"——中国北方首屈一指的军港旅顺港的背后。如果说，中华版图形如一只金鸡，那么，它便是金鸡之喙了。

> 它衔着渤海与黄海万顷碧浪
> 它衔着军舰与白帆一片繁忙

这是诗人鸿翼的诗句，掩饰不住他作为旅顺人的满腔自豪。然而，笔锋陡然一转，满腔自豪顿时化为满腔悲愤：

> 人说祸从口入，
> 近代史上的屈辱，
> 它曾经饱尝！

鸿翼的诗句，带着白玉山和旅顺口 100 多年来的滚滚硝烟扑面而来：1894 年，中日甲午海战，北洋水师全军覆没。作为"北洋第一军港"的旅顺口旋即沦入日寇之手。惨无人道的兽兵屠城三天三夜，两万多同胞倒在血泊之中。全城仅剩 36 人作为收尸的劳工而幸免于难。次年，北极熊长驱直入，沙俄军队又开进了满目疮痍的旅顺口。10 年之后，即 1904 年，日俄战争爆发，太阳旗取代三色旗，日寇的铁蹄又重新践踏旅顺口长达 40 年之久。此后，直至 1954 年，白玉山和旅顺口，才算真正回到祖国母亲的怀抱。

因此，当我从旅顺市中心一步步攀上白玉山，眺望旅顺口时，心中不能不百感交集。白玉山，我爬过祖国的许许多多名山，但哪一座像你这样多灾多难，承载着如此深重的伤痛和屈辱！

最令人难以消受的是山顶上那座高塔，那座侵华日军所遗存下来的所谓"表忠塔"。我绕塔一周，从不同的角度审视它，越看，心里越不是滋味。它就像一根孤零零的白骨戳在那里，阴魂不散；它就像一支白色的蜡烛插在那里，余烟未尽。不，它更像一颗子弹，一颗蓄机待发的罪恶的子弹……

这座高塔，是日俄战争之后，由日本海军大将东乡平八郎和陆军大将乃木合谋兴建的。据说，是为了祭奠替"天皇陛下"效忠战死的日军亡灵。塔高 66.8 米，显得蛮横而又孤傲。内设 24 层旋转扶梯，系美国为之特制。塔基的石料来自日本山口县德山冲黑发岛所产的花岗岩。全塔上下共有 21 个窗口，至今仍像鬼眼一般窥视着我们的大好海疆。当年，为了建成此塔，日军不仅从日本国内征召了千余名工匠，还用刺刀和皮鞭威逼两万多名中国劳工为其卖命效劳。从 1907 年 6 月动工，到 1909 年 11 月告竣，时间整整花费了两年半之久！

中国的无数名山，矗立着无数名塔。每一座塔都是民族智慧的结晶，建筑艺术的瑰宝。循塔登高，临风凭栏，胸中便有一股自豪之情沛然而生。唯有眼前的这座塔,白玉山顶的白玉塔,被侵略者强加在我们头顶的万恶之塔,却是我们中华民族含悲蒙垢的耻辱柱!此时此刻,我恨不得它立即轰然崩塌,化为齑粉!

我急速转过身去,把这座塔连同这一段令人痛心的历史摔到了背后。我昂首挺胸,极目远眺山下的旅顺口。蓝天,白云,碧海,青山。金色的阳光亲吻金色的沙滩。海门外,黄海与渤海的两洋潮水汇集成万顷碧波。海门西侧,白银山与黄金山似蛟龙奔涌而来。海门东侧,西鸡冠山雄镇狂澜,犹如一只威风凛凛的猛虎。有趣的是,它把尾巴一甩,竟甩出一条又狭又长的沙洲来,成为港湾内一道天然防波堤。天工造化,如此神来的一笔,不能不令人叫绝!

这,就是我们今天的旅顺口,一个体现我泱泱大国凛然不可侵犯的军港。我们的共和国,再也不是腐败无能的清王朝了;我们的海军,再也不是饮恨沧海的北洋水师了。看,一支舰队,以旗舰为首,成一字编队,正从海门外浩浩荡荡远航归来。猎猎的舰旗在海风中飘扬。它们,再也不是日本的太阳旗或沙俄的三色旗了,是我们自己的五星红旗!汽笛声声长鸣,年轻的水兵在甲板上列队肃立。连海燕也翩然翔舞,为我们的威武之师助阵喝彩……

从白玉山逐阶而下,有幸与诗人鸿翼会面。倾谈间,方知他不仅是位诗人,还是位高级工程师,现任大连市旅顺区建委主任。他不仅把诗写在纸上,更把诗写在旅顺口的山山水水间。当话题转到白玉山顶为何还要保留日军的所谓"表忠塔"时,他的神情显得颇为凝重。他说,这个问题曾经引发过一场大争论,但最后,就像北京圆明园废墟不宜推倒重建一样,大多数人主张予以保留。理由是:前事不忘,后事之师。还是让子孙后代牢牢记住这一国耻更有意义。说着,他为我们朗诵起他的另一首诗:

我们保留它,

只想告诉后来者:

魔鬼，任何时候，

都是乘虚而入……

我终于明白和理解这一代旅顺人的良苦用心。今天，在金鸡高唱的和平年代里，切莫忘记，在东京，在靖国神社的那一片树林里，还有几只乌鸦，像幽灵一般不时发出战争的聒噪；在大洋彼岸，也还有人与其遥相应和，以便把矛头再次对准中国，对准旅顺口……

同胞们，要警惕啊！

2000 年 5 月 13 日游并记

2001 年 2 月 18 日完稿

[本文原载《人民日报》2001 年 5 月 26 日，获华东地区报纸副刊作品年赛一等奖。]

紫金山之星

这里，似乎是离天最近的地方。

蜿蜒起伏的山峦，汹涌澎湃的林涛，托举起一幢幢奇异的建筑物，银色、圆顶，像古罗马战士的头盔，像草原上的蒙古包，像刚从天空中飘落的一顶顶尚未收拢的降落伞，又像是闪烁在银河系星云中一群最耀眼的星斗……

每当神秘的夜幕降临，一扇扇"天窗"在这里悄悄开启，于是，藏身其间的一架架天文望远镜，便如同巨人睁开慧眼，把炯炯有神的目光射向无始无终的太空深处，去探测无穷无尽的宇宙之谜……

这里，便是举世闻名的紫金山天文台，它位于南京市钟山西侧的天堡峰上。据说，因为峰顶断崖处裸露出一大片侏罗纪的紫色砾岩，常常在烈日下闪射出令人目眩的紫金色光芒，所以，整座钟山便赢得了紫金山的美称。

紫金山的海拔高度不足 300 米。然而，自 1934 年紫金山天文台在此设立以来，面对浩瀚的宇宙空间，这里便成为中国人站得最高的地方，视野最开阔的地方，同时也是思维最活跃的地方。

翻开人类的文明史，天文学堪称最古老的一门科学了。巴比伦的泥碑、埃及的金字塔、中国殷墟出土的甲骨文，都是这一历史的见证。中国古代把观测天象的地方称作灵台，《诗经·大雅》曰："经始灵台，经之营之。"可见，至少在 2500 年前，中国便有了古天文台，尽管它常常被奴隶主或封建帝王同时用作奉神占星的场所。

天文学的研究对象是混沌浩渺的宇宙天体，而宇宙中的天体又何止是恒河沙数！迄今为止，我们人类还只能生活在一颗小小的行星地球之上。我们无法丈量太阳，无法解剖星星，更无法到银河中去遨游。要想揭示天体的起源和演化的秘密，只能靠观测，靠不断地创造和改进观测的手段，以扩大人类的视野，向亿万光年的遥远空间步步挺进……

于是，天文观测仪器，便成为古今人类智慧最灿烂的花朵。当我一步步登上石台阶，钻进一座额书"天文台"石牌坊时，展现在眼前的，便是一架架露天摆放的中国古天文仪器。它们，体态雄伟，结构严谨，制造精美，雕刻细腻，与其说是科学仪器，不如说是至精至美的青铜艺术品。

看，那是天球仪，铜铸的空心球体镶嵌着 1449 颗肉眼可见的亮星！

看，那是圭表，横者为圭，竖者为表。日影在一横一竖间移动，便成了古人的计时器。

看，那又是浑仪和简仪，分别由两组或正或斜相互交错的环圈组成。作为测量天体位置的仪器，它俩都曾经居世界领先位置。有趣的是，它们的立柱上，都惟妙惟肖地雕刻着游云和升龙的造型，那是中国皇权的象征吗？

徜徉在这些精美绝伦的国宝之间，我仿佛看见一位位古人正衣袂飘飘地向我走来：落下闳、张衡、祖冲之、一行、苏颂、沈括、郭守敬……

真是不可思议：在中国封建制度磐石般的重压下，在思想被钳制，科技被藐视，发明和创造被扼杀的古代，居然有这么一批伟大的天才，给发黄发霉的史册投上了一抹又一抹亮色！

中国历史上缺乏科学家，但不缺文人。文人中的佼佼者屈原，也只能峨冠博带，行吟泽畔，面对上苍，悲愤地发出《天问》。而他们，却发明了如此精细、精密和精美的天文仪器，去破译宇宙的密码，去探测，去追寻，去求索有关《天问》的种种科学答案……他们的这些发明创造，甚至让西方列强垂涎万分。八国联军攻陷北京后，德国统帅瓦德西、法国统帅伏依隆，不是双双上演过抢掠和瓜分中国古天文仪器的一幕丑剧吗！

　　当然，随着人类文明史的推进，我国古代的这些瑰宝，早已完成了它们实用意义上的历史使命。作为中国近代天文学的摇篮，紫金山天文台创建伊始，便拥有了大型的光学天文望远镜，而今，又有了更为先进的射电望远镜。近一个世纪以来，量子论、相对论、原子核物理学和高能物理学的创立，赋予天文学以新的理论工具；近半个世纪以来，射电天文学和空间天文学的相继诞生，又使天文学的视野扩展到全部电磁波段；人造卫星上天，宇宙飞船远访行星，以及在月球、火星、金星上的着陆考察，更使难以预计的种种重大发现成为可能。当我穿行在一幢幢银色圆顶的建筑物之间，钻进一间间展览室、陈列室和影视室，像幼儿园的孩子一般睁大眼睛，似懂非懂地观赏来自宇宙空间的种种神奇而又瑰丽的图景，接受有关天文学及其众多分支学科的启蒙教育之时，我隐隐地感觉到，我们的时代，正经历着天文学的一次新的巨大飞跃，而紫金山天文台的科学精英们，正站在时代的制高点上，站在最富有生命力的多学科的交叉点上，努力寻求人类对宇宙认识新的突破口。

　　作为福建人，我来访紫金山还有一个小小的心愿，这便是要去拜访一位心仪已久的同乡先贤。尽管我知道，我来得太迟了，他早已驾鹤升天去了。我只能在一些建筑物的奠基石上找到他的亲笔题刻，在一些老照片中瞻仰他当年的风采，在几棵他生前手植的树木前，透过树叶的颤动，感受他生命的呼吸……

　　他，便是中国近代天文学的主要奠基人之一，紫金山天文台原台长张钰哲先生。他，1902 年出生于福州，17 岁考入清华学堂，21 岁赴美国芝加哥大学就读，26 岁时便发现了被世界正式编号为 1125 号的小行星，并把这颗小行星命名为"中华星"。27 岁获博士学位。回国后，他从 39 岁到临终时的 84 岁，担任紫金山天文台台长长达 44 年之久。期间，他和他所领导的行星研究所先后为人类发现了 100 多颗小行星、4 颗彗星、30 余颗新变星、10 余颗耀星，并出色地完成了我国第一颗人造卫星测轨预报方案的制订等一系列重大科研课题。为表彰他在天文学上的重大贡献，1978 年，国际小行星命名委员会把他所发现的新编号为 2051 号小行星，定名为"张"——（2051）Chang。

在福州，我曾经寻访过他的出生地，那是隐藏在朱紫坊古巷深处几间没有任何标志、毫不起眼的小平房，围着一方只能放下一张乒乓球桌的小天井。少年时代的张钰哲，大概就是在这个小小的天井里，仰观夜空中浩瀚的宇宙星云吧？这真应了中国一句古老的成语"坐井观天"。谁能想象，一位举世闻名的观天测星的大师，居然就诞生在这一方小小的天井旁边！

也许，在常人看来，年年岁岁，日日夜夜，躲在天文观测室里与天空对视的人，其生活是何等单调而寂寞；面对匪夷所思的天文数字，想必也是枯燥而乏味的。但我们的张钰哲先生，却终生乐此而不疲。在天体中，百万岁的年龄算是很年轻的，比如太阳，就已经有 50 亿岁了，还只是一颗中年的恒星。而人类的文明史，迄今不过几千年。一个天文学家，毕其一生也不过几十年。如张钰哲，享年 84 岁，在科学家中算是长寿的了，但他的生命年龄，与天文数字相比，实在微不足道，在天体生命史上仅仅只是一瞬间。以一瞬间的观测，来探讨百亿年的演变，把自己有限的生命，投入到无限的空间研究中去，这，便是天文学家张钰哲的一生。

仰望苍穹，星辰无数。且不说太阳系之外的银河系，银河系之外

尚未可知的河外星系，单就我们所处的太阳系而言，便有太阳及其 9
颗行星、34 颗卫星，以及业已发现的 2000 多颗小行星，此外，还有
无数颗彗星和流星。假若把人比作星，张钰哲的名字已有幸地与第
2051 号小行星合为一体，永远闪耀在我们的上空。但有时，我更愿
意把他比成一颗流星，由于他生命的高速运转，与地球大气层的分子
猛烈撞击，从而发热、发光，形成明亮的光迹，划过长空，至今犹令
人目迷神醉，心旌摇荡。

2000 年 10 月 19 日游并记

12 月 3 日完稿

京口三山

地处长江与运河交汇处的镇江，古称京口、润州。

> 京口瓜洲一水间，钟山只隔数重山。
> 春风又绿江南岸，明月何时照我还？

王安石的这首诗，自小耳熟能详。如今，京口与瓜州之间，即镇江与扬州之间，"润扬长江大桥"如长虹飞架大江南北，古城镇江犹如再生的凤凰，重展双翼，自然就更令人神往了。

因此，当我旅次南京时，便迫不及待要到与钟山"只隔数重山"的镇江一游。感谢两地文友的鼎力相助，使我在短短的一天时间里，便畅游了镇江城内最负盛名的"京口三山"——金山、焦山、北固山。

从地图上看，这三山皆属于江南宁镇山脉的余脉，只因为它们卓然挺立于长江江心或江岸，汹涌澎湃的江涛便为其增添上许多神秀的色彩。更何况，唐朝以前，这里还是长江的入海口，焦山口被称为"海门"，人们还纷纷到此观赏海潮呢！此后，随着长江三角洲不断发育壮大，海岸线逐渐东移，沧海桑田，原先屹立江心的金山已与江岸连成一片。如今，三山之中，只剩下焦山仍需搭船引渡。但眼看长满水草的滩涂面积不断扩大，长江主航道日趋北移，总有一天，它也免不了要投入江南岸的怀抱了。

　　毕竟是江南繁华之地，"京口三山"，每座山上都有名寺、名塔、名亭或名楼。金山上有金山寺、慈寿塔以及康熙皇帝题匾的"江山一览亭"，焦山上有定慧寺与吸江楼，北固山上则有甘露寺、北固楼、祭江亭和那断了半截的宋代铁塔。寺也好，塔也好，亭台楼阁也好，全都沉甸甸地积存着许多风流人物及其风流故事。

　　有趣的是，三座山上的建筑格局各不相同。主人引用一句民间谚语加以概括："金山寺裹山，焦山山裹寺，北固山寺冠山。"

　　原来，金山依山建寺，殿宇厅堂幢幢相衔，楼台亭阁层层叠加，远望金山，只见建筑群而不见山体，故曰"寺裹山"。焦山如中流砥柱屹立长江之中，且古木参天，满山苍翠，把建在山谷处的定慧寺遮蔽得严严实实，故曰"山裹寺"。北固山悬崖笔立，四壁陡峭，甘露寺如同帽子戴在它的头顶，因此便有了"寺冠山"的美称。

　　就自然景观而言，金山之端丽，焦山之雄秀，北固山之险峻，各具特色，各有千秋。明人王思任还把金、焦二山做了一番比较："金以巧胜，焦以拙胜；金为贵公子，焦似淡道人；金宜游，焦宜隐；金宜月，焦宜雨。"虽寥寥数语，却也不失为我国古代山水比较美学的一则妙文。但我以为，就文化景观而言，"京口三山"其实也各领风骚，各臻其妙。

　　金山，可称之为"神话之山"。在中国，上至通都大邑，下到穷乡僻壤，谁不知道白娘娘与法海和尚斗法，从而"水漫金山"的传说！至今，山上还留有"法海洞"，聊供后人之谈助。更何况，这里还有梁红玉击鼓战金山、苏东坡与佛印和尚、寺僧为岳飞预言"风波亭"的种种故事……仿佛山上的一砖一瓦、一草一木，都是某种神灵的化身，都有喜怒哀乐，悲欢离合。神话、传说、故事如此之多，背景如此之集中，流传又如此之广，在中国众多名山中，金山完全可以夺冠！

焦山，尊崇书道的日本人为其戴上"书法之山"的桂冠，我举双手赞同。从山之西麓浮玉岩起，经栈道岩、观音岩至山之北麓雷轰岩，沿江一线，六朝以来的摩崖题刻，达200多处。而定慧寺内的墨宝轩碑林，更汇集有历代碑刻400多方呢！从唐代的颜真卿，宋代的米芾、苏轼、陆游，明代的文徵明，一直到清代的郑板桥，可谓群星灿烂，异彩纷呈。其中，最著名的又数南朝风格的《瘗鹤铭》了。其作者，一说是南朝梁代的陶弘景，一说是晋代的王羲之，至今尚未有定论。其字撑挺劲健却又宽博舒展，如仙鹤低舞，仪态大方，被历代书家尊为"大字之祖""峻美严整之宗"。该碑原刻于雷轰岩上，常被江水冲击淹没，后则崩坠江中。清康熙年间，镇江知府派人下水寻找，好不容易才捞起了五块，粘合于石壁中，并立亭予以保护。正因为《瘗鹤铭》如此来之不易，焦山碑林被定为全国重点文物保护单位。怪不得东瀛书道家来此，一个个振衣敛容，顶礼膜拜呢！

至于北固山，自然令人想起古今诗人们对它源源不绝的题咏，称它为"诗词之山"，似不为过。

记得我前些年到台湾访问时，一夕，曾与福建某同乡会的各位乡亲餐叙。席间，酒酣耳热之际，忽有一老者举杯吟诵起辛弃疾的《南乡子·登京口北固亭有怀》："何处望神州？"

首句既出，众皆齐声应和："满眼风光北固楼。千古兴亡多少事，悠悠，不尽长江滚滚流。"

一时，座上许多人泪光闪闪，心潮难平。看来，北固楼，北固山，连同既豪放又悲壮的辛词，正寄寓着台湾同胞对祖国统一大业的无限渴望。此情此景，亦令我不能不为之动容。

当然，"京口三山"，也不仅仅只是神话之山、书法之山、诗词之山，不仅仅只是三位风流倜傥的文人雅士。作为六朝古都南京的门户，作为古往今来的兵家必争之地，它们在不同的个性中也蕴涵着相同的血性，它们，也是三位威风凛凛的大将军！

金山上，梁红玉抗击金兵的三通擂鼓声，至今还响彻宋史的字里行间。

焦山上，第一次鸦片战争时期炮轰英国侵略者的古炮尚存。"如果英军到处都受到同样的抵抗，他们到不了南京。"恩格斯当年的赞誉，至今令人感动。

北固山上，孙权的"铁瓮城""试剑石"，太平军守城五年时所筑的"龙埂"，犹历历在目。

几番腥风血雨，几多金戈铁马，锻就了"京口三山"的铮铮硬骨。可歌可泣，可圈可点，可敬可亲，可悲可叹！

2000 年 10 月 10 日游并记

2001 年 3 月 11 日初稿

2009 年 3 月 31 日改定

[本文获中国作协和中共江苏省委宣传部主办的《长江颂》全国游记散文征文一等奖，入选《长江颂——全国游记散文精品集》（作家出版社 2009 年版）。]

北高峰晨浴

"天下西湖三十六，就中最好是杭州"。

杭州西湖何以能在全国三十六个西湖中独占鳌头呢？我想，三面环湖的群山起码有一半的功劳。苏东坡诗云："水光潋滟晴方好，山色空蒙雨亦奇。"试想，假如只见湖波而不见峰影，只有水态而欠缺山容，她又怎能与"淡妆浓抹总相宜"的绝代佳人西施相比拟呢！

西湖群山以天竺为轴心，环湖分为南、北两支，其主峰便是隔湖遥相对视的南高峰与北高峰了。尽管两峰海拔都不高，南高峰 256.9 米，北高峰 355 米，但因常常隐没在轻岚薄雾之中，偶露双尖，望之如插，自古便跻身于"西湖十景"之列，赢得了"双峰插云"的美称。

今年秋天，我有幸于中国作家协会设在杭州的"创作之家"孟庄小住一旬，而孟庄恰巧位于灵隐寺背后的北高峰之下。朝夕与山影对望，岂能不上山拜望它呢！于是，我在久雨初歇的一天悄悄起个大早，独自一人推开了庄门。

不料，黎明前的夜色浓重如墨，天地间一片混沌。还好，有一条湿漉漉的小路，在茶园中微光闪烁，牵引我往山口方向走去。是龙井茶吧？好一阵饱含朝露的茶叶清香！造物主对早行人的赏赐，令我游兴倍增。

举目北望，山影朦胧，树影朦胧，登山的石径藏匿其中，在寂静中显得幽深如梦。我的步履渐渐慢了下来，正犹豫间，背后传来了一串清脆的铃铛声，原来是两位骑自行车的年轻人追了上来。他俩把车子往路边一搁，便大步流星地往上攀登，其中一人还亮起了手电筒，银光犹如利刃，挑开夜幕一角，一条蜿蜒曲折的石径便闪出了它最初一段的轮廓。看来，他俩是经常由此登山的晨练者，一切，全都驾轻就熟。我尾随其后，居然轻轻松松走了一段路。但不久，距离渐渐拉大了，那手电筒光也就在前头的拐弯处消失了。毕竟，我已年届花甲，无法再与年轻人并驾齐驱了。

好在前方亮起了一盏路灯，蛋黄色的光晕透过树丛，把拐弯处的石径映照得斑斑驳驳。及至上前，方知那灯光原来只是黎明前的月光，正在与大地依依惜别呢！转眼间，月光收拢起它的余晖，路，又显得朦胧起来。万籁俱寂，唯有雾珠从头顶叶梢滴落的声音伴着我的心跳与脚步。好在不久，钟声传过来了，那是山下灵隐寺的晨钟，一声声，正悠悠然穿透丛林传了过来，沉稳而又安详。我的步履踏着钟声的节奏，从容而上，不知不觉进了半山亭。

这时，熹微的晨光已透了下来，但亭后石碑的碑文依然辨认不清。于是，继续向上登攀。路，越来越陡，我听见自己咚咚的心跳声，汗，也渐渐湿透了衣背。人声渐渐传了上来，又渐渐稠了起来，不时有晨练者、进香者从身后赶了上来，还有一些性急者甚至抄近路从树丛中斜斜地插了进来。对此，我只能不断地侧身让路。想当年，年轻时爬山，我总是一马当先，直逼山巅；及至人到中年，欲罢不能，也每每奋力争先。如今，壮心犹在，但腰腿毕竟大不如前，一边喘气小憩，一边含笑为后来者让路，却也乐在其中。

林涛渐渐退潮，山峰冉冉升起，晨光中的北高峰一派清明。首先映入眼帘的是电缆车站巨型铁架的黑色剪影，接着，便是那蹲伏在山顶的财神庙了。庙门上的匾额"天下第一财神庙"，系明代大才子徐文长的手书，似乎每个字都熔铸着万两黄金。

听说，庙里供奉的不但有大财神赵公元帅，还有"文财神"范蠡与"武财神"关羽。而范蠡，乃中国知识分子下海经商者之第一人，庙内至今藏有他的《旺财秘诀》《经商十八忌》等遗作，怪不得这里的香火长盛不衰！可惜我来得太早了，庙门紧闭，想必财神们还在酣睡吧？此生与财神无缘，不拜也罢！

待我急转身时，忽觉眼前一亮，好一片白茫茫的云涛雪浪，正从天际滚滚而来。循路移步至近旁毛泽东"三上北高峰"诗碑亭前的石砌平台上，凭栏眺望，杭州消失了，西湖不见了，连山脚跟的灵隐寺和飞来峰也沉没在厚厚的云海下边。只有云，一簇簇、一团团、一层层的云，洁白的云，柔软的云，银亮的云，如同滔滔巨浪，扑打着连绵的群山连同连绵的碧树。远处的南高峰，则如同一条军舰，在碧海青天中穿云破浪……

142

> 三上北高峰，杭州一望空。
>
> 飞凤亭边树，桃花岭上风。
>
> 热来寻扇子，冷去对佳人。
>
> 一片飘飖下，欢迎有晚鹰。

这是毛泽东 1955 年三登此山后的诗作。诗中的"飞凤"为亭名，"桃花""扇子"皆为峰名，而"佳人"者，亦为美人峰之代称也。今天的美人峰，更是亭亭玉立，风情万种。她就斜斜地倚靠在北高峰的一侧，平伸左臂，让一条宽宽的云瀑如飞帘一般悬垂而下，看起来就像一条素白的浴巾，轻轻地搭在她的玉臂之上。更令人叫绝的是，另一股细细的云瀑又从她圆润的右肩上翻涌而出，水花飞溅，水汽氤氲，好一幅越女晨浴的绝妙画图！突然，四围的观众全都欢呼起来，原来一轮玫瑰色的旭日正从东方云海深处跳了出来，顿时，紫气东来，把白茫茫的云海，把北高峰、美人峰及其毗连的群峰，全都染得姹紫嫣红。我的全身心，也都沐浴在这一片暖融融的辉煌之中。

在我所登临的名山中，云海并不罕见，但在海拔只有 300 多米的山上，能见到如此壮观的景色，却还是平生第一次。请教一位打太极拳的长者，据说他天天上山晨练，也从没看到像今天这样的美景呢！看来，此生虽与财神无缘，但若能与好山好水经常相亲相伴，也就十分富足了。有时，大自然在一瞬间所展示出来的神奇与美丽，是亿万金钱也买不来的，你信吗？

2002 年 10 月 24 日游并记

11 月 9 日完稿

北高峰晨浴

普陀山潮音

眼前是一道桥，一道跨海长桥，一道把舟山本岛的"渔都"沈家门镇与朱家尖岛横空连接起来的长桥。汽笛一声长鸣，游轮就像一条小虾从桥下钻了过去。

突然，普陀山出现了，它被莲花洋的万顷碧波托举着，就像一朵硕大的莲花，盈盈地向我们飘了过来。层叠的峰峦，嵯峨的石岩，青翠的森林，金黄的沙滩，以及梵宫禅寺用彩色琉璃瓦高高挑起的翘脊飞檐，连同尖耸的塔影、逶迤的墙垣、白玉般的石砌牌坊，全都在秋日艳阳的辉映中愈来愈真切地向我们飘了过来。

然而，直到登上码头，脚踏实地之后，面对它，我还依然有一种如在梦中、亦真亦幻的感觉。在我所游历过的诸多名山中，山容水态相得益彰者并不少见。其中，以山而兼川之胜者，当推长江三峡、武夷九曲；以山而兼湖之胜者，当推长白山与天池、格姆山与泸沽湖；以山而兼海之胜者，则今日所见之普陀山，天下无双矣！

其实，在舟山群岛 1390 个大小岛屿中，普陀山只不过是一个方圆 11.8 平方公里的小岛，而在它东南角一箭之遥的珞迦山，面积更只有区区 0.34 平方公里。然而，正是这两个弹丸小岛，蕞尔小岛，袖珍小岛，在佛典中却被冠以"普陀珞迦山"之美名，成为"大慈大悲救苦救难观世音菩萨"的道场，成为中国佛教的四大名山之一，成为千百年来无数游客和香客为之神往，为之倾倒，甚至不远千万里，从世界各地前来顶礼膜拜的"海天佛国"。

究其原因，首先不能不归功于这里得天独厚的自然景观。普陀山山不高，其最高处海拔仅有 283 米，却拥有 18 峰、12 岭、15 岩、30 石以及满山遍野的茂林修竹，可谓无峰不青，无岭不秀，无岩不挺，无石不奇。有些岩石的断面上，甚至还有海底生物影影绰绰的印痕，渗透出远古时代悠远神秘的生命气息。普陀山岛不大，但其海岸线却长袖善舞，飞旋飘卷出五湾、六岙及四片半月形的金沙滩。海浪搏击礁岩处，更藏有大大小小 17 洞，洞洞内里皆大有乾坤。如此山海大观，水陆福地，令人浮想联翩，跃跃然欲借此写就大块文章来呢！

有道是"天下名山僧占多"，一向擅长借名山胜水弘扬佛法的佛教界人士自然捷足先登，自唐、五代肇始，在长达 1000 多年的岁月中，普陀山先后建起了普济、法雨、慧济三大寺及 88 座庵院、128 座茅棚，可谓"十步一庵，百步一寺"，其全盛时的僧侣多达 4000 余众。全山的宗教建筑以普济寺为中心，沿山脉与海岛的自然走向，向东西南北辐射出四条进香、旅游线路，把寺、院、庵、堂、亭、台、楼、塔与峰、谷、滩、湾、石、岩、洞、岙天衣无缝地串通起来，伴随着潮音阵阵中的晨钟暮鼓，营造出佛国净土的浓浓氛围，使全山风景表现出更加宏大的气势。

在中国佛教的四大名山中，普陀山分工主祀观音菩萨，因此，所有宗教建筑的布局，都围绕着烘托、突出观音形象这一主旋律而巧妙地加以展开。

观音，梵文音译为"阿缚卢枳低湿伐罗"或"阿婆卢吉低舍婆罗"，意译为"观世音""观自在"等，唐人为避太宗李世民讳，略去"世"字，简称"观音"。其名字的由来，《法华经》载曰："苦恼众生，一心称名，菩萨即时观其声，皆得解脱，以是名观世音。"

有趣的是，关于他的性别，历来众说纷纭。《悲华经》说他原为男性，是无量寿佛的长子，与其父其弟合称"西方三圣"。他立下普度众生的宏愿，为便于弘扬佛法，常常在不同的情况下展现不同的身份形象。《法华经·观世音菩萨普门品》说他的相状多达 33 种，普陀山上的观音，堪称是这 33 种形象的总汇：或男身，或女体，或童子；或白脸，或红脸，或紫棠色脸；或袈裟，或白袍，或千叶衣；或伫立，或侧卧，或结跏趺坐；或手持法器，或双掌合十，或千手千眼如孔雀开屏……林林总总，美不胜收。其中，又以身披白衣的女性形象居多。只见她脸颊圆润，身材丰满，眉目慈祥，神态端庄，临风玉立在莲花座上，手擎杨柳枝，不断把净瓶中的甘露洒向人间。

普陀山到底有多少观音？雕在神龛中的，塑在岩洞里的，绘在墙壁间的，刻在塔楼上的，站在水中央的，立在山冈顶的，从不及盈尺的瓷塑小像到高达 33 米的露天大铜雕，其数量，恐怕谁也统计不出来。我想，她至少也要比全山僧尼的总数多出好几十倍吧！

建筑，以山水为载体；菩萨形象，又以宗教建筑为依托。但光是这些有形的、物质的，还远远不够。普陀山之所以成为普陀山，更在于它拥有许多无形的、非物质的，却又无比重要的宗教传说，使山上的一草一木，一砖一石，一雕栏一画础，全都具有特别的意蕴，使人们在神奇美妙的想象中，不断领悟宗教文化的博大与精深。当然，所有传说的主人公都非观音莫属。

清幽的紫竹林，传说是观音的住处。《西游记》里的孙悟空，在赴西天取经的漫漫途中，每逢劫难，不就一个筋斗翻越十万八千里来此求援吗！

高高的磐陀石，传说是观音的说法处。连海中的龙王、龟相、虾兵、蟹将，甚至，连西天的罗汉们也都赶来听讲呢！他们听得如痴如醉，忘了时间，忘了归程，最终都化成满山坡的奇岩异石。

面朝莲花洋，日夜吞吐海潮，涛声如雷的潮音洞、梵音洞，传说是观音的显灵处。古往今来，不知有多少善男信女，为求菩萨现身，不惜在此舍身投海。如今，不得不在潮音洞一侧，建起"莫舍身亭"，以作警示与劝诫。

与普陀山一水之隔的珞珈山，传说观音曾在此修道。有一次，她斗败岛上的蛇王，然后一跃而起，跨海跳到了普陀山上。她的脚印留在海滩上的一块礁岩上，于是，这块礁岩就叫"观音跳"。

在普陀山无数传说中，最使我感兴趣的，莫过于"不肯去观音"的故事了，因为它最早把山与菩萨联系了起来。传说大约 1000 年前，日本僧人慧锷从五台山请了尊观音像渡海运往东瀛，不料，船到此间海域，狂风大作，满海波涛顿时化作铁莲花，令众人大惊失色。慧锷当即朝天祷告：假若观音不肯去日本，当根据指向，留岛筑庵奉之。果然，顷刻间风平浪静，船只在潮音洞下靠了岸。此后，普陀山上便有了第一座观音庙，这便是大名鼎鼎的"不肯去观音院"了。

传说，是最好的导游，也是普及佛学知识最好的启蒙读物。附丽在名山胜水上的传说，是古人集体的智慧与创造。时至今日，科学昌明，文化发达，各种信息传播工具风起云涌，它显然早已失去赖以滋生的土壤。但普陀山似乎又是个例外。不信，一个最新版本的传说又诞生了，且一传十，十传百，说得活灵活现，说得沸沸扬扬——

1997 年农历九月二十九日，全山最大的观音像，也是当时全世界最大的观音铜像，重达 70 吨的南海观音露天大立像，正要隆重举行开光盛典。偏偏天公不作美，空中乌云密布，海上风雨欲来，齐集于礼佛广场上的 4000 多名海内外信众，仰望天空，心急如焚！然而，就在妙善方丈按时宣布铜像开光的一刹那，奇迹出现了，只见铜像上空的乌云顿时散开，金光闪闪的佛光普照大地，把山与海全都照亮了。

可惜我听到这一传说时，妙善方丈业已圆寂，无法请他证实了。只有莲花洋上的阵阵潮音，还在源源不绝地鼓荡着、诉说着……

2002 年 10 月 28 日游并记

11 月 23 日完稿

雁荡山夜影

大凡攀登名山，皆以晴日白昼为宜。其时，能见度最佳，视野最开阔。"举头红日近，回首白云低"。居高临下，俯瞰大地，或田园锦绣，或烟波浩渺，或大漠孤烟，或长河落日，一切全都历历在目。

然而，明朗是一种美，朦胧又是另一种美。有些山似乎更适宜于夜攀。静夜里，月朦胧，山朦胧，树朦胧。朦朦胧胧中，你仿佛在梦幻中邂逅一位披着面纱的陌生女郎，神秘得叫人心荡神驰。

浙南的雁荡山便是如此。

那天初抵雁荡，已是薄暮时分。好客的温州文友已在山下的一间小店里摆下别有风味的螺宴。海螺、溪螺、田螺，大的小的，尖的圆的，白的黑的，香味扑鼻，琳琅满目。又有酒。于是，碰杯声与用力吮吸螺肉的嘘嘘声便此起彼伏，可谓有声有色。但我是急性人，耐心有限，几次提议到此为止，看山去。主人却一再拖延："早呢，待月亮出来再说。看雁荡山的夜景，一定要有月光。"

好不容易盼来了淡淡的月光。于是，我们出门，沿一条山涧曲折前行。水声细细的，柔柔的，若隐若现，像曼妙的小提琴，为我们送来一支又一支小夜曲。

提起琴声，却意外引出了一个美丽的故事。说是杭州有位老音乐家得了绝症，自知不久于人世，便找到雁荡山的一处寺院住下来，终日独对青山拉琴，在琴声中聊度余生。没想到悠扬的琴声吸引了附近庵里的许多尼姑，她们自愿组织起来，购置乐器，拜音乐家为师。从此，晨钟暮鼓声中，又添上了小提琴协奏曲。也许是雁荡山山好水好空气好，也许是女弟子们学习的热情重新点燃老人的生命之火，总之，音乐声赶走了病魔和死神，老音乐家慢慢恢复了健康，且越活越年轻……

说话间，不知不觉走出峡谷，面前是一片盆地。月光如同淡淡的夜雾，飘浮不定，四围的群峰在暗蓝色的天幕上站成了一圈黑色的剪影。

在不绝如缕的涧水声中，又传来了虫声和蛙声。于是，那些黑色的剪影便渐渐有了呼吸，有了生命，有了感情。因而，也又有了种种美丽的故事。

长袖飘飘，双手作揖，光光的头颅微微昂起。你，就是从群山中最先走出来欢迎我们的"接客僧"吗？

双峰并峙，犹如双笋拔节。你俩，夜夜在清风明月中承接甘露，是否要长成两株参天的巨竹？

你是望月的犀牛吧？你倔强地昂着头，痴痴地望着夜空，望了千年万年。你为何不能像嫦娥那样，乘风飞上月宫呢？

在柔柔的月光静静的抚慰下，在潺潺的水声幽幽的伴奏中，所有的山峰和岩石都以其最富有特征的轮廓线，画出了人世间某一种生灵的形象。辨识这些有血有肉、有情有义的形象，你不仅要用眼睛去看，更要用幻想，用激情，用全部的心灵去感受。

灵峰，最神秘的灵峰，终于在月光中向我们走来。

据说白天，它被称为合掌峰。如同一双巨掌，轻轻地合在一起，默默地向天祷告。而在掌心的合拢处，居然藏着一个巨大的溶洞，洞内建起了九层楼阁，香烟袅袅，终日不绝……

然而，在夜晚，尤其在溶溶的月色中，合掌峰却随游人移步而换形之，它先后变成了独女峰、夫妻峰、双乳峰……

是的，首先出现在我眼前的，是一位多情的相思女。你似乎刚刚从大龙湫或小龙湫沐浴归来，秀发如瀑，湿漉漉地倾泻在浑圆光洁的玉臂之上。你慵懒地倚着门柱，抬眼怅望远方。远方，是山？是海？是月色无边的苍穹？你双眉紧蹙，长长的睫毛上噙着泪珠。你那丰满的胸部在柔柔地起伏，似有千言万语却难以倾诉。你只能在静默中苦苦地等待和企盼……

终于，远方的亲人归来了。当我从较远处蓦然回首之际，你已不再寂寞。刚才你所背倚的门柱变成了一位肩背行囊的青年，正风尘仆仆地跨进家园。你急转身来，不顾一切地扑了上去。你踮起脚，伸展玉臂，紧紧地搂住情郎的头部。你微闭双眼，把焦渴的双唇迎了上去。于是，清冷的目光变得灼热起来，夜空中，似有激情的火花像流星一般燃烧、迸溅！

为分享有情人终成眷属的喜悦，我情不自禁地向你们走去，很想讨一杯喜酒喝喝呢！然而，当我逼近山根，转身仰望山峰时，挺立在我头顶的，却是一位母亲硕大、浑圆、饱胀的双乳。月光如水，如瀑，似有甘甜的乳汁从空中飘然飞落。我吮吸着无私的爱意，悠悠然潜回童年温馨的回忆……

独女峰，夫妻峰，双乳峰。这同一座灵峰，转瞬之间，便完成了从女儿到妻子到母亲的人生全过程。悲欢离合、甜酸苦辣，全都浓缩在一起。同情、爱怜、惊喜、狂欢、依恋和感激……万般柔情如海潮一般从我心中汹涌而起。这神秘的夜景使我深深沉醉，同时又使我大感迷惑。

翌日清晨，我又前往灵峰想一探究竟。

然而，在白天，在艳阳朗照的夏日之下，昨夜的一切全都荡然无存。灵峰，再也不是温情脉脉的少女、妻子和母亲。它又成了合掌峰，一双由巨岩熔铸成的巨掌，对天合十，肃立在静默的大地和静默的天空之中。

只有袅袅的香烟，从掌心和指缝中静静地飘了出来，无声无息地融入天际。

灵峰的侧翼，还有座白云庵。苍松翠柏间，一抹雪亮的粉墙，像白云一般静美。庵里有位年轻的女方丈，是某佛学院的研究生，写一手好字，笔墨如行云一般飘逸。

她彬彬有礼地把我们迎进客堂。落座。奉茶。

"请问尊姓大名？"

"出家人无名。"

"法号？"

"空影。"

她那平静的语调，在我听来，如同一声惊雷。我想起了那句"一默如雷"的著名禅语。

我的眼前升起了一片迷雾。我的脑际一直飘浮着"空影"二字。我不知对此该如何诠释。我想起昨夜灵峰的神奇剪影，难道这一切全是佛国里虚无缥缈的幻影？

1991 年 7 月 28 日游并记

1992 年 3 月 7 日定稿

黄山：云天锁

真没想到，我从东海来登黄山，却似乎又回到了滔滔的东海。

是雨，是云，是雾，还是浪？一丝丝，一缕缕，一层层，一团团。湿漉漉裹着我，软绵绵拥着我，白茫茫遮住了视线。我不是在走，而是在飘，在浮，在随波逐流地游。近处，海龟擦身而过，鳌鱼交臂失却，无数尾只露出黑色脊背的鱼儿，迎面翻了个身，便消失得无影无踪。远处，那在波光浪影中时隐时现的一撮峰尖，一片奇石，一鞭松影，是汪洋中的一抹小岛、一叶风帆、半截桅杆？或许，什么也不是，只是海平线上瞬间明灭的海市蜃楼？

终于到了，天都峰！仅仅只是闪电般的一瞥，我根本还来不及瞻仰你的面容，你便迅疾地用白色的长袍把伟岸的身躯裹了个严严密密。崇高，又高高在上；圣洁，却遥遥而神秘。我只能匍匐在你的脚下。我忽然觉得，我是一名虔诚的朝圣者，此行，是专为你而来的。

我摸了摸我那已经轻得不能再轻的行囊：一条毛巾、一壶冷开水，一瓶消炎利胆片，一架傻瓜相机。还有，便是角落里那小小、硬硬、沉甸甸的秘密。

我从你的脚踝处开始登山。黑灰色的岩体如同你从白袍中伸出来的巨脚，你的小腿肚上，有一条五彩的近乎垂直的线。定睛细瞧，那是由登山者五颜六色的服饰和背囊连缀而成。于是，我变成了长线中小小的一点。

152

石阶，一级又一级。仿佛有前人叮叮当当的凿石声遥遥传来。头顶是人，脚下是人。身边也是人，是下山的人，彼此仄身而过。我右手紧紧抓住身边的石桩以及两根石桩间的铁链。我一步一步往上攀登，那石阶使人觉得坚实又牢靠。

渐渐，心脏如擂鼓，汗水模糊了视线。石阶越来越陡，深深地嵌入岩体。有时，一级石阶还不得不凿成左右两半不同的高度。于是，左脚半级，右脚再半级。险绝处，连石桩和铁链也一起消失。我只能紧紧抠住岩缝中的凿痕，四肢一起用力向上攀缘，不敢回头，不能停步，甚至没时间喘息。匆匆岁月流逝，仿佛几十年人生旅途上的一切艰难险阻，全都凝固在这里。

上腹部隐隐作痛。莫非，胆石症又发了？在一角略为宽缓的转弯处，我背倚石壁，迅速吞下几粒药片。我偷眼往上望了望，那石阶还源源不绝地从云雾中吐落，似乎在风里摇，在云里飘。我的小腿肚由酸疼而麻木而悠悠晃晃起来。我赶紧收回视线，记住导游书上"走路不看景"的训导，继续紧盯着足下，半级又半级，一级又一级，脚踏实地。上！

"快到了吧？"

"快了，上头就是！"

"早着呢，还不到三分之一！"

上下旅客间的问答，相互矛盾的答案，或出于好心的隐瞒，或出于戏谑的恐吓，莫听它！山再高，总有顶，何必管它是远还是近！记不清哪位哲人说过：过程是最美丽的。这攀登便是过程，犹如多姿多彩的人生。这是一次对毅力、智力和体力的综合检验。怪不得同行者、年近花甲的浙江省文联袁老说，只要能上"天都"，再活30年没问题！

陡峭得近乎垂直的石蹬道终于告一段落。错落的巨石间出现一方平缓的台地。于是我们休息，我喝光了冷开水，丢掉了水壶。背起行囊，似乎轻了许多。但那小小的、硬硬的、沉甸甸的秘密还在。

这秘密，有我的一半，也有我妻子的一半。

峰回路转，石阶路忽左忽右盘旋而上。我想起妻子临行前的叮咛，我忽然觉得我有了两个人的力量。腿肚子不再打战，上腹部的紧张似乎有所缓解。眼前一片白茫茫中浮现出一团团鲜绿，那是松，奇崛的黄山松，在岩缝中扎根，在流云中生长，如山鹰展翅，如一面面绿色的旗帜飘扬于万丈深渊之上。

当年，我们在兵荒马乱中相识，相恋。当年，我们在山村举行婚礼时还穿着刚洗去泥巴的旧布衫。没有钻石戒指，没有黄金项链。洞房里没有电灯，只有红烛。唯一能以"机"字称呼的只有那架半导体收音机。那夜，感谢远方的才旦卓玛，一曲《北京的金山上》，像青稞酒一样醉人。

路断了，双峰并立处，一块长长的石板架起了天桥。桥下白云滚滚，如同银浪一泻而下。我肃立桥头，突然想起这几天刚刚听到的一个奇异的名词："海马"。黄山以五大云海著称，而"海马"是历朝历代无数挑山工、石工的统称。他们像马一样，在茫茫的云海中负重登高，开山劈石，凿路铺桥……

心与心之间也存在着无形的桥梁。不是用石料，而是用爱，用无私的爱。比磐石更坚硬，更牢靠。有了它，患难时，相濡以沫；畅达时，长相知，不相疑。尽管相处时难免有争执，有误解，有赌气，有龃龉，但一旦别离，哪怕是短暂几天的别离，便全是铭心刻骨的思念，是慎独，是忠贞，是彼此之间毫无保留的信任。有了它，哪怕远走异域他乡，也能抵御种种不期然的诱惑……

终于到了，鲫鱼背！这黄山道上第一险绝处。左边，是无底深渊；右边，也是无底深渊。一米宽的石磴道，就从尖尖硬硬薄如锋刃的山脊背上轻轻地滑了过去。幸好，垫着云，托着雾，我看不清脚底下有多深；幸好，"海马"们为我们准备了护桩和铁链；幸好，从画册上，从荧屏里，我做了比这更艰险的思想准备。我迈着大步轻轻松松平平稳稳地走了过去，仿佛走过故乡山溪上那一座小小的、从小就熟稔的木板桥。只是，快到尽头时我不得不停了下来，一位红衣姑娘正临风玉立在"鱼"背上，对着那一头的摄影机镜头。我只能望见她那线条优美的背影，那被山风吹拂的裙裾。我看不见她的笑容，但我想象她一定笑得很大胆很灿烂。那头的小伙子，是她的男友，还是她新婚的夫婿？他俩的目光在云海上交流，仿佛有激情的火花迸溅。我想象那姑娘的眉梢眼角一定都漾开无尽的甜蜜，无尽的自豪。

这对年轻人触发了我的灵感。是的，就在此时此地，在最险绝之处，我必须完成妻子交给我的那一桩神圣的使命。

于是，我不顾后来者的催促，我索性在鲫鱼背上坐了下来。我从行囊中取出那小小的、硬硬的、沉甸甸的秘密——

两把锁。

一把是红色的旧锁，钻石牌。我妻子曾用它锁过她少女时代的秘密——近百封我写给她的情书。信封上的一角有我手绘的红珊瑚图案。后来，我们的女儿便以"珊"字命名。另一把是黑色的新锁，保安牌。是我在黄山脚下屯溪古街七重天百货公司买的。感谢同来的那位江西省的女摄影师，她告诉我：在黄山的铁链上挂"同心锁"，必须是两把，即夫妇各一把，双锁紧紧相勾扣在一起。

于是，我请袁老为我主持挂锁仪式，请女摄影师为我立此存照。

红的锁，黑的锁。

红锁上留着我妻子的手泽和温馨，黑锁上留着我的汗渍和柔情。

我颤巍巍地有点笨拙地把双锁勾连，搭上铁链。我仿佛又听见妻子的声音从东海之畔遥遥传来。那声音极轻，却又极为清晰："你上天都，一定代表我们俩把锁挂上！"

于是，这小小的、硬硬的、冷冰冰的两把锁忽然变得温热起来，如同两颗心脏在跳动……

　　从鲫鱼背到天都峰顶，只有咫尺之遥。我的心里感到熨帖，步履显得轻松。我忘了看奇松，看怪石，看山洞，看那些龙飞凤舞的摩崖石刻。我的目光始终离不开石径两旁的铁链，那在云海中浮沉的长长的铁链，铁链上那长长短短大大小小五颜六色千姿百态的同心锁，如同云天上的彩虹和锦带，每一对锁都锁住一个美丽的秘密。正是这无数家庭的无数秘密，组成了社会的稳定，使人生的天幕显得更明净、更高洁、更美好。

　　站在天都峰顶回首眺望，一抹斜阳掀开了云海的一角。对面的莲花峰红光灼灼，犹如一朵盛开的、硕大无朋的红莲。

1990 年 9 月 27 日至 28 日游并记
11 月 21 日完稿

[本文原载《十月》1991 年第 4 期，先后被《散文选刊》《美国侨报》转载，入选《中国新时期散文大观》（山东文艺出版社 1993 年版）。]

武夷山人物画

撑　排　人

简直难以设想，假如武夷山没有九曲溪，假如九曲溪上没有这种轻盈小巧的、用六根毛竹编成的竹排……

竹排，一枚小小的针；九曲溪，一根长长的线。正是它们，把绿宝石般的、红玛瑙般的三十六峰、九十九岩，织成了一轴锦绣般的长卷。

如今，我站在九曲溪上游的星村渡口。感谢不知名的建筑师，在武夷山特有的丹岩上刻下了"逍遥游"三个大字。底下，平置着一条和实物同样大小的竹排，两端微微翘起，是用洁白的花岗岩精工雕琢而成的，天生丽质，自有一种朴素的、纯净的美。可惜我来不及细加品赏，石阶下已传来了热辣辣的、粗犷的招呼声："上排喽——"

他，二十出头，卓立在竹排的尾部，手中横着一根竹篙。一抹曙光从背后用橘红的线条画出了他全身修长的轮廓，活脱脱像大王峰上一棵青青的竹子。

我们小心翼翼上了排，在横置的小木板上坐下。他把竹篙斜斜地往水里一点，身子微微一蹲，竹排便像一条鳗鱼，无声地往绿莹莹的水面划去。一片开阔的溪水，清亮亮地把五颜六色的鹅卵石捧献在我们跟前。

排头坐着县文化馆一位擅长搜集民间故事的女同志。她仰头朝撑排人发问："你是新来的吧，贵姓？"

厚厚的嘴唇一咧："叫我小俞好了。"

"那位老俞——"

"是我爸爸。"

"他今天没来？"

撑排人的手轻轻一抖，竹篙的顶尖在排侧的一块石头上划出了一声刺耳的尖叫，随之，一丝阴影在他脸上迅速地掠过。

他用我们听不懂的闽北方言轻轻地、匆匆地向文化馆的女同志说了几句。女同志急忙低下头，背过脸去，沉默了。

水面不再那么平静了，开始有了汩汩的水声。微波细浪拍击着竹排的排沿，仿佛在轻轻地倾诉着什么。

就在这低微的水声中，响起了撑排人深沉浑厚的声音。他，按照撑排工的老规矩，不紧不慢地讲起了武夷山的来历，讲起了"武夷兄弟"的故事。平缓的语调中蕴涵着一种力量，一种坚实而又动人的力量："很久很久以前，我们这里，有山没有溪，有石头没有树。下一场雨就发一次山洪，田淹了，房舍毁了，侥幸逃脱的人们只能躲在崖顶的山洞里挨饿。幸好，来了一位彭祖老人，他领着众人劈开大山，凿穿石壁，开出一条长长的九曲溪，把洪水排了出去。可惜彭祖太老了，他归天去了。他留下的两个儿子，一个名叫彭武，一个名叫彭夷……"

峰回溪转，水声越来越响。微波细浪变成奔突而下的激流和令人目眩的漩涡。撑排人不再言语，他睁大双眼，抿紧厚厚的嘴唇。微微翘起的排首，眼看就要撞上一块突兀在溪中的礁石，但竹篙儿轻轻一点，它又从右侧轻轻地闪了过去……

趁撑排人专心和险滩较量之时，文化馆的女同志红着眼睛，悄悄在我耳边说："他父亲老俞是这里的老撑排工。我那些民间故事，有一大半是老人口述的。可惜，我们再也见不到——"

"当心坐稳喽！"撑排人一声吆喝，耳边岩影一闪，几簇凉飕飕的水花飞上了我的脸颊。我发现，那女同志的睫毛全都湿了。

"游客越来越多，需要增添新的竹排。前不久，老俞带人上山选伐又粗又直的毛竹，不料，下山时，拖拉机翻了……于是，小俞便接替老俞来撑排了。"

险滩已过，面前是一汪深潭。水声平息了，水面光滑得像一块玻璃，玻璃下的潭水绿得发黑。阳光从水面上反弹上来，软软的，似乎含着一股冷意。

撑排人停篙在手，继续讲起了往昔的故事："彭祖死后，彭武和彭夷两兄弟秉承父志，一日也不敢停歇。终于，九曲溪通了，洪水泻出去了，从此，这里才有了绿的树，香的茶，开不败的花。为了纪念两兄弟的功绩，从此，这里才有了'武夷'这个名字……"

群峰，连同倒影，全都屏声静息，悄然不语。

九曲溪啊，你这源远流长的九曲溪！你把美丽和富足毫无保留地奉献给游客，而古往今来的种种艰辛和不幸，却深深地埋进了幽幽的潭底。

幽幽的深潭，永远是静默无声的。

扫 径 翁

没有攀登过天游峰的人，不算到过武夷山。

天游峰，武夷的第一险峰，900多级石梯，像一根银丝，从空中抛下来，在云中、雾中，飘飘闪闪，仿佛风一吹，就要断掉似的。

那天，我终于顺着这根银丝，上了天游峰的峰顶，在"一览台"上鸟瞰了九曲溪碧水丹山的大全景。山，变得小了，人，显得大了，我心里好不得意。

下了山，回宾馆用餐沐浴之后，已是傍晚时分。游兴未尽，我便踏着暮色沿溪漫步，不知不觉又来到天游峰下。举头仰望，只见白天里温柔娇媚的群峰全都披上黑色的斗篷，变得严峻起来，甚至还威含着一股逼人的气势。夜雾从幽谷中氤氲升腾。不知名的白色野花在昏暗中斑驳闪光。九曲溪在脚下潺潺作响。溪畔的"伏虎矶"后，蹲着一座小小的平房，可是门窗禁闭，不见灯火。一切，都显得朦胧而又神秘。

然而，就在这静寂中，我隐约听到一种声音，"哗——哗——"颇有节奏地从岭下的竹丛中传来。我知道，竹丛中的小径便是登天游之路。这么晚了，是什么声音？

"哗——哗——"声音由远而近，一声比一声分明。我寻声迎了上去，对面传来一声咳嗽，接着，从暗处浮出了一个人影，及至到了眼前，才看清是一位精瘦的老人，身穿一套褪色的军装，足蹬一双棕色的运动鞋，肩膀上横架着一把竹扫帚。

相互打了招呼，这才知道，老人就住在这幢小屋里，是游览区的扫径人，每天负责打扫登天游峰之路。

我敬他一支烟。他连忙开门，点灯，从屋里端出板凳、茶具，沏了一杯浓浓的岩茶回请我。

这茶，先是浓苦，而后才慢慢透出甘醇来，不愧为"岩骨花香"的武夷岩茶，给人以清新脱俗之感。

"请问老人家贵姓？"

"不敢，免贵姓屈，屈原的屈，河南商丘人。"

"您老在这儿很久了吧？"

"不算久，不算久，'文革'十年，这里人迹罕见，荒山野岭，何须我来扫路呢！"

"如今游客多，您工作挺累吧？"

"不累，不累。我每天清晨扫上山，傍晚扫下山，扫一程，歇一程，再把好山好水看一程，中午在一览台吃饭，歇个晌，喝杯茶，悠闲自在哩！"

我抬头望了望在暮色中顶天立地的天游峰：上山 900 多级，下山 900 多级，一上一下 1800 多级，那层层叠叠的石阶，那使许多游客气喘吁吁、大汗淋漓，甚至望而却步、半途而返的石阶，每天，都被这位老人，用双脚丈量了两遍。我不禁倒抽了一口气。

"遇到刮风下雨，没有游客，想扫，还不让我扫呢！"老人呷了口茶，顺手用毛巾揩了揩嘴唇。

借天上淡淡的星光，我仔细打量了他一番：瘦削的脸，脸色黝黑。淡淡的眉毛下，有一双慈善的眼睛。胡子刮得颇为干净，那一头短短的头发也不见白。

"您老高寿——有六十了吧？"

老人摇摇头，伸出了七根指头。

人生七十古来稀。可他——

老人悠悠然吐了一口烟："照说，我该退休了。可我实在离不开这里：喝的是雪花泉，吃的是公家的大米和自家种的青菜，空气好，又有茶喝，白天花鸟做伴，夜晚九曲弹琴，无牵无挂，无忧无虑，无病无灾，神仙过的日子，能走吗？"

我抓住他的双手："三十年后，我再来看您！"

"三十年后，我照样请您喝茶！"说罢，老人朗声大笑。笑声，惊动了竹丛里的一对宿鸟，扑棱棱飞了起来，又悄悄地落回原处。

这充满自信的、豁达开朗的笑声，一直伴随我走回宾馆。推窗远望，星光下的天游峰巍然屹立。我想起白天登山后的得意心情，不禁深感惭愧。

一个人，在一生中偶尔攀登几次高峰，并不难。

难的是，每天都攀登高峰，从小到大，从幼到老，老而弥坚，自强不息。

导　游　女

过了水帘洞、鹰嘴岩，再到流香涧去！

流香涧，多么富有诗意的名字！

可是，通往流香涧之路，只是一条曲曲弯弯的、正待整修的石板路。

她，始终走在前面，却又频频回首。一身雪白的制服，只在领口处露出一角火红的运动衫。伫立时，她分明是一株亭亭玉立的白杜鹃；走动时，她又灵巧得像一只野鹿，脑后那一束乌云般的秀发，随着脚步有节奏地甩动，秀美而又飘逸。

在我们这一行人中，她最年轻，也最老。她能把几千年前的山川变异、历史掌故绘声绘色地说出来，连那位北京来的老画家也听呆了，孩子似的张大没牙的嘴巴。

她不是植物学家，却对这里的一草一木、一花一果了如指掌。那两位南京林学院的学生，一左一右紧随着她，仿佛紧随着他们的导师、教授。

她说，她"暂时"还不会写诗。可是，从李商隐、陆游到郁达夫、郭沫若……古今诗人咏叹武夷的名句，源源不断地从她的嘴里奔涌而出，害得那位戴眼镜的香港记者，边走边记，差点一脚踩空，跌落水圳。

她没上过旅游学校，却又颇通游客心理学。对那位信奉大慈大悲观音菩萨的老阿婆——从新加坡返国观光的老华侨，她专讲这里的民间传说：大王与玉女，朱文公和胡丽娘……

不料，"嘶——"的一声，路旁的野玫瑰，伸出长长的带刺的枝条，把老阿婆一条崭新的黑底紫花的裤子给钩破了，口子裂开近尺长。

顿时，马六甲海峡乌云密布。老阿婆哭丧着脸，跌坐地上，再也不肯往前走了：“罪过，罪过，我就坐在这儿等你们回来吧！”

一人向隅，举座不欢。

她，笑盈盈地来了，纤手儿轻轻地拨开野玫瑰的枝条，用山泉般又清又亮的嗓音甜甜地说：“老阿婆，祖国的花草可有情意呢！它见您老人家不远千里，漂洋过海来武夷，舍不得您匆匆走开，特意伸出手儿拉着您，不让您走呢！”

老阿婆紧蹙着的眉头舒开了。

她蹲在老阿婆身边，打开自己的小提包，拿出针，拿出线，飞针走线，轻灵灵地，一下子把老阿婆裤子上的裂缝严严实实地缝好了。

老阿婆的眼角漾开了笑意。

她搀着老阿婆站了起来，眼睛一亮。“瞧，那是什么？”她指了指路边的一丛野花——修长的叶片碧森森，小喇叭式的花儿金灿灿，“这，是忘忧草。”

“忘忧草——忘忧得喜，善哉善哉！”老阿婆舒心大笑，高兴极了。

前面就是流香涧。两旁，一色陡峭的石壁；中间，一条九曲回肠的小溪涧。峭壁上下，溪涧两边，悬垂着，披拂着，全是兰花，武夷山特有的馨香醉人的兰花！一缕阳光从峡谷上空轻轻地飘落，兰花的倒影使涧水显得忽明忽暗，斑斑驳驳。从小巧玲珑、圆润光洁的小石子间滤出来的涧水，叮叮当当、发出古筝般清越的声韵……

老阿婆亲切地搂着她，仿佛搂着武夷山的精灵。她请我为她俩照一张相，一张值得永久纪念的相片……

我屏声静息，庄严地按动了快门。

流香涧，您流入海外侨胞心间的，何止是兰花的馨香！

1983 年 3 月 29 日至 31 日游并记

7 月 10 日至 16 日完稿

［本文原载《福建文学》1983 年第 10 期，《散文选刊》1988 年第 7 期转载，获福建省第二届优秀文学奖。入选《中国当代散文选》（香港新亚洲出版社）、《八十年代散文精选》（上海文艺出版社）、《中国散文百家谭》（四川文艺出版社）等近 20 种选本。其中，《撑排人》一则，入选《全国小学语文课本（四上）》（人民教育出版社），《九年制义务教育实验教材（沿海版）·语文》（初中第 4 册，广东教育出版社）；《扫径翁》一则易题为《天游峰的扫路人》，入选《小学语文》（第 10 册，江苏教育出版社）。］

高 山 矮 林

华南虎，黑熊，白蝙蝠。头上长角的青蛙，剧毒的五步蛇，价值两万美金的金斑喙凤蝶。"昆虫世界"绝妙的交响乐，连同"山魈鬼"耸人听闻的传说……一切，全都隐匿在这云封雾裹的处女林中，埋藏在这人迹罕见、阳光难以穿透的绿海深处。

黄冈山——素称"华东大陆屋脊"的武夷山脉主峰，至今，仍然是一个令人心悸而又心醉的谜。

我们小心翼翼地钻进了山脚阔叶、针叶、落叶混交林。

脚下，是湿漉漉的、富有弹性的土地；头顶，是层层叠叠、千姿百态的绿叶。而身前身后，全是纵横交错的枝柯，盘曲纠缠的藤萝。空气中弥漫着树木或新鲜或腐朽的气息，间或有一股野物的腥味。唧唧的虫声、啁啾的鸟鸣和玎玎淙淙的流水声不时传入耳鼓，却不知发自何处。无暇辨认哪些是第四纪冰川的孑遗植物，哪些是别处常见的普通树种。只见所有的树木都是那么高大，那么急急忙忙、迫不及待地往上长，长，长向那高远而又迷蒙的天空……

偶尔，看见一棵躺下的老树。它的身上，已盖满了各式各样的苔藓、地衣、真菌和蕨类植物，而它原先的立足之地，几十棵新生的树苗也同时迸发出各自的青枝绿叶……

大自然的新陈代谢，竞争与繁荣，在这里演出了一幕幕无声的戏剧。

黄冈山的植物群落是呈垂直状态分布的。当我们上到山腰时，混交林已为单纯的针叶林所代替。但万木争荣的现象仍有增无减。在陡峭的岩壁上，那密密匝匝的马尾松，几乎每一棵都是从石缝中崛起，而后紧贴着石壁笔直上升，各自以其最高的高度来争夺阳光的青睐。远远望去，如同孔雀开屏时那一根根历历可数的矗立的尾羽。而在一些阳坡和阴坡的交界处，那些奇特的南方铁杉，背阴的一面，不见寸枝片叶；朝阳的一面，却枝繁叶茂，如同一面面迎风飘扬的旗帜，怪不得人称其为"旗形树"。

适者生存，强者获胜。腐朽者必为新生所取代。黄冈山的原始森林，在我心中留下了惊心动魄的印象。

然而，待我登上海拔 2000 米左右山顶的高山草甸地带时，仿佛这一切竞争全都缓和了，平息了，中止了。没有云，没有雾，甚至，也没有一丝风。眼前，只剩下一片绿地毯般的无节芒，顺着平缓的山势，在辽阔的、蓝湛湛的天幕下自由自在地舒展着。金针花在阳光的轻吻中悄然开放。零零星星点缀其间，勉强可称之为"树"的，只有那一小丛一小丛的黄山松。那松，再也没有山腰或山脚它的同类或异类那样挺拔高大、气宇轩昂，相反，一棵棵全都浓缩、变小，变成了只及人们膝盖高的微型盆景。仿佛一下子由巨人变成了侏儒，显得可怜而又可笑。而它们的树龄，据说都已经在三五百年之上了。

空旷的地盘，充裕的阳光，无须与同类或异类争雄斗胜的优越环境，使它们不想长高，也无法再长高了。

我蹲在这些高山矮林的面前，勾下头，不由深深陷入了沉思：

假如，我也是一棵树……

1984 年 6 月 25 日至 30 日游并记

1985 年 1 月 25 日完稿

〔本文原载《文学报》1985年3月7日，先后被《散文选刊》、菲律宾《世界日报》转载，入选《中国科普佳作百年选》（上海科技教育出版社）。〕

徜徉在福州的后花园

福州有福，福在山水之间。

20 世纪 30 年代，郁达夫在其游记名篇《闽游滴沥》中对福州的山水形胜曾有过一个绝妙的比喻："闽都地势，三面环山，中流一水，形状绝像是一把后有靠背左右有扶手的太师椅子。"

这里所说的"后有靠背"，便是雄峙在福州城的北面，最高海拔达 1000 米的北峰，而"左右扶手"，便是福州人常说的"左旗右鼓"——西面的旗山与东面的鼓山了。其中，除旗山外，由小北岭、大北岭与鼓岭组成的北峰及向东延伸的鼓山，如今，都属于晋安区的管辖范围。其境内山峦重叠，溪涧纵横，古木参天，茶果飘香，又有好几条古驿道盘旋其间，古桥、古亭、古民居、古兵寨、古寺院与现今的新村、新街、新马路、新公园以及新旧参半的别墅群交相辉映，堪称是福州城一座色彩缤纷的后花园呢！

可惜，像我这样寓居福州半辈子的人，只知道东边的鼓山是国家级风景名胜区，一想爬山就尽往那里爬，却很少有机会能到范围更宽广、内涵也更丰富的北峰去畅游一番，尽管我每天都能望见它在城北画出一条优雅的天际轮廓线。这，就好比一位终日躺在太师椅上享清福的人，居然从未留意过枕后高高的椅背上都刻些什么美丽的图案，作为闽都的一介子民，实在是太不合格了。

好在晋安区的朋友们，给我补上了这一课。正是久雨初歇、桐花似雪的暮春时节，我有幸沿山间的古驿道跋涉了两天，这才对福州的后花园有了一个虽然粗浅却难忘的总体印象。

首先把我征服的，是这里的满山翠色。福州地处亚热带海滨，气候温润，四季如春，乔木、灌木及藤本、草本植物，几乎从山上的每一寸土地、每一条岩缝都能蓬蓬勃勃地钻出来、站起来，并以其繁茂的枝叶编织成绿色的天罗地网，把层峦叠嶂裹缠得严严密密。其间，一批树龄在千岁以上的古树名木，犹如绿色家族中德高望重的老寿星，最让人肃然起敬。

比如，鼓岭顶上"柳杉王公园"里的那棵柳杉王，据测算，它已经1300多岁了，依然巨干挺立如杉，细叶柔媚如柳，如杉如柳，亦杉亦柳，可谓阴阳互补、刚柔相济，壮美与秀丽集于一身的典范。

福州别号榕城，自宋代太守张伯玉首倡全城种植榕树以来，城内大街小巷及闽江、乌龙江两岸，随处都能见到长髯飘拂的古榕撑起亭亭如盖的绿荫。而全城最大"榕树王"，就安然端坐在北峰山脚处的森林公园内。它树高21米，胸围9.3米，树冠荫复土地面积达1300多平方米，夏日里可容纳千人在树下纳凉。匍匐在它的脚下，仰望它如群龙飞舞般的主干和侧干，以及满树苍翠欲滴的细叶，你会感受到一棵树与一座城市之间的联系有多么密切，它们的生命力有多么旺盛！去年，我应邀参加全市"十大名榕"评选活动，它果然不负众望，以满票当选而独占鳌头。至于它的实际年龄到底有多大，至今仍是一个谜。我曾请教过一位生物学家，他说："别的树种都可从树干的年轮加以推断，唯有榕树在福州长得特快，有时，一年可长出好几圈年轮来，所以至今难以定夺。不过，据史料记载，它至少也有千岁高龄了。"

徜徉在福州的后花园，你不时都会有惊喜的发现。一群小白鸽从空中翩翩飞来，停落枝头，定睛细瞧，它就是誉满全球的"中国鸽子树"——珙桐；一股山泉水从崖上滴落，像珍珠般在羽状的叶片上滚动,哦,这一大丛翠生生的灌木不就是刺桫椤吗?它可是与恐龙同时代的珍稀植物呢!

当然,北峰的林木,更多的是中国南方常见的树种,却因漫山遍野成片生长而森森然蔚成大观。比如,在牛头寨,在这座用巨石垒砌于悬崖峭壁上的明代兵寨周围,全都长满了奇倔的马尾松,就像当年的戚家军,正威风凛凛地注视着山脚下的古驿道,准备给来犯的倭寇以迎头痛击。又比如,寿山乡那随着群山波澜起伏的万亩竹林,全是碗口粗的毛竹,刚从春雨中脱去酱紫色的胞衣,拔地而起,直上云霄,鲜嫩的竹竿上,还留有一层白粉状的绒毛,像婴儿般粉嫩可爱。竹林边上,还有座古庙,名叫翠微寺,寺庙本身虽已残破不堪,但万亩竹林却把这清淡青葱的翠微山色发挥到了极致。

北峰一年四季,大半时间笼罩在白茫茫、湿漉漉的轻纱薄幔之中,雾多,湿气重,自然是茶叶生长的好处所。站在宦溪镇"满堂香"茶叶基地楼顶的大露台上,放眼眺望远山近岭巅连起伏的千亩茶园,一丛丛、一畦畦、一层层墨绿色的茶树,排成纵横有序的方阵,在氤氲的岚气中载浮载沉,若隐若现,宛若仙境。山风徐来,空气中飘荡着一种沁人心脾的香气,分不清是梅花的幽香,兰香的馨香,还是茶叶的清香。据说,这里出产的茶叶就取名为"梅兰香",可谓三香俱备,在京城颇有名气呢!

俗话说"山高水更高",何况,又有如此郁闭的森林,如此丰厚的植被在涵养水源,北峰大大小小的溪涧,自然是一年四季源源不绝地奔腾激荡了。他们,随山石曲折而逶迤,因地势起伏而跌宕,或高悬为瀑,或幽陷为潭,或集聚为飞箭般奔突而下的激流与险滩,在千回百转中不断展示它们的千姿百态。其间,湍急的翠竹溪可漂流,平静的日溪可垂钓;百丈崖的飞瀑被风吹散,如雨丝飘飘洒洒;皇帝洞的飞瀑映日生辉,彩虹万丈。寿山溪峡谷间的小瀑布群,更是一瀑、一潭、一景,山环水复,令人目不暇接。其间,最让人叫绝的是酒坛瀑，瀑下巨石凹陷中空如酒坛，半空中恰好有一苍劲的古藤与飞流一起直落坛中，状如一根大吸管，正淋漓酣畅地啜饮这天赐佳酿呢！

北峰不仅泉、瀑、溪、洞数量众多，且水色之清，水质之好，全都不同凡响。难怪这里出产的农副产品，都水灵灵地为福州人增添了许多口福。鼓岭的红薯和佛手瓜，早已名传遐迩；宦溪镇鹅鼻村的"鹅鼻萝卜"，弥高村的时鲜蔬菜，又后来居上，跻身于国家级"绿色食品"之列。此番在宦溪，还意外品尝到一种淡水鱼，不仅肉质肥嫩、细腻而鲜美，连含胶质的鱼鳞也入口即化，我以为它比之湖北的武昌鱼、青海湖的湟鱼，也毫不逊色。据说此鱼最爱干净，只能优游在人迹罕至、毫无污染的深潭幽涧之中，唯北峰等山区所特有，下了山，就再也找不到它的踪影。因此，它数量极少而不为外人所知。看来，鱼比人聪明，它们深谙"在山泉水清，出山泉水浊"的道理，不像许多人削尖脑袋老往闹市里钻。询问鱼名，主人说是"宽鱼"——大概是"鱼"字偏旁带个"宽"字吧？可惜我回家查遍《辞海》，也找不到这个字，不免深以为憾。后来，文友陈家恬先生帮我请教鱼类专家，方知该鱼学名"倒刺鲃"，"宽鱼"只是当地的土名。

当然，北峰的丰饶与神奇，还不仅仅只是这些长在地上或游在水中看得见的生物。潜埋在山腹之中、岩层深处的矿藏，那又是另一个看不见的大千世界。比如，众所周知的寿山石，在悠悠千百万年中，历经火的煅炼与温养，水的滋润和淘洗，汲纳天地日月之精华，终于造就五彩斑斓的石色与石纹，温润柔美的石质与石性，俊逸高洁的石品与石骨，成为中国传统石刻印章包括皇帝玉玺在内的首选灵石，那才是石中之王，宝中之宝，名副其实的"国宝"呢！既是名扬四海的"国宝"，我想，也就不必在此多费笔墨了。

北峰水好、树好，终年烟云缭绕，遍布奇珍异宝，就自然景观而言，它可是得天独厚，一应俱全了。加上它与城市只有咫尺之遥，既是古人北上中原的必经驿道，又是在战乱期间护卫闽都的天然屏障，因此，它的历史文化积淀，也如同寿山石一般深沉而丰厚。

有道是"天下名山僧占多"，最早来北峰结庐修行的，大概是一批和尚吧？至今，在北峰上下左右，还拥有鼓山涌泉寺、象峰崇福寺、瑞峰林阳寺及金鸡山地藏寺四大名刹，其始建年代，都在千年以上。一千年的晨钟暮鼓，为山林增添了多少宁静与祥和；一千年的青灯古佛，又为山林增添了多少庄严与肃穆！

一条条苍苔斑驳的古驿道，既穿越山岭，也穿越千年的时间隧道。九曲十八弯的石阶两旁，不乏宋代的石桥、明代的兵寨、元代与清代的古民居、古祠堂、古墓葬、古村落。"状元岭"头，留下多少士子披星戴月进京赶考的脚印；"温州路"上，又闪过多少商旅肩挑背驮货物的背影！莲花峰下，闽王王审知在此长眠；石牌庵旁，黄干的诗魂在此栖息。走进岭头的江南竹村，可寻觅理学大师朱熹的讲学之处；攀登鼓山或鼓岭的悬崖峭壁，又可遍览历朝历代文人墨客龙飞凤舞的大量摩崖石刻……至于高踞悬崖、扼守山口的牛头寨与降虎寨，虽只剩残垣颓壁掩映在丛莽荆棘之间，但雄风犹存，英气逼人。登斯寨也，耳听天风飒飒，松涛阵阵，犹闻当年抗倭斗争响遏行云的擂鼓声、呐喊声、厮杀声以及歼敌告捷的欢呼声……

距今一百多年前，准确地说，是 1885 年的夏天，一位美国传教士因忍受不了城中的酷热，偷偷爬上鼓岭避暑，没想到，英国人、德国人、法国人、日本人、意大利人和西班牙人，一个个闻风而至，蜂拥而上，以至于小小的鼓岭，先后建起 300 多幢洋人的别墅，在历史上写下了畸形繁荣的一页。20 世纪 30 年代，郁达夫上山游历时，还惊叹这里将被开发成"华南的避暑中心"，并说他死后，也要"驾鹤重来一游"。如今，时过境迁，昔日的洋别墅大都倾圮崩塌，残存的几幢，也已面目全非，木质的百叶窗变成了铝合金玻璃窗，烧木炭的壁炉变成了供奉土地爷的神龛，只有巨石垒砌的墙基和台阶，还依稀留下当年欧风美雨的点点瘢痕。然而，就在这些洋别墅的周围，当家做主而又富起来的福州市民，又以更大的规模建起了大大小小高高低低的新别墅群来，其范围也从鼓岭往大小北岭一路延伸，只是他们建得太高太亮又太挤了，乃至于遮住了四围的山影与树影，隔断了空中的鸟语与山涧中的蛙声，不免令人深为痛惜。

我更欣赏的，倒是在大北岭密林深处的那三户人家。一户是建筑师，他把他的小庄园暗藏在降虎寨下方的峡谷中，终日与谷口的青山相对，那青山顶部平衍犹如案几，怕是要以苍松为笔，才能绘就新的蓝图吧？另两户是隔着一条小山涧遥相对望的诗人与画家，"明月松间照，清泉石上流"，想必，他们都在淡淡的月光底下，在潺潺的流水声中，汲取艺术的灵感吧？他们都不是遗世独立的隐士，而是在商品大潮中获得成功的弄潮儿，只不过他们能在喧嚣之中固守住心灵的宁静，才在这静谧的大自然中，找到自己最富有诗意的栖居之所。

当然，我并不希望大家都来北峰圈地盖楼，毕竟，后花园就是后花园，而且，它还是福州城唯一的、不可再造的后花园。它的青春与活力就是城市的生命与希望。它应当属于全体福州市民连同他们的子孙后代。我们应该像爱护眼睛一样爱护它。寄语来北峰和鼓山游览的朋友们：

除了脚印，什么也别留下；

除了云彩，什么也别带走。

2004 年 5 月 25 日完稿

泉 山 听 泉

　　一声虎啸，狂躁而凄厉，如同一阵旋风，刮得满山树叶纷飞，搅得周天星斗乱颤。星光下，一只因饥饿而失去奶水的母虎，驮着五只嗷嗷待哺的幼虎，在山崖上，在树丛中，在荆莽间，寻寻复觅觅……

　　水，岩壁上的一汪泉水，映着星光，如夜明珠一般熠熠闪光。于是，众虎又一声长啸，满山松涛一起炸响绝处逢生的狂喜……

　　一千年，两千年，三千年？一个多么遥远的传说：因为有了这口虎乳泉，便有了泉山，有了山下一个名叫泉州的城市。

　　于是，每次到泉州，我总爱上泉山一游。泉山又名清源山，顾名思义，自然源于那口古老而又神秘的岩泉。

　　可是，壁立在我面前的，尽是重重叠叠的山崖和巨石。山崖缄默，巨石不语。只有山崖上古人留下的题刻，诉说着当年这个"海上丝绸之路"港口城市的繁华与光荣；只有一块块巨大的花岗岩，被雕刻成佛祖或道祖振奇拔俗的形象，显示出"东方宗教博物馆"的博大和精深。

　　可惜，我没能听见汩汩的泉声。

　　好在有树。有扎根于岩缝中的巨榕，有巨榕和重阳木合抱的"夫妻树"，有多情的相思树和常青藤，有施琅将军从台湾移植的莲雾树，还有石径两边重重叠叠的蕨草、地衣和苔藓，使人想起弘一法师生前所填词歌吟的那支名曲：

174

长亭外，古道边，

芳草碧连天……

弘一法师的墓塔就藏在此间的林荫之中。经历了大富大贵、大起大落的他，最终大彻大悟，在这里的石头上留下了"悲欣交集"的遗墨。

可惜，我还是没听见汩汩的泉声。

本来，这满山遍野深深浅浅、浓浓淡淡、层层叠叠的绿，总会牵引出山泉、清流或飞瀑，偏偏在这以泉命名的清源山，水光水色却缘悭一面。我似乎只在弥陀岩的一侧偶见一小截在乱石中跋涉的水流，既浅且短，刚开头便刹了尾，实难成就古人所称"观瀑"之奇观。清源山太瘦了，水，成了它的一大缺憾。

然而，事实证明，这恰恰是我的浅薄和无知。

今天，承蒙温陵文友瑞统君相邀，我终于有幸攀登清源山主峰，一瞻高山名泉的真容。

与山腰红男绿女摩肩接踵的风景区相比，这里仍是一片未开发的处女地。参天的古木挡住了骄阳的淫威，密不透风的灌木丛中蹲伏着缠满藤萝的残垣断壁。在齐腰深的杂草中穿浪而行，脚下不时可踢到硬硬的石块。俯首细察，还都是雕刻精美的柱础、须弥座之类古建筑的构件呢！

蝉声盈耳，鸟鸣啁啾。但仍然听不见汩汩的泉声。

绕过抗倭名将俞大猷少时的"练胆石"，面前出现了一小片茶园。茶园的尽头，裸呈出一大片向下倾斜的石壁。石壁表皮呈黄铜色，宛如古代美人所持的一面铜镜。就在这铜镜中央，鼓起一个壳状的石穹隆，清亮的泉水就从壳隙间串珠般地沁了出来，盈盈注入下方一个勺状的凹槽，再从槽沿溢出，渗入一丛碧生生的野草，而后，从草根处滑下崖壁，再也看不到了。

瑞统君告知：这，就是泉山的主泉——虎乳泉。

我俯首细察，只见凹槽底部有青丝般的荇草和水藻，在透明的泉水中轻轻地摇曳，悠悠然，漾漾然，柔曼而飘逸。我用双手掬起泉水喝了一口，但觉一股微甜的清凉之气，从舌尖、喉管直透心肺，顿时，七窍贯通，五内俱畅，果然名不虚传！

瑞统君道："只要心诚，这泉声，还能听见呢！"

于是，我遵命侧身斜卧，把耳朵轻轻贴近岩壁。初时，但闻头顶天风飒飒，林涛哗哗，群鸟啁啾不已。待这一切声音复归沉寂后，岩层深处隐隐透出轻微的"呱呱"声，像小青蛙鸣叫一般，"呱呱，呱呱"，一声比一声脆，一声比一声响。这神妙的蛙鸣之声，叩击我的心房，我突然觉得自己变成一个婴儿，正躺在母亲的怀抱之中，那冰冷坚硬的石壁变得温润、柔软，富有弹性，犹如母亲的乳房。"呱呱，呱呱"，这不正是大地母亲心房的搏动之声吗！

我的双眼湿润起来。猛抬头，眼前飘来一只蓝色的蝴蝶，蹁跹的羽翼牵动我悠悠的思绪。我忽然想起鲁迅先生的诗句：

> 无情未必真豪杰，怜子如何不丈夫。
> 知否兴风狂啸者，回眸时看小於菟。

小於菟者，幼虎也。这虎乳泉，正是母爱的象征。它不仅以水代乳，救活了传说中的五只幼虎，而且哺育了整整一座城市及其长达一千多年的文明史。虎乳泉，不愧是泉州市圣洁的母泉，伟大的生命之泉！

告别圣泉，循原路下山，那一片蓝色的蝶影始终在我眼前飘闪。

我终于明白，这泉山，犹如一位无私的母亲，又如一位谦逊的学者。含蓄、深沉，从不炫耀自己。它把至纯至美的泉水，潜藏在大山的岩体深处，点点滴滴、丝丝缕缕，千百年源源不绝地滋润着满山的草木，滋润着山下满城的子孙。

难怪，作为著名侨乡的泉州市，它的子民走遍五洲四海，天涯海角，也永远忘不了自己的摇篮血地，忘不了自己的源头活水，那"呱呱，呱呱"，像小青蛙鸣叫一般清脆悦耳的母泉之声！

1990 年 7 月 21 日游并记

1991 年 2 月 25 日完稿

九日山帆影

在全国名山中，以某一个特定的日期来为自己命名，九日山怕是独一无二的了。

它成名的历史，和脚下的晋江一样长。

那是晋代永嘉年间吧？为逃避战乱，中原衣冠士族纷纷南迁，穿越武夷山，进入福建。其中，有相当一批人辗转来到沿江靠海的泉州，择水而居，落地生根。于是，这条江便被冠名为晋江。农历九月九日，是一年一度的重阳节，也是古人的登山节。对于移民们来说，晋江边的这座小山，自然成为他们北望中原，寄托乡愁最好的载体了。因此，它也就赢得了九日山的美称。

九日山海拔只有100多米，但东、西、北三峰鼎立，内里大有乾坤。满山遍野的花岗岩，或昂首向天，为奇崛的峰峦；或侧身壁立，成大片的断崖；或塌陷为深深的峡谷，崩裂成幽暗的洞穴。在老榕树长髯的拂拭下，在龙眼树和相思柳绿荫的怀抱里，在山泉水的淙淙流响和鹧鸪鸟的声声啼鸣中，处处撩人发思古之幽情。

只因为，这里的摩崖石刻，几乎到了"山中无石不刻字"的地步。从东峰到西峰，沿着曲折的山道一路走来，抬头是字，低头是字，转过身来还是字。篆、隶、行、楷，精彩纷呈；宋、元、明、清，历朝俱备。尤其西峰一侧，巨崖从山巅直插山根，被腰部的灌木丛一横，天然分为上、下两层。上层，是竖写的行书"九日山"三个巨字；下层，是紧紧相挨着的一方方摩崖石刻。远远望去，就像一张报纸的某个专版，上层是熠熠生辉的套红总标题，下层是一篇篇分栏排列的稿件。一座山，就是一整版站起来的、顶天立地的绝妙好文章！

在全山 77 品摩崖石刻中，最珍贵的，当数 13 方祈风碑刻了。简约而又精确的文字，在石头上记载着南宋时期晋江流域的繁荣、泉州港的兴盛、海上交通的畅达和经贸活动的频繁——

每年冬季，当东北季风徐徐吹来时，泉州的郡守和市舶司的官员们，便来到九日山下的晋代古刹延福寺，在喧天的鼓乐和袅袅升腾的香烟中，举行隆重的祈风仪典，欢送满载丝绸、瓷器及大批中国货物的"番船"，从晋江，从泉州的刺桐港，扬帆出海，沿着蓝色而透明的"海上丝绸之路"，飘向太平洋、印度洋、波斯湾、红海和东非海岸……

距最后一次祈风盛典 700 多年之后，1991 年 2 月，一艘由阿曼苏丹提供的"和平号"考察船，重新驶进了泉州港。一群来自非洲、美洲、亚洲和欧洲的朋友，作为联合国"海上丝绸之路"考察队的队员，在主人的引领下，一步步登上了九日山。当他们亲眼看到山上这些独存的祈风石刻时，群情激昂，久久不能平息。最后，他们把万千感慨浓缩成几句简短的留言，用中文和英文刻进了九日山的石头：

> 作为朝圣者，我们重温这古老的祈祷，也带来了各国人民和平的信息，这也是联合国教科文组织丝绸之路综合研究项目的最终目标。为此，特留下这块象征友谊与对话的石刻。

在古老的九日山上，这是最新的一方摩崖石刻，也是联合国教科文组织此行留在中国大地上唯一的石刻。它，标志着泉州的九日山，作为"海上丝绸之路"的起点之一，受到了举世的公认。

　　九日山的石头，是历史的回音壁。它能说话，会唱歌。它所录下的，是古代中国人民和世界人民之间平等的对话；它所回放的，是一曲曲和平与友谊的赞歌。同时，它也雄辩地证明：中国的历史，并非全是闭关锁国的历史。

2003 年 6 月 25 日游并记

7 月 19 日完稿

180

鹭 岛 三 岩

传说远古时代，厦门岛是白鹭栖息的地方，故称鹭岛。鹭岛虽然四面环海，但岛上到处冈峦起伏，花木繁茂，以至于有人说它是"一城花木半城山"。鹭岛的山，全系花岗岩磊磊相叠，所以厦门人都把山称之为岩。

也许，这些山岩都是从大海中升起来的吧？天风的吹拂，海涛的浸润，雨水的冲洗，再加上阳光、月光、星光的轮番宠幸，使它们少有锋芒毕露的棱角，剑拔弩张的凶险，峥嵘嶙峋的奇崛和昂首天外的高傲。它们总是那样胖乎乎的，圆滚滚的，甚至是笑眯眯的，浑厚而圆润，平滑而光洁，和蔼而可亲，任凭人类随意攀爬之，坐卧之，抚摩之，任凭树根深深地插入它的脏腑，花朵艳艳地绕上它的额头。它就像厦门人的性格一样，温文尔雅，从容不迫，热情而又含蓄，远方的客人来了，总是慢悠悠地沏好工夫茶，招呼大家把盏共品之。然而，它的根基又极深极厚极为牢固，飓风来了，纹丝不动；海啸来了，面不改色。当然，这也是厦门人性格中深藏不露的另一面，而且，是最本质的一面。

鹭岛诸多山岩中，最负盛名的，一是安坐在鼓浪屿的日光岩，二是罗列于市区的万石岩，三是高踞在云端隔海眺望大、小金门岛的云顶岩，三者可并称为鹭岛三岩。真是无巧不成书，这三岩都与一位300多年前的名人有关。万石岩是他的读书处，日光岩是他操练水师的演兵台，云顶岩则是他的瞭望台，他朝思暮想深谋远虑务必要从荷兰人手里收回的宝岛台湾，不就在海的对面吗！不用说，这位名人，就是两岸百姓至今还在共同祭拜的"国姓爷"郑成功了。

日光岩是鼓浪屿的制高点。每天，当太阳从东方冉冉升起，它总是最先沐浴在金色的曙光之中，仿佛给整个鼓浪屿戴上了金色的冠冕。据说它原称晃岩，是郑成功来此时，想起日本有个日光山，景色与此类似，便把"晃"字拆成上下两字，顺口改称为日光岩了。

日光岩高约百米，由一整块巨石拔地而起。假如把鼓浪屿比作一艘豪华游轮，它就是高耸在甲板上的圆桶状烟囱了。"日光岩，石磊磊，环海梯天成玉垒，上有浩浩之天风，下有泱泱之大海……"古人刻在岩下的《日光岩铭》，把它的山海形胜全都写活了。上日光岩，先要穿过郑成功水寨苍苔斑驳的石寨门，再穿过一个凉风习习的古避暑洞，据说，这也是当年贮放兵器的天然洞穴。而后，再沿着岩壁上人工开凿出来的之字形石阶，手抓铁链攀缘而上，你就可以抵达日光岩的岩顶了。岩顶平衍如台，凭栏转动一圈，你可以俯瞰鹭江两岸的厦、鼓全景，也可以放眼东眺大海，天风浩浩，碧波泱泱……

众所周知，鼓浪屿是闻名于世的音乐岛，岛上钢琴密度居全国之冠。前些年的一个中秋佳节，厦门的音乐家们突发奇想，抬来百架钢琴，错落有致地摆放在日光岩上下，待一轮明月从海上漾漾升起之时，所有的钢琴一起奏响，天风鼓浪为其伴奏，晚潮澎湃为其扬声，其情其景，其声其韵，经中央电视台卫星实况转播，海峡两岸亿万听众都为之沉醉不已……

万石岩位于市区，顾名思义，漫山遍野都是大石头，其数量之多，当数以万计。不过你优游其间，石头并不显得堆砌和拥挤，因为在石头与石头之间，甚至在同一块石头的上下左右，都有那么多热情似火的南国花木簇拥着、掩映着、守护着。在它们之间，开红花的居多，凤凰木满树花红欲燃，不愧为"火凤凰"；三角梅枝叶纷披，叶比花红，红得发紫，是厦门的市树；伟岸挺拔的木棉树高擎"火炬"，像守护海岛的壮士，更被人称为"英雄树"……年轻的郑成功选在岩间花下潜心读书，想必也因此读得热血沸腾吧？

有趣的是，就在他的读书处近侧，有四块大石头嶕然相叠，犹如巨人咧开双唇，开口大笑，这就是有名的"石笑"奇观了。每当游人从其下颏处的石径间穿过，便仿佛有朗朗的笑声从空中溅落，令人忍俊不禁。人生如此短暂，自然笑比哭好，就是世仇在此狭路相逢，不也可以"相逢一笑泯恩仇"吗！

至于云顶岩，自然是君临全岛的最高处了。尽管它海拔只有 300 米，但吐纳大海的万顷波涛，终年雾走云飞，便赢得了如此美称。正因为它冠盖全岛，在军事上的意义不言而喻。否则，当年的郑成功也不至于在此设瞭望台并派重兵把守了。就是今天，由于众所周知的原因，游客也很难一识其庐山真面目。我曾两度获准上山，但对山岩全貌亦不甚了了。不过，站在巨岩的一个洞穴中瞭望大海，不必借助高倍望远镜，光凭肉眼，就能清晰地看见：在海面上散落成一线的无人小岛，依次为大担岛、二担岛、三担岛和四担岛……在其背后，像马鲛鱼一样又窄又长的，是小金门岛，像鲸鱼般又高又壮的，是大金门岛。岛上的沙滩和岩岸，岸上的仙人掌与相思树林，林间的碉堡和铁丝网，全都近在咫尺，历历在目。

云顶岩留给我的另一深刻印象，自然是无所不在、铺天盖地的相思树了，与大、小金门岛上同根同源、同种同属的相思树。据说它的正式名称应是"台湾相思"。其弯弯细细、窄窄长长的叶片，秀丽得如同少女的眉毛；其星星点点、毛茸茸的小黄花，亦如少女的伤心泪。关于它，海峡两岸有许多凄美的传说，但每一个传说，都离不开有情人久久离别和苦苦相思的伤痛。亦如这隔海对望的骨肉同胞，无时无刻不在期盼着早日团圆与欢聚……

2004 年 7 月 3 日成稿

严峰山：寻访闽江源

从地图上看，闽江水系像一把张开的折扇，覆盖了半个福建。它，尽管流程不长，但支流众多，充沛的水量甚至超过黄河，相当于欧洲整整一条莱茵河。

正因为它支流多，源头也多，据说多达39处。依据"河源唯远"的定源原则，1992年，福建省闽江源考察队进行多方实地勘测，确定其正源位于武夷山脉东侧沙溪上游的严峰山，距入海口562.2公里。至此，千里闽江的来龙去脉终于大白于天下。

从小喝闽江水长大的我，自然饮水思源，心向往之。因此，今年夏天第一次来到闽赣两省交界处的建宁县，便迫不及待向县里要了辆越野吉普车，直奔严峰山而去。

时令正是盛夏。以盛产"建莲"著称的建宁县郊野上，数千亩荷塘一望无际，好一派"接天莲叶无穷碧，映日荷花别样红"的鲜丽景象。吉普车犹如骏马在花海中奔驰，碧浪飞溅，红霞翻涌，仿佛连滚滚的车轮也沾满了沁人的清香，轻松的旅程充满了诗情画意。

然而，车抵均口乡后往山里一拐，旋入了当年红军"路隘、林深、苔滑"的地界，颠簸、艰难和惊险便接踵而来。车子时而潜入古藤缠绕的密林，时而飞越涛声如雷的深谷，时而紧贴着悬崖峭壁急转而上。好在开车的杨师傅自称是"山猴子"，一路上倒也履险如夷，只是喧闹的蝉鸣声几乎把耳膜都胀破了。

大约两个小时过后，森林犹如大海落潮退到脚下，车子跃上山脊，眼前豁然开朗。不久，又有另一座山峰从山谷对面升了起来。那山，相貌不凡，山顶上矗立着五根柱状的巨岩，犹如巨灵之掌，四指并拢，大拇指微微张开，正对着天空打出一个神秘的手语。午后的阳光，斜斜地照了过来，给每个手指头镀上了金黄色的轮廓线，指缝间，似有淡紫色的雾气正氤氲升腾。

"山猴子"说，这就是闽江正源的严峰山了。山顶上的大石头，俗称"九县石"，站在上头，能望见福建、江西九个县的地界呢！

遥望那山，那石，刀劈斧削一般，奇怪，人怎么上去？

"山高水更高。那山顶石头上长满了石耳、吊兰，还有长长的白须草，全是名贵的中药材，福建的山客、江西的老表，每年都要用钢钎插入岩缝，一步步攀上去采药呢！"一席话，说得我们这些山外汉全都目瞪口呆。说话间，路到了尽头，眼前出现了一个小小的山村。不用说，这便是"闽江第一村"——张家村了。

村子建在层层梯田之上，木墙、木柱、木门窗，一式杉木构建，与黝黑的屋瓦浑然一体，在质朴中透出岁月的幽深。村口有一条清澈的小溪，这小溪，自然就是童年的闽江了。小溪上，横着一架用杉木搭盖的风雨桥，这桥，自然就是"闽江第一桥"了。过桥，进村，鹅卵石村道的两旁，到处传来汩汩的水声。原来，家家户户都用竹管子从山上引来清清的泉水。这原生态的矿泉水，没有任何漂白粉的自来水，在源源不绝的流淌中所弹奏出的清音雅韵，令城里人惊羡不已。

水声中，一位穿红衣的小姑娘，像小鹿一般跳了出来，自告奋勇为我们带路。于是，我们随她步入梯田的田埂，像蛇一般曲曲弯弯地往对面的山峰游去。

"小妹子，你几岁了？叫什么名字？"

"12岁，叫李桂红。"

"你是秋天出生的？"

小姑娘蓦然回首，眼波一闪："你怎么知道？"

"秋天里，满山遍野的丹桂红了，李桂红也就出生了，对吗？"

小姑娘点点头，笑了。

"你们村子里有小学吗？你读几年级了？"

"我读二年级。我们学校有一个老师，九个同学，分一、二年级。"原来，这是山村里的单人校，复式教学。说话间，我们离开梯田，钻入了一片高大的柳杉林。炽烈的阳光被层层叠叠的树叶一过滤，立即变得柔和了，山风一吹，全身心都清爽起来。耳边，又隐隐传来了山涧的流水声。

"小姑娘，你知道闽江流到哪里去？"

"流到山下，流到乡里，最后——是流到大海去的，对吗？"

山道边的草丛里出现了星星点点的红草莓，小姑娘跳了过去，嘴唇立即红了起来，不是口红，胜似口红。我应邀尝了一口，清甜中带着一种微酸，叫人难忘。

"长大后，想不想去看大海？"

"想啊，当然想。我家里有电视。我还想去北京，看天安门升旗呢！"看来，今天的深山老林，并不像从前那样闭塞。

我们终于攀上了严峰山的西南坡，在半山腰拜见了闽江的正源。简直难以想象，浩浩荡荡奔流入海的闽江水，其源头只是一股涓涓细流，从大山肚脐眼的岩缝中渗了出来。它是那样单纯，那样弱小，那样貌不惊人。然而，填上红漆的"闽江源"三个大字，就那样分明地镌刻在岩壁之上，在四周的翠色中显得特别引人注目。

一切繁复都来之于单纯，一切壮大都源之于弱小。我们的闽江，就像一位胸怀大志的农家少年，在它一步步走出大山、奔向大海的过程中，虚怀若谷，好学不倦，不择细流，接纳百川，这才有下游的洪波巨浪，入海口的汪洋恣肆！

但眼前，它还只是一小股涓涓的山泉。泉水在岩壁的下坎汇成一口小小的水潭。拨开水面的浮萍，可看见水底闪过小虾和小蝌蚪游动的暗影。扑通一声，一只小青蛙跳了上来，在水边的菖蒲丛中鼓起双眼望着我们，丝毫也不显得胆怯，它对人类的信赖令人感动。这时，我才发觉满耳灌满了蛙声，高亢的，低沉的，尖脆的，喑哑的，富有节奏的，不拘格律的，远远近近，连成一片，组成多声部的大合唱，姑且称之为"闽江源交响乐"吧！

水潭边上，放着一把水勺，一只漏斗，淳朴的山民以此表达他们的好客。我用矿泉水瓶子装了满满一瓶泉水，仰起脖子，连喝三口。第一口，唇润舌凉，齿颊生津；第二口，清凉中含着一丝微甜，从喉咙口直灌心田；第三口，仿佛五脏六腑全都淘洗了一遍，人变轻了，似乎腋下就要展开双翅，翩翩然羽化登仙去也。

"在山泉水清"。但"出山"后的泉水就一定非浊不可吗？遥想闽江下游环境保护的课题逐年严峻，我的心情又不免沉重起来。

水潭周围，丰厚的植被犹如绿色的大厦。空中交集着松树、杉树、毛栗子树和野杨梅树千姿百态的枝叶，中间的灌木丛盛开着如雪的白花，而地面上则是狭狭的韩信草，宽宽的凤尾蕨，细细的龙须草和穿梭其间的爬山虎。更有金针菜吹起金黄色的小喇叭，红草莓捧出一束束红玛瑙，把童年的闽江打扮得花团锦簇，愈发天真烂漫。

然而，已到了不得不下山的时辰了。我们跟随李桂红小姑娘回到张家村，拜访她的爷爷——一位年近七旬的老人。老人耳聪目明，神清气爽。据他介绍，村里 17 户人家，100 多人，因为水好，空气好，八九十岁的长寿老人比比皆是……

临别时，我送给李桂红小姑娘一把钢笔，祝福她长大后能走出大山看看大海，看看北京天安门。同时也祝愿她的家乡山长绿水长清，比现在富裕的父老乡亲们依然长寿。

> 1998 年 7 月 13 日游并记
>
> 7 月 26 日完稿

玉华洞的彩虹

天色愈来愈暗，空气愈来愈闷热。我们简直在跟乌云赛跑，钻过密林，跨过山洞，终于在山雨来临之前，在丛莽的尽头发现了洞口。

全身大汗淋漓。汗水渗入臂上被荆棘划破的伤痕，隐隐作痛。忍痛往洞口望去，不免大失所望。这个号称"闽山第一洞"的玉华洞，将乐县天阶山的石灰岩溶洞，若把它比成一篇文章，其标题和开头部分都太平淡无奇了。小小的洞口，既无茂林修竹之掩映，流泉飞瀑之弹奏，楼台亭阁之点缀，更无摩崖题刻可发思古之幽情。甚至，连一条像样的石板路都没有。它深藏在荒林野径之中，被烟火熏烤得黑黝黝的，仿佛一位没牙的老人，张开一个干瘪的嘴巴。

山民向导解下背上的竹篓，我才看清那竹篓里还套着一个铁笼，铁笼中装满松脂木条。火点起来了，松明噼啪作响，还拖着一缕呛人的黑烟。向导用一根小竹竿把它高高地挑了起来，带领我钻进幽暗的洞口。

平生第一次以如此原始的方式探洞，到底值不值得，心中不免疑惧参半。然而，老天爷不允许我多想，就在我刚跨进洞口的第三步，一声响雷在后脑勺炸开，紧接着，倾盆大雨从天而降。回头一看，那洞口已被白花花的水帘封死了。好在刚才跑得快，不至于在洞外被淋成落汤鸡或被烧成黑木炭。如今，没有退路，只能向前。松明火把在前头闪动，两厢石壁黑黝黝的，什么也看不清。只觉得有一股寒气徐

188

徐而来，仿佛有一条大蟒，正躲在暗处，轻轻地向我嘘气。满身大汗顿时被吸干、舔尽，接着，便是彻骨的阴湿和冰冷。

火光忽明忽暗。耳畔不时传来飒飒的风声和潺潺的水声，却不辨来自何处。洞势逶迤屈曲，忽狭忽宽，时合时开，脚下的路也忽高忽低，时缓时陡。昏冥中，眼前相继出现一簇簇、一片片岩影，逼近细瞧，方知全系石笋石柱。如花，如树，如钟，如鼓，如禽，如兽。或空悬，或壁削，或斜欹，或层叠，放浪形骸，不拘一格。因无人工五彩电灯之映染，故石色多呈自然之本色，或洁白如玉，或橙黄似金，或赤丹似火，或诸色斑驳杂陈，透出丝丝缕缕、深深浅浅的裂痕，如同史前人类所遗留下来的一页页"天书"，字迹漫漶，叫人读不懂也猜不透。

据说洞长三华里。我们在幽暗中且行且看约两个小时，这才慢慢悟出，与其他灯火辉煌的诸多溶洞相比，玉华洞之美，恰在于它"天然去雕饰"，于原始状态中展现出自然界粗犷、幽邃、神奇的真面目。

向导吹灭松明。四顾茫茫"天幕"，唯见极高、极远处有一团淡淡的微光。摸黑前行不久，那微光突然收拢、内敛，凝成一颗光芒四射的"启明星"。向导说，那颗星星的位置，就是后山的出洞口，从这里看上去，就是玉华洞最好的景致"五更天"了。于是，我们朝"启明星"的方向继续摸索前行，忽觉山路陡了起来，只能一步一喘，步步往上攀登。不久，便在熹微的"晨光"中进入一个巨大的石厅，其规模，不亚于一个千人大礼堂。厅中一蘑菇状巨石，在逆光中形神毕肖。站在石上仰望出洞口，那"启明星"已膨胀成一轮皎洁明月。"月光"漫溢，只见大厅四壁，峭拔峻险，气象万千。我们登上一侧的"舞台"，再沿着台后"之"字形栈道，奋力做最后的攀登。接近出洞口时，猛一抬头，一个终生难忘的奇景突然出现了：因骤雨初歇，洞外艳阳穿入，那出洞口的一轮"明月"周围，竟映出一圈彩虹，一圈完整的、360度的圆环状彩虹，七彩光波在不停地闪烁、荡漾、蒸腾，一群蝙蝠不知从什么地方钻出来，也在空中盘旋、翔舞，此情此景，连向导也丢掉松明火把，振臂为之欢呼。他一再告诉我，像这样奇特的彩虹，连他也是第一次见到呢！

出洞小憩，在阳光下闭目回想，还是晚年自号"半山老人"的王安石说得有理："世之奇伟、瑰怪，非常之观，常在于险远，而人之所罕至焉。"今天，要不是赶在大雷雨之前点着松明火把来此一游，那就太可惜了。玉华洞这篇文章，它的开头虽然平淡无奇，而内文却悬念丛生，步步引人入胜，及至高潮处神来一笔，却又戛然而止，留给人以无穷的余味。这是一篇匠心独运而又不露任何痕迹的上乘之作，不能不令人叹服。

1985 年秋游并记

2004 年秋改定

庐 山 雾

横看成岭侧成峰，远近高低各不同。

不识庐山真面目，只缘身在此山中。

——苏轼《题西林壁》

庐山留给我的印象，始终是一片雾，一片湿漉漉、轻飘飘、白茫茫的雾，雾中浓浓淡淡的山，躲躲闪闪的水，断断续续的路，以及深藏在雾中的，时隐时现、忽明忽暗的历史。

从九江市上庐山，需"跃上葱茏四百旋"。那雾中的盘山公路，400 次拐弯，每一次都以为山穷水尽，到了尽头，却又在轻轻一旋中，旋出了前面的路。尽管路的前面，还是弥天的大雾。

好不容易旋上了牯岭镇，那镇上的"世界村"——据说是汇聚18 个国家不同建筑风格的 600 多幢别墅，却依然笼罩在雾帘雾幔之中。只是偶然间，山风轻轻拉开雾幔一角，露出油漆成红色的镔铁皮屋顶，一朵，两朵，三朵，五朵，像雨后清晨的牡丹园，闪出了几团带露的鲜丽和清亮。

走在牯岭市街湿漉漉的石板路上，仿佛有看不见的同伴在背后推着你，在腋下架着你，甚至，还在你脸上呵着气，一种温润、潮湿却又饱含山野树木清香的气——自然是雾气。

找到开会的宾馆，找到自己下榻的房间，叮叮当当款款而来的小

191

姐为我开了门锁。我把门扇一推开，便突然吓了一跳：分明有个人，有个穿白袍的巨人，从房间里一跃而起，跳上书桌，从窗框里逃了出去，再也无踪无影。我张开嘴巴，想喊，却又喊不声来。我眨眨眼定睛细瞧，那窗框里明明还横着雕花铁栏杆，那白衣的家伙又如何能从中挤了出去？

小姐见我发怔，嫣然一笑："那是房间里的雾气。门一开，空气一对流，便把它赶到窗外去了。"

事后，我才渐渐明白：庐山多雾，春夏之交尤甚。坡仙的《题西林壁》，就是在农历四月间写的。这时，天气忽晴忽雨，山上积水多，水汽足，加上季风变换，方向不定，山间地形地貌又复杂，于是，满山云走雾飞，烟霞弥漫，一切全都虚无缥缈，变幻莫测，于是，便有了"不识庐山真面目，只缘身在此山中"的浩叹。其实，从自然科学的角度讲，把庐山真面目神秘兮兮地裹起来的，正是雾这个狡猾的大魔术师。

傍晚，与友人们漫步镇郊的人工湖。这湖，有个很好听的名字：如琴湖。象形，又象声。于是，耳畔便恍然传来悠扬悦耳的琴声。雾似乎小了一些，波光粼粼的湖面似乎亮了起来，却把四围的山影树影衬得更浓更黑了。湖畔便是"花径"，当年，江州司马白居易在山下九江为琵琶女泪湿青衫之后，又跑到山上建起"乐天草堂"，终日抚弄泉石，优游岁月，且在此歌吟"人间四月芳菲尽，山寺桃花始盛开"。可惜暮色苍茫，树影朦胧，花径两侧，是否还有灼灼的桃花，看不分明，还是改日再来寻访吧！

顺着湖边的路曲折前行，不知不觉间，雾又升了起来，湖水又暗了下去。忽见前面的一段路变直了，像一柄出鞘的利剑。踩在剑峰上往外一看，猛然大吃一惊，头皮便有点麻，双脚便有点颤。原来，这里是如琴湖的高坝，坝底下，是无底深渊，是在夜雾中无声飘过来的奇峰、怪松、峭壁和巉岩。一阵强劲的山风从谷底旋了上来，白茫茫的夜雾，又像滔滔的巨浪淹没了眼前的一切。

没想到，在如此娴静温柔的湖边，居然有如此险恶深藏的峡谷。我们怕在雾中迷路，更怕在雾中不小心一失足成千古恨，便赶紧回头，循原路沿湖滨逃回灯火阑珊的牯岭镇。

翌日，依然是浓浓的雾。我们在雾中下锦绣谷，穿仙人洞，攀龙首崖，过乌龙潭，最后直登含鄱岭。

含鄱岭位于庐山东侧，势如一匹骏马，横跨在五老峰与九奇峰之间。其东南方向豁然开朗，如簸箕般张开大口，正对山下的鄱阳湖，大有气吞万里波涛之势，不愧称为含鄱口。可惜我们来到这里时，依然是云迷山岭，雾掩楼台，天上人间，一片混沌。在望鄱亭上凭栏小憩，但见两翼黑色的峭壁前，白雾犹如瀑布般源源不绝，滚滚而下，仿佛迫不及待要投入山下鄱阳湖的怀抱。遥想平生难得来此一游，想俯瞰一下烟波浩渺的鄱阳湖，却被这可恶的雾遮断了视线，心中便不免生出几分遗憾，几分惆怅。

庐山自古便是文人结庐隐居及以文会友之所。王羲之在此养鹅，陶渊明在此种菊，李太白在此观瀑，周敦颐在此赏莲，朱熹在此讲学，颜真卿、柳公权、米芾等在此泼墨挥毫，诗人领袖毛泽东也在这里欣然命笔，写下"桃花源里可耕田"的名句。他们，皆在此饮天地之灵气，留千古之绝唱！中国写作学会此番借此地召开年会，与会者面对湖光山色谈古说今，品诗论文，自然也是一次难得的雅集。

可是除了我们这些爱发思古之幽情的书呆子，上庐山的大多数游客似乎更热衷于去看电影故事片《庐山恋》。

放映厅就设在著名的庐山会议会址，从牯岭沿山涧曲折下行不远便可抵达。会址为20世纪50年代的建筑式样，双层，尖顶，顶上一面红旗在雾中时隐时现。大门前临深谷，却有一排柏树给我留下难忘的印象：树不高，但墨绿色的枝叶向四面八方无规则地爆出，似有怒发冲冠之势。一问，此柏名叫龙柏。

　　当年，就在这里，彭德怀元帅出于"为民鼓与呼"的赤子之心，以共产党人追求真理的大无畏精神，抛出了著名的"万言书"。然而，当时庐山上的雾太浓太重了，浓重到暂时遮住了许多人的目光和视线。

　　幸好，真理的阳光终于驱散了历史的迷雾，过去的一切终究成为过去。今天，当人们徜徉于庐山奇秀的山水之间，心中又充满了明亮的阳光。

　　因此，作为自然景观，我喜欢雾中的庐山；而作为人文景观，我更喜欢阳光灿烂的庐山。

1983 年 5 月 22 日至 28 日游并记

1996 年 5 月 11 日完稿

石钟山猜想

石钟山，位于鄱阳湖入长江口右侧，属江西省湖口县双钟镇。镇名双钟，盖因山有两座，镇南为上石钟山，镇北为下石钟山，两山相距不足一公里。

论海拔高度，两山中略高一些的下石钟山也不过区区 50 米，若与"奇秀甲天下山"的庐山群峰相比，犹如巨人脚下的一对侏儒，实在不足挂齿。但它俩控扼长江大湖，进可攻，退可守，自古便是兵家必争之地，再加上苏东坡绘声绘色，写了那篇千古传颂的《石钟山记》，就更不能等闲视之了。

那天，我从庐山下来，游兴未尽，便由九江乘船东下，往鄱阳湖口的石钟山进发。船至江湖汇流处，忽然间风雨大作，空中乌云翻滚，水上白浪滔天，但听船篷顶上，雨声咚咚作响，如同战鼓声声敲击，紧张得叫人喘不过气来。狂风犹如白刃，一下子撬开窗玻璃，送来了满舱雨花和浪花，又使人想起苏东坡的名句"白雨跳珠乱入船"。虽是盛夏，却感到寒气逼人，始知江湖风雨的威猛。此时，举目四顾，水天茫茫，偌大的庐山早已消失得无影无踪。眼前白花花的雨帘中，却有两团绿溶溶的山影浮现出来，如两口大钟，倒扣在洪波巨浪之上。石钟山形势如此之险峻，怪不得古人要称其为"江湖锁钥"了。

好在这场风雨来得急，收得也快。待舍舟登岸时，云消烟散，风平浪静。经过一场风雨的洗礼，两山的树木鲜亮无比。听说苏东坡当年写的是下石钟山，于是，我便从该山爬起。弯弯曲曲的山道两侧，尽是茂林修竹，所有的树叶梢上，都噙着颤悠悠的雨滴，随着行人的脚步声，不时坠落下来，给了我一头一脸的清爽。

从半山的"怀苏亭"开始，各类建筑物多了起来，虽然规模都不大，却几乎到了"五步一楼，十步一阁"的地步，密得叫人透不过气来。其间，摩崖题刻又特别多，从南北朝到清代，从陶潜、李白、孟浩然、苏东坡、黄庭坚到文天祥、王守仁、袁子才、蒋士铨，历代名人有关石钟山的题咏据说多达 700 余首……

我忽发奇想：这山上的每一级台阶，每一块石头，每一棵树，乃至树上的每一片叶子，似乎都已经被某一位或某几位前人吟咏过了，我辈，实在是来得太迟、太迟了。

鄱阳湖古称"彭蠡"。石钟山之名，最早出现于北魏郦道元的《水经注》："彭蠡之口，有石钟山焉"，"下临深潭，微风鼓浪，水石相搏，声如洪钟"。郦道元的文章，峻洁精美，文采斐然，只是过于简古，"水石相搏"于何处？却语焉不详。

为此，唐代的李渤上山踏勘，发现山上有两块石头，"扣而聆之，南声函胡，北音清越"。于是，他猜测石钟山之名，便由此而来。如今，这两块刻有"钟石"字样的岩石还立在山道一侧，许多游客正争相在此敲击呢！

但宋代的苏东坡却对此表示怀疑。在一个月明风清之夜，他携长子苏迈，乘一叶扁舟，到万丈绝壁之下，亲眼看到"如猛兽奇鬼，森然欲搏人"的大石，亲耳听到"噌吰如钟鼓不绝"的声音。其后，当船至两山之间，将入港口时，他又发现有"大石当中流，可坐百人，中空而多窍，与风水相吞吐，有窾坎镗鞳之声"。苏东坡以其水路的实地考察，否定了李渤的猜测。

从郦道元到李渤到苏东坡，他们都是从声音的角度来探寻石钟山命名的由来，尽管对具体的石头看法不一，但都可归结为"钟之声说"。

尽管苏东坡名气大，又有《石钟山记》盛行于世，但后人对此仍不满足。到了清代，方宗诚另辟蹊径，从山形的角度，重新考察了上、下石钟山。他发现两山的形状"上锐下宽，如钟覆地"，且各藏有大山洞，洞中可容纳数百人，这才是古人为石钟山取名的初衷。方氏此说，可称之为"钟之形说"。曾国藩对此就极表赞同。尽管他在这里被太平军打得落花流水，羞愧得差点要投水自尽，但他对"钟之形说"投了赞成票，自当引起我们的重视。

窃以为，"钟之声说"也好，"钟之形说"也好，其实各有千秋，各有道理，似不必非此即彼，相互排斥。倘若两说并存，既象声，又象形，声形并茂，岂不更臻完美！何况，任何真理都是相对的，人类对大自然的探寻与理解是永无止境的。随着时间的推移，有关石钟山的种种猜想，想必还会继续下去，永远不会画上句号。

不过，苏东坡在《石钟山记》结尾的那段议论，凡事必须眼见耳闻，而不可妄加臆断，我以为倒是我们探求真理的唯一正确途径。

伫立石钟山之巅，放眼眺望长江大湖在山下轰然会合，长江水之黄，鄱阳湖水之清，两者泾渭如此分明，却又能并肩齐流，一泻千里，心中不能不浮想联翩，感慨系之。

1983 年 5 月 30 日游并记

2001 年 3 月 18 日补写

井 冈 飞 瀑

"罗霄山脉的中段，有一座雄伟的高山……"

从小便听熟了这支歌，也知道歌中所唱的井冈山，有"八角楼的灯光"，有"朱德的扁担"，满山的竹木全是梭镖、大刀、红缨枪，遍野的杜鹃花浸透了烈士的鲜血，红米饭、南瓜汤喂养出共和国的一大批将帅……

作为中国革命的"红色摇篮"，它甚至还赢得了"天下第一山"的美称。

然而，多少年来，革命圣地的光环，使它似乎只能和偏僻、贫穷、艰难、困苦乃至流血和牺牲连在一起。及至 21 世纪的第一个春天，当京九铁路的钢轨和高等级的盘山公路把我送上山时，面对五百里浩浩青峰，五百里茫茫林海，那团团簇簇，层层叠叠，浓得化不开的碧波绿浪时，我这才明白，举世闻名的"红色摇篮"，原来还是我国南方出类拔萃的"绿色宝库"。作为国家级自然保护区，井冈山森林覆盖率高达百分之八十五。绿色，是它的自然本色；红色，是它的精神品格。红绿两色交相辉映，这才是我们心目中真正的井冈山。

山高林密，水源自然充沛。井冈山的大小溪流，在崇山峻岭之间，组成弧形的放射状水系。由于山势陡峭，河床骤降，往往激流成瀑。据说，井冈山的瀑布共有 100 多条。其数量之多，落差之大，形态之美，在华东地区很可能首屈一指。因此，上井冈山的游客，在瞻

198

仰革命遗址之余，观瀑、听瀑，或在瀑下的深潭中游泳，在激流中乘筏漂流，便成为游程中最惬意的项目了。

在井冈山的瀑布群中，以落差之大高居榜首的，当推五指峰瀑布。而海拔 1568 米的五指峰，正是井冈山的主峰。它像一位巨人紧握右拳，高举在众山之巅，似乎面对上苍发出豪壮的誓言。而拳头上隆起的五指关节，便是五座并立的山峰，在大拇指与食指之间，一道瀑布，飞流直下，像一匹白练，从半空中飘落，这就是落差高达 180 米的五指峰瀑布了。

我是站在几公里外的群峦湖岸边遥观这道飞瀑的，可谓是"遥看瀑布挂前川"。我听不见如雷的瀑声，却分明感到脚下的土地在微微颤动。我自然想起李白咏庐山瀑布的名句："飞流直下三千尺，疑是银河落九天"。可是李白没上过井冈山，否则，他很可能会在庐山和井冈山之间重新做出选择，把如此绝妙好句转赠给五指峰瀑布的。

伫立仰望之际，我忽然感到这山峰、这瀑布有点眼熟。经导游指点，才恍然大悟，原来，人民币最高面值的百元大钞，其背面的图案即取材于此。

井冈山在红军时期，设有五大哨口。其中最险要的当属西北方向的黄洋界。我们驱车上山时，大雾弥漫，白茫茫如同汪洋大海，难怪黄洋界又名"汪洋界"。当年，红军以不足一营的兵力在此击溃敌军四个团的进攻，打了一场漂亮的黄洋界保卫战。为此，毛泽东欣然命笔："黄洋界上炮声隆，报道敌军宵遁。"没想到，当我们取道黄洋界东侧下山时，弥天大雾顿时消失，重峦叠嶂间竟活蹦乱跳地跑出一条五神溪来。最叫人啧啧称奇的是，那溪流居然连续五次飞下五级断崖，形成梯状的五条瀑布，分别泻落五口深潭，统称为"五龙潭"。因地形地貌不同，五龙潭上的五条瀑布，可谓一瀑、一潭、一景。

高居上游的第一瀑，落差 70 米，名青龙瀑。水帘在悬空下降的途中逐渐展开，上尖下宽，如同一座银光闪闪的巨伞，在震耳欲聋的轰响中扬起弥天的水雾。下方的深潭碧蓝如玉，称碧玉潭。第二瀑为黄龙瀑，深藏在密林岩隙之间，似未出阁的龙女锁在深闺，羞于见人。潭口有色呈金黄的长石横卧，故名金锁潭。第三瀑赤龙瀑，如同一柄寒气逼人的利剑直插潭底，阳光一照，飞红流丹。瀑布，水花四溅，形同串串珍珠，潭称珍珠潭。第四瀑因瀑口有黑色巨石挡道，故名黑龙瀑。瀑布被巨石劈成数股水流，纷纷夺路而下，水石相搏，似鼓声咚咚敲击，其下方的深潭便赢得了击鼓潭的美称。至于第五瀑白龙瀑，远远望去，分明是一位白衣仙女，正在翩翩起舞。她上端的两股水流，犹如抛向空中的一双水袖；中部一波三折的瀑体，犹如舞者窈窕的身段，正在急速而又欢快地旋转；在旋转中倾泻而下的水珠，则是她裙裾上所镶嵌的银珠了。怪不得，瀑下的深潭被恰到好处地称为仙女潭。

在井冈山观瀑，最为惊心动魄的，还是水口峡谷的奇虹大瀑布。当我们沿溪而下，在古木参天的林荫小径上穿行时，远远便听见闷雷般的水声。峰回路转，水声愈来愈响，愈来愈洪亮。及至爬上两峰夹峙的"石门"，那水声竟成了千军万马震天撼地的轰鸣。紧接着，雾也来了，风也来了，雨也来了，湿漉漉的山径两侧，每一片树叶都在簌簌颤抖，每一块岩石上都有无数股涓涓细流在流淌。初来乍到的我们，只能跟定导游的背影，低头看路，以免失足滑倒。

突然，路断了，眼前一亮，一道银光从半空中劈了下来。它，浩浩荡荡，洋洋洒洒，一泻千里，势不可挡；它，呼风唤雨，挟雷携电，劈山裂谷，撼天震地！我顶着风，冒着雨雾，抗击着峡谷间飞旋的气流，好不容易从悬崖一侧寻路下到谷底，但见飞瀑下方的深潭，犹如一锅滚滚沸腾的开水，一团团水泡圆了又裂，裂了又圆；一簇簇水花开了又谢，谢了又开；一根根水柱升了又降，降了又升。水泡、水花、水柱，在膨胀、绽开和升腾的瞬间，被旋风一刮，扬起了漫天的雾珠和雨滴，像雪花，像飞絮，纷纷扬扬，飘飘洒洒……

从潭边昂首仰望，高达 96 米的巨瀑仿佛外星人从空而降，那宽大的亮闪闪的水帘，是银色的太空服及其高高扬起的斗篷吗？定睛细瞧，那悬空的水帘居然是透明的，在里面，沿着崖壁细细的褶皱，又有千百条长长短短、窄窄细细的小瀑布在闪闪烁烁，争相跌落。平生首次看到这"瀑中瀑"的奇观，我简直惊呆了，就像一根木桩定定地插在潭边，任凭雨雾水花把全身浇透。突然，一阵欢呼声猛然把我震醒：阳光下，好一弯彩虹，从大瀑布的半腰横了过去，赤橙黄绿青蓝紫，闪闪烁烁，明明灭灭，把大瀑布装点得更鲜丽更神奇也更壮伟了。

然而，在大瀑布的上端，却只有一条小溪，水不深，流速也不快，显得十分从容而平静。两块天然巨石挡在瀑口，就像两片嘴唇含着它，似乎要深深吸一口气，再狠狠地把它往断崖下方喷吐出去。水，柔弱的水，宁静的水，一旦抓住某种机遇，冲决某种束缚，便能释放出自己的全部潜能，在惊天动地的呐喊中，实现最果敢、最壮丽的飞跃。

水流如此，一个政党、一支军队，乃至一个国家，也莫不如此。就是一个人，不也常常是在最困苦、最艰险之际，才谱写出生命中最华彩的乐章吗！

2001 年 5 月 30 日至 6 月 2 日游井记

2002 年 7 月 1 日完稿

龙虎山四绝

中国的丹霞地貌分布甚广，从东海沿海到河西走廊，从长江流域到云贵高原、青藏高原，比比皆是。所谓"丹霞地貌"，指的是由红色砂砾岩构成的山体，丹崖赤壁，灿若云霞。其间，若有清溪萦回，便相映成"碧水丹山"的奇观。我国东南沿海的丹霞地貌，以广东丹霞山最为典型，其次，便是闽北和赣北的一对姐妹山——福建的武夷山和江西的龙虎山了。

我以为，若把两者进行对比，奇秀的武夷山宛若小家碧玉，野趣天成的龙虎山则如同一群活泼可爱的村姑。

发源于武夷山的泸溪河，由福建光泽流进了江西鹰潭的龙虎山。借竹排在溪上坐游，两岸山峰，或盘曲如蟠龙，或蹲踞如伏虎，在淡淡的山岚中透出斑斓的红紫色来，光华灼灼，有如天上的云锦。龙虎山又名云锦山，其得名想必由此而来吧？临水的悬崖绝壁间，又高高地楔入一些古人的船棺，其造型与武夷山的架壑船相类似。先民们何时、何故、用何法实施如此奇特的崖葬？引颈仰望中，不免要坠入无穷的猜想。

龙虎山风景，素有"三绝"之称，这泸溪河和古悬棺算是其中的头两绝，另一绝，便是大名鼎鼎的天师府和上清宫了，作为道教的祖庭和历代"张天师"们的居所，自然更是名扬海内外。记得幼时读《水浒传》，开篇第一回便是"张天师祈禳瘟疫，洪太尉误走妖魔"，说是上清宫中有一口井，"一道黑气，从穴里冲将出来，掀塌了半个殿角。那黑气直上半天里，空中散作百十道金光"，这便是梁山泊108条好汉的诞生地了。

到龙虎山，自然不能不去拜访"张天师"。可惜来去匆匆，那口神奇的古井竟未能找到，却在规模之大堪与山东曲阜"孔府"相媲美的天师府里，听到了一曲"仙乐"，那是一位年轻的道士在古樟树下吹箫，清音雅韵绕树而上，引得树冠上的几只白鹭也张开翅膀飞舞了起来。

我不知道这天师府的"道乐"，与赣东北的民间音乐及地方戏曲之间有什么特别的关联。这里，是弋阳腔的发源地，而弋阳腔又是包括京剧在内的许多戏曲音乐的鼻祖。自古以来，在藏龙卧虎的龙虎山，自然不缺在音乐方面深有造诣的道士，他们在符箓斋醮之余，也常常拨弄丝竹管弦，说不定，那弋阳腔的推而广之，也有他们的一份功劳呢！

大凡名山，必有名品名点。这里，与风景"三绝"相对应的，便有"龙虎山三味"：天师府的板栗、泸溪河的活鱼和上清镇的豆腐。在千年古镇上清镇，我沿着鹅卵石铺砌的旧街徜徉，不久，便在古风尚存的小食店里品尝到用盐卤制作的豆腐和鲜美的活鱼汤，果然名不虚传。只是天师府的板栗尚未一饱口福。然而，我这小小的缺憾，却在其后的游程中得到了意外的补偿。

那是午后，在泸溪河的竹排之上。一阵斜风，送来一帘细雨，把两岸的山影全都稀释成几痕淡墨。乘排人全都披上雨衣，却还抵御不了溪上的冷气。不料，水雾迷蒙处，却"嗖"的一声，闪出一叶扁舟来，那扁舟，小得就像半边梭子。驾舟人从头到脚套着件杏黄色的雨衣，守着一个用铁皮围着的煤炉，炉上，一个大蒸笼正腾腾地冒着热气呢！

"买板栗粽子嘞——天师府的板栗，许家村的粽子嘞！"

随着这银铃般清脆的叫卖声，小舟已牢牢地靠在了竹排的边上。原来，驾舟人是岸边许家村的一位大嫂。她来得正是时候，满竹排的游客，谁不想在这寒风冷雨中品尝又热又香又可口的板栗粽子呢！那裹在糯米中的板栗，颜色金黄，香味扑鼻，个子虽大，却蒸煮得软硬适中，啖之品之，果然乃天赐之佳品也。

听排上导游介绍，龙虎山自古就有"天师板栗林"，传说为张天师所手植。李时珍在《本草纲目》中称："天师栗，唯西蜀青城山有之，乃张天师学道于此所植。"张道陵是先到龙虎山而后才到青城山去的，由此推断，那青城山的板栗正是从龙虎山移植过去的。传说祖天师活了123岁，后继的"张天师"们也多有长寿百岁者，这跟他们爱吃淀粉多、营养丰富的板栗是否有关呢？

对岸就是许家村。不过，如今的许家村，已经有了一个更响亮的名字："无蚊村"。说是在蚊虫肆虐的南方农村，唯有这一个许家村最是干净，干净到连蚊子都不见踪影。因此，它也就成为龙虎山一处饱受欢迎的新景点。

远看，这许家村一面临溪，三面环山，山间的小盆地，全被绿树掩映的农舍占满了，几乎看不到一丘田地。竹排靠岸时，我又发现这里的溪岸全是光洁的鹅卵石，既看不到一丛芦苇，也看不到一蓬荒草。从码头拾级而上，村口是一幢古风尚存、气派犹在的"许氏门楼"，12根粗大的门柱撑起厚重的青瓦屋顶。据说，它始建于明永乐年间，清乾隆时重修过。这时，雨停风住，满目清爽。沿着弯曲的石板路上坡，左右皆是古朴的木楼和新砌的砖瓦房，布局随意，却不显杂乱；庭院不深，却干净雅洁。更有几丛花木点缀其间，妙趣天成。忽然，一阵鞭炮声传了过来，原来是一户人家正在办喜事。循声趋前，便见一顶花轿，由两条汉子扛着，正颤悠悠地进了院门。新郎扶着新娘下轿时，又有一帮乐队敲锣打鼓吹响了唢呐，顿时，洋洋喜气溢满了整个村子，连几只小狗也摇着尾巴绕圈子跳起了狐步舞。

我看见一家"无蚊村饭店",其招牌和"非常可乐"的广告牌连成一排,读起来,便成为"非常可乐无蚊村饭店",不禁哈哈大笑。心想,普天下只此一村敢自称无蚊村,自然是"非常"的了,无蚊虫之叮咬与骚扰,又有山间之农家风味一饱口福,游客们自然也就"可乐"了。店主或许是在无意之间,倒也为全村创造了一句最顺口最有趣最能广而告之的主题词。

在窗明几净的店堂中品茗小憩,借机向店主请教有关无蚊村的由来。答复是:众说纷纭,至今无解。

一说是,张天师曾在村中投宿一夜,因不堪蚊子叮咬,鹅毛扇一挥,就把村里的蚊子刮到溪对岸去了,从此,蚊子们再也不敢飞回来。二说是,后山有蝙蝠洞,洞中有上万只蝙蝠,夜夜出洞,早就把蚊子吃光了。三说是,山中小盆地,面积只有 20 亩,全都盖了房子,没有一丘农田,也就没有了蚊子幼虫赖以滋生的田水。靠近泸溪河的一侧,全是鹅卵石,没有杂草、芦苇,蚊子自然也就失去了栖息之地。四说是,后山有一种怪树,干如柏,叶如竹,叫竹柏树。此树雌雄异株,气味独特,别处鲜见,这里却多达千株。有些专家已索取树皮树叶进行化验研究,很可能,它才是蚊子的天敌,独具抗蚊驱虫的奇效呢!看来,这无蚊村的"千古之谜",还有待于进一步破解。

不过,在本文行将结束之际,我倒要建议龙虎山的朋友们,不妨把这无蚊村当作全山的第四绝。倘若能查证出无蚊村之所以无蚊的真正原因,从诸如竹柏树之类的珍稀植物身上提炼出某种驱蚊特效药,那受惠的,就将是整个人类了。因为,嘤嘤嗡嗡专吸人血的蚊子,犹如恐怖分子一般,是全世界的公敌。甚至,就连恐怖分子本身,恐怕也不太喜欢被它叮咬,而染上疟疾、登革热或乙型脑炎吧!

2001 年 6 月 3 日游并记
2003 年 8 月 16 日完稿

泰 山 岩 岩

泰山岩岩，

鲁邦所詹。

——《诗经·鲁颂》

古往今来，描写东岳泰山的诗文多如恒河沙数，而最早见之于《诗经》的这句话，最为传神。它以铿锵的叠字双韵，十分形象地概括了泰岱以石为体，诸岩相累相叠，蔚为大观的雄浑博大气象。

中国乃多山之国。论海拔高度，泰山绝顶区区 1545 米，不要说它对西部的诸多雪山冰峰望尘莫及，就是在五岳之中，也还低于恒山、华山，仅名列第三。那么，它何以能成为赫赫于古今的"五岳之长""万山之宗"呢？

我以为，观赏、理解泰山，不妨从"岩岩"二字，也就是从它的石头及其所蕴涵的文化内涵入手。

从地质科学的角度来看，泰山属掀斜性断块山，它的地层是由世界上最古老的岩石——花岗岩及片麻岩混合组成的，其中又有许多火成岩体的侵入。在长达 20 多亿年的漫长岁月中，泰山几经浮沉，终于在 3000 万年前的新生代中期从大海中再度崛起。"造化钟神秀"，久经考验的古老杂岩便骄傲地裸呈在光天化日之下。它或卓立为峰，如日照峰、天柱峰，有擎天捧日之雄姿；或断裂为崖，如扇子崖、舍身崖，有壁立千仞之险绝；或平衍为台、为坪；或幽陷为洞、为峡。就是零星散落的单块石头，也幻化成千姿百态的蛟龙石、探海石、斩云剑、仙桃石等。近年来，山麓还大量开采出"燕子石"，即三叶虫化石，更是5亿年前寒武纪后期稀有的古生物化石。山东文友送我一方用该石制作的砚台，色泽典雅的台面上，状如燕子的三叶虫清晰可见，扣之，一股阴冷之气从指端逼上心尖，使人顿感远古的洪荒与混沌，历史的幽深与苍凉。

从审美的角度看，泰山凌驾于莽莽苍苍的齐鲁丘陵与华北平原之上，平地兀起，在视觉效果上显得特别高大雄伟。登泰山之路，基本上沿着从岱庙到南天门的中轴线往上延伸，天造地设的三大断层，使其先是缓坡，次是斜坡，到了十八盘，则成为天梯式的陡坡。这井然有序的三部曲，由低到高，由缓到陡，由峡谷的封闭到岱顶的开放，前奏之长，铺垫之久，对比之强烈，高潮之突然出现，无不给人以一种从人间到天上的心理效应。攀登在这条通天之路上，一级级石阶"咚咚咚"地擂响人们的心鼓，在进行性的、鼓舞性的节奏中，一支庄严雄伟的天上人间交响乐正从云间遥遥传来……

泰山山脉绵亘200多公里，基础虽然宽大，但主体却如此集中，又分别给人以安稳与厚重之感。"泰山压顶""稳如泰山""重于泰山"等名言，都是它的自然形态在人们心理和精神上的强烈反映，无不蕴涵着丰沛的美学原理。无怪乎汉武帝登泰山，要一口气连发八声赞叹："高矣，极矣，大矣，特矣，壮矣，赫矣，骇矣，惑矣！"

既然登泰山如同登天，那么，以"天子"自居的历代帝王，自然要借封禅的盛典来显示自己"受命于天"的尊荣，并借泰山的神力来保佑王朝的气运、社稷的安宁了。从传说中的"人文始祖"黄帝，到秦皇汉武、唐宗宋祖，一直到清朝的康、乾大帝，概莫能外。于是，泰山又增添了许多庄严的政治色彩和神秘的宗教色彩。在古人的心目中，五岳对应五方，并与"五时"同构，其生命节律又受"五行"所支配。泰山方位居东，时序为春，五行在木，皆居领先地位，"一阳初动，万物始萌"，人类生命的交替轮回正从东方开始，于是，它自然就冠盖五岳，赢得"独尊"的地位了。

泰山的石头，更是中华历史文化博大精深的总载体。不信，就请你读读满山遍野总共 1700 多处的刻石吧！这里，既有万丈摩崖，也有盈尺小碣；既有洋洋千言的天下大观，也有尽得风流的一字之奇；既有严整的碑刻，也有狂放的凿石；既有雄风盖世的帝王御笔，也有名士高人的即兴留墨；既有千古传诵的诗文警句，也有故意减去笔画、让人颇费猜想的"字谜"；仅存九字的秦人遗作，堪称中国书法刻石之源；而镌刻在深谷幽涧间的北齐《金刚经》，更被誉称为"大字鼻祖，榜书之宗"，其字大如斗，任凭千年风雨和涧水的冲刷淘洗，依然意态从容，神采飞扬，远远望去，如一只只仙鹤正扑翅欲上云天……

也许，正因为有了文字，有了书法，有了这种跨越时间的艺术表现形式，泰山上的石头全都活了，它们浮想联翩，思接千载，与天对话，与地对话，天风松涛，山鸣谷应，全都充盈着人类心灵的回声。

有趣的是，泰山的石头还浓浓地浸染着民俗文化的意蕴。

我的家乡远在闽中莆田的江口镇，镇上便有一座香火旺盛的东岳观。而在镇里旧街巷的路口，常见有"泰山石敢当"的石碣。小时候问过大人，得到的答复是镇妖避邪所用。它何以有如此神力？却始终不得而知。此番到了泰山，方知此俗源于唐朝。传说当时山下有个张员外，他家的千金小姐妖魔缠身，得了重病。为此，员外贴出告示：谁要是能治好小女之病就招谁为婿。山上有个勇士，姓石名敢当，自告奋勇前来揭榜，并请张家备好一面铜锣、一口大锅和一盆香油。当夜，他用香油点上灯火，扣上大锅，再用脚尖挑着锅沿静候。不久，妖风来了，他一脚挑翻大锅，敲响铜锣，妖魔一见火光，一听锣声，便吓得逃之夭夭了。小姐的病好了，石敢当自然也成了张家的东床快婿。但妖魔仍在别的地方作祟，石敢当常常被邀请到处驱妖，实在忙不过来，便教人把他的名字刻在石头上。果然，妖魔一见石碣，照样闻风而逃……

泰山岩岩，竟有如此神奇的威力！

1992 年 10 月 11 日游并记

1998 年 4 月 2 日完稿

千佛山与大明湖

四面荷花三面柳，

一城山色半城湖。

山东，不愧为齐鲁故国，孔孟之乡，"百家争鸣"之福地。

徜徉在山东的名山胜水之间，常能读到一些或写景状物、或抒情言志，或二者兼而有之的楹联。寥寥几个单音词——名词、动词、形容词与数量词，一经巧妙的排列组合，便产生出抑扬顿挫的音韵之美，透露出博大精深的文化底蕴，令人一见难忘，一唱三叹。

比如，本文开头所引用的这一联，就是幼时读《老残游记》时难以泯灭的记忆。"一城山色"，指的是千佛山，从济南城的任何一个角度，都可以望见它的满山翠色。"半城湖"，自然是大明湖了。这一大片荷花飘香、岸柳飞翠，汇集了珍珠、黑虎、趵突、泮池诸名泉的滟滟碧波，自然是初访济南者的首游之地。

1992年秋，我一到济南，便直奔大明湖，在小沧浪亭圆门内，找到了这对心仪已久的楹联，并得知它的作者乃清代嘉庆年间的山东提学使刘凤诰。当时，他应朋友之邀来此饮酒赏景，酒酣耳热之际，诗兴大发，此佳句竟然脱口而出，跟在一旁的书法家铁保随即挥毫落墨，于是，"四面荷花三面柳，一城山色半城湖"，从此便成为济南的代称，成为脍炙人口的千古绝唱。

泛舟大明湖，自然还要上湖心岛。岛上的历下亭，又有一副年代更为久远的名联——

> 海右此亭古，
> 济南名士多。

此联的作者是唐代大诗人杜甫。天宝四年（745），他到山东临邑看望胞弟杜颖，客次济南。当时，北海太守李邕在历下亭设宴欢迎，他便即席吟咏一首五言诗《陪李北海宴历下亭》答谢，此联就是诗中的颔联。现存的对联，为清代道光年间的大书法家何绍基所书。如此好诗，配上如此好字，自然是珠联璧合，相得益彰了。

据说，历下亭始建于北魏。当年，在杜甫的眼中，它已经是"古"亭了，如今，自然古上加古。尽管它在外表上修葺一新，但骨子里却透出森森的古意。静坐亭中，临风默想，杜甫对"济南名士多"的赞誉，不仅仅是针对唐以前齐鲁故国文风之鼎盛吧？其中，恐怕也蕴涵着他对唐以后山东大地英才辈出的一种期待，一种预言，一种美好的祝愿。果然不出所料，自唐以降，这里光是文学家，便先后出现了辛弃疾、李清照、蒲松龄……都是在中国文学史上需要专章或专节论述的一代大师。他们的文采华章，成为杜诗最有说服力的印证。

纪念辛弃疾的"稼轩祠"，就坐落在大明湖的南岸。其正厅前的抱柱楹联，为郭沫若1959年亲笔所题——

> 铁板铜琶，继东坡高唱大江东去，
> 美芹悲黍，冀南宋莫随鸿雁南飞。

此联，对仗工整，气势磅礴。其上联，高度评价辛弃疾追随苏东坡开启豪放派词风的文学成就，酣畅淋漓的笔墨，似一气呵成。其下联，却又一笔一顿，沉郁苍凉，充分展示出一位英雄壮志难酬的悲愤之情。默读静思，似有长江怒涛的惊雷之声，金戈铁马的厮杀呐喊之声遥遥传来。

可惜行色匆匆，我游了大明湖后便离开济南，登千佛山的夙愿，延至五年之后，即 1997 年秋才得以实现。

是口，秋高气爽，是登高览胜的极佳时日。和煦的阳光、镀亮宽敞的白玉石阶，也把路两旁的苍松翠柏映照得神采焕然。半山上，有株古槐，是唐代名将秦琼拴过马的，故称"秦琼拴马槐"。

千佛山古称历山。传说舜帝曾在山上耕过田，故又称舜耕山。如今，山肩处尚有舜祠，祠内立有比真人还高的舜帝及娥皇、女英二妃塑像。祠门又见一联：

> 高山仰止，景行行止；
> 卿云烂兮，糺缦缦兮。

我一见此联，立即振衣敛容，深深一拜。不仅仅因为舜帝是全中国陈姓公认的血缘始祖，也不仅仅因为忠于爱情，"斑竹一枝千滴泪"的娥皇、女英，算是我的最老的祖奶奶，更因为身为帝王的舜，能亲自在这里躬耕陇亩，为天下百姓做出了榜样。这在今日中国，拥有 12 亿子孙的中国，视农业为国民经济基础，但耕地面积却日益减少的中国，仍然至关重要，到此岂能不拜！

与舜祠毗邻的，是兴国禅寺。寺内有千佛洞崖，崖上有龙泉洞、极乐洞和黔娄洞三个天然洞穴，内藏大小 60 多尊佛像，皆隋唐时所造。古代的历山之所以被后人改称为千佛山，想必与此崖有关。兴国禅寺的建筑，顺山依崖，倒也错落有致。寺门两侧，又见一副石刻对联——

暮鼓晨钟，惊醒世间名利客，

　　经声佛号，唤回苦海梦迷人。

　　此联旨在劝世，但真正能唤醒"世间名利客"的，似乎不在"暮鼓晨钟"与"经声佛号"，而在于依法治国，加大反腐倡廉的力度。

　　离开禅寺，顺盘山石磴道直上千佛山顶。山顶巨石相累相叠，相倚相嵌，其最高处的一块，平滑如磨，上刻"雅座"二字，其侧又有一行隶书，曰"坐观泉城"。于是，我便奋力攀上了这鸟瞰济南全城的制高点。

　　举目北望，但见千佛山满山树木，像绿色的波涛滚滚涌入城区，近百幢新建的高层建筑又从城区探出头来，茶色或蓝色的玻璃幕墙在阳光下熠熠生辉。好不容易从楼群中找到烟柳迷蒙的大明湖，它的面积大约只有市区的百分之一，哪有"半城湖"的规模！显然，今日济南城，不知比古代扩大了多少倍。

　　再抬眼往北望去，隐约可见极远处黄河如带，数峰点布，但全笼罩在一片淡淡的烟霭之中。我忽然想起唐代诗人李贺登千佛山时所留下的名句——

　　遥望齐州九点烟，

　　一泓海水杯中泻。

　　这里的"九点烟"，一说是济南北部的九座山，即卧牛山、华不注山、鹊山、凤凰山、标山、药山、马鞍山、粟山、匡山，九峰峭拔，云烟缭绕；另一说是泛指全中国的九州，小得如同杯中之水。不管做何解释，此诗高屋建瓴，气势不凡，想象又极为奇特，若刻成楹联，置于千佛山极顶，岂不妙哉！但转念一想，此诗句虽是绝妙好句，但作为楹联，其平仄、对仗似不合要求，太可惜了，只好一笑作罢。好在山顶另一侧的北极台上，已另刻一副长联，录此与读者共赏——

　　出门一瞧，数十里图画屏风，请看些梵宇僧楼，与丹枫翠柏相间，红的火红，白的雪白，青的靛青，绿的碧绿；

　　归台再想，几千年江山人物，回溯那朱门黄阁，和白屋蓬扉接壤，名者争名，利者夺利，圣者愈圣，庸者愈庸。

1997 年 10 月 29 日游并记

1998 年 5 月 1 日完稿

214

崂山的树神与花仙

大海头枕高山，它把巉岩峭壁当成了枕头。高山呢，却把自己的脚伸进大海，任凭浪花洗濯千年万年。于是，坚硬的岩石洗成半透明的"海底玉"，黛绿色的石英晶面上，云母片像金色的鱼鳞闪闪发光。

这，就是青岛的崂山。在中国的名山中，山与海如此唇齿相依，筋骨相连，肝胆相照的，似不多见。正因为山海相连，说不清是山雾、海雾，或二者兼而有之的氤氲之气，便常年弥漫在崂山的群峰之间，如轻烟，似淡墨，又像一群群仙鹤翔舞在虚无缥缈之中。于是，人们便想象这里是神仙的云游之所。于是，山脚下便有了始建于汉代，迄今已有两千多岁高龄的道教圣地太清宫。

幼时读《聊斋志异》，始终忘不了那位令人可笑、可怜而又可悲、可叹的"崂山道士"。他好不容易学了个"破墙而出"的绝技，却因心里"不洁"，额头碰壁后居然碰出个"巨卵"式的大包来。

如今，胶东半岛旅游业火爆，头戴方巾、身披道袍的新一代道士们，或在宫门口出售门券，或在宫里宫外诸多商店里，兜售香烛、串珠以及用崂山玉石雕成的各式各样工艺品，一个个满面红光、笑容可掬，肯定不用再去表演碰壁破墙之类吃力不讨好的玩意儿了。

我便是在他们的引领下，手持门票步入了太清宫。没想到，宫内绿意盎然，大大小小的院落里全是遮天蔽日的古树、大树，其中不乏汉柏、唐榆、宋朝的银杏、元代的耐冬。它们，就像一位位鹤发童颜、慈眉善目的老寿星，叫人又敬慕又亲近，以至于在宫内走了半天，光顾了看树，连殿里供奉的是哪路神仙也无暇顾及。

在我的心目中，由三官殿、三皇殿和三清殿三院组成的太清宫，简直就是森林王国的一所敬老院。

三官殿内，一双银杏树肃立在丹墀两侧，少说也有千岁高龄了。却依然老当益壮，神采飞扬，在深秋的阳光中抖动出满树黄金。

三皇殿前，一排百岁高龄的老乌柏树，依然挺直腰杆，恪尽职守，细心地呵护着那口"神水泉"，不许任何妖孽染指这口大旱不涸，像处女般纯洁的崂山名泉。

从三官殿走向三清殿，潺潺的涧水声中忽然滑出了几声欢快的鸟鸣。循声望去，眼前又出现一幢密不透风的绿色大厦。趋前细瞧，才知道这是一棵糙叶树。它的造型十分奇特，像一条庞然巨龙，龙身半卧在两座古道观之间，满身枝丫像无数小虬龙张牙舞爪，树冠荫地半亩有余。细读树下碑文，方知它系唐代道士李哲玄手植，树龄自然超过千岁，因属榆科糙叶树，树身又像巨龙，故名"龙头榆"。

在太清宫，数量最多的当数老态龙钟的古柏树了。但它们与陕西黄陵单纯的古柏不同，一任其他生物在身上或寄生或攀附，于是，便形成了双树、三树同体的奇观。我曾在一棵柏树下留影，一线阳光穿透树顶的叶缝，正好落在攀缘而上的凌霄上，那凌霄的枝条像金蛇一样柔柔地缠了上去，煞有趣味。

三皇殿庭院中还有一棵桧柏，系汉代张廉夫手植，其树龄高达两千岁，冠盖全山，更是令人肃然起敬。两千年来，它不知遭受过多少次雷击火焚，树干早已中空，顶梢早已枯萎，但外壳依然挺拔，侧枝依然青翠。其树干离地约五米处的缝隙中，冒出一株凌霄，并把枝条和树叶蹿上了树冠，据说开花时满树飞红流丹，好像是给老寿星披红挂彩呢！更令人啧啧称奇的是，在桧柏离地约六米处的火烧缝隙中，又寄生出一株属于漆树科的落叶灌木盐肤木。如此，则一棵常绿乔木身上，衍生出一种攀缘植物，一种落叶小灌木，三木同居一体，共生共荣，不能不令人叫绝！

我在这棵誉称"汉柏凌霄"的古树下盘桓良久。心想：种子落进泥土，便要生根，便要发芽，这是事物的必然。但什么时候，一只什么样的鸟儿，口衔一粒什么样的种子，在掠过这棵柏树树梢时，恰好把种子落在它身上积满尘土的缝隙处，才出现三木同体的奇观，这似乎又是历史的偶然。偶然与必然的交错，创造出自然界的千姿百态与千奇百怪。自然界如此，人世间的风云际会，又何尝不是如此！

崂山树多，花更多。蜡梅、紫薇、石榴、木笔、金桂、杏梅、牡丹、蔷薇……使太清宫成为姹紫嫣红的大花园。而群芳谱上的佼佼者，自然是蒲松龄老先生情有独钟的耐冬了。

耐冬，又名山茶，是常绿阔叶观赏花木。三官殿院内有一株耐冬，胸围近两米，茂盛的枝叶覆盖了大半个院子，相传是元代张三丰手植，树龄约七百年。据说每年隆冬季节，大雪封山，百花凋零，唯有它不畏天寒地冻，吐蕊盛开，上千朵红花在白皑皑的大雪中燃起一树烈焰，红红火火，蔚为奇观。当年，蒲松龄老先生寄居此院厢房时，对它特别喜爱，情到深处，这株耐冬便幻化成一位名叫"绛雪"的红衣女子，衣袂飘飘地走进《聊斋志异》，成为名篇《香玉》中一位多情的仙女。她美丽端庄，花间移步时香风四溢；她聪明伶俐，常在窗前月下吟诗作对；她温柔妩媚，能陪伴书生共度寂寂长夜。她是真、善、美的化身，才、情、趣的结晶，诗神、美神与爱神的统一体。无怪乎，昔日的蒲公要为她浓墨重彩，歌之颂之；而今天的青岛市市民，也以她为荣，把耐冬选为"市花"。

树有神，花成仙。花木有情，崂山有幸。

1997 年 10 月 28 日游并记

11 月 8 日完稿

夜海怒涛烟台山

在中国版图上，胶东半岛好像一峰骆驼，正伸长脖子，高昂头颅，东望黄海、渤海。而它的眼睛，就是著名的港口城市烟台了。

那天黄昏，我们由威海市沿高速公路西驰，逼近烟台市郊时，正值夕阳西坠，霞光万道。忽见一大群海鸥从路边掠起，箭也似的投入夕阳的怀抱，成百双黑色的翅膀，搅沸了金黄色的大熔炉，顿时，金浪滚滚，热力四射。我赶紧掏出照相机，但来不及按快门，海鸥们的剪影已飘然远逝，只留下一轮巨大的红日，笑盈盈地沉入了地平线。

车入烟台市区，已是暮色苍茫时分。路灯亮了，街灯亮了，灯火通明中，大海似已离我远去。不料，刚从闹市区进入东海岸路，便听见雷鸣般的海涛声，一声声猛敲心鼓。举目望去，这条大路半边临街，半边靠海，黑沉沉的海面上什么也看不见，只有一排排巨浪，微微闪着白光，从远处席卷而来，到了路边的堤岸，随着一声惊天动地的轰响，雪白的潮头便笔直地站了起来，形成高高的水柱，水柱往内一斜，"哗"的一声，化成倾盆大雨摔了下来。于是，在街灯的映照下，满街雪浪花如飞珠溅玉，乱蹦乱跳。而这时，另一个雪白的水柱，又高高地站了起来，斜斜地扑了过来……

初进烟台，这夜海怒涛的奇观，便给我留下了惊心动魄的印象。

东海岸路的北端，被一座横亘的小山切断。那山，在夜幕中黑成一团，分不清哪是树影，哪是巉岩。但见那山顶上高高举起一座灯塔，像一柄利剑直插夜空。剑峰处射出强大的光束，且不断旋转着，从大海和陆地的上方横扫过去。黑、白两色在空中交替变幻，这夜景便增添了几许庄严，几许诡秘。

那山，不用说，肯定是烟台市的市标——赫赫有名的烟台山了。

我们下榻在山根处的风光宾馆。拎着行李走进房间，涛声便从窗外灌了进来。天花板上，白光一闪一闪的，那，自然是灯塔的亮光了。晚餐时顺手买了张旅游地图，方知山上自明代洪武三十一年（1398）起，为防倭寇进犯，便筑有狼烟墩台，即烽火台，故名烟台山。山以台名，港以山名，从此，地图上也就出现了烟台山、烟台港、烟台市。

另据书上介绍，刚才我们在东海岸路所见的夜海怒涛，系"三涛"奇观：惊涛拍岸，卷起千堆雪，谓之"雪涛"；水柱冲天，化作倾盆大雨，谓之"雨涛"；山海之间，水雾迷蒙，谓之"云涛"。我们夤夜来访，"云涛"未曾看清，但"雪涛"和"雨涛"却是亲眼所见，亲耳所闻，不亦快哉！

按照日程安排，我们在烟台只能小住一夜，明晨即往蓬莱去矣。难得此夕，烟台山岂能痛失于交臂！于是，我邀请上海迟君、浙江黄君、厦门陈君于饭后一同登山。动身前，又有两位女士自动加盟，戏称"六勇士"，一并出发。

从宾馆一侧循小巷前行，不久，巷道两侧的店铺及灯光全都消失。脚下的路也变成了上山的斜坡路，且越变越窄，越变越陡，最后，干脆变成了两墙夹峙的石蹬道。没有路灯，没有路人，我们这些不速之客对山上地形地貌毫无所知，如此摸黑上山，难道不怕迷路吗？不怕，只要灯塔不灭，头顶上空有白光盘旋，我们的心里就显得亮堂，步履就踩得踏实。

说笑间，上了半山的一个平台。在浓重的树影中穿行，迎面升起一柱纪念碑，逼近细瞧，方知是抗日战争纪念碑。碑侧不远处，蹲伏着一座方形的古堡，顶上锯齿状的雉堞在夜空中隐约可辨，想必那就是古代的烽火台了。

突然间，大家的话少了，气氛严肃起来。走在这片曾经充满刀光剑影的土地上，仿佛有许多英魂，正在暗中默默地注视着我们，跟踪着我们。

终于在树丛中找到烽火台的入口处。但铁门紧闭，门边又有铁栅栏顺山势逶迤而去。两位女士身材瘦小，居然能从铁栅栏的缝隙间钻了进去。我们这些大汉只能干瞪眼。好在吴君发现前方有个缺口，于是，大家一拥而入。在昏冥的夜色中，也不知七拐八弯上了多少级台阶，总算登上了最高处的平台。台面上空荡荡的，哪有狼烟烽火的痕迹！只有一根木柱子孤零零地插着，也不知是为了升旗，还是为了在台风到来时好挂风球？显然，这烽火台也是后人重修的。站在台沿的垛口处，只听山脚下的海涛声，似千军万马在奔腾呼啸……

烽火台背后，便是高高的灯塔了。数一数透出灯光的窗口，居然高达 13 层。强烈的光束从顶层射出，且不断旋转晃动，把人的眼睛都看花了。

我们摸黑下烽火台，寻路抵达灯塔。令人喜出望外的是，那灯塔夜里也对游人开放。一位慈眉善目的老人把我们迎了进去，一边让我们买票上电梯，一边如数家珍地介绍道："我们这塔建了 10 年了，由清华大学设计，是全国最现代化的灯塔了。塔楼高 49.5 米，13 层，塔顶的灯光，射程 40 公里。你们上 11 层吧，那里有瞭望台……"

于是，我们钻进电梯间，扶摇直上。到了第 11 层，一开门，迎面扑来强劲的海风，差点儿没站稳。所谓瞭望台，是绕塔一圈的环廊，由护栏板围护着。朝内，透过玻璃幕墙，可看见里面几位值班人员正聚精会神地盯着电脑屏幕。天上的风云变幻，海上的波涛翻涌，一切，全在他们的监控之中。

转身朝外，绕塔一周，凭栏四望，方知烟台山三面临海，一面牵引着大陆。三面大海皆黑沉沉的，看不见丝毫波浪，只有一条防波堤长长地伸入海中，微微闪出一线白光。而另一面的市区，则是万家灯火，星汉灿烂。尤其是东海岸路的路灯，在陆海之间串成一条弧形的彩练，特别引人注目。而在我们的头顶，灯塔的强光犹如雪亮的瀑布，一泻千里……

自古以来，烟台便是我国海上交通要冲。它北与辽东半岛遥遥对望，东与日本、朝鲜一衣带水。日本的遣唐使、学问僧，新罗的商人们都曾经由此登陆，带来了友谊与理解；但东洋的倭寇、西洋的海盗，也曾由此闯进来烧杀掳掠，留下了灾难与仇恨。如今，作为全国首批对外开放的沿海城市，烟台如同这座灯塔，骄傲地挺起腰杆，目光望得更远了。回到宾馆，窗外涛声雷鸣，胸内心潮澎湃，竟一夜难眠。

1997 年 10 月 29 夜游并记
1998 年 4 月 9 日完稿

海市蜃楼丹崖山

在中国古代四大名楼中，黄鹤楼屹立于长江中游，滕王阁崛起于赣江之滨，岳阳楼怀抱八百里洞庭，而唯一靠海的，便是胶东半岛北端丹崖山上的蓬莱阁了。

丹崖山，顾名思义，山是红的，崖是红的。其岩体为石英岩，因富含铁质，故呈赭红色。至今，在山上还留有开山建阁时的六块巨石，一看，果然灿若云霞。如此灿若云霞的山崖拔海而起，把蓬莱阁托举在碧海青天之间，其背景的开阔、色彩的壮丽，自然是沿江、沿湖的其他三楼所不可企及的了。

蓬莱，原为草名，所谓"蓬草蒿莱"是也。民间传说，秦始皇为求长生不老药，东巡到此远望沧海，见海天尽头处有一簇红光浮动，便问随行的方士其为何物？方士随口胡诌说那就是"海上仙山"。秦始皇大喜，又追问仙山何名？方士一时语塞，忽见海面上有水草飘浮，灵机一动，便以草名"蓬莱"答之。从此，"蓬莱"便成了"海上仙山"的代称。到了汉代，据《通典》所载："汉武帝于此望海中蓬莱山，因筑城以为名。"于是，虚无缥缈的"海上仙山"，便成了这以"蓬莱"为名的丹崖山了。到了宋代，规模宏大的蓬莱阁建筑群在此崛起，延至今日，连山下的古登州也易名为蓬莱市，神话传说中的"海上仙山"，算是彻底在人间落地生根了。

1997年秋，我登丹崖山时，所见到的第一个冲天式四柱牌坊，便是"人间蓬莱"坊，其额书为苏轼手迹，据说系从其家书中集字而得，神采飞扬，浑然天成。四根立柱上又有两副对联，一为"神奇壮观蓬莱阁，气势雄峻丹崖山"；一为"丹崖琼阁步履逍遥，碧海仙槎心神飞越"。分别为当代书画大师刘海粟、费新我所题。

从坊门上山，左旋右转，弥陀寺、天后宫、龙王宫、白云观、三清殿、吕祖殿等层层叠叠，依山而筑。其连成一气的天际轮廓线，如波峰浪谷，升降起伏。高潮处，自然是高踞于山巅的蓬莱阁了。

其实，蓬莱阁本身只有两层楼高，比起黄鹤楼、滕王阁、岳阳楼来，全都矮了一大截。但丹崖山的断崖峭壁把它托举在万顷碧波之上，时有海雾飘来，雕梁画栋、翘脊飞檐全在云烟中浮动，却给人以乘风欲飞的高危之感。

这里，是传说中"八仙过海"的始发地。楼上塑有八位仙人的群雕，或围着八仙桌举杯狂饮，或抱着大酒坛烂醉如泥，或袒胸露乳瘫倒在地酣然入梦，一个个脱却神仙的外衣，尽显凡夫俗子的率真本性，其放浪形骸、丑中见美的顽皮娇憨之态，可谓人见人爱。在中国古代，能如此不顾一切地张扬自己的个性，除了"八仙"，又还有谁呢？

蓬莱阁最奇妙的，还在于它是观赏海市蜃楼的最佳处。此地位于渤海海峡南岬，涌动的海流将海底的低温带出水面，与海峡两岸的高温交会，猛烈的撞击，使海面上的空气因密度骤变而动荡不定。而山东半岛、辽东半岛和朝鲜半岛三足鼎立，长山列岛横卧其间，又为动荡不定的空气层提供了可供反射或折射的景物图像。于是，在日照充足的春夏季节，这里便往往出现千姿百态、变幻莫测的海市奇观，被古人称作"登州海市"。对此，史书上多有记载，诗文中也常有描写，如宋代的沈括、苏轼，清代的蒲松龄等，都曾为此妙笔生花，留下名篇佳作。当代散文家杨朔，本身就是蓬莱人，写起家乡的《海市》，自然得心应手，其作品入选全国中学语文课本后，更是为无数少男少女增添了奇幻的梦境。

以诗而论，影响最大的，当数苏轼的《海市歌》了。宋元丰八年（1085），神宗驾崩，哲宗即位，因"乌台诗案"遭贬的他被重新启用，来此出任登州太守。尽管他的任期很短（正史记载五个月，民间传说仅有五天），却为民请命，上书朝廷申请减免盐税，加固海防。登州父老感其恩德，在蓬莱阁一侧专修苏公祠以作纪念，并刻一楹联歌曰："五日登州府，千年苏公祠。"

苏公祠的内壁，至今还镌刻有苏轼《海市诗》全文："东方云海空复空，群仙出没空明中。荡摇浮世生万象，岂有贝阙藏珠宫……"

不过，据当地陪同的主人曰：苏东坡当年并未亲眼见到海市，因为他把海市的方向写错了。海市只能在北方，而不可能在东方出现。但尽管如此，《海市诗》仍然千古流芳，因为诗人的浪漫想象，为蓬莱仙境插上了翅膀，让它飞得更高更远了。

有幸亲眼看见海市聚而成形、散而成气，并把它的全过程拍摄录像的，是山东电视台记者孙玉平，时在 1988 年 6 月 17 日。他根据多年的实践经验，敏锐地捕捉到海市出现的先兆，独自在蓬莱阁上守候了好几天。有道是"人有善愿，天必佑之"，他终于拍到了朝思暮想的海市奇观。后来，他在《我拍登州海市》一文中有如下精彩的实录：

> 如楼台，如亭阁，如奇树，如怪峰，时而横卧海面，时而倒悬空中，若断若连，若隐若现，朦胧中似乎还有人影在晃动。一会儿长桥飞架，一会儿楼房高耸，东部倒挂的奇峰刚刚隐去，西边林立的烟囱又赫然映入镜头……

听说，中央电视台在播放他的录像时，主持人还特别指出："这是我国第一次用摄像机拍到的海市蜃楼，这在世界上也是首次。"

当然，像孙玉平那样的幸运儿，毕竟为数极少。我和千千万万游客一样，只能在蓬莱阁上，怅望大海，极力在想象中描画海市蜃楼的奇异景象。而正因为是想象，一万个游客心中便会有一万种不同的景象。

听说，蓬莱市有关部门正规划要把想象变为现实，要利用海中的礁石营造瀛洲、蓬莱、方丈三座仙山，还要加上与秦皇汉武有关的各种人造景点，借此吸引游客，发展旅游业。窃以为，此举大可不必。海市蜃楼就是海市蜃楼，它来无迹，去无踪，虚无缥缈，稍纵即逝，岂能把它成形固定？还是让它存在于游客的想象之中吧！一个能不断激发人们想象力的旅游区才是最有魅力的旅游区，一切人造景点都只能是劳民伤财，画蛇添足。

区区书生之见，不知诸君以为如何？

1997 年 10 月 30 日游并记

1998 年 5 月 16 日完稿

嵩山的文采与武功

自从有了电影《少林寺》，自从有了金庸和古龙的武侠小说，"少林武功"便天下闻名，家喻户晓；"少林，少林"的歌声便流传四海，久唱不衰；以"少林"命名的各类商品便在电视屏幕上频频亮相，其无形资产价值成几何级数飙升。在我的家乡福建，为了争夺"南少林"的正宗地位，一场笔墨官司，正在好几个市之间，打得沸沸扬扬，不可开交。

在许多人的心目中，仿佛位居中国五岳中心的中岳嵩山，便只有少林寺；偌大的少林寺，也只有它那赫赫有名的武功了。其实不然。对五岳的景观，古人常用最简单的一个字分别加以概括，即：泰山雄，衡山秀，华山险，恒山奇，而嵩山呢？偏偏用了个"奥"字。

为什么"嵩山天下奥"呢？我想，是因为它的历史文化遗存奥秘无穷吧！它雄峙黄河中游，冠盖中州大地，位居七朝古都开封与十三朝古都洛阳之间，"萃两间之秀，居四方之中"，其中原文化自然成为黄河流域中华文明的核心部分，成为其博大精深的总汇。不信，请翻开任何一本文物辞典，在嵩山一地，位列全国重点文物保护单位名录的，便多达13处。其中，自然也包括众所周知的少林寺了。而少林寺之所以誉称"天下第一名刹"，不仅仅因为它是武林胜地，更因为它首先是"禅宗祖庭"，是达摩面壁十年，开创中国佛教禅宗文化的发源地。少林寺，可谓文采与武功兼备，两者珠联璧合，相映生辉。

我的这一点认识，应归功于一本名叫《禅露》的佛学季刊，该刊由少林寺慈善福利基金会主办，自 1996 年创刊以来，每期都赐寄予我。翻阅这本印刷精美，充满禅机、禅理、禅趣、禅味的刊物，我这从未到过嵩山的俗家子弟，更是心向往之。

1998 年夏天，我终于有缘到中岳一游。据同行的河南朋友介绍，嵩山东西横卧 60 公里，其主体位于登封市境内，由太室、少室两山组成，每山各有 36 峰，凡 72 峰，可谓峰峰有名，峰峰有典，峰峰峻峭，峰峰诱人。若做一日之游，只能择其要点，一看太室山的嵩阳书院，二看少室山的少林寺，文武之道，一张一弛，如此便能知其大概。

客随主便。于是，我们便驱车直奔太室山。一出登封市区，太室山便像巨大的屏风从北郊站了起来，其主峰峻极峰浑身都是裸露的巨岩，铁骨铮铮，直插云天。难怪它海拔虽只有 1400 多米，但当古人为它取名时，要说它是"嵩高唯岳""峻极于天"了。

嵩阳书院坐落在峻极峰南麓的苍松翠柏之间，一条清澈见底的双溪河从院前潺潺流过。"明月松间照，清泉石上流"，如此清幽的环境，自然是读书做学问的好去处。

书院始建于唐而盛于宋，曾与湖南的岳麓书院、江西的白鹿洞书院、河南商丘的睢阳书院并称为中国四大书院。比之今天的高校，它当属于"北大""清华"这一最高档次。书院规模不算大，但布局相当严谨，依次分为大门、先圣殿、讲堂、道统祠、藏书楼五进，所有建筑皆青砖灰瓦，显得古朴典雅，大方不俗。遥想当年，一代名儒程颢、程颐、司马光、范仲淹等都曾在此任教，司马光的《资治通鉴》还有相当一部分是在这里撰写的，不禁悠然神往。

当我在讲堂里细读其宋代任教人员名单时，发现其中竟有两位半福建老乡，更是喜出望外。他们依次为：杨时、朱熹、李纲。杨时、李纲的祖籍分别为福建将乐、邵武，朱熹祖籍虽不在福建，却在福建尤溪出生，故也算是半个同乡。李纲是著名的抗金英雄，朱熹是"程朱理学"的集大成者，而杨时，是成语"程门立雪"里的主人公，其故事发生的地点，恰恰就在这嵩阳书院。据说当年，他已届不惑之年，且考上了进士，却和另一位老乡游酢一起，来拜程颐为师。不料，初次见面时，程老夫子正端坐假寐，闭目养神，两人不敢惊扰，便静静站在门外等候。是日，朔风怒吼，大雪纷飞，等到先生睁开眼时，他俩脚下的积雪已一尺多高了。这故事在今天听起来有点像天方夜谭，但其尊师重教的精神，是多么难能可贵，多么值得发扬光大！

书院里，还有唐碑、汉柏以及大批出土文物，其中不乏稀世珍宝，可惜游人稀少，不免给人以"门前冷落鞍马稀"之感。同行的朋友说，书院一年的门票收入，大约只相当于少林寺旅游旺季时一天的收入。言毕，大家相对黯然。看来，古往今来，读书人都只能甘于寂寞了。

午后往少室山进发。远远望去，群峰参差错落，比太室山灵动活泼多了。古人称太室山为"卧龙"，少室山为"舞凤"。我则觉得，太室山像一位满腹经纶、正襟危坐的学者，而少室山颇似一群挥拳舞棍的武僧。

跟冷冷清清的嵩阳书院相比，少林寺繁华多了，热闹多了。只见大路两旁，各类武术学校如雨后春笋冒了出来，据说来此习武者已多达两万余人，其中不乏来自东洋或西洋的少林洋弟子。当我跟随数千游客在寺门外排队时，便有好几个牛高马大、剃着光头、蓝眼睛高鼻子的"老外"挤了过来。忽然眼前红光一闪，一队身穿橘红色短僧衣的"少林小子"手持棍棒冲了过来，又扬长而去，大约是赶往野外演练去吧？我抱着照相机追上前去揿动快门，一位小子居然回过头来，调皮地朝我喊了声"哈罗"，吓得我差点儿把照相机摔了下去。看来，他们经常出国表演，见过大世面，自然能操一口流利的英语了。

作为"禅宗祖庭"，少林寺内外保存着许多禅文化的精华。寺侧的五乳峰上，有达摩洞，传说是印度高僧达摩在此苦苦面壁十年，首创中国禅宗的圣地。禅，是梵语"禅那"的略称，其宗旨是"明心见性，一切皆空"。禅宗修炼的禅法，谓之"壁观"，俗称"面壁"，即面对墙壁，盘膝静坐，修身养性。达摩以长达十年之久的苦心修炼，终于大彻大悟出禅宗的真谛，以至于他的身影全都嵌入洞壁的岩石里去了。而寺内的立雪亭，传说是二祖慧可诚心向祖师达摩拜师求学的地方，与杨时"程门立雪"不同的是，他为了表达自己的心诚意切，还抽刀自断一臂，让鲜血溅满了齐膝深的雪地……

当今世界，人们掌握知识寻求真理，更讲究效率，往往借助现代工具，运用科学方法，以最短的时间获取最大的信息量，达摩、慧可那样面壁十年、立雪断臂的方法自然无须仿效。但我以为，他们那种坚忍不拔的意志，心静性定的从容意态，对于我们克服急功近利的浮躁心境，也许还不失为一种重要的参照系。

就拿武术来说，若以为光学几套拳路、棍路，就能哗众取宠，名利双收，那实在是违背了禅宗的本意。赵朴初先生诗云："天下称第一，是禅不是拳。"少林寺住持释永信法师也在《禅露》上著文，明确提倡"武术禅"的理论。他说，由于上千年的积累和努力，少林武术中的武与禅，已经有机地结合在一起。也就是说，少林武术中的武，已经参禅化了。武术是弘法的工具，习武乃学佛的途径。武术禅作为学佛的一个法门，就是要用一颗参禅心去习武，把禅的精神带到人们的日常生活中去……

如此说来，少林武功实质上是禅文化一种外在的表现形式。祈愿释永信法师能继续开恩度化，广布法雨，让更多的习武者、观武者都能"心静一池甘露水，性定满目宝莲花"，真正到达禅的崇高境界。

1998 年 9 月 4 日游并记

10 月 4 日完稿

美哉，龙门

中原之忆，最忆是洛阳。

而洛阳的佳景，最令人难以忘怀的，自然是以石窟艺术著称的龙门山了。这一点，终老于洛阳的诗人白居易最有发言权，他曾说过："洛都四郊，山水之胜，龙门首焉。"

于是，我们起了个大早，出洛阳城，跨洛河，直奔南郊的伊阙。

在熹微的晨光中，远望伊阙，两山相对，一水中流，果真像一座天造地设的大门。其东山，山势柔顺，林木朗润，名香山，是"香山居士"白居易的诗魂栖息地；其西山，石骨坚挺，断崖壁立，且布满蜂窝状的洞窟，自然便是龙门山的龙门石窟了。两山之间，伊水静静北流，晨风掠过粼粼的波光，拂过婆娑的岸柳，给我们送来一身的清爽。

一路上见多了黄河的滔滔浊浪，见多了黄土地上的滚滚烟尘，眼前这并秀的双峰与澄碧的流水给我们带来了意外的惊喜。

当然，最吸引人的，最叫人心醉神驰的，还是伊水岸边山崖上那气势恢宏、规模浩大的莲花世界。尽管晨间游人稀少，但我拾级登山时，却感到满山都是影影绰绰的人影，满耳都是嘤嘤嗡嗡的诵经之声。因为，就在我身边只有一平方公里的方圆之内，上上下下，高高低低，居然开凿有2100多个洞窟，内藏大大小小的石雕造像十万余尊。这，好比是十万人的大聚会，你说，能不显得有点拥挤，有点喧闹吗！

龙门石窟诞生于北魏时期。北魏的统治者是鲜卑族，原是个在朔方草原上骑马奔驰的民族，不知为什么，他们对石头产生了浓厚的兴趣。他们以比石头更坚硬的意志和力量，在山西大同开凿了云冈石窟。意犹未尽，又迁都洛阳，在这伊水之滨的龙门山，继续开山凿洞，刻石造像，从事天底下最艰辛也最漫长的艺术劳动和艺术创造。叮叮当当的凿石声，连同许多人的青春与生命，连同北魏王朝本身，全都消失了，但他们的精神追求，却留在这里的石头上成为永恒。

当然，龙门石窟并非云冈石窟的再版，南朝艺术也绝非北朝艺术的"克隆"。

正如中州大地并非塞上高原，黄河与伊水也不再是晋北的桑乾河与滹沱河。时光的流逝，地域的变迁，人事的更替，都为石刻艺术注入新的血液，新的精魂，新的生命，其艺术表现领域也不断加以拓展。比如，镌刻在古阳洞顶的"龙门十二品"，堪称"魏碑"之绝唱，便是云冈石窟所未曾有的艺术品种——书法艺术。自北魏王朝开始，历朝历代的艺术家与工匠，以龙门山为载体，不断进行有别于前人的艺术实践，这种"敢为天下先"的艺术勇气和不断创新的精神，不能不令人钦敬。

经过魏晋南北朝的风风雨雨，龙门石窟迎来了它的高潮，它的黄金时代——盛唐气象。其登峰造极之作，便是奉先寺的卢舍那大佛了。奉先寺位于龙门山的最高处，它劈山成台，临崖凿龛，露天造像，跟许多面积窄小、光线幽暗的洞窟相比，显得高大、宽敞、明亮。居中的卢舍那大佛，身高 17 米多，为全山十万尊石像之最，自有一种君临天下的雍容气度。但奇怪的是，当我第一眼望见时，便认定她是一位人间女性的形象。因为站在她的脚下，我没有那种诚惶诚恐的敬畏感、压迫感和紧张感，相反，她是那样亲切、亲近、富有人情味。她健康丰满、端庄秀丽、宁静安详。一抹曙光落在她的双唇之上，显得柔美、鲜润而富有弹性。她嘴角微翘，似笑非笑，充满着对人间的慈爱与温情。她，分明是一位东方女性，一位超凡脱俗的东方女性的形象。

听导游说，女皇武则天为雕塑她而捐了两万贯"脂粉钱"，由此推断，她很可能是武氏的模拟像。对此，我不敢苟同。我甚至认为这是对艺术的一种亵渎。且不说当时的工匠不可能亲睹女皇的"天颜"，也不可能有照片之类作为参照，单就大佛像本身所透露出来的大慈大悲大自信大安详，那脱尽人间烟火气的精神境界，就绝不是一个野心勃勃的女皇所能企及的。因此，当我面对卢舍那大佛的微笑时，我心中所想到的，只是人世间一种至善至美的理想境界。

沐浴着和煦的初阳，在艺术宝库中徜徉，步步莲花，步步惊喜。然而，在巨大的审美愉悦中，却不时有愤怒、惋惜、惆怅、伤感等种种复杂的感情波澜从心中涌起。因为，在满山的石雕像中，被砍头、断臂、剁足、损躯的，比比皆是。尤其是万佛洞，所有佛龛里的佛像，全被凿走了脑袋，几乎成为一个恐怖的"无头世界"！

美的存在，犹如花之盛开，何罪之有！但因为美，却往往遭受妒忌、玷污、劫掠和伤害。爱美之心，人皆有之。但若把别人的美占为己有，而行坑蒙拐骗、偷盗抢掠之事，这行为本身就成了丑行、恶行、罪行，何美之有！龙门石窟这些精美的石雕像之头哪里去了呢？在伦敦，在纽约，还是在波士顿？何年何月，我们这些中华民族的艺术瑰宝，才能回归祖国呢？

因此，当我一步一回头，依依不舍地告别龙门山时，心中不免隐隐作痛。

1998 年 9 月 5 日游并记

1999 年 8 月 8 日完稿

龟蛇锁大江

在中国的江、河、湖、海，凡有水患处，必有龟蛇之类的传说。

在先民的心目中，龟与蛇，都是能够制伏洪水的巨灵。其中，龙蛇一体，蛇又是龙的化身。据《山海经》《拾遗记》等书所载，大禹治水之所以能大功告成，靠的就是一龟一龙的鼎力相助。说是有只大乌龟驮着天上神奇的"息壤"，供大禹取土作堤坝；又有条黄龙，用尾巴画地，帮他开辟水路导流。

到了汉水与长江汇流的武汉，也许是洪水实在太大了，这龟和蛇索性变成了两座山，隔江遥相对峙。于是，武汉三镇便有了"龟蛇锁大江"的壮观。而众所周知，武汉的历史，就是水进人退，人进水退，人与水相互抗争的历史。发生在 1998 年夏季的那场抗洪斗争，可谓惊天地、泣鬼神，震撼了整个世界！

我是在此之前，即 1990 年夏季，到武昌看望正在读书的女儿，并和她一起漫步长江大桥，攀登龟蛇二山的。白云黄鹤、高山流水的神奇与浪漫，晴川汉阳树、芳草鹦鹉洲的美丽与雅致，"茫茫九派流中国，沉沉一线穿南北"的雄奇与壮阔，使我领悟到一条江与一座城市之间最为密切的关系。也许，正是滔滔长江，才赋予武汉以开阔的胸襟和奋进的动力；正是江两岸的龟蛇二山，才铸就武汉人刚毅的性格和沉雄的气度吧！

形如巨鳌的龟山，自古至今，始终与大禹的名字连在一起。其伸

233

入长江的头部,被取名为禹功矶。矶上有禹王庙,庙前有一棵古柏,传说系大禹手植。宋代大诗人苏轼来游时,便留下一首《禹柏》:"谁种殿前柏?僧言大禹栽。不知几千载,柯干长苍苔。"

如今,又过了一千载,那柏树依然老而弥坚,让人引颈久仰。与其说"山缘禹迹名偏重",不如说是饱经水患的武汉人,对历朝历代治水英雄的崇仰与感戴,早已深深地刻进古柏的年轮,渗入它不凋的苍枝翠叶之间。

与龟山隔江遥望的蛇山,山如其名,蜿蜒曲折似巨蟒,似蛟龙。山上最引人注目的,自然是黄鹤楼的金碧与辉煌了。黄鹤楼位居中国江南三大名楼之列。它之所以得名,来源于古代仙人骑黄鹤升天的传说。现今的黄鹤楼是 1985 年重建的,由向欣然任总设计师,熔铸了历代黄鹤楼建筑艺术的精华。白天,五层主楼上的 60 个翘角,上下交错,光影互动,不论紫气东来还是夕晖西照,总是流光溢彩,熠熠生辉。到了夜晚,灯火通明的它,则更像是一颗硕大无朋的夜明珠,闪耀在武汉三镇的冠冕上,把浩浩荡荡的长江水全都映红了。

云横九派,浪下三吴,势连衡岳,气吞云梦。登斯楼也,焉能不引吭高歌,泼墨挥毫!黄鹤楼,就像一道永恒的诗题,考遍了历朝历代的无数诗人。它既能使少数幸运儿梦笔生花,也能叫多数人痛感自己江郎才尽。尽管写黄鹤楼的诗篇如长江后浪推前浪,但真正能留存于世的又有多少呢?文学的竞争历来是最无情的,这既是诗人们的荣幸,也是诗人们的悲哀。

传说,"诗仙"李白来此登楼时,诗兴大发,正拟挥毫时,突然发现楼中已有崔颢的一首七律:

> 昔人已乘黄鹤去,此地空余黄鹤楼。
> 黄鹤一去不复返,白云千载空悠悠。
> 晴川历历汉阳树,芳草萋萋鹦鹉洲。

日暮乡关何处是？烟波江上使人愁。

李白读罢，连称："绝妙，绝妙！"自度写不过崔颢，便掷笔扬长而去。后来，有人在黄鹤楼东侧，为李白盖了座搁笔亭，还替他胡诌了一首打油诗："一拳捶碎黄鹤楼，一脚踢翻鹦鹉洲。眼前有景道不得，崔颢有诗在上头。"有了这段传说，黄鹤楼之名也就更加显赫了。

有趣的是，我携爱女登黄鹤楼时，正值《长江日报》与湖北人民广播电台联合举办"黄鹤楼游客有奖留言"。楼下平台上正摆开桌椅，笔墨伺候。只见围观者众，但敢于应征者寥寥。我们父女俩自忖才疏学浅，自然从旁一笑而过。

不料，返闽不久，《光明日报》上刊登消息，说是该项征文历经一年，有海内外近 4000 名游客应征，经专家严格评选，荣获一等奖的是福建女游客郑美清，她借留言呼唤妇女自强，震撼人心。过了几天，《人民日报》又发表署名文章，对她的留言大表赞赏。

郑美清不是诗人，不是作家，是省里的一位记者。她恰好是我的小老乡。打电话祝贺时，她自己也大感意外。她说，她登黄鹤楼时，只是有感而发，斗胆写上那么几句心里话，万万没想到居然中了奖。可见，文学并非诗人和作家的专利。"界外"的任何人，只要有真情实感，把自己的心里话巧妙地写出来，有时，也能技压群芳，夺得头筹。她的留言不长，现全文录此，与读者共赏：

黄鹤楼使女人愁。其中历代题咏、现代碑廊，难觅一丝红巾翠袖！岂独黄鹤楼哉，九州万千名胜，有几个女子留下手迹？名胜面前人人平等，女人啊，登黄鹤楼莫忘带笔。

1990 年 10 月 1 日游并记

2003 年 3 月 16 日完稿

鄂州西山与黄州赤壁

中国以西山为名的山难以计数，而湖北省的"赤壁"据说也有四五处之多。本文所记的，专指鄂州的西山和黄州的赤壁，两处隔着滔滔长江，南北对峙，遥相呼应。

当我搭乘江轮，横渡长江，来往于两城、两山之间时，浩渺的江上，苍郁的林间，不时闪出一个古人衣袂飘飘的身影。他忽而扣访山寺，忽而醉卧林泉；忽而头戴竹笠，身披蓑衣，俨然一副村夫野老的形象；忽而又驾一叶扁舟，随波漂流，对着清风明月扣舷而歌……

假如没有他，假如没有他所留下的千古诗文，眼前这山，这水，这隔水相望的两座古城，该是何等寂寞！不用说，他就是被林语堂先生称为"一个不可救药的乐天派，一个巨儒政治家，一个皇帝的秘书，一个厚道的法官，一个月夜徘徊者，一个大文豪，一个创意画家，一个酒仙，一个小丑"的苏东坡了。

也许，这是他一生中最倒霉的一段日子。那年，他才 44 岁吧，因受"乌台诗案"之累，身陷囹圄，次年春出狱后，被贬到黄州当了个团练副使。这小小的官衔对应今天的职级职务，大约相当于县武装部的副部长吧？况且还是内部控制使用，连批阅文件的权利也被剥夺了。既无实权，薪水也相当菲薄，为了补贴家用，他在住处附近东边的山坡上开点荒，种点蔬菜，种点稻米，同时，顺便种出了如今家喻户晓的四个字："东坡居士"。

然而，这又是他一生中文学创作最辉煌、最鼎盛的时期。在谪居黄州的四年零两个月时间里，他诗如泉涌，文如潮涨，词中的《念奴娇·赤壁怀古》，散文中的前、后《赤壁赋》，小品中的《记承天寺夜游》，不仅代表了他一生创作的最高成就，而且在中国文学史上雄踞一方，彪炳史册，用今天的话说，该是精品中的精品了。

　　为什么逆境中的苏东坡能有如此丰硕的精神收获？我猜想，其答案兴许就埋藏在长江两岸的西山与赤壁之中。

　　江北黄州的赤壁原名"赤鼻"，山崖屹立如壁，石呈赭红色，因"下有山根插江底，形如悬鼻，雄伟挺拔"，故名。古时，长江水在赤壁下滚滚东流，此处便有了"断岸千尺""惊涛卷雪"的奇观。如今，大江南移，洪波远去千尺，山脚下的滩地开辟成公园，绿树成荫，花团锦簇，虽多了几分秀丽，却也少了许多雄伟和壮阔。不过，那山石依然灿若云霞，仿佛映着熊熊的火光，不禁让人想起三国时赤壁大战的壮丽一幕。

　　此处是否就是古战场？考古学家们大都持怀疑态度。明代茅端征在《赤壁集序》中也说："无苏轼则无黄州赤壁。"于是，这里又有了"文赤壁""东坡赤壁"之称，以有别于湖北其他地方的"赤壁"或"武赤壁"。陪同我来此一游的当地文友却又语出惊人："据最新考证，我们这文赤壁也就是武赤壁，是真正的赤壁大战古战场呢！"对此，我只能礼貌地报以淡然一笑。心想，我不谙史料，又非"九头鸟"，既无资格也无必要加入湖北人这场有关真假赤壁旷日持久的大争论。只要苏东坡是真的，苏东坡确实在这里，这就足够了。

　　登上赤壁山，山上一石一木，一砖一瓦，一古树一苍藤，似乎都沾满了与苏轼有关的灵气、才气与仙气。有时，空气中还似乎飘荡着一丝属于他的酒气。"酹江亭"里，仿佛诗人还在高吟"一樽还酹江月"；"睡仙亭"里，仿佛诗人还卧着石床，倚着石枕酣睡不醒；"二赋堂"的巨屏，正反两面分别书写前、后《赤壁赋》，字大如拳，俊逸豪迈；而"留仙阁"里的石刻《东坡笠屐图》，脚趿木屐的诗翁更是活灵活现，仿佛正从千年史书上向我们翩翩然走了过来……

登高南望，江天辽阔，烟波浩渺，满江风帆上下，而对岸的远山却仅有数点。江风挟着豪气灌进了五脏六腑，心屏上顿时推出一排顶天立地的大字："大江东去，浪淘尽，千古风流人物……"

主人遥指对岸数点远山中最浓最绿的一点道："那便是鄂州的西山。"于是，我的眼前又恍恍然闪出一幕图景：朦胧的月光下，"清风徐来，水波不兴"，诗人邀三五好友，在赤壁下解缆登舟，"纵一苇之所如，凌万顷之茫然"，飘飘然到了对岸的西山，与诗僧们月下品茗，说禅论诗……

西山位于鄂州市中心，山不高，主峰海拔不过 170 米，但山有九峰，岭有九曲，满山绿荫中还藏有一湖、二瀑、三池、六涧及七股山泉。七泉中最著名的，自然是号称"天下第二泉"的菩萨泉了。该泉从青龙、白虎双峰夹峙的山谷岩壁下汩汩涌出，清冽甘甜，久享盛名。苏东坡最爱此泉，常来此品茗游息，还专门写了《菩萨泉并序》，解释此泉得名于文殊菩萨曾在泉中显灵过的传说。他甚至还以泉代酒，在此为友人王子立送行，并赋诗云：

送行无酒亦无钱，劝尔一杯菩萨泉。

何处低头不见我，四方同此水中天。

菩萨泉的背后，便是古灵泉寺，为东晋高僧慧远所始建。现存清代堂殿，全为砖木结构，红椽碧瓦，重檐飞阁，依旧古意森然。老方丈把我们迎进客堂，用菩萨泉水煮起了灵泉茶，揭开盖子，果然芳香四溢，浓醇诱人。连饮三杯，心也清了，眼睛也亮了。佐茶的小点是一种面饼，色泽金黄，甜酥香脆，别有风味。

原来，这就是有名的"东坡饼"。当年，苏东坡渡江上山扣访此寺时，寺僧无以款待，情急之中，就地取材，以泉水和面，再加麻油拌糖煎之。不料，苏东坡食后，赞不绝口，从此，这"东坡饼"也就成为灵泉寺的名牌食品了。

品茗闲谈之间，主人又提起苏东坡在黄州时还另有一大发明，即把每斤五花肉切成四方形的八大块，旺火先烧，小火焖烂，其色泽酱红，汤肉交融，肉质酥烂如豆腐，吃起来别有风味，这便是声名远播的"黄州东坡肉"。如今，东坡饼、东坡肉、东坡豆腐等，已形成黄州的"东坡系列食品"，正为当地旅游业推波助澜呢！

看来，苏东坡还真是位大美食家和杰出的烹饪师，可惜林语堂先生在为他作传时，却似乎忽略了这一点。

登上西山绝顶，向北眺望，依然是江天寥廓，烟水苍茫。对岸的赤壁在浓浓的翠色中透出一点淡淡的红。江风挟带着豪气又一次灌进了我的五脏六腑。

我忽然想起司马迁《报任安书》中的一段名言："古者富贵而名磨灭者不可胜记，唯倜傥非常之人称焉。"苏东坡谪居黄州期间，之所以能顶得住政治的高压，耐得住生活的清贫，不仅仅因为长江上的清风明月抚慰了他受伤的心灵，西山与赤壁的壮丽景色重新点燃他生命的火焰，更因为在种菜种谷自食其力的过程中，增进了对社会的了解、对农夫渔父等劳动人民的感情。他心胸更为旷达，视野更为开阔，他把他的智慧、才华以及无与伦比的人格力量发挥到了极致。

仕途不幸文章幸。苦难，往往是一个作家成熟的阶梯。他在逆境中能活得如此乐观，如此坦荡，如此从容，如此潇洒，千载之下，犹让我们这些后来者望尘莫及，追羡不已。

1990 年 10 月 6 日游并记

1996 年 5 月 19 日完稿

君山与洞庭湖

诗之湖，爱之岛，神仙的洞府，放逐者的精神家园。

——题记

一

湘江北去。车子出长沙，越过浏阳河，越过汨罗江，在阡陌平畴、丛林浅丘的尽头不时闪出明镜般的秋水，似有芦苇的清香、鱼虾的土腥味遥遥传来，大湖的气息便渐渐灌进了五脏六腑。

车子进入岳阳市区，踅进滨湖的一条古街，举目皆是青瓦、粉墙、黑柱，典型的楚文化色彩。又有"云梦""巴陵"之类字眼借着酒帘飘出浓浓的唐风宋韵，似在提醒人们：岳阳古称"巴陵郡"，八百里洞庭源自"云梦泽"。于是，"气蒸云梦泽，波撼岳阳城""滕子京谪守巴陵郡"等古诗文便悠悠然脱口而出。恍若时光倒流，恍若小汽车缩成竹篷马车，正嘀嘀嗒嗒、摇摇晃晃地走进幽深的历史。

但湖不会老，水不会老，鱼虾照样新鲜。虽还不是名贵的"巴陵全鱼席"，午餐桌上那爆、溜、炖、蒸、烩、汆的各色鱼鲜，并不比老家闽菜的海味逊色。尤其那柔若无骨、通体透明的银鱼，入口即化；那壮硕的雄鱼头，蒸腾着浓烈的酒香，下肚之后全身气力陡增，仿佛腋下翩翩然张开双翼，当年吕洞宾"三入岳阳人不识"，不也是如此"朗吟飞过洞庭湖"吗！

酒足"鱼"饱之后，本该步杜甫老人的后尘——"昔闻洞庭水，今上岳阳楼"，但精明的湖南文友却拉我们先下码头，赶搭午后第一班船往君山，说是从湖上仰观岳阳楼，为最佳视角。

于是，我们匆匆忙忙踏上了一艘白色的双层游轮，汽笛一声长鸣，它就像一条白鲸滑进了洞庭湖。

二

乍见那游轮取名"屈原"号，我的心猛地一沉。忽觉得满湖波光都浮沉着一个不屈的灵魂。时令正是深秋，甲板上风大，"袅袅兮秋风，洞庭波兮木叶下"，仿佛峨冠博带的三闾大夫正从汨罗江踏波而来，吟唱这千古苍凉的诗句。

凭栏回望，逆光中的岳阳楼卓立于湖岸的高阜之上，金盔紫袍，酷似一位古代的大将军，既有决胜千里的英雄气概，又有胸藏万卷的儒雅风度。它使我想起前些年在延安清凉山范公祠所见到的范仲淹塑像。令人惊叹的是，这位北宋时期杰出的政治家、军事家、文学家，平生并未到过岳阳，却能借洞庭之水浇胸中块垒，挥写出旷古名篇《岳阳楼记》，"先天下之忧而忧，后天下之乐而乐"，赋予这一方水土以普天下的浩然正气。

洞庭湖不能没有岳阳楼，岳阳楼更不能没有这《岳阳楼记》。它是湖的精灵，楼的英魂。面对这理想人格的化身，千载之后，我仍不能不敛神静息，肃立致敬，直到它渐渐从视野中消失……

洞庭湖是诗的湖。但所有的诗篇里，都流贯着深沉的忧患意识。从屈原到杜甫，到范仲淹，从"身无分文，心忧天下"，绕湖步行进行农村调查的青年毛泽东，到刘少奇、彭德怀、胡耀邦，不论是封建时代的"迁客骚人"，还是出生在洞庭湖畔的无产阶级革命家，他们都以岳阳楼为笔，以洞庭湖为纸，书写出一个大大的"忧"字。为天下忧，先天下忧；忧国，忧民；进亦忧，退亦忧。正是这种难能可贵的忧患意识，深深地注入中华民族的血脉，哺育出一代代仁人志士，成为我们今天振兴华夏的一种精神动力。

突然，有几只尖嘴长喙的水鸟从船首掠起，冲上寥廓明净的长空。其"声动九皋"的鸣叫声，令人热血为之沸腾。

三

水天一色，四顾茫茫。八百里洞庭，横无际涯。我们仿佛在大海中航行。船首时而高昂，时而俯冲，令人感觉脚下有巨大的涌流起伏，但水面上却很难看到飞溅的浪花，可见浩渺的湖水是何等深沉、壮阔、博大！

湖面上空荡荡的，只有天际的几点帆影，远处的一些芦苇荡，像几笔淡墨在宣纸上洇晕开来，更显得秋水长空浩浩荡荡。如此胸襟，如此气魄，引一湖洪波冲洗心中的积垢、尘世的琐屑，怎不令人心旷神怡，宠辱皆忘！

君山出现了。远远望去，如同一抹淡淡的秀眉。渐行渐近，那秀眉似乎浓重起来，神采飞扬地耸起了一簇眉峰。

传说远古时代，洞庭湖只是汪洋一片。湖中没有岛，也没有山。每当"阴风怒号，浊浪排空"之际，往来商旅便只能"樯倾楫摧"、舟覆人亡了。为了解除人间疾苦，水下72位螺丝仙姑，在风浪中忍痛脱壳，凝结成一个安全岛，这便是君山及其大小72峰的来历。此后，仙姑们常常在山洞的广庭中轻歌曼舞，人们便把此山命名为洞庭山，四周的大湖也因而称为洞庭湖。

那么，洞庭山又缘何改名为君山呢？答案想必还埋藏在岛上的绿荫深处。正思忖间，游轮鸣笛抛锚，我们舍舟登岸，步过长长的栈道，拾级而上，迎面却是一座山门，额书"白银盘里"四字，显然取自唐代诗人刘禹锡的诗意："遥望洞庭山水翠，白银盘里一青螺。"此诗把泽国巨浸的大境界化为小盆景，举重若轻，却也玲珑可爱，其中又一语双关地道出对 72 螺仙的惊羡之情，令人叹服。

上岸时，发现岸边的石壁，层层叠叠的皱褶像千层糕一般，却又往同一个方向倾斜，起伏有序。查看手中的旅游地图，称"仙人洗脚处"。坚韧如仙人之足，在千万年水击浪咬之下，尚且如此伤痕累累，可见貌似柔弱的湖水蕴藏有多么威猛的力量！大自然在这里，又一次向人类启示了以柔克刚的哲理。

四

君山给我的印象，是绿岛小夜曲，是老祖宗们谈情说爱的后花园。这里，美丽的爱情故事，摇曳在每一片竹叶之上，深沉如通往湖底的井水，曲折如浓荫间的小径，比毛尖茶还清香，比龟蛇酒还醉人，却又令人怅然若失，如浩浩烟波。

在所有爱情故事中，最著名的，莫过于湘妃竹和柳毅传书了，但二者一悲一喜，结局全然不同。柳毅传书的故事有柳毅井为证。井在君山的最低洼处。井水清冽甘甜，深不见底。井里有整块巨石凿成的古铜钱，将水分层隔开。据说湖水上涨时，井水反而下降；湖水下落，井水却又上升，可见井与湖一脉相承，息息相通。当年，那位琴心剑胆的侠义书生，为救被遗弃在"泾渭之野"牧羊的龙女，不辞艰险，千里传书，正是来这里向龙女的父亲洞庭龙君报信的。后来，龙女回到龙宫，他就成为乘龙快婿了。人民大众喜欢这种善有善报的传说，便在井后建起了传书亭。这亭，是连体的双亭，在绿荫中如同一只展翅欲飞的红蝴蝶。

跟以大团圆结局的柳毅传书相比，湘妃竹的故事可就凄美多了。传说 4000 多年前，舜帝南巡，他的两位爱妃——娥皇、女英，随后启程。不料，她俩的船只被大风所阻，不得不暂避于洞庭山。忽然，噩耗传来：舜帝已驾崩于湘南的"苍梧之野"。二妃悲痛欲绝，攀竹恸哭，点点滴滴的眼泪洒在竹上，遂成斑竹。不久，她俩忧郁成疾，死于洞庭山，葬于山之东麓。因二妃又称君妃、湘君，洞庭山也因而改名为君山。

如今，"虞帝二妃之墓"便深藏在斑竹林中。千万枝有情、有义、有节的竹竿上，果然洒满斑斑点点暗褐色的泪痕。听说，这种斑竹唯君山独有，若移栽别处，定难存活。秋风吹动萧萧竹叶，似有幽幽的呜咽声从远古遥遥传来。充满阳刚之气的洞庭湖，注入这一缕美丽的忧伤，这一脉凄美的柔情，更增添其动人魂魄的魅力。

五

阳光是位奇妙的魔术师。

当我们离开君山返回岳阳时，夕晖中的洞庭湖完全换了一种色调。它不再是纤尘不染、素洁无瑕的宣纸，而是一匹橘红色的锦缎，铺天盖地。正是渔歌唱晚的时辰，一片片帆影从天际归来，粼粼的波光如千万条金蛇攒动。一行行水鸟掠上高空，让黑色的翅膀在夕阳的熔炉中冶炼。整个湖面温暖起来，丰富起来，灵动起来。岳阳楼在向我们遥遥招手，它披着满身紫气，像一束永不熄灭的火炬，一面永不褪色的旗帜……

1993 年 10 月 14 日游并记

1994 年 3 月 27 日完稿

岳麓山寻踪

时令正是深秋。想象中的岳麓山定然是枫叶如丹、酡然似醉的景象，那经霜的红叶定然像燃烧的火苗，在秋风中成燎原之势，一如毛泽东年轻时的雄词壮句："看万山红遍，层林尽染……"

可惜，我们来迟了一步。一进山门，便发现最后一批红叶已随秋风飘落在地，化为园林工人手下的一团余火，一缕青烟。青烟袅袅升空，怅然如同我的心绪。好在举目前瞻，满山满谷依然都是百岁以上树龄的枫香树，躯干轩昂，腰身壮硕，树冠上全是不凋的碧叶，虽然失去了红的热烈，却增添了绿的深沉。

245

我跟随许怀中教授在山道上盘旋。我们的步履显得有点急切。我们从闽江赶到湘江，又赶在一个会议之前来登岳麓山，心中，自有一种别样的情怀。

岳麓山，见到你之前，我们都已知道：岳者，南岳衡山也；麓者，足也。作为南岳衡山72峰中最北的一峰，你像巨人之足，长长地伸进广袤丰饶的洞庭湖平原。在你的怀抱里，曾孕育出一大批中华民族最优秀的儿女，他们的名字，如同夏夜的繁星一般璀璨：毛泽东、蔡和森、何叔衡、杨开慧、蔡畅……可惜，我们来得太迟了，再也看不到他们当年"恰同学少年，风华正茂"的神采，再也听不见他们当年"指点江山，激扬文字，粪土当年万户侯"的朗朗笑声了。

绕过红叶轩，眼前一亮，一条山涧从峡谷中潺潺而来。峡谷深处的山坡上，万绿丛中挤出了一点殷红，定睛凝睇，却是一座亭子：重檐四披的攒顶宝盖，如鸟翼舒展；四根木柱和四根石柱，红白相间；亭楣间高悬的红底鎏金匾额，更是流光溢彩，烨然耀眼。

这，自然便是名扬海内外的"爱晚亭"了。记得去年春天访问日本九州时，鹿儿岛市市长赤崎义则先生曾自豪地对我说：贵国长沙有座"爱晚亭"，取的是唐朝诗人杜牧的诗境："停车坐爱枫林晚，霜叶红于二月花。"我们鹿儿岛市也仿造了一座亭子，名"共月亭"，取的是宋代诗人苏东坡的词意："但愿人长久，千里共婵娟。"看来，这"爱晚亭"已名扬海外，成为中日两国人民友谊的使者了。

山路顺着涧流，逶迤前行。渐行渐近，却发现"爱晚亭"四周黑压压围了一大群人，但都屏神静息，鸦雀无声。耳畔，只有潺潺的涧水声和哗哗的林涛声，更反衬出这本应喧闹的寂静。我们快步上山，悄悄挤进人群，只见摄像机前，正重温历史上扣人心弦的一幕：三位中学生模样的年轻人，围坐在亭子中央的石圆桌旁。桌上，摆着《湘江评论》和一沓稿纸。只听导演一声令下："蔡和森，站起来走动！"

一位身穿咖啡色长衫的男青年徐徐站了起来，绕桌踱了几步，背倚亭柱，遥对枫林陷入沉思。坐在桌边长条石凳上的另一对年轻人，正在倾心交谈。那位男青年，身穿蓝色长衫，身材高大却显得有点清瘦，他目光四射，侃侃而谈，话语如同湘江水滔滔不绝。我忽然发现他的下颌部有颗熟悉的黑痣，心中怦然一动：他，不就是我们今天所要寻访的青年毛泽东吗！

那么，他身边的那位女伴，无疑便是杨开慧了。只见她剪着齐耳短发，身着青衫黑裙，微微抬起明净如皎月般的脸庞，侧耳静听毛泽东的议论，纯洁而又聪颖的目光中漾出笑意，那是一种难以用言辞表达的真诚的理解、信赖、仰慕和发自心底的柔情蜜意……

来得早不如来得巧。趁摄制组暂时停机，化妆师为演员整妆时，我了解到，这是中央电视台、河北电影制片厂正在联合摄制的电视剧

《青年毛泽东》。不是凭想象，不是凭业已发黄的照片，而是依靠我们自己的双眼，真切地看到了70多年前发生在"爱晚亭"里的这一幕珍贵的历史场景，我们此行，真是太幸运了。

当年，剧中人只不过20岁上下，都还是青年学生。他们不去巴结权贵寻求仕途发达，不去"下海"经商图谋家财万贯，也不去茶楼酒馆舞榭歌厅挥霍青春年华。他们"身无半文，心忧天下"。他们聚首于此山此亭，探求真理以拯救中华，编印报刊以唤醒民众，组织地下活动以实践革命宗旨，把智慧、热血、青春乃至生命全都奉献给伟大的事业。他们的身上充溢着朝气、锐气，连这岳麓山，这"爱晚亭"，也都充盈着一种浩然正大之气。

就在这峥嵘的岁月中，毛泽东、杨开慧共同栽培出一簇绚丽的爱情之花。无产阶级革命领袖不是苦行僧，不是禁欲主义者。他也是人，也有七情六欲，再博大的胸怀也需要爱情之泉的浇灌和滋润。对于这第一次，也是一生中最成功、最圆满的一次爱情生活，毛泽东在1957年，也就是他64岁的时候，挥泪写下了他一生中唯一一首有关爱情的辞章：《蝶恋花·答李淑一》。这首脍炙人口的词开句为"我失骄杨"，一个"骄"字，笔力千钧，凝聚了万语千言。

今天，我们从这位扮演杨开慧的女演员身上，依稀看到当年"骄杨"的风采。有幸的是，她还欣然应允和我们合影留念。帮我们拍照的，又恰是青年毛泽东的扮演者。许怀中教授和我一再向他俩表示感谢，但事后才想起，我们居然都忘了向他俩索要名片，以致照片冲洗出来后，却无法寄给他们。

下山途中，我们又去拜望了岳麓书院。这座名列宋代中国四大书院之首的千年学府，一向是"惟楚有材"的摇篮。少年毛泽东就曾三次寓居于院内的"半学斋"。从斋内展出的珍贵史料可以看出，当年的他，为锻炼身体、磨砺意志，不但自己砍柴、挑水、烧饭，还常到湘江游泳，并利用风雨交加之夜，到岳麓山上进行"风浴""雨浴"，甚至夜宿"爱晚亭"通宵达旦……那年暑假，他也正是从这里出发，绕洞庭湖步行，去岳阳、平江、浏阳等地农村进行社会调查。

清贫和艰苦是人才成长的阶梯。想想今日，和他当年同龄的年轻学生，当暑假来临时，有多少人能像他这样，自愿到农村中去，到农民中去进行艰苦细致的社会调查呢？中国，是个拥有九亿农民的国家，不了解农村、农民和农业，还能算是中国的知识分子吗？

我想，我们来得并不迟。时间长河无始无终。对于前人来说，我们是后来者；对于后人来说，我们又是早行人。时代赋予不同年龄的人不同的历史使命，但完成使命的原动力却是一脉相承的，这就是理想、志向、人格和坚韧不拔的意志。

"独立寒秋，湘江北去，橘子洲头……"我们默诵着这永不衰老的词章，从岳麓山下来到湘江，来到江中央的橘子洲头。洲上的橘子林正是硕果累累的季节。寥廓的秋空下，壮阔的江面上，再也看不见毛泽东当年中流击水的雄姿，但湘江依然承载着争流的百舸，日夜不息地向北流去。

隔江回望岳麓山，黛青色的山影已融进一片紫红色的斜晖之中。

1993 年 10 月 14 日游并记

10 月 31 日完稿

南 岳 如 飞

不知湖南人是因为爱吃辣椒才有了火辣辣的性格，还是因为先有了这种性格，才养成对辣椒"不可一日无此君"的特殊嗜好？总之，每次到长沙，主人总要拉我到一个名叫"火宫殿"的小吃城去，在红梯、红栏、红柱、红梁红通通的酒楼里，在湘西名酒"酒鬼酒"的醇香里，品尝那搅满辣椒油的红烧肉、红烧蹄髈、臭豆腐、龙脂猪血之类，既分享他们引为自豪的三湘美味，又充分感受其热情、豪爽与好客。

"火宫殿"的历史大约已有 200 年了吧？顾名思义，它是祭拜火神的地方，殿里香火至今还很旺盛。火神名叫祝融，传说他是黄帝身边一位很有才干的大臣，因能"以火施化"，被黄帝命为"火正"官，主管火务，兼管南方事务。他在主事期间，曾以衡山为栖息之所，死后葬于山的最高峰，峰以他的名字命名，从此便有了祝融峰。

看来，一方水土养一方人，湖南人之所以红红火火、劲直勇悍、好胜尚气，出了许多以天下为己任的英雄豪杰，这与湖湘文化传统中的火崇拜不无关系吧？

我是在久雨初歇的一个夏日里攀登衡山的。在中华五岳中，衡山位居南岳，气候最为温润，水源最为丰沛，植被自然也最为茂盛，故有"五岳独秀"之美称。果然，一路上无峰不树，无树不青，忠烈祠的翠柏、玄都观的苍松、紫竹庵粉墙外的修篁，以及邺侯书院里爬满

249

石碑、石阶的藤萝与苔藓，全都在叶梢处噙着一颗水珠，像繁星一般闪闪烁烁。穿行在林间的幽径里，简直就像在银河中游泳。

好不容易从林海碧涛中探出头来，却发现已置身于南天门的石牌坊之下。这里，一岭横架，既是南岳前山后山的分水岭，又是通往绝顶峰祝融峰的唯一通途。刚看清石牌坊的横楣上刻有"行云""施雨"字样，便见雾波云浪从后山深壑中滚滚腾起，且翻越横岭山脊直泻前山，看上去宛如银河飞瀑，蔚为奇观。举目眺望祝融峰，峰尖早已插入云端，唯有长长的山体斜斜地拖了下来，仿佛一只大鸟，把尖喙伸进云天，却把一边翅膀垂了下来。近在咫尺的祝融峰，半隐在缥缈之乡难窥全貌，不能不令人感叹："行尽千山与万山，衡山更在碧云间！"此后，在向绝顶峰冲刺的征程中，我一直有一种奇妙的感觉，那是一种被驮在鸟翼上向天空升腾和飞翔的感觉。一路上，慢慢回味古人咏衡山的名句，还是清人魏源的《衡岳吟》写得最为传神：

　　恒山如行，岱山如坐。华山如立，嵩山如卧。惟有南岳独如飞，朱鸟展翅垂云大。四旁各展百十里，环侍主峰如辅佐。

同行的湖南朋友还告诉我：南岳 72 峰中，祝融峰如同高高昂起的鸟头；吐雾峰诸峰是鸟冠上的羽毛；贴在前面的芙蓉峰等 16 峰，恰似壮实的鸟身；拖在后面的青岭等 13 峰，活像翘起的鸟尾；而南边从石廪峰到回雁峰共 20 峰，北边从紫盖峰至岳麓山共 22 峰，便是这只镇守南方的朱雀大鸟所展开的巨大的双翼了。要是天晴，运气好，站在祝融峰顶，举目四望，东边的湘江九曲，南边的五岭逶迤，甚至，连西边的皑皑雪山，北边的浩浩洞庭，也都能望见呢！

可惜，我没有这份好运气，祝融峰拥抱我的，依然是白茫茫的雾波云浪，只见峰巅高高耸起一方裸露的巨岩，岩上又托举起一座石墙铁瓦的巍巍宫殿来。天风在檐顶呼啸，浮云在阶下徘徊，不用说，那便是冠盖南岳、威镇南天的祝融殿了。该殿始建于唐，复建于明，重建于清，尽管年代久远，石柱、石梁、石墙、石檩全被香火薰得发黑，但老而弥坚，依然昂首挺胸，轩轩然接受来自四面八方的朝拜。绕到殿后环廊，凭栏俯瞰，但见云涛雾海浩浩荡荡，71峰皆匍匐在下，载浮载沉，若隐若现，如孤岛，如船帆，如大鱼巨鳌在扬波击浪。偶见一线阳光从云隙中筛落，左下方山坡梯田里那几丘熟透的早稻，顿时金光四射，一片辉煌。

祝融殿两侧，奇石嵯峨，摩崖题刻甚多。印象最深的，是刻在那有如鸟喙尖尖伸出部位的"云起峰流""青云满袖"两句，前者以动写静，后者化大为小，都把这绝顶峰的绝妙处写活了。

古人选在如此危乎高哉的风景奇绝处祭拜"火神"，说明火与人类的关系实在太密切了。也许是火山爆发后的冲天烈焰，也许是雷殛古木后的熊熊烈火，人类的祖先从自然火中得到天启，逐渐发明了钻木取火、击石取火、阳燧取火，从此才告别了茹毛饮血的蛮荒历史。火，光明的使者，文明的象征。火药的发明，更是炎黄子孙对人类文明的一大贡献。只是后来，西方列强却利用这一成果来侵略中国，来火烧圆明园，这才使国人如梦方醒，明白了"落后就要挨打"的道理。那位写过"南岳独如飞"的魏源，就曾高声疾呼要"师夷之长技以制夷"，而他心目中的西方三项长技，其第二项便是"火器"。如今，中国的火箭、卫星频频升空，作为"火神"的祝融，当为此而欣然微笑吧！

南岳之所以翩然欲飞，是借助72峰所集聚的地势；卫星之所以升空，是依靠火箭的推力；而一个国家、一个民族的腾飞，所凭借的，恐怕就不是对某方神明的崇拜，而是科学与民主的无穷威力了。

2002年5月24日游并记

10月4日完稿

梦醒桃花源

说来有点荒唐，我们这群生活在 20 世纪末的文人，在小聚长沙，苦苦探寻"纯文学"如何在商品大潮中挣脱困境之后，竟异想天开，要集体到湘西武陵去寻找一个旧梦，一个在 4 世纪诗人笔下子虚乌有的"世外桃源"。

明知不存在，却宁愿信其有，这大概是自古以来文人们的可爱、可贵之处，也是可悲、可叹之处吧！

车子西出长沙，越过湘江，越过资水，越过沅水，途经宁乡、益阳、常德。尽管楚天寥廓、湘水苍茫，洞庭湖平原的秋色赏心悦目，但心情却逐渐沉重起来。因为这些地名与一长串人名连在一起：刘少奇、周扬、周立波、丁玲、周谷城、翦伯赞……这些堪称 20 世纪中华民族精英的政治家、文学家、哲学家、历史学家，尽管他们的家乡邻近世外桃源，却无法挣脱尘世所赋予的悲剧命运。这是历史的不幸，好在这不幸也已成为历史。

终于进入古属武陵的桃源县境。沅江在车窗外时隐时现，平畴上的晚稻一片金黄，小丘上的油桐花白似雪。遗憾的是时令不对，车子进入"十里桃花大道"时，夹道尽是绿叶葱茏的桃树，却不见一朵艳若胭脂的桃花。那桃树，显得年轻、活泼，富有生机，看来也是近年新栽的。这时，天空中飘下灰蒙蒙的细雨。原以为雨中会出现陶渊明笔下"黄发垂髫""往来种作"的古人，如披着蓑衣、斜扛木犁的农

252

夫，或骑着水牛、横吹笛子的牧童等，但从雨帘中冲出来的，却是一辆雅马哈摩托车，车上一对摩登青年，男的威风凛凛戴着头盔，女的却任凭一头秀发在微雨中飘成一面黑色的旗帜。好不容易又迎来一位步履蹒跚的老汉，但那上半身却藏入一柄撑开的布雨伞，伞面上赫然四字："三九胃泰"。

此时，路两边闪出各类商店及各色招牌，仓促间只看清一块，上书："专售美国王鸽"。看来，这里不但生意兴隆，且商品流通已带国际化色彩。迎面又出现了一幢幢宾馆、酒家，或仿古仿得古色古香，或崇洋崇得洋里洋气，朱栏碧瓦、画栋雕甍与大理石、茶色玻璃、铝合金门窗交相辉映。其中有两家毗邻的饭店名字取得惊人，一为"黄金湾宾馆"，一为"桃运酒家"，黄金万两加上美女如云，命名者以此招徕旅客，颇能迎合时尚。只是这类名字若出现在沿海通都大邑，倒也司空见惯，偏偏却挤进这本是"阡陌交通，鸡犬相闻"的田园风光，便不能不引起车上人一番议论。议论到最后，有人叹道："说稀奇也不稀奇，君不见那些地摊上的书刊，不也是枕头加拳头，大款配明星吗！"于是，众皆哑然。

车子钻过一座额书"桃花源"的木牌坊，在"五柳湖"畔停了下来。徒步往南，又是一座石牌坊，门柱上刻着一副楹联："红树青山，斜阳古道；桃花流水，福地洞天。"于是，大家全都美滋滋成了仙境中人。尽管雨雾吞没了阳光，桃花也早已凋谢，但这里的山名"桃花山"，照样是秦朝的山；水名"桃花溪"，照样是晋代的水。溪上又有"穷林桥"，其名字又显然取《桃花源记》中"欲穷其林"之意。站在桥上凭栏俯视，那桃花溪东西二涧在此合流，想象春暖花开季节，岸上赤霞腾飞，水中红云飘浮，一路潺潺流入沅江，自是一番气象。

可惜雨丝依然绵绵不绝。大家都躲到溪边小店的屋檐下选购雨伞。这里的雨伞是手工制作的竹柄纸伞，虽然做工毛糙，绘图粗放，但自有一种古拙的韵味，若放在满街尼龙折叠洋伞之中，反倒一枝独秀，招人喜爱，因此，小店大开利市。又有一些人撑伞寻找解手的地方，那地方属有偿服务项目，收费处亦开一爿小店，我便在那里顺手买了一盒乌木筷子。那筷子不上漆，呈现出木质的本色，深沉而凝重。我忽然想起，我全家人将用这"世外桃源"的筷子去遍尝世俗的人间百味，不禁暗暗发笑。

穿过菊圃、碑廊，绕过方竹亭，沿桃花溪循路而上，又有一桥，为"遇仙桥"。我们自然无缘遇见神仙，却看见有人在桥亭里摆开八仙桌卖擂茶。那压桌的小碟里摆着花生、藕片、炒米、豌豆及油炸锅巴等茶点，在嘟嘟冒气的水壶边，五光十色，吊人胃口。可惜我们已自带矿泉水，交臂失却这品尝湘西擂茶的大好机会。

溪随山旋，路傍溪转。头顶上绿竹复荫，崖壁上葛萝低垂。环境清幽，渐入佳境。钻过"水源洞"，眼前是一条峡谷，却意外遇见一位头戴方巾、身穿布衣的"古人"。近看，却是一位算命先生。

于是，便有同行中的几位女伴被吸引住。有人交 2 元钱求了枚"上上签"，那"古人"便要她买 20 元钱的鞭炮以示庆贺。幽寂的峡谷间顿时紫烟弥漫，热闹非凡。一路上，大家都向她恭喜。不料另有一拨游人告知：这里的签全是"上上签"，求签者人人都得买鞭炮，说得那位女士顿时红颜失色。看来，那位会算命的"古人"确实生财有道。

山道旋了几转，直上"秦人村"村口的牌楼。那些曾经是"不知有汉，无论魏晋"的"秦人"们，正穿着西装、夹克、牛仔服在卖橘子、花生、猕猴桃。就连那古朴的牌楼上，也横挂一长串花花绿绿的小旗，一看，全是各类饮料的印刷品广告。

前面，便是著名的"秦人古洞"，洞口石奇松怪，古意苍然，相传为"渔郎"进入秦人村的通道。洞内果然是"山有小口，仿佛若有光""初极狭，才通人，复行数十步，豁然开朗"。但据史家考证，陶渊明生前并未到过这里。那么，是先有洞，后才有"陶记"？还是先有"陶记",后人才挖了个山洞或找了个类似的山洞加以附会？暂且不论，先钻洞再说。

置身幽奥昏冥之中，我忽发奇想，且把足下每一个石阶算一个朝代，于是，从清代开始，步步上溯，终于踩到了汉代，出洞那步，正好是"豁然开朗"的秦代。登"豁然台"，面前的风景该是"土地平旷，屋舍俨然，有良田、美池、桑竹之属"。但似乎打了点折扣，那稻田倒有，却只有两丘大，且插了个牌子，号称"千丘田"。水池子背后，又是山了，山青如屏，偶有一些竹楼从绿荫中露出一角，不知是秦人住宅、擂茶馆，还是傩坛？雨越下越大，大家都说："回去吧！"便一齐反身循原路下山，因为谁也不会天真地以为，若走进村去，便有好客的主人，"设酒杀鸡"，免费招待你一番。

请我们吃饭的，还是我们的同行——常德市文联的朋友。午餐地点在"桃花观"东侧的"秦人宅"宾馆。餐厅紧依岩壁，下临深谷，满窗都是雨打竹叶的沙沙声，淙淙的流水声。偶有几声鸟鸣，听起来也是湿漉漉的。我们就在这清音雅韵中喝米酒，吃麻辣火锅。大家边吃边议，似乎对今日的游程颇多遗憾，大约这"世外桃源"与想象中的大有距离吧！

不过，听主人介绍，这桃花源虽古已有之，但作为旅游区开发，还是近两年的事。当地农民，过去人均收入不足 200 元，如今，开商店，卖小吃，给建筑工地打工，进宾馆当服务员，家家都殷实了起来。去岁，人均收入已达 1700 元。有段顺口溜为："拆了旧房盖新房，修了游路骑'凤凰'，家家屋场做商场，天天接待官和商。"

可惜我们既不是官，也不是商，我们只是一群好"发思古之幽情"的文人。但今日所见所闻，却也使我们醒了一场梦。原来，世上本无桃花源，陶渊明笔下的精神家园，在封建时代只是个无法实现的乌托邦；在今日，那种封锁闭塞、自给自足的小农经济也已被历史所淘汰。我们虽失去古代的桃花源，却得到了现代的、在改革开放中走向世界的桃花源。我们应该为桃花源的父老乡亲，包括那些"秦人"的后代们感到高兴，因为他们终于掌握了自己的命运，成为商品大潮中的弄潮儿。

下山途中，我们又去"集贤祠"瞻仰陶渊明塑像。尽管他那色彩缤纷的理想已"无可奈何花落去"，但那种"不为五斗米折腰"的精神、操守和人格，对于今天的文人们来说，却更显得弥足珍贵。

1993 年 10 月 17 日游并记

12 月 3 日完稿

武陵源写意

中国湘西武陵源，含张家界、天子山、索溪峪、杨家寨四大
景区，有"峰三千，水八百"之称。

——题记

三千座山峰——

剑出鞘，锷指苍天；戟林立，搅乱流云。夕阳血染金鞭，激流擂
响战鼓。旌旗在雾霭中漫卷，战马在悬崖上悲鸣。大将军的斗篷在朔
风中扬起，如山鹰展翅；三千壮士高低错落，纵横有序，如兵阵布
列。他们以奇松怪树为冲冠怒发，借百丈飞瀑作仰天长啸。千军万马
自天际线滚滚而来，以摧枯拉朽之势，视死如归之态，跳落高崖，冲
出石门，席卷山谷，呐喊、怒吼、进击、奔袭、厮杀、搏斗……突然
间，山崩地裂一声巨响，这一切全都在瞬间定格。冷却，凝固，石化
成三千座山峰，三千座拔地而起，棱角分明，锋芒毕露的奇峰，三千
个刚正不阿，临危不惧，宁死不屈的灵魂……

八百条流水——

或高挂为喧闹的泉瀑，或幽陷为静默的深潭；或奔流为湍急的溪
涧，或漫溢成丰盈的湖泊。她们是慈爱的母亲，以宽大的臂膀拥抱着
三千峰林，以源源不绝的乳汁哺育着三千个血性男儿；她们是温柔的

妻子，以千回百转的缠绕，以千言万语的倾诉，给征战中的夫婿送去最温馨的体贴和抚慰；她们是天真烂漫、活泼可爱的小女儿，在父兄们的膝下尽情地娇闹嬉戏，让金戈铁马、刀光剑影的古战场，也充满鸟语，充满花香，充满纯真和快乐，充满对和平的期待与憧憬……

"峰三千"，是武陵源的魂魄。

粗野、狂放、桀骜不驯，凝聚着男子汉大丈夫顶天立地的阳刚之气。

"水八百"，是武陵源的精灵。

纯净、温柔、脉脉含情，把女性的阴柔之美发挥到了极致。

感谢亿万年前那一场场造山运动，那一场场山奔海立、地覆天翻、烈烈轰轰的造山运动，那一种大胸怀、大气魄、大手笔，为湘西写就了如此一篇天高地阔、山重水复、刚柔相济、阴阳互补的大块文章！

当然，也要感谢那位名叫吴冠中的大画家和那位名叫陈复礼的摄影家，30 多年前，是他们，凭借着对大自然的敬畏和对艺术的忠贞，这才揭开武陵源的神秘面纱，把"养在深闺人未识"的人间奇景公之于世。

从此，在世界自然遗产的名单上，又多了一个不可或缺的名字：武陵源。

1993 年 10 月 18 日至 20 日游并记

1994 年 4 月 20 日完稿

258

越秀山与五羊城

每次到广州，不管行程何其匆匆，风尘何其仆仆，我总要抽空到越秀山走一走，仿佛山顶上有几位老朋友，不向他们报个到，请个安，便白来一趟似的。

说来有点好笑，那几位朋友——准确地说，是五位，一位是母亲，四位是孩子。他们不是人，是羊；不是活羊，是用花岗岩雕成的羊，但比活羊大了许多倍，就那样静静地站在山头上等候着我前往礼拜。

请注意：那母羊的嘴里还衔着几束沉甸甸的谷穗呢！

别以为它们只是普通的羊，在中国人心目中，羊是吉祥如意的象征。而在广州人的心目中，口衔谷穗的五羊既是开创广州城的始祖，又是广州城兴旺发达的标志。要不，这座岭南大都会为何至今要以"羊城"和"穗城"作为自己的别称呢！

我第一次知道广州的别称，还是在中学读书的时候，因为校图书馆订有一份来自广州的《羊城晚报》。跟当年每天都板着面孔的其他报纸不同，这《羊城晚报》显得活泼、亲切多了，它每天都冠以套红的报头，都推出纯文学副刊《花地》和综合性副刊《晚会》，上面的文章，取材不拘一格，几乎篇篇可读。就连最严肃的第一版，也有《五层楼下》专栏，专就市民们所关心的社会问题，刊登几则或表扬或批评，虽然简短却直言不讳的小文章。在"阶级斗争"风起云涌的

259

岁月里，在求知欲极强而精神食粮又极为匮乏的少年时代，这份文化氛围相对宽松的晚报，带着南国花城缤纷的色彩和温润的海风，在我面前展开一个陌生而又诱人的新天地。

正因为心向往之，从高中三年级开始，我便以初生牛犊不怕虎的勇气向该报投稿，没想到远在广州的不知名的编辑老师们，并不拒绝我这位福建乡村中学生的习作，诗歌、小说居然接二连三变成了铅字。1963年，读大学三年级时，我的短篇小说《山村清夜》还意外荣获该报年度小说散文奖。当奖金寄达时，校园里引起了一场轰动。尽管我也为此付出了代价——大学毕业时，不得不一再检讨"资产阶级成名成家思想"。

我永远忘不了第一次登越秀山拜谒五羊岩雕时的情景。那是1967年春天，我挤进红卫兵列车从北京到了广州。跟千军万马山呼海啸的首都相比，这远在南国的花城只是"风乍起，吹皱一池春水"。那天，南秀湖里，还有一对对情侣在荡桨划舟；听雨轩中，来自东南亚的热带兰花正争奇斗艳；足球场内，广东队与科威特队龙争虎斗，激战正酣，这是我平生所看到的第一场足球赛。

好不容易登上越秀山的山顶，见到了心仪已久的"五层楼"，才知道这幢红石砌建的明代古建筑本名"镇海楼"，楼名寓雄镇海疆之意，现已改设为广州博物馆。只是受"文革"风暴的波及，馆门业已紧闭。但仍有不少游客在楼前的古炮台及断碑残碣间悠然散步，摄影留念。

告别五层楼后，我又寻路攀登越秀山另一座山峰木壳冈，终于见到冈顶的五羊岩雕。我绕着岩雕，走了一圈又一圈。我发现那居中站立的母羊是那样慈祥，那样温柔，它嘴中的谷穗在阳光下闪出了金黄色的光芒，四只小羊以不同的姿势环绕着它，依偎着它。最逗人喜欢的是那只最小的小羊，它仿佛刚出生不久，正恋恋不舍地吮吸着母羊那硕大的乳房呢！

母爱，亲情，和平，宁静……

我的眼睛渐渐湿润起来。

面对这天上人间至真至善至美的图景，我的心弦猛烈地震颤起来。

我细读岩雕前的碑文，方知广州城古称"楚庭"。传说周夷王时，有五位仙人，骑着口衔谷穗的五只神羊降临此地。仙人们把谷穗赠给州人，并祝州人永无饥荒。言毕，仙人隐去，羊化为石。原来，五羊石像就是根据这一传说创作出来的岩雕艺术品。当时，全国各大城市一片"红海洋"，唯有广州城能有这样一座富有人情味的城雕，它使人暗暗想起哥本哈根美丽的"美人鱼"，想起布鲁塞尔那尊人见人爱的"撒尿的小男孩"……

此后，时移世易，广州和全国一样，发生了天翻地覆的变化。不变的，唯有这越秀山上的五羊岩雕，在阳光、月光和星光下诉说不尽母爱、亲情、和平、宁静以及有关劳动、创造和收获的永恒话题。

1997年夏天，我出访马来西亚，回国后又一次途经广州，小住一夜。是夜，强台风登陆，风雨交加，我困守宾馆，无法出门，只能在心灵深处与越秀山及五羊默默对话。翌日凌晨，也许是我的诚心感动了上苍，居然风停雨收，一派清明。同伴们还在熟睡，我独自一人悄悄起床，叫了辆出租车直奔越秀山。

也许是近年来我跑的地方多了，眼界开阔了，眼前的越秀山公园似乎比以前小了许多，满山的树木也比以前高大茂盛了许多。半山上又新增了"中国成语寓言雕塑园"，山道拐弯处，丛林掩映中，不时闪出弯弓待射的后羿、炼石补天的女娲、挖山不止的愚公、揠苗助长的农夫之类，以及相争的鹬蚌、斗嘴的乌鸦与狐狸等，或铜铸，或石刻，或木雕，林林总总，美不胜收。只是我怕误了返闽的飞机航班，不敢细加观赏，只能直奔木壳冈而去，终于气喘吁吁地拜倒在五羊岩雕的面前。

不料，又有新的发现：广州人在岩雕下方增添了一道屏风式的背景浮雕，以组画的形式再现了神话传说中的有关场景：五羊下凡、授民嘉穗、辛勤耕作、欢庆丰收等，使原有的主题得到进一步的强调和深化。

此时，一线初阳正好落在母羊的身上，它嘴里所衔的谷穗，一粒粒凸显出来，凝着朝露，映着曙光，显得更加丰盈，更加饱满。我一边揿动照相机的快门，一边在心中默默祝福，为五羊，也为美称"羊城"的祖国南大门。

1997 年 8 月 23 日四游并记

1998 年 1 月 11 日完稿

［本文原载《羊城晚报》2004 年 9 月 21 日，获该报与广州市委联合举办的"广州新貌"全国征文三等奖。］

鼎湖山森林浴

我轻轻拨动手中的地球仪，让它自西向东慢慢旋转。

我不能不遗憾地看到，在北回归线所贯穿之处，大都是茫茫的荒漠：非洲的撒哈拉大沙漠、阿拉伯半岛的鲁卜哈利沙漠、印度半岛的塔尔沙漠……

当我的视线进入中国东南部时，潺潺的流水声响起来了，绿苍苍的森林站起来了。记忆，如同一只翠绿色的小鸟，翩翩然飞落在我的稿笺之上。

那是鼎湖山，广东省肇庆市东北部的鼎湖山。高山峡谷全都布满季风性常绿阔叶雨林，总面积多达 17000 亩。联合国教科文组织在此设立生态观测站，中华人民共和国在此设立第一个自然保护区，只因为它是公认的"北回归线沙漠带上的一颗明珠"。

正是盛夏溽暑季节，整个广州城犹如一个烈焰腾腾的大火炉，而鼎湖山这里，却已是"天凉好个秋"。

季节的分界线就在山下。一条小溪，一座小桥。潺潺的溪水带着冷气灌进我的耳膜，浇透我的五脏六腑。那桥，名"寒翠桥"，一个"翠"字，再冠以一个"寒"字，运用修辞学上的通感手法，把对色彩的视觉转换为对气温的感觉，自是妙不可言。

可惜，满山的树木全都笼罩在白茫茫的浓雾之中，看不清，望不透。雾中的路，沿着雾中的溪，斜斜地上去。我们循路拾级而上，只见石阶上挤满了星星点点的青苔，夹径的蕨草不时在眼前伸出几茎带露的鲜碧。这雾中的路，便仿佛是用绿色的地毯铺上去的。

猛抬头，一只大象伸着长长的鼻子从雾中冲了下来。它是不是急着要赶到溪中汲水冲凉？定睛细瞧，大象定格不动，化为一块黑色的巨岩，上刻"瑞象"二字。于是，我悠然想起，此间古代还真是个大象出没的原始森林呢！

终于，一棵棵大树从雾中探出身来，像身穿绿色军装的仪仗队，夹道欢迎我们。潺潺的溪水声，淙淙的泉水声，便是它们齐奏的迎宾曲。

愈往上走，雾愈淡，而树影愈浓。宽大肥厚的树叶，闪着雾珠和水滴的树叶，团团簇簇包围了我们，层层叠叠护卫着我们，争先恐后地为我们送上各式各样的清香，或酽如茶，或醇如酒，或酸中微甜，或苦中带辣，但全都像冰淇淋一般凉透心肺。

半山亭出现了。亭联曰："客游图画里，僧语水云间。"我们不是僧，只是客，自然便成了画中人。

补山亭出现了。又有亭联曰："到此已无尘半点，上来更有碧千寻。"此联似含禅机，不能不驻足领悟一番。

此时，薄雾已悄然消散，视野开阔了许多。举目四顾，满山浓绿的树冠，像大海的波涛，一团团、一层层涌向天际。忽然，一只红冠雪羽的白鹇，从亭侧树梢掠起，那长长的尾羽，像闪电一般，使郁闭的山林为之一亮。我的心胸也随之豁然开朗，清澄明净起来。

绿云中有钟声隐隐传来。我知道，那是岭南名刹庆云寺在召唤。于是，再上400级台阶，进了山门。寺院里两株巨大的菩提树，像年高德劭的长者，早已在迎候我们。据说他俩来自锡兰（今斯里兰卡），树龄均在200年以上。细看其繁茂的树叶，每一片都纤尘不染，爽洁而鲜亮，难怪释迦牟尼要在这样的树下悟道成佛！

太阳出来了。站在寺前的观景台上，但见阳光为绿海披上金袍，满山紫雾蒸腾，光点、光斑闪闪烁烁，充满生机与朝气。据说全山共有 1800 多种树木，其中列入中国植物红皮书的便有 12 种。可惜我这凡夫俗子，有眼不识泰山，途中所见，根本分不清谁是桫椤，谁是钩樟。这些曾与恐龙为伍，躲过第四纪冰川，又躲过人类无数次劫难的孑遗树种，是如何幸存下来的呢？

答案，就在庆云寺身上。原来，此寺自明代始建之时，便立下寺规，由寺僧封山育林，严加巡护。正是他们数百年如一日的精心呵护，这才把满山完好的植被保存下来，留给了今天，留给了后人。

转到寺后，山更陡，林更幽。看不见水流，但水声却更响了。细听那水声，比山泉更激越，比山涧更奔放，比山溪更壮阔，像骤雨中滚动着雷鸣，撼人心魄。

循声而上，峰回路转处，眼前倏然一亮，原来是一条瀑布，从 30 多米高的山顶，飞落深潭，溅起的水花、水柱、水雾，湿透了四周的山石和树木，在阳光中抖动出七彩的虹霓。这，便是鼎湖山最负盛名的飞水潭了。

在如雷的瀑声中，登上高耸于潭边的"眠绿亭"，见亭上有章太炎先生的题匾"涤瑕荡垢"。凭栏下望，又见飞瀑落潭处的峭壁上，刻有"孙中山先生游泳处"等字样。20 世纪初，中华英杰在此风云际会的历史图景历历在目。

肇庆古称端州，所产端砚，居我国四大名砚之首，且与徽墨、湖笔、宣纸并称文房四宝。今日游山，果见庆云寺内及山径两侧，多有兜售端砚者。但我更感兴趣的是，肇庆人把一块巨大的端石，献给了一位日本和尚。他法名荣睿，留学中国，曾陪同鉴真和尚五次东渡日本，但每次均告失败。第五次东渡时，他们遇上飓风，飘流到海南岛后，拟经此北上，不料，荣睿却因积劳成疾而不幸病逝。如今，他的纪念碑就立在鼎湖山山腰，端石上刻有"行坚志笃""功施两邦"等碑文，成为中日友谊源远流长之见证。

荣睿圆寂之后，鉴真继续第六次东渡，终获成功。记得我出访日本时，还专程到九州坊津港，拜谒过"鉴真大和尚沧海遥来之地"。不过，那天在途中，我发现日本人十分爱护自己的森林资源，哪怕到了山崖海岬，幽深的古木，还随处可见。他们舍不得砍掉自己的一竹一木，却源源不断从中国进口木材，连竹筷子也不放过。为此，我心中愤愤不平，一路上都觉得难过。

但愿我们也能学得聪明一点，珍惜自己国土上的一草一木，就像这鼎湖山，把青山绿水留给子孙，把北回归线的风沙永远挡在国门之外。

当然，人类共有一个地球。我也希望北非的朋友，阿拉伯的朋友和印度的朋友，能把荒漠改造成绿洲，改造成无数个山清水秀的鼎湖山，让整条北回归线，成为一条美丽的绿腰带，柔柔地系在我们共同的地球母亲身上。

266

1982 年 6 月 20 日游并记

1996 年 7 月 13 日补写

独秀峰与七星岩

福州美称"榕城",满城亭亭如盖的绿荫是市民心中的骄傲。

无独有偶,广西桂林也有"榕城"的别称。其城内有湖,名榕湖。湖西有800岁古榕,树下有榕溪阁、榕荫亭,传为宋代诗人黄庭坚被贬入桂时停舟系缆处。漫步湖滨,见古榕长长的气根在闪闪的波光中摇曳,恍如回到福州西湖,一种亲切感油然而生。

我寓居福州黄巷小黄楼达18年之久。在清代,小黄楼的主人是梁章钜,他曾当过广西巡抚,在任内整饬吏治,严禁鸦片,政绩斐然。他又是诗人、散文家、书法家,在桂林留下许多题刻,如独秀峰上,便有"峨峨郭邑间"五个隶字,每字直径盈尺,浑厚端重,乍见之下,有如他乡遇故知,心中那种亲切感便更浓重了。

独秀峰原名紫金山,在桂林市中心"靖江王城"之北,今广西师大校园内,是桂林的一座主山。它平地拔起,孤峰卓立,四壁如削,挺秀奇丽。南朝诗人颜延之诗云:"未若独秀者,嵯峨郭邑开。"梁章钜所题刻的句子,便来源于此。据说从那以后,紫金山便易名为独秀峰了。

我是个见山必爬的人,到了桂林,自然要先登独秀峰。登山的石磴全嵌入岩隙壁缝间,一圈圈绕山螺旋而上,总共306级。山不高,但巨岩累叠,难望其顶。路逼仄,若偷眼下望,便有独立危崖、摇摇欲坠之感。幸路边多有历代摩崖题刻,边走边看,不能不感喟岁月的悠久，造化的神奇，人生的无常和艺术的永恒。

穿允升门，过小憩亭，上南天门。伫立山巅，环顾四野，一幅桂林山水的锦绣画图，便以几十里长卷的宏大规模，在我眼底下舒展、铺张、旋转开来。

有趣的是，桂林也和福州一样，江在城中，山在城中，山、水、城三者密不可分。但桂林的山，不是海边连绵起伏的花岗岩，而是一座座像独秀峰这样独立的石灰岩岩体，从江边，从湖畔，从街头，从巷尾，从楼群的中间，从绿荫的深处，孤零零、直挺挺站了起来，却又遥相呼应，形成了峰林的奇观。漓江自北往南穿城而下，却又静悄悄的，像明镜一般倒映着满江的山影。整座桂林城，仿佛大玻璃盘上托着一大块生日蛋糕，上面插着几十根高高、细细的蜡烛，正等待着四面八方的贺客呢！

细看那远远近近的山峰，色彩浓浓淡淡，各不相同。近处，或绿得发蓝，或蓝得透灰，或灰得发黑。由近及远，那黑灰色又依次分为深灰、浅灰、淡灰，到了极远处的天边，淡灰色中还透出一点点青，几乎与天幕溶为一色。阳光的明灭，云彩的流动，雾霭的聚散，江水的流转，使整座城、整条江，都浮动着一层透明的岚光，像梦幻一般扑朔迷离。

如此山水，自然宜诗宜画。诗中的最佳句，大概是韩愈的"江作青罗带，山如碧玉簪"吧？他把桂林山水比拟为一位秀美素洁的女子，这种艺术感觉，历久而弥新。桂林的山石，以其千姿百态，丰富了中国山水画的技法，难怪齐白石大师要感叹"自有心胸甲天下，老夫看惯桂林山"了。

而在广西的民间传说中，桂林的山，又都是有血有肉的生灵，它们以漓江为舞台，上演了一幕幕可歌可泣的天上人间悲喜剧。

说是远古洪荒时代，南海的潮水淹没了这方土地。有位神仙，把北方的石山点化成羊群，赶到这里填海造地。而我脚下这独秀峰，便是羊群中的领头羊吧？

漓江西岸的象鼻山，酷似一头伸长鼻子到江边汲水的大象。传说它是天帝南巡时的坐骑，偷偷留下来为桂林的农民拉犁耕作。天帝派天兵前来捉拿，大象与之搏斗了三天三夜，累了，渴了，便到江边汲水，没想到天兵趁机在它背上猛插一剑，从此，大象定死在江边，变成象鼻山，背上的那柄剑就成了一座石塔……

这些瑰丽神奇的故事，表达了古代桂林人民祈求和平、崇尚正义、赞美劳动和创造的美好愿望，使美丽的山水更具有美丽的灵魂。

当然，从现代地质学的观点来看，桂林的山是海底的石灰岩在地壳大变动时期升出海面，露出地表，再慢慢发育形成的峰林奇观。石灰岩的碳酸钙质，长期为水溶解，又容易形成千奇百怪的溶洞景观，即"喀斯特现象"，故桂林的山，无山不洞，无洞不奇，要探知它的奥秘，还必须钻到它的肚子里领略一番呢！

因此，我又慕名走访了自隋唐起便闻名遐迩的巨型溶洞七星岩。该岩地处漓江东岸的普陀山天玑峰，洞长三华里，原是一段地下河。其洞口藏在半山腰的巨岩之间，一对亭子守在两侧，分别名为栖霞亭、碧虚亭。原来，古时的七星岩，又名叫栖霞洞、碧虚岩。那洞口又高又大，阳光灿烂，乍走进去，仿佛进入某幢大厦底层的大堂，宽敞明亮，大有气派。但朝内往深处一望，那缩成电梯间似的小小入口处，便显得昏冥幽暗、深不可测了。及至身入其内，一阵阴风刺骨，白昼便突然变成了黑夜。只有星星点点、朦朦胧胧的灯光，映着若明若暗的道路，一步步把游人引入地下的迷宫。

那路，曲曲弯弯，高高低低，有时就从深深的岩缝中穿了过去。手扪两厢阴湿冰冷的石壁，仰望头上的一线天空，那天空其实也是岩壁，但在彩色灯光的映照下，居然像一泓蔚蓝色的湖水，水中漾起鱼鳞片似银色的闪光。

有时，路又横架在两块巨岩之上。站在桥头俯视万丈深渊，隐隐约约传来地下水闷雷一般的水声。彩灯嵌在层层叠叠的石缝中，好像野兽们盯着狞厉的巨眼。

有时，路又伸进了蜂巢状的地宫：洞与洞勾连，门与门对开，窗与窗相望。穿堂入室，侧耳倾听，四面八方的石壁后边都传来游客的惊叹声。

有时，眼前豁然开朗，出现了灯火辉煌的地下广场，那广场可容纳四五千人！在广场上支撑着穹顶的，是一根根粗壮而又精美的柱子。那柱子，仿佛是用无数朵晶莹洁白的莲花堆砌起来的，华贵如同象牙雕刻，透明有如水晶玉石。这些石柱，有粗有细，有大有小，也有一些半腰断掉，那上方悬垂的石钟乳正对准下方的石笋尖，一点点地把乳汁滴落下去。它们要努力多久才能上下对接成一根新的柱子？一百年，一千年，或一万年？看来，最坚牢的爱情需要最漫长的等待。

270

而在广场周围的岩壁上，凝固的瀑布悬着半透明的帘幕。幕前幕后，台上台下，无数人物、飞禽、走兽、昆虫、花果与树木，凹凹凸凸，影影绰绰，像鬼斧神工的艺术雕塑，像惟妙惟肖的舞台造型，简直呼之欲出，热闹非凡！

三华里长的地下迷宫、童话世界，我足足流连了两个多小时。直到一束阳光从后洞口像利箭般击中了我，我这才如梦初醒，走回了人间的白昼。

天，还是那么蓝；阳光，依然那么灿烂。阳光下的无数青山，还藏有多少像七星岩洞这样的神奇与奥秘呢？

1967 年 6 月 17 日游并记

1997 年 10 月 16 日改定

峨眉山天籁

与峨眉山相聚一昼夜，全在云里，雾里，雨里。晚间，夜色如墨；白天，山影空蒙。与其说是看山，不如说是听山。听一听峨眉的清音与雅韵，听一听峨眉的呼吸与心跳。

从乐山驱车抵达峨眉山时，已是入暮时分。在雄秀宾馆放下行李，便往报国寺方向走去。雨后空山，一片寂寥。幽深的楠木林中，隐隐传来晚钟的声音。钟声不紧不慢，沉稳而洪亮。一声声，余韵悠长，直透进五脏六腑，令人神闲气定，俗念顿消。仿佛此时此地，大千世界只有这钟声才是唯一的存在。

从报国寺出来，钟声消失了，暮色更加浓重起来。只有湿漉漉的山道，在黔黑的山林中微微闪着银光。只有小桥下琤琤淙淙的流水声，像古筝在弹奏。声音清亮，却也有点冷清。于是，不甘寂寞的秋虫声也啾啾唧唧地响起来了，蛙鸣声也呱嗒呱嗒地响起来了，远远近近，高高低低，与水声相应和，组成多声部的峨眉山小夜曲。

听主人说，峨眉山是蛙类的天堂。树上有"树蛙"，草丛中有"石鹅"，溪涧里有长胡子的"胡子蛙"（学名"峨眉髭蟾"），池塘里还有一种"弹琴蛙"，能唱出八音阶的美声呢！可惜，暮色苍茫，初来乍到的我们，在一片蛙声、虫声和水声的合奏中，实在分辨不出哪一类蛙鸣声才是那"弹琴蛙"悦耳动听的女高音美声独唱……

回到雄秀宾馆，雨又跟来了。于是，又听了半夜的雨声。

那雨声，先是细微而又匀称的沙沙声，像蚕食桑叶一般。蚕们的胃口渐渐大了起来，越吃越快，于是，沙沙声变成雨打芭蕉的咚咚声，敲击窗玻璃的当当声。接着，倾盆大雨来了，似有千军万马从屋顶上席卷而过。我赶紧拉上窗帘，钻进被窝。雷鸣般的雨声很快便把我送进了梦乡。

不料，电话铃声又响了起来。一看手表，已是凌晨三点。为了赶到金顶看日出、看云海，主人催醒了我们。听听窗外，雨声已停，只有檐水滴落石板的声音，从容、凝重，富有节奏。

驱车上山，车窗外一片漆黑。分不清高峰低谷，辨不明远山近树。只有水声，大雨过后从悬崖上奋不顾身跌落下来的泉声、瀑声，从溪涧中奔突而出的山洪暴发声，挟带着风声、林涛声，在山路的急速旋转中，一阵阵迎面而来，擦身而过，给人留下惊心动魄的印象。

上了雷洞坪，水声消失了，气温却骤然降了下来，仿佛从盛暑一下子进入寒冬。我们租借了厚厚的羽绒服，离车步行登山。山道两旁全是黑森森的巨树。这时，天空中露出一线曦明，鸟声响起来了。

峨眉山，不愧为百鸟争鸣的乐园。不知是我们的脚步声搅碎了它们的酣梦，还是好客的它们一早便为我们亮开了歌喉，不见鸟影，但闻鸟声。那声音，圆润得就像朝露在树叶上滚动、滑落。

接引殿、卧云庵、舍身崖，连同高高矗立在金顶的华藏寺，全都被浓浓的朝雾吞没了，虚无缥缈，有如天上的宫阙。就连黑森森的冷杉林，也化成几抹淡淡的水墨痕，染在天地间这张白茫茫的大宣纸上。这里，自是神仙出没的地方，我担心，我们这些凡夫俗子，一不留神，身子也将化为一缕轻烟，随风飘逝呢！

云海无缘拜识，日出的盛典遥遥无期。"佛光"与"神灯"的奇观，更只能留在绮丽的想象之中。在这"岚雨逼衣寒似铁"的绝顶，不宜久留，我们还是掉头循原路搭车下山去吧！

好在天已大亮，层峦叠嶂全都从昨夜的铁幕中探出头来。水声依旧，一条条瀑布从头顶飘了下来，又从车窗外闪了过去。那瀑布，或飞流直下，酣畅淋漓；或一波三折，摇曳多姿；或瘦而坚挺，如玉柱笔立；或宽而柔美，似珠帘漫卷。而水声，自然也忽高忽低，有刚有柔，时急时缓。激越处，如万马奔腾，雷电交加；舒缓处，又似柔情絮语，如泣如诉……

近午时分，我们停车五显冈，往清音阁方向徒步漫行。意想不到，太阳露出了笑脸，峡谷中腾起了紫雾，一道彩虹弯弯地从对岸跨了过来。头顶上，从树叶间坠落的雨滴也像珍珠一般闪闪发光。

这时，或尖利或嘶哑的蝉声也趁机响了起来，盖住了潺潺流水悦耳的音韵。这是峨眉山天籁中我唯一不喜欢的声音，因为它显得喧嚣而浮躁，就像当今文坛上一些哗众取宠的噪音，虽然不屑于与之争辩，却也令人心烦。

好在峰回路转，溪流湍急，从上游峡谷深处传来轰隆隆的巨响，又把蝉噪之声给淹没了。那是黑龙江、白龙江劈开巉岩峭壁的声音，是双江轰然会合的声音，是齐心协力向夹在两江中的巨岩"牛心石"发动冲击的声音。

273

我循声走进峡谷，久久徘徊在黑、白两江的两座石拱桥上，徘徊在"牛心石"顶上的"牛心亭"里。凭栏俯视，激流如箭，激浪如沸，飞溅的浪花升腾，如雨如雾。震耳欲聋的声音，清亮而又宏壮，分明是勇敢者的呐喊，拓进者的呼号，充满着青春的激情与力量，洋溢着一往无前的壮烈和豪迈……

这誉称全山十景之一的"双桥清音"，我以为，是峨眉山天籁中的主旋律，它盖过了虫声、蛙声、鸟声、蝉声，盖过了风声、雨声、林涛声和梵寺的钟声，是此行我所听到的最令人难忘的声音了。

1999 年 8 月 17 日至 18 日游并记

2000 年 4 月 3 日完稿

乐山大佛

山是一尊佛，佛是一座山。

那山，名凌云山。从四川省乐山市城区隔着岷江远望，青峰屹立在洪波之上，果真是一座气势不凡的山。乘坐游轮渡江近看，整座山却又变成了一尊临江危坐的大佛。大佛与山同体，本应称凌云山大佛，只因为它位于乐山城东，人们便称它为乐山大佛了。

大佛之大，为世界之最。它的耳孔里，可以并排站进两个人；它的脚背上，可以团团围坐100多人；它头上每一根发丝的直径，都长达一尺三呢！它足踩大江，露天端坐。它高与山齐，头顶就是山顶。我忽发奇想，要是它站起身来伸一下懒腰，那山，岂不要矮了半截；那天，岂不要塌了半边？据说，它身高71米，虽然只是坐着，但比阿富汗站着的巴米扬大佛，还要高出整整18米呢！

大佛的脚下，便是大渡河、青衣江扑入岷江怀抱的三江合流处。如果说，长江是母亲，那么，岷江便是长江的女儿，活蹦乱跳、天真烂漫的大渡河便是长江的小外孙，眉清目秀、温柔娴静的青衣江便是长江的小外孙女了。在大佛慈祥的目光下，这三江合流的滚滚涛声，诉说不尽长江水系大家族亲情的温馨。

乐山古称嘉州。嘉州有山，有水，又有大佛，难怪古人要说："天下山水之观在蜀，蜀之胜曰嘉州。"也难怪少年时代的苏东坡要经常载酒来游，并赋诗曰：

少年不愿万户侯，亦不愿识韩荆州。

颇愿身为汉嘉守，载酒时作凌云游。

　　我们从凌云山北侧沿石磴道登山时，便看见路边的崖壁上刻有"苏东坡载酒时游处"几个大字。如此好山，好水，又有好酒，自然是出好诗的地方。苏东坡出生在与乐山比邻的眉山，市内现存"三苏祠"。而当代诗人郭沫若就是乐山人，他的家乡沙湾镇距此才 20 公里。苏东坡也好，郭沫若也好，他们大约都没有想到，如今的乡亲们，不仅以吟诵他们的诗篇为自豪，还把他们的名字与当地的食谱挂起钩来。我在大佛背后的一家农家饭庄用午餐时，端上桌面的，便有"东坡肉""东坡肘子""东坡豆腐"等，后来，又上了一大盘"沫若鱼"。大快朵颐之际，不免开怀大笑。

　　凌云山并不高，却有几峰并列。其主峰为栖鸾峰，大佛便是借其断崖凿成的。游人沿山道可以绕行到大佛的双肩及头颈背后。我发现大佛的头顶雕有 1000 多个螺髻，每个螺髻上都可以摆上一张大圆桌呢！细看，螺髻与螺髻之间，形成许多排水沟，大雨过后，积水便可由此顺着佛身上的衣褶沟痕全部下泻。也许，这就是大佛之所以能安然端坐 1000 余年秘密之所在吧！

　　大佛始凿于唐开元初年（713），由凌云寺海通和尚发起。当时，山下洪水经常泛滥，舟倾人亡的惨剧时有发生。据说，为请"一佛镇江"，以消灾弭祸，这位僧人跋山涉水，化缘募捐，为此，耗尽了他生命中的最后 20 年。而如此浩大、艰难的工程，前后历时 90 年才得以告竣。海通和尚圆寂时，双眼都已经瞎了，他自然看不到大佛正在雕刻的雏形，但是否能听到叮叮当当的开山凿石之声呢？多少可歌可泣的往事，如今，全都淹没在山脚下滚滚不息的涛声之中……

　　大佛的左侧，设有凌云崖九曲栈道，游人可借此沿悬崖迂回而下，抵达江岸。但栈道过于狭窄，仅容一人通行，我挤在蚂蚁般的人群中，只能慢慢往下蠕动。好在这九曲栈道，也为我提供了从不同高度、不同视角观赏大佛的机会。上下俯仰之间，大佛移步而换形，我频频揿动照相机的快门，竟拍掉了半条胶卷。有趣的是，不管是俯视、平视还是仰望，大佛的双眼始终与我对望，目光慈柔而又安详。

终于下到江岸，满耳灌满了涛声。回望大佛，它的脚拇指比我还高呢！在这依崖临江的低洼之地，阳光从头顶直射下来，水汽从江上蒸腾直上，湿热的空气犹如蒸笼，我早已浑身大汗淋漓。好在大佛左足一侧有个山洞，便一头钻了进去。稍感阴凉之际，发觉洞中又有一条上山的暗道，攀崖曲折而上。原来，这是一条精心设计的环式游览线路，可避免游人返回原路而更加拥挤。岩洞时开时合，时断时续，恍如天然的窗户、阳台、走廊，可借此俯视江上的激流和漩涡，有时，还有船影翩然而过。

276

内侧的崖壁上，又有不少题刻，皆可驻足流连。其中，最使我感兴趣的，是两处不署名的今人题刻，每处均只有两个字，一曰"宽窄"，二曰"高低"。诚哉斯言！眼前这穿洞的盘山小径，自然是窄的，但爬上山顶，路便宽了。站在大佛的脚下，人是很矮很小的，但若攀上大佛的脑后，人就和大佛一样高大了。这充满对立统一辩证法意蕴的题刻，似还可以增加诸如"远近""大小""贵贱"等词语。世间万物都是相对的，比如这乐山大佛，它不知比人高大多少倍，但它又是由人一锤一凿在山崖上创造出来的。你说，到底是佛伟大，还是造佛的人更伟大？

边走边想，不知不觉间我又回到了与大佛齐高的凌云山顶。俯视大佛足下，三江波涛依然滚滚奔流，流向远方，流向不可知的未来。

1999 年 8 月 17 日游并记

10 月 3 日完稿

青城天下幽

蜀中名山，以峨眉为尊。能与其相伯仲的，便是青城山了。古人常把两山并提，誉之为"峨眉天下秀，青城天下幽"。

青城山背倚千里岷山，面对川西平原，距成都不过百里之遥，进出十分便捷。它何以独得"幽"字的殊荣呢？既来蜀地，便不可不前往探寻。

抵达风景区大门时，买了张旅游地图，方知青城山分为前山、后山两大部分，方圆125公里，凡36峰，108个景点。若做一日之游，自然必须有所取舍。

正踌躇间，为我们带路的马平君，像一位胸有成竹的大将军，信手在地图上一画，就画出了我们今天登山的最佳路线：取前山中路，直上"青城第一峰"彭祖峰，登高四望，便能对全山有个宏观性的总体把握。彭祖峰海拔只有1600多米，途中又有缆车索道代步，如此事半功倍，何乐而不为呢！于是我和同伴黄文山全都欣然听命。

马平是四川文学院的一位青年作家，小说写得好，人也长得帅气。今天他足蹬一双油光锃亮的新皮鞋，在石板路上橐橐作响，勃勃英姿中又散发出洋洋的喜气。

我们在建福宫附近坐上高架缆车，沿一条峡谷慢慢滑进山腹。当年，陆游的诗句"夹道巨竹屯苍云"写的就是这一带的景色吧？果然，峡谷两厢，修竹茂盛，佳木繁翳，我的视线全被遮断了，耳朵里却灌满了潺潺的涧水声，哗哗的飞瀑声，伴随有或高或低或尖利或浑厚的蝉鸣之声。闭目倾听，我恍然感到自己是骑在一条长龙的背上，曲曲弯弯往绿海深处潜游进去。

对此，坐在身边的马平却不以为然。他说，真正的绿色长廊在川北，在他的家乡剑阁，名叫"翠云廊"，绵延100多公里的山道上，有8000多株千年古柏，那才真是绿云笼罩下的长廊呢！没想到，"难于上青天"的蜀道，居然还有如此好去处。于是郑重相约，下回入川，一定跟随他到剑阁去。最好是雨天，最好不坐汽车，雇上几匹小毛驴，就像陆游当年那样，"细雨骑驴入剑门"……

谈笑间，眼前豁然开朗，一泓碧波荡漾开来。这是月城湖，大约是山谷中的人工湖吧？改乘游船渡往对岸，站在甲板上抬眼四望，这才看清湖的四周全是高山峻岭，环拱围护如同一座严严密密的城池。我的目光绕着湖岸转了一圈，发现除右侧丈人峰露出半壁赭黄色的断崖外，其余的"城墙"全是绿色的树木——不是树干，而是树叶，团团簇簇，层层叠叠，绿得发青、发蓝，甚至发黑。只有一条小小的溪涧，从幽暗的森林底部泻落湖中，激起几朵银亮的浪花。如此封闭的地形地貌，如此幽深的山林植被，难怪古人要把它取名为"青城"之山了。

舍舟登岸，又坐进了悬空索道的吊椅。随着高度不断攀升，月城湖越变越小，最后，缩成一口深井，终于在视线中消失。但右侧的丈人峰、左侧的天苍峰却还紧紧跟随。这时，正前方的"青城第一峰"彭祖峰，却愈升愈高，愈逼愈近了。索道的终点站为凌云山庄，一踏进山庄的土地，便有一股桂花香幽幽传来，但举目四望，却不知桂花树藏在何处。

青城山是我国道教的发祥地之一。东汉末年，张道陵奉老子为道祖，以《道德经》为主要经典，来此设坛布道，并写下道书20篇，被后人称为"张天师"。从那以后，青城山也就与江西的龙虎山、湖北的武当山和山东的崂山并称为中国的四大道教名山了。

沿着蜿蜒曲折的石径，我们终于登上山肩处的上清宫。此宫始建于晋代，几经兴废后于清代重建。古朴的宫门，低垂的藤蔓，斑驳的青苔，再加上两棵高大的银杏树，使这里处处都渗透出苍然的古意。门柱上，还刻有于右任手书的一副对联："于今百草承元化，自古名山待圣人。"可惜，这位"愿与青山共白头"的诗翁和大书法家，晚年在台湾郁郁而终，只能在诗中悲叹："葬我于高山之上兮，望我故乡。故乡不可见兮，永不能忘！"

步入幽暗的宫内，透过袅娜的香烟，见大殿上供有太上老君的塑像及《道德经》五千言木刻。大殿右侧是一方清雅的小院，内有半月形的小池，名麻姑池，相传为"八仙"中唯一的女性麻姑浴丹处，池水久雨不盈，长旱不涸。

驻足池畔，又闻到一股浓浓的桂花香。这回看清楚了，桂花树就在我们的身边，是一株繁花满枝的金桂。树下，一位长髯老者正在出售字画。听他说，这院子曾是张大千旧居，那桂花树，还是画家当年手植的呢！闲谈间，得知我们远道而来，又是张大千的崇拜者，他便十分热情地把我们引进一间昏暗的殿堂，揿亮手电筒，一方石碑从墙角浮现出来。那上头，居然刻有张大千当年手绘的麻姑画像呢！虽寥寥数笔，却衣带当风，神采飞扬，果然不同凡响。我想起两年前在马来西亚怡保的霹雳洞参观时，也是在无意中发现了张大千手绘的观音像。两次奇遇，都让我喜出望外，看来，大千大师与我有缘，此行不虚也！但转念一想，曾自号为"青城客"的他，晚年却未能回到他魂牵梦萦的青城山，只能面对自己在巴西圣保罗时所手绘的《青城山全图》，长叹"看山还是故乡青"，"而今能画不能归"了。其中万千心曲，又有多少人知道呢！

此时，天色陡然暗了下来，空气也愈来愈闷，似是山雨欲来之前奏。游客们生怕缆车在雨中停开，纷纷掉头下山，一片慌乱。我和文山君正犹豫间，忽见大殿丹墀下有这么两行字："不识青城真面目，只缘未上第一峰。"问道士，方知第一峰彭祖峰的绝顶就在宫后，只剩下一里多路，这真叫人欲罢不能！于是，我俩都把恳求的目光投向了马平。马平自然心领神会，他瞥了一眼脚上的新皮鞋，慨然允诺："舍命陪君子！"有他这句话，我们自然放心了。于是，鼓起余勇，继续往上攀登。

好一片黑森森的松树林！林间的石磴道上，游人绝迹，更显得幽深莫测。除了偶尔听见一两声松果的落地声，四周万籁俱寂。我们急匆匆低头赶路，早已是汗流浃背。忽然，一阵山风呼啸而来，满山松涛骤然发响，抬头一看，原来我们已登上第一峰的绝顶。眼前是一幢新建的老君阁，阁高六层，顶部覆盖着金碧辉煌的琉璃瓦。阁内，老君骑牛的铜雕，有五层楼高呢！

我们循旋梯一口气登上最高层，再沿着外环廊漫步一圈。居高临下，极目远眺，青城山前山、后山的36座山峰，全都历历在目。它们，犹如身披青铜盔甲的古代大将军，一个个气宇轩昂，威风凛凛地环卫在这第一峰的周围。

再把视线抬高，西眺岷山，淡青色的山影隐隐约约横在天际。其顶部，银浪滔滔，是白云，还是积雪？转过身来，东瞰成都平原，千里沃野，黄绿相间，果真是一幅"天府之国"的锦绣画图！如此开阔的视野，如此壮美的景物，不登高则根本无缘拜识，我不能不为那些半途而废匆匆下山的游人深感痛惜。

然而，美的存在，往往稍纵即逝。正当我们举步第二次沿环廊漫步时，强劲的山风从四面八方旋了上来。天色由浅灰变成了深灰。岷山消失了，成都平原隐退了，眼前的36峰，也由青色变成了铁黑色。突然，一股黑云从山谷底部的月城湖方向，像喷泉一般喷了上来，又像千军万马四面散开，呼啸奔腾，迅疾扑向36峰。顷刻间，丈人峰被吞没了，天苍峰被吞没了，巍巍36峰，除了我们脚下的彭祖峰，全被吞没了，全都化为子虚乌有。随着一声响雷在阁顶炸开，狂风扯起雨鞭，劈头盖脸地抽了下来。天地间，黑蒙蒙一片，只剩下我们所处的老君阁，犹如大海中的孤岛，在漂浮，在战栗，在摇晃……

　　雷鸣、电闪、风狂、雨骤。想必下山的缆车和索道早就停开了，我们别无选择，只能困守于此。不久，风雨破窗而入，穿堂入室，扫荡一切。全身湿透的我们，只能哆哆嗦嗦地躲到老君的坐骑铜牛脚边，静静聆听风声、雨声连同此起彼伏的雷鸣声。

　　这场大雨不知还要下多久，雨后的电缆车也不知能否恢复运行。但我和文山君都深感庆幸，因为我们是在"青城第一峰"的峰顶，来经受这场大雷雨的洗礼的。可遇而不可求的大好机会，使我们对"青城天下幽"的"幽"字多了几层理解：山林之幽深、山径之幽静、山花之幽香、山峰之幽险、山谷之幽奥，以及雷雨中全山景色之幽冥，我们全都领略到了。

　　"青城天下幽"，果然是百闻不如一见！

　　　　　　　　　　1999 年 8 月 19 日游并记
　　　　　　　　　　10 月 6 日完稿

歌乐山悲歌

迷迷蒙蒙的雾，纷纷扬扬的雨……

那年，我才 25 岁吧？刚走上师范学院的讲坛不久，就碰上了"文化大革命"。偌大的校园，已安不下一张安静的书桌。一阵红色的旋风，把我从东海之滨刮进了巴山蜀水。我冒雨第一次走进歌乐山。身边，到处是"红卫兵"们被雨水淋湿的红旗、红袖标，以及缀在黄色军帽上的红五星。我记得，似乎只有我一人披着件旧雨衣，雨衣的下摆湿漉漉贴着双腿，雨水肆无忌惮地灌进鞋里，心里头一阵阵发冷。

又是迷迷蒙蒙的雾，又是纷纷扬扬的雨……

如今，32 年过去，我又一次冒雨走进了歌乐山，却已是两鬓染霜，即将退休的半老之人了。时光飞逝，山林依旧。只不过，当年泥泞不堪的路面已铺上了柏油，桉树、松树、枫树全都长高了，林荫中散落着许多当年所不曾有的烈士雕塑，用红岩、汉白玉石雕刻的胸像、坐像或立像，他们全都在雨中默默注视着我。

只有雨声，只有从山林背后传来的隐隐约约的飞瀑声。当年，那些狂热的口号声，全都消失了。一切，早已恢复了正常，恢复了宁静。今天的歌乐山，似乎有点冷清，只迎来我们这几位远方的客人。

渣滓洞，松林坡，白公馆。

登山的路线和当年一模一样。

黑牢，铁窗，地洞里的秘密囚室；岗楼，电网，狰狞可怖的各式刑具——也和当年在长篇小说《红岩》里所读到的场景一模一样。

今生今世，不知读过多少部小说，但没有哪一部能像《红岩》的封面那样，像刀一般深深地刻进心版。只有红与黑最简单的两色：红色，是天空，是巉岩，仿佛浸透了鲜血。黑色，是一棵松树，挺立在天地之间，犹如钢浇铁铸。

据史书记载，歌乐山因"翠霭深浓，遇风雨则万籁齐鸣，山灵清响"，故而得名。然而，不幸的是，自1939年至1949年的整整10年时间里，这里却沦为"中美合作所集中营"，沦为爱国志士被关押的人间魔窟，被残害的血腥屠场！1949年，当共和国诞生的礼炮声从北京天安门广场遥遥传来之际，歌乐山却仰天长啸，悲声壮绝！中华民族的200多位精英，含恨饮弹，倒在这黎明前最黑暗的土地上。

"身既死兮神以灵，子魂魄兮为鬼雄"。他们的神灵化为屹立的苍松，永远站在《红岩》的封面上，站在共和国史册的扉页之上。

渣滓洞还是渣滓洞。

三面依山，一面临沟。16间男牢，2间女牢，外加一个小小的放风坝。原先，这里是小煤窑，因煤少渣多而得名。后来，便成了一口秘密的"活棺材"。妇孺皆知的江竹筠烈士，我们的"江姐"，不正是在这里对着罪恶的枪口，"脸不改色心不跳"从容就义吗！

松林坡还是松林坡。

只是今天的雨下得更大了，雨中的黑松林显得更加幽深，更加肃穆。林中的石阶上盖满青苔，踩上去又软又滑。我们的抗日英雄杨虎城将军，不正是在这里被秘密枪杀吗！与他同时罹难的，还有他的夫人，他的秘书连同秘书的幼子宋振中——我们可爱而又可怜的"小萝卜头"! 那年，他只有 8 岁，可是，杀人不眨眼的刽子手，连这 8 岁的小孩也不肯放过！

如今，"小萝卜头"的铜像就坐在此间的一块红岩之上。他左手托腮，遥望上苍，天真无邪的目光里透露出对未来无限的憧憬。雨水，从他脑门上、脸盘上一串串流了下来，犹如清亮的泪水。我下意识地靠上前去，为他撑开了雨伞……

白公馆还是白公馆。

作为原四川军阀白驹的郊外别墅，它那堂皇的外表颇似一位西方的绅士。然而，撩开绅士的外衣，藏在腰间的，却依然是铁棍、竹签、电烙铁、老虎凳和辣椒水——当年，《红岩》的作者之一罗广斌，便被囚禁在楼下的一间牢房里。那首脍炙人口的诗歌《绣红旗》，也是由他执笔在这里起草的。他是在大屠杀那天，19 位突围出去的幸存者之一。

走出白公馆时，两耳灌满了雷鸣之声。循声望去，原来是一条瀑布，一条气贯长虹的瀑布，正从歌乐山顶上高高地跌落，峡谷间水花四溅，激浪奔腾……

我再次告别歌乐山，走回万家灯火在雨中交相辉映的重庆市区。

在晚间的餐叙会上，我有幸拜见了《红岩》的另一位作者、年已花甲的重庆市作家协会名誉主席杨益言先生。

临别前，杨老送我一本亲笔题签的《红岩》。我翻开版权页，上面记载的是：

1961 年北京第 1 版，1963 年北京第 2 版，1991 年 10 月北京第 34 次印刷，印数：308 万册。

《红岩》的封面，依然是当年深深刻进我心版的那一种，只有红与黑最简单的两色：红色，是天空，是巉岩，仿佛血染一般；黑色，是一棵劲松，挺立在天地之间，犹如钢浇铁铸……

1999 年 8 月 21 日重游并记

2000 年 5 月 7 日完稿

[本文原载《福建文学》2001 年第 7 期。入选《2001 年中国精短美文 100 篇》（长江文艺出版社 2002 年版）。]

酆都冥山

山和人不同。在我的心目中，人无贵贱之分，却有善恶、美丑之别。而山呢？不论大小、高低，全都是美的，只不过美的形态不同而已。在中国的万山丛中，或壮美，或秀美的名山多矣，即便是青藏高原上一些寸草不生、人迹罕见的大山，也独具一种荒凉之美、粗犷之美、野性之美。

唯有一山例外，这便是重庆市丰都县的名山，山上阴雾沉沉，鬼气森森，触目皆是狰狞、怪异、丑陋以及种种惨不忍睹的画面。游罢归来，不仅毫无美感可言，心里头还堵着一种莫可名状的难受。

丰都，古称酆都；名山，又称冥山、平都山、罗丰山。它坐落在长江北岸，县城的东北隅。从重庆朝天门码头夜乘江轮东下，翌日一晨便可抵达。游轮在此停泊 3 个小时，供旅客上岸一游，并称此为长江三峡之旅的第一站。

我和文山君沿一条颤巍巍的栈桥挤上码头，马上就陷入小贩们的包围圈。眼前到处晃动着青面獠牙、狞厉可怖的鬼面具，浓浓的商业气息中似夹杂着一股阴气。好不容易杀出重围，却又被一大群出租车司机和毛遂自荐的导游小姐缠上了。稀里糊涂上了一辆车，又稀里糊涂拐入了县城，只听导游小姐在耳边一路聒噪："你们外地来的先生可千万要当心钱包啊，上街时可千万别找回假钞啊！"我还来不及感谢她的好意，她又指着车窗外说："这是条发廊街，满街都是发廊妹。

我们小县城哪有那么多客人理发呢？您二位聪明人，一想也就明白了吧！"

这时，司机又发话了："请问两位先生，你们是要游老鬼城还是新鬼城？"

我方才知道，这鬼城还有新、老之分。于是，顺口答道："当然是老鬼城了。"

那司机又说："这老鬼城，有两片景区在山上，又有两个景点在城中。要是投缘，我全程陪你们逛逛，门票50元，缆车30元，车费50元，合计130元，优惠10元，120元算啦，怎么样？"

导游小姐随即补充："我这导游费也就全免了。"

说得好听，天底下哪有免费导游的好事！我俩警觉起来，便借口要先去吃早点，命其立马停车。司机、导游小姐对视一眼，笑容顿时换成怒颜，但总算悻悻然打开了车门。一下车，抬头一看，原来我俩已到了"丰都名山"的大门口，好在刚才没有上当。

不料，吃早点时又吃出一肚子气。那稀粥，是馊的，那大肉包里包的，也不知道是阳界还是阴界的什么肉，颇有点异味。文山君鼓起近视眼发怔，我安慰道："无须介意，此乃鬼蜮伎俩耳。"说罢，相视大笑。

丰都名山跟鬼魂挂起钩来，少说也有千余年历史了吧！据东汉《列仙传》、晋代《神仙传》等记载，后汉时期，这里出了两个名人，一个叫王方平，另一个叫阴长生，先后在此"修道成仙"。从此，山上建起了许多道观。后人把王、阴两人并称为"阴王"，讹传为"阴间之王"。于是，久而久之，丰都便成了"鬼国之都"的"酆都"，名山也就成了"阴曹地府"的"冥山"了。此后，佛教盛行，山上又建起许多寺庙，本是道教的"阴间之王"，又逐步衍变为佛教中的"阎罗王"，使这里成为道佛交错、神鬼混杂的地界。再后来，人们又仿照人间政府的机构设置，把法庭、监狱等也搬到山上来，使"鬼都"

更具完整性和形象化。

看来，先是活人创造了鬼，建筑了"鬼都"，然后，才有更多的活人来此烧香礼拜，祈求死后变鬼时，能享受好一点的待遇。这，便是丰都名山荒唐的历史。

我俩沿石径而上。山不高，但古树嘉木甚多，阴沉沉的天空似乎就压在树冠之上。长江在山脚下滚滚东流，空气湿热郁闷。据说长江三峡大坝建成后，整座山城都要淹没，浮在江边的名山也将矮去半截呢！

不知穿过了几进庙宇、道观，眼前出现了一座大雄宝殿。与别处不同的是，殿前的池塘上横着三架精巧的小石桥，桥面光滑似镜。据说，这就是著名的"奈何桥"。从前，桥下虫蛇满池，山僧还在桥面上涂抹桐油、蛋清，让人手脚并用才能爬过去，以示来生投世之不易。好在如今"鬼国"也讲点文明，不再捉弄人了，我俩便轻轻松松走了过去。

出大雄宝殿，登33级台阶，据说是登上33重天。再穿过一座玉皇殿，山道险峻起来，一边紧贴悬崖峭壁，一边空临滔滔长江。前方是一座漆成幽蓝色的门楼，黑匾上"鬼门关"三字赫赫在目，两厢还站着牛头、马面、夜叉、恶鬼等泥塑，虽然凶神恶煞，却令人感到滑稽可笑。

过了"鬼门关"，又是"黄泉路""望乡台"，一直把我们引向在阴界至高无上的"天子殿"。所谓阴间的天子，自然就是阎罗王了。为了营造"幽都"诡秘而恐怖的氛围，殿里故意不开窗，让光线显得暗淡。墙体、梁柱又皆以蓝、黑、灰三色装饰，阴气逼人。东西两厢的"18层地狱"，微弱的灯光映照出影影绰绰的一组组泥塑——刀山、碾磨、油锅、炮烙、剜眼、剖心、割舌、锯解等种种阴间酷刑，令人毛骨悚然，不忍卒睹。《西游记》《聊斋志异》等都曾经对此做过详尽描写，笔者恕不在此浪费笔墨了。

世上本无鬼。只是信的人多了，似乎也有了鬼。"鬼都"之所以乌烟瘴气千余年，自然植根于封建迷信的肥厚土壤，但也不能排除一些活人借鬼生财，愚弄百姓。听说国民党统治时期的丰都县政府，就曾印制、发行过一种"路引"，上书："普天下人必备此引，方能到丰都地府转世升天。"还煞有介事地盖上了"阴司""城隍""丰都县府"三枚大印，且行销全国，大发其利。

事隔半个多世纪的今天，我又看见人们在山上大兴土木，扩建"鬼都"，甚至还办起"鬼文化节"来。从发展旅游业的愿望出发，似乎无可厚非，但若不加以正确引导，一切唯利是图，使这里沦为宣扬唯心主义的大染缸，就得不偿失了。

其实，自有鬼神出现，就有无神论者对其进行无情的否定与批判。唐代大诗人李白游丰都后，不就留下"下笑世上士，沉魂北罗酆"的诗句吗？明代丰都县令王萦绪还专门写了《平都山歌》，痛斥道："汉魏以降佛法扬，轮回之说更荒唐。畏死即以死畏人，菩萨变成阎罗王。"

古人尚能如此，今天，以唯物主义为世界观的我们，难道就不能化腐朽为神奇，把丰都名山改建成为宣传无神论、批判唯心主义的大课堂吗？

长江游轮的下一站就是万州区，是诗人何其芳的故乡。何老生前曾主持编写过《不怕鬼的故事》一书，在全国引起强烈反响。倘若他老人家驾鹤归来一游，不知当做何感想？

1999 年 8 月 22 日游并记

10 月 26 日完稿

神女峰一瞥

船行三峡，坐观"两岸连山，略无阙处"，如在赏读一幅长达七百里的锦绣画卷。七百里层峦叠嶂，波澜起伏，其高潮处，当是巫山十二峰中的神女峰了。

神女峰，飘浮不定、变幻莫测的神女峰，似乎永远离不开云和雨。宋玉在《高唐赋》中不是说她"旦为朝云，暮为行雨"吗？于是，在无数神话传说中，云雨中的神女峰便成为一场奇幻的梦。

她是王母娘娘的小女儿瑶姬吗？她如何把"天书"慷慨地赐予大禹，使那位披发跣足的帝王能率众疏通水道，让长江水顺顺畅畅地滚滚东流？

她是峡江里那位不知名的渔夫的妻子吗？渔夫在恶浪中罹难之后，她是如何一步步攀上悬崖的绝顶，站在风雨中等待亲人，这一等，就是千年万年……

她又是楚襄王梦中的情人吗？美丽的梦留下美丽的忧伤，从此，"巫山夜雨""巴山夜雨"，又成就古往今来多少诗人凄美的诗章……

然而，浪漫的想象取代不了严酷的现实。今天，20世纪最后一年的某一个夏日，当我第一次，也是最后一次乘船在巫峡中穿行时，我不能不痛苦地意识到：

长江老了，神女峰已不再年轻。

今天，没有云，没有雨，连轻纱般的薄雾也荡然无存。只有火辣辣的阳光，搅着浑黄浑黄的浊浪，我们的母亲河，泥沙俱下的长江，已经变成另一条黄河。

今天，没有虎啸，没有猿啼，连清亮的鸟鸣之声也很难听到。只有上下穿梭的江轮马达声、汽笛声，伴随着雷鸣般的江涛咆哮声……

枕着江涛，浴着艳阳，我抬眼寻觅巫山十二峰中的神女峰。

没有任何铺垫，没有任何遮掩，她很快便从群峰中凸显出来。她依然高高地伫立在万仞高峰的悬崖之上。细长而又玲珑的石柱，依然在蓝天白云中勾画出青年女性那窈窕而又美妙的身姿。

但今天，无情的阳光剥去她雾的面纱，雨的披风，云的裙裾。她就那样赤裸裸地站在悬崖上，神秘感全然消失。炽热的阳光如同烈火烤炙着她，如同金色的鞭子抽打着她，她浑身伤痕累累。她瘦骨嶙峋，形容枯槁，神情疲惫。无望的期盼，太久太久的等待，早已使她心力交瘁。她仿佛在喘息，在呻吟，在啜泣……

此时此际，只有两行诗，突然间从空而降：

　　　与其在悬崖上展览千年，

　　　不如在爱人的肩头痛哭一晚。

这是舒婷的《神女峰》。

舒婷毕竟是舒婷。作为中国当代"新诗潮最早一位诗人"（谢冕语），她高举女性尊严的大旗，呼唤神女峰勇敢地反叛自己的不幸命运，从悬崖上走下来，从神坛上走下来，从历史传说的迷雾中走下来，从传统诗潮的男性中心话语中走下来，走入凡界，走入民间，去追求自己真正的幸福，去享受人间真正的温情。

舒婷的这两行诗，石破天惊，使所有的传统诗篇全都黯然失色。

舒婷此诗，发表于1982年。如今，18年过去，神女从悬崖上走下来了吗？

正当我援笔写作此文时，偶然间读到舒婷的一篇新作，在这篇题为《好男人都去了哪里》的文章中，她用半是调侃、半是痛惜的文笔写道：

等岁月把她们从悬崖上逼下来，
已找不到那个可以痛哭的肩头了。

这里，诗人故意把神女峰的"她"写成"她们"，以表达对女性群体更深一层的体认。是的，神女峰的姐妹们，时至今日，难道你们还心甘情愿以自己的美丽和青春，作为展品站在高处供人欣赏吗？什么时候，你们才能真正走下悬崖？

转瞬之间，轻舟已过万重山。神女峰及其姐妹们的命运，只在我们的背后，留下了长长的悬念。

292

> 1999 年 8 月 25 日游并记
> 2000 年 4 月 24 日完稿

黔灵山之灵

早听说贵州是"天无三日晴，地无三尺平"，果然，在贵阳住了三天，每夜窗外都是雨声不绝。但天一亮，太阳一出，蓝天白云衬着青山碧树，又是一个出游的好天气。

贵阳是山城，从城内任何一个角度望出去，都可以看到高高低低的楼影贴着层层叠叠的山影，分不清是群山团团抱紧了城市，还是城市张开双臂，一下子把群山全给揽了过来。雨后的群山，湿漉漉的，要多清新有多清新。

号称"黔南第一山"的黔灵山，坐落在城的西北部。山门正对大街，一进门就得爬山，这一爬，就是380级的石阶，名叫"九曲径"。左旋右转，九曲迂回之后，终于上了象王岭。岭头一亭翼然，正是鸟瞰全城的最佳处。因贵阳简称为"筑"，故名"瞰筑亭"。在亭中凭栏俯瞰，但见高楼与山峰比肩屹立，市街与河流纵横交错，今日高原古城的崭新面貌，不能不令人刮目相看。

没想到，象王岭的背后，却是一个凹形的盆地。传说清代康熙年间，有个法号赤松的高僧，挖一棵古松在这里倒栽下去，结果古松居然成活，且枝青叶翠蓬蓬勃勃。于是，他就在栽树处建起一座弘福寺，并把山命名为"黔灵山"，喻示贵阳物华天宝、人杰地灵，此山乃其精华之所在。

从象王岭逐级而下，一大片朱瓦红墙渐渐从苍松翠柏间显露出来，它，自然就是弘福寺了。全寺分三轴、三进，其规制布局形如一个巨大的"甲"字，下垂的一竖正好是山门。山门为一座三檐石牌坊，上刻"黔南第一山"五个鎏金大字，气势自是不凡。再从弘福寺穿林下行，林荫中又渐渐闪出潋滟的波光，这便是高山上的明珠黔灵湖了。湖上轻舟荡漾，快艇冲浪，欢声笑语隐约可闻。沿湖畔山道漫步，见此岸草坪上有苗家少女牧羊的雕塑，对岸湖口处又有侗家建筑风格的风雨桥，令人想起贵州毕竟是汉族与众多少数民族的共同家园，犹如这黔灵湖，正是汇集来自四面八方的泉、瀑、溪、涧，这才碧波荡漾，风情万种。

有趣的是，沿路不时遇见三五成群的野生猕猴，或在人前人后追逐嬉闹，或在树上树下攀爬跳跃，给这多少有点寂静的山林湖滨增添了许多生趣。各地名山多有猕猴，只是有些地方的猕猴往往拦路乞讨甚至抢掠食物，令人不堪其扰；又有些地方的猕猴失去自由，被驯养者强拉着与游人照相，沦为挣钱的工具，对此，我常常退避三舍。但这里的猕猴既不怯生，也不扰人，显得文雅多了，尽管照样顽皮。我看见一只猕猴趴在 IC 电话亭上，弯臂仿人做打电话状，憨态可掬。又发现有其一家三口正在路边的草地上晒太阳，公猴闭目沉思有如哲人，母猴却忙着为躺在怀里酣睡的小猴子抓虱子，其专心致志的程度，连伸到它们眼前的照相机也全然不理。如此一幅天伦之乐图，不能不令人大为感动。

一路上，又看见许多人背着一大堆矿泉水瓶子，有的甚至还用自行车拉上了装水的塑料桶，急匆匆赶上山去，不免为之纳闷。请教一位长者，方知山上有泓清泉，泉水甘洌清甜，传说能治百病，自古至今长涌不绝，被人称为"圣泉"。贵阳市内有许多人，为此每天上山，一来跑步健身，二来为全家取足一天用量的纯天然优质饮用水，岂不两全其美！看来，黔灵山满山是宝，贵阳人果真有福！

当然，并非所有来黔灵山者都能有此福分。比如，"少帅"张学良及其"红粉知己"赵四小姐,当年就曾被蒋介石关押在此间的一个山洞里达数月之久。

那山洞位于檀山之麓,名麒麟洞,我寻路前往探访时,峭壁险峻,杂树丛生,有一钟乳巨石,形似麒麟,蹲守在洞口,这大约就是山洞之所以得名的由来吧!只是今日景区停电,暂停接纳游客,洞内幽冥莫辨,故而不知其深浅。快快徘徊于洞外,但见一棵石榴树老态龙钟,据说其树龄已达 300 岁矣!

隔着石榴树与洞口正对面的,是一排土木构建的平屋,三间,既阴且湿,古为白衣庵,后来就成为幽禁张、赵二人的囚室了。遥想当年,血气方刚、壮志未酬的将军困陷于此,终日怅望那无言的石榴与石化的麒麟,不知做何感想!如今,洞犹存,树更老,屋已空,斯人也已在大洋彼岸驾鹤西去,前来凭吊者,自然也越来越稀少了。

黔山有灵,或可长相忆之?

2002 年 5 月 27 日游并记

10 月 6 日完稿

苗岭·苗寨·苗家

山，是民族的摇篮。

在中国，55 朵少数民族之花，绝大多数都盛开在万山丛中。

若要从一座山来看一个民族，与苗族同名的苗岭，坐落在黔东南苗族侗族自治州的苗岭，自然是非去不可的了。

苗岭给我的第一印象，是它脚下的流水。

那是清水江上游的一条支流吧？水质之清、之纯，犹如银河一般，把人的双眸都洗亮了。就连公路，也恋着这一江春水，紧紧绕着它左旋右转，不肯离开半步。缓缓的水流，静静地倒映着夹岸的花草树木，只有到拐弯处，才与山石相撞击，发出咚咚的声响。那是苗寨里敲打木鼓的声响吗？

偶见一架风雨桥斜斜跨过水面，几棵古老而又粗壮的香枫树像气宇轩昂的长者守望桥头，那就意味着一座苗寨将要出现了。

上苗寨的路，是一条窄窄的青石板路，从梯田中间弯弯地盘上山去。

一级级石阶，一层层梯田，是苗家芦笙的排管吗？是从排管中吹奏出来的步步升高的音阶吗？

梯田的上方是苗寨，苗寨的上方又是一大片由香枫树组成的"风水林"，把翠色举入山顶的白云生处。

正是溶田插秧的季节。梯田里水雾蒙蒙，寨子里炊烟袅袅，山顶上的香枫树林在白云中半浮半沉。远远望去，苗岭有如一幅淡淡的水墨画。

只有山脚下风雨桥边的那几棵香枫树，才是画面上用浓墨重重抹上的几笔。

为什么苗家最喜欢香枫树呢？

原来，在世代流传的《苗族古歌》和《枫木歌》中，香枫树的树根是鼓，树尖是金鸡，树叶是燕子，树皮是蜻蜓，木片是蜜蜂，而人类的始祖——"蝴蝶妈妈"妹榜妹留，就是从香枫树的树心里生出来的。

每个民族在其幼年时期，都有对自然物的原始崇拜，自然物与始祖神合二为一，香枫树就成为苗族的图腾，苗岭的守护神，苗族同胞心目中的圣灵之树。

走进苗寨，犹如走进迷宫。

青石板路由低到高，左右穿梭。家家都有一排吊脚楼，楼柱至少五根，至多十一根，齐刷刷站在前低后高的山坡上。有的人家，还在吊脚楼两边加上两间厢房，厢房的屋角高高挑起，使楼群的青瓦屋面更显得高低起伏，错落有致。

最引人注目的，是木楼上宽宽的走廊，是走廊外沿那椅背朝外的"美人靠"。当盛装的苗家女子斜倚在上，朝楼下前来"游方"的意中人回眸一笑时，怕是满天星斗也要为之快乐地颤抖吧？

最叫人羡慕的，是从檐间垂下来的一串串果实，洋溢着阳光和泥土的芳香，充满喜庆色彩的果实：金灿灿的"金皇后"苞谷，红艳艳的高粱穗，黄澄澄的烤烟，紫黑色的柿饼……还有，那像鞭炮一样的红辣椒，仿佛随时就要噼噼啪啪爆响，让整个寨子都来分享这家主人的喜庆与欢乐……

我以为，城里头任何房子最时髦的装修与装饰，也比不上这苗家木楼，在质朴的自然本色中显示出它的丰饶与富有。

当然，还有苗家女子的服饰。

那是白昼的阳光、夜晚的月光和星光集于一身的灿烂与辉煌！

也许是蝴蝶妈妈的遗传基因吧，苗家女子就像蝶恋花一样，总喜欢把自己打扮得花枝招展。她们特别喜欢银饰，头戴银角银花，发插银簪银梳，手上银手圈，脖上银项圈，穿上银饰锦衣和用藏青色土布制成的百褶裙，再缀上银针、银泡、银片、银玲、银雀、银蝶，走起路来，环佩叮当，转过身来，银光闪闪，美得叫人头晕眼花！

最叫人啧啧称奇的，自然是头顶上那两端高高翘起的银角了，那是苗家人最好的朋友——在梯田里犁田的水牛之角吧？难怪，在全国数以百计的苗族分支中，唯有这里的苗族被称为"长角苗"。

明明是苗族女子身上的服饰，为什么又称作是"男衣"和"雄衣"呢？

据说，在远古时代，大约是母系氏族社会吧，女子当家，男子出嫁。有些男子恋家不肯走，父母便拿出很多银子，打制成高高翘起的银角，让男子出嫁时显得更漂亮。没想到，后来改为女子出嫁，这种高高翘起的银角，不仅为她们增加了体高，使她们显得更苗条，也使她们在妩媚中增添了几分威武与豪壮。

苗家是热情好客的民族。寨门口，弯弯的牛角杯，娓娓的敬酒歌，怎不叫远方的客人心迷又神醉！

苗家是英勇果敢的民族。寨子中央的鼓坪上，只要鼓声轰隆隆地敲起来，敲得山摇地又动，苗家的勇士们就可以赤足上"刀山"，下

"火海"!

苗家是能歌善舞的民族。一年一度的芦笙节，成千上万人同时涌进一个芦笙坪，成百上千像香枫树一样魁梧的青年，同时吹响了大大小小的芦笙，成百上千个像蝴蝶一样漂亮的女子，围着熊熊燃烧的篝火，同时跳起了欢快的舞蹈。跳到正欢时，舞到情浓处，姑娘们纷纷解下早已准备好的花带，拴到了小伙子们的芦笙上……

芦笙节从何而来？至今众说纷纭。

我最感兴趣的一说是：很早很早以前，有个美丽而又不幸的苗家女子，在森林中被白野鸡精抢走。有个青年猎人听到她的呼救声，远远一箭，就把害人精给射死了。姑娘得救后，四处寻找救命恩人而不可得。后来，还是她的父母想出了个好主意——举办一场芦笙会。果然，人山人海中，出现了一位头戴白野鸡尾翎的英俊青年，姑娘一眼认出了他，有情人终成眷属……

那么，在今年的芦笙节上，谁又是那位幸运儿呢？

　　　　2002 年 5 月 28 日记于苗岭郎德上寨

　　　　　　2004 年 6 月 30 日完稿

昆明西山谒聂耳墓

> 省垣之西，有一山焉。高百仞，临昆湖，风景绝佳，即西山也。
>
> ——摘自聂耳中学时代作文

我终于来到他当年笔下的西山，春城昆明郊外的西山。

当地人都说，西山是头枕五百里滇池的"睡美人"。当然，那只有在远望时，才能对其柔美起伏的天际轮廓线，产生如此富有诗意的联想。

而我上了西山，倒觉得它更像一位头顶云天、脚踩洪波的壮士。从滇池上直立起来的悬崖峭壁，犹如它壮实的身躯，古人在崖壁上开凿出来的奇险无比的"龙门栈道"，则像是缠在它腰间一条小小的腰带。仿佛只要它一声吆喝，就会临空绷断似的。

走在山道上，满耳都是涛声。林涛，水涛，云涛。仿佛有一群群海鸥从波涛中掠起。又似乎隐隐传来悠扬的笛声和琴声。我知道，那是被西山的崖壁吸收、贮存而又重新释放出来的声音。当年，少年时代的聂耳，不是常常和同学们来此登高望远、临池击水吗！不是常常吹起他那支来自家乡玉溪的竹笛，拉起那把从学校里借来的手提琴吗！

西山的悬崖峭壁，堪称一面巨大的历史回音壁。

今天，聂耳还是那样年轻，还是那样俊朗而洒脱。他正静静地站在山间的密林中等待着我们。他西装革履，雄姿英发。他一手挽住风衣飘动的下摆，一手横在胸前，五指微开，头部略低，像在俯首沉思。无数音符，像浪花，像小鸟，似乎正从他指缝间奔涌、喷溢、腾空、翔舞！

塑像的背后，便是他的长眠之地。整个墓园，状如一把月琴。那可是他从小就特别喜欢的乐器，一种云南民间乐器。他的墓室，就坐落在琴盘的发音孔处。是的，年轻的他，永远不会停止从心灵深处发出声音，一个国家、一个民族和一个时代的最强音……

墓室前的七层花坛，代表音乐的七级音阶。

步道上的 24 级台阶，象征着他 24 岁短暂的生命。

24 岁，永远的 24 岁，令人无限痛惜的 24 岁！

当年，他告别西山时，才 18 岁吧？他怀揣那支心爱的竹笛，沿滇越铁路南下，取道越南、香港，蹈海北上，终于在上海投入革命的熔炉，并以他的青春、热血、激情与才华，谱写生命中最华彩的乐章。然而，当他为逃避反动派的追捕而逃亡日本时，鹄沼海的波涛却无情地吞噬了他年轻的生命。

在中外著名音乐家的生命谱系中，不乏英年早逝的天才。舒伯特，32 岁。莫扎特，36 岁。在其后的中国音乐史上与聂耳齐名的冼星海，临终时也刚满 40 岁。然而，谁也没有像聂耳这样，把生命的休止符提前终结在24 岁！

听说，日本友人在鹄沼海滨的"聂耳终焉之地"，为他用花岗岩设立了纪念碑，碑的形状是一个巨大的耳朵。其创意，是让他永远能聆听太平洋汹涌澎湃的波涛声呢？或是让他的歌声能永远与太平洋的波涛声相应和？

而在他的家乡云南，当他的骨灰从东瀛运回时，父老乡亲们为他在昆明的西山上筑墓立像，也是让五百里滇池的波涛声为他的歌声伴奏吧？

聂耳的一生为我们留下了 34 首歌曲。其中，不论是表现工人阶级生存状态的成名作《开路先锋》《大路歌》，进行曲风格的爱国歌曲《毕业歌》《义勇军进行曲》，抒情歌曲《梅娘曲》《铁蹄下的歌女》，还是儿童歌曲《卖报歌》、民间器乐曲《金蛇狂舞》，全都是发自劳苦大众的心声，表达了中华民族在灾难中的悲愤情绪、日益觉醒的抗争意识以及改变命运企盼光明的渴望。他的每一首歌，一经问世，便迅速在全国各地传唱，成为历久而不衰的艺术精品。更难以令人置信的是，这 34 首歌曲，都是他在死前不到两年的时间里创作完成的。这，不能不说是音乐史上的一大奇迹。

当时，聂耳的脑部两次受伤。有时，在工作现场，他甚至因为疲劳和激动双过度而昏倒在地，不省人事。他在日记中曾预感不久于人世而告诫自己必须把时间"抓紧又抓紧"。其情景有点像晒谷场上忙碌的农民，抬头望见乌云密布，风雨欲来，便赶紧把场上的稻麦收起。后来成为我们国歌的《义勇军进行曲》，就是在十分紧张而又紧迫的日子里完成的。那时，田汉已被关进监狱，歌词是写在香烟盒的内纸上，偷偷托人传递出来的。而敌人抓捕聂耳的风声也越来越紧。就在这万分危急的情势下，聂耳躲进一间小阁楼，凝神运笔，开始了他不朽的艺术创作：

起来，不愿做奴隶的人们！
把我们的血肉，
筑成我们新的长城……

小小的阁楼，成为血与火的战场。他满脸通红，筋奋脉张。如炬的双目，喷吐着激情燃烧的火焰。他像一个战士在冲锋陷阵，完全把生死置之度外。

其时，正是 1935 年春天，他生命史上的最后一个春天。数月之后，他便不幸在日本溺水身亡。《义勇军进行曲》铸就他艺术的顶峰，同时也成为他生命的绝唱。

看来，人的生命价值不在于长度，而在于质量。24 岁的聂耳，其生命犹如一颗流星，在最短暂的燃烧中迸发出最灿烂的光芒！

今天，当我静静坐在聂耳墓第 24 级台阶上时，耳畔依然充盈着林涛、水涛、云涛，旧世纪与新世纪交相激荡的汹涌澎湃的涛声。涛声中，依然升腾起《义勇军进行曲》威武豪壮的旋律，其声如雷，其势如山奔海立，浩浩荡荡不可阻挡……

2001 年 3 月 30 日游并记

2002 年 9 月 2 日完稿

昆明西山谒聂耳墓

好朋友石林

焉有石林？

——屈原《天问》

石胡不林？往视西极。

——柳宗元《天对》

你好，小石林！你好，大石林！你好，外石林！

请允许我来参加你们的聚会，尽管我姗姗来迟，迟到了将近两亿七千万年……

两亿七千万年前，你们一个又一个从大海的波涛中露出头来，睁大眼睛，惊奇地注视着眼前这个混沌初开的世界。而后，海水渐渐消退，沧海变成了陆地，变成了高原。在日月精华的滋润下，在地表水和地下水一刀又一刀不懈的雕刻下，你们，终于举起了一大片石头的森林！

两亿七千万年是个什么概念？它远远超出人类想象力的极限。因为人类——姑且承认其祖先是由猴子进化过来的，迄今也不过一二百万年历史。所谓"人类历史的长河"，跟你们石林的年龄相比，只是一朵浪花在一瞬间闪了一下而已。

但这丝毫也不影响你与人类之间平等而又坦诚的交流。在我的眼里，你们全都是人类的化身。石芽、石笋、石柱、石塔、石峰、石壁，全都是我有棱有角、有血有肉、有情有义的朋友，陌生而又亲近的朋友。坚硬中有心脉在律动，冰冷中有热血在奔流，沉默中蕴涵着万语千言……

也许，你像威武不屈的将军昂首挺立；也许，你像狂放不羁的诗人仰天长啸；也许，你像密林中的猎手弯弓待射；也许，你像草原上的牧人正赶着羊群。长髯飘拂，可是五位德高望重的长者？眉目传神，可是一对刚在初恋的情人？母亲牵着幼子，说不尽舐犊情深；妻子等待丈夫，诉不完爱的坚贞。莲花池临池照影，那斜披着半山野蔷薇花的，分明是长裙曳地的美妇人；剑峰池波平如镜，把各位勇士的倒影映照得益发英气逼人！跳月坪上，把火把燃起来，把三弦弹起来，群峰手挽手围起圈来狂歌劲舞，这不就是彝族同胞在欢度一年一度的火把节吗？当然，最令人神往的，还是玉鸟池畔，那亭亭玉立的撒尼姑娘阿诗玛。让我们陪着她，一起深情地呼唤：阿黑哥，你在哪里？

这真是一个团结、和睦、相亲相爱的大家庭。不分种族，不分性别，不分年龄；也不分高低大小，贫富贵贱，亲疏远近。所有的石头都是平等的，都能在这里拥有自己的一席之地。也许，这里显得有点拥挤，有点喧闹，但石与石之间，峰与峰之间，总能互相谦让地闪出一定的缝隙，留出一定的空间，甚至，还能荡漾出一泓清清的湖水。

这里，没有贪婪，没有算计，没有对他人领地的觊觎、争夺与侵略。有的，只有在和平与宁静中，力与美、线条与色彩的相互呼应、相互衬托、相互补充。共性，以博大的胸襟包容了各不相同的个性；不同的个性，又以其独特的贡献丰富了共性。

这里，没有猜忌、仇恨和陷害，有的，只是亲情、爱情和友情。当灾难从天而降，一块巨石从空中坠落，我看见两座石峰奋不顾身地扑上前去，就像一对父母，共同托举起他们可爱而又娇嫩的婴儿。

石林，你几乎集中了人类所有的优点，却摒弃了人类所有的缺点和弱点。你的存在，不仅是上苍赐予人类的一片风景，更是净化人类灵魂的一部天然启示录。

因此，我爱石林，我真诚地希望能成为你们之间的一员。也许，我不配成为一座石峰，也许，我只能化为某一座石峰上的某一根藤蔓、某一片绿叶，但我心甘情愿，因为，我将在这里领悟生命的终极意义，沐浴到人类理想最圣洁的光辉。

"远方的客人请你留下来"，这撒尼人热情的歌声，不是经常在石林中回荡吗！石林，请接纳我，把我留下，尽管我来得太迟太迟了。

2001 年 3 月 31 日游并记

5 月 3 日完稿

哀牢山梯田

　　"哀牢"二字，在彝语中意为"老虎出没的地方"。查阅有关资料，得知山中的老虎为孟加拉虎，系国家一级保护动物，但如今已很难在野外发现它的踪影了。

　　哀牢山是我国西南少数民族的聚居地，山中除彝族、拉祜族、傣族外，还有一大民族叫哈尼族。"哈"是飞禽走兽的统称，寓勇猛强悍之意。"尼"则是"人"的代称。"哈尼"一词，若译成汉语，便是"勇敢的人"。

　　古时候，"勇敢的人"在"老虎出没的地方"，自然以狩猎为生。所以，也有人把"哈尼"一词干脆就译成"猎虎者"或"猎虎的民族"。

　　然而，随着人口递增而猎物锐减，哈尼人早已放下钢叉，收起弓弩，扛起犁耙，拿起镰刀，把水稻种植业当成主业。好在哀牢山是澜沧江与红河两大水系的分水岭，山中又有大片大片的原始森林涵养水源，俗话说"山高水更高"，这就为哈尼族"稻作文化"的兴盛奠定了最坚实的基础。

　　未到云南时，听一位摄影界的朋友赞誉哈尼族的梯田是全中国最壮观的梯田，心中总有点半信半疑。2001年春天应邀赴滇参加"哀牢山笔会"，好几天时间都在大山的褶皱深处钻来钻去。百闻不如一见，这才知道，哈尼族同胞不仅勇敢，而且聪明，他们把世代传承的梯田开垦技艺，淋漓尽致地发挥成一门艺术，一门大地艺术，一门随着大山飞舞旋转的气象万千的艺术。

我曾经站在河谷的低处往上仰望，只见一层层梯田依山势而盘曲，顺坡度而递升，一直升到云端的密林中去。正是溶田季节，每一层梯田里都灌满了盈盈的春水。水满了，又通过田岸上的缺口，像小瀑布一般，哗啦啦流到下一层梯田里去。阳光下，田里的水如明镜，千百面明镜一起发亮；田与田之间的流水如珍珠，亿万串珍珠争相辉映。

我也曾站在高山顶上朝下俯视，由于视觉的误差，每一层梯田间的坡岸似乎都被省略了，呈现在眼前的，只有一大片明晃晃亮闪闪的水田，连同一条条细细的黑黝黝的田埂。随着山势起伏，山体凹凸，那田埂的线条时而平行，时而交错，但都柔韧、优雅而又舒展。这黑白分明、纲目相生的画面，有点像海边的渔民晒在沙滩上的渔网。但普天之下，哪有这么大的渔网呢！

我也曾沿着某一道田埂走进某两层梯田之间。我忽然发现自己变成镜中人，因为我清清楚楚地看见了自己，看见了我头顶的蓝天白云，看见身后那几棵棕榈树亭亭玉立的倒影。我又发现，每一层梯田的田面都很窄，假若一牛在田，恐怕连转身的余地都没有。但脚下的田埂却很长，顺着山势盘曲，始终望不见尽头。于是，我又想起，何必让牛转身呢？就让它沿着这一层梯田，沿着大山的这一等高线，往前犁田，一直犁到夕阳下山吧！

漫步在哈尼族的梯田中间，欣赏之余，心中又渐渐升起了两团疑问。

疑问之一：所有的梯田都是水田，所有的水田都准备插秧，却为何不留一块菜地？难道哈尼人不吃蔬菜？

疑问之二：随着人口增加，梯田层层向上拓展，会不会危及山顶的原始森林？假若森林不存在了，那梯田的生命也就令人担忧了。

好在不久以后，我这两个疑团全都得以冰释。

那是在镇沅彝族哈尼族拉祜族自治县，在一座依山傍河的哈尼族村寨。曲曲弯弯的山道上，热情好客的主人撒下青翠的松针，以此迎宾引路，在我看来，其隆重的程度不亚于在首都用红地毯迎接国宾呢！进入寨子，又见五张大谷席相连着摊在地上，摆开了哀牢山特有的"长龙宴"。谷席上，既有香喷喷的白米饭，又有黄澄澄的黄米饭，那自然都是产于高山梯田里的精品了。五颜六色的各种蔬菜，倒也不缺，但似乎都很陌生。听主人介绍后，大吃一惊，原来，那蔬菜都是从山野间采集来的鲜花。"云南十八怪，鲜花当蔬菜。"四季如春的云南全省，各族老百姓常常食用的花卉多达 160 多种。席上摆出的，就有金银花、棠棣花、金雀花、紫藤花、芭蕉花、棕榈花、太白花和野牡丹花，连那吃起来甜糯得有如蜂蜜搅拌的黄米饭，也是用一种野花的黄色液汁所染成。哀牢山满山遍野的奇花异卉，全是无污染的绿色食品、天然保健食品，哈尼人一年四季尽可"餐花饮露"，又何必腾出宝贵的梯田来种蔬菜呢！

"朝饮木兰之坠露兮，夕餐秋菊之落英。"以前读屈原的《离骚》，总以为那只是诗人的浪漫想象。如今这哈尼山寨的一席饭，才使我顿悟："花馔"在中国，不仅古已有之，且至今犹然。

可惜我们此行早了一些。主人说，要是等到插秧季节，可以在这里看到隆重的"开秧门"仪式：两个汉子站在田埂上，鼓腮吹唢呐，"呜里哇啦"一阵响，据传是为了唤醒一种小鸟，让它们知道人类要插秧了，你们快来看守庄稼吧！到了秋收季节，这里还要举行"吃新谷"仪式：天蒙蒙亮时，从田里拔出一把稻谷，需是单数，三五穗不等，带回家去爆成米花喂狗，据说是感谢狗保护了谷种。而后，全家人才喝酒吃饭，上梯田开镰割稻。我想，在唢呐声中插秧也好，用爆米花喂狗迎接秋收也好，这种种习俗，都寄寓着哈尼人对土地的敬重与热爱，对五谷丰登、人畜兴旺的希冀与憧憬。

　　至于我所担心的，有关森林与梯田面积此消彼长的问题，陪同我们采风的一位哈尼族副县长，一再请我放心。他说，哀牢山原始森林是国家级自然保护区，是要依法进行保护的。我们哈尼族是个热爱森林的民族。哈尼人从小都知道，山顶上的原始森林，是老祖宗留下来的"风水林"，每一棵都动不得。保护森林就是保护水源，保护梯田，保护人类的命根子。为了缓解人口压力，控制梯田面积的增长，县里决定把原始森林边缘的一些高山村寨迁移到低山河谷地带，光今年一年，就计划搬迁 500 多人呢！

　　如今，哈尼族的"稻作文化"（又称"梯田文化"）已成为一项世界性的研究课题。20 世纪 80 年代以来，不少日本学者来云南"寻根"，这一"寻"便寻到了哀牢山。在他们所著的《倭人之源》《稻米之路》等书中，称云南是"亚洲水塔"，是古代人类由中国向东亚、东南亚和南亚的"迁徙中心和文化交流中心"。而哀牢山的梯田，很可能就是"日本稻作文化的发源地"。

310

　　听说云南省正积极为哀牢山梯田申报世界文化遗产，对此，我深受鼓舞。在人类的文明成果中，不能光有巍峨的宫殿、高耸的教堂、华贵的壁画与雕塑，它还应该包括广大劳动者在生产中的智慧与创造。比如，这中国哀牢山的梯田，这哈尼族的无数能工巧匠，他们对地球的雕刻到了如此精细的地步，难道不也是一种伟大的艺术、辉煌的创造吗！

2001 年 4 月 1 日至 3 日游并记

5 月 12 日完稿

苍 山 夕 照

19座山峰，19位壮士，齐刷刷站起来，在高原上站成顶天立地的一排。

18条山溪，18条洁白的腰巾，从壮士们的腰间款款地飘了出来。

18条山溪汇成一个湖，一个烟波浩渺的高原之湖。

因为它太大了，人们只能把它称作"海"。海，蓝晶晶的，就像透明的天空一样，怀抱着太阳、月亮和星星，也怀抱着19座山峰威武的倒影。

山，统称苍山。大约因为19座山峰连成一片，莽莽苍苍吧？

海，取名洱海。据说，它那优雅的海岸线，正好画出大地母亲一只秀美的耳郭。

这里，就是白族同胞的故乡，高原上最富庶的鱼米之乡。

这里，就是云南文化的发祥地，南诏"大理国"的先民们叱咤风云300余年的大舞台。

这里，荟萃了"风、花、雪、月"四大名景，说是"下关风，上关花；苍山雪，洱海月"，又说是"下关风吹上关花，苍山雪映洱海月"。

也许是全球气候变暖的缘故吧，我们今天来此春游，"下关风"柔柔的，并不凛冽；残存在19峰顶上的"苍山雪"，也早已消融了。唯有"上关花"，一路上随处可见，满眼姹紫嫣红。而"洱海月"呢？

本该今晚泛舟海上，在金梭、银梭两岛间尽情观赏，可惜行色匆匆，我们竟然在日落之前，搭上了前往丽江的班车，不能不痛失于交臂了。

令人喜出望外的是，苍山洱海也像白族同胞一样热情好客，依依惜别之际，竟然送给我一份厚礼：一次最奇异，也最壮观的落日。

汽车，在苍山与洱海之间的平畴上向北奔驰。

夕阳，正遥遥从西天坠落。

洱海，卸下了天蓝色的长裙，披上了金波闪闪的晚礼服，在雍容华贵中更显得含情脉脉。

苍山19峰，却披上铁黑色的盔甲，在天际轮廓线上站成一排长城式的剪影，巍巍然接受我们的巡礼。

长城的上方，为迎接夕阳的降落，暮云像烈火一般熊熊燃烧起来。

但不久，火苗渐渐小了，火光渐渐淡了，余烬收拢，凝固成一片片散绮碎锦，铺垫在山峰与山峰之间的U形天幕上，铺垫在黑色长城的一个个垛口里。

突然，一峰黑影挡住了视线，天色顿时暗了。被峰影吞没的夕阳，就此与我们悄然告别。

它累了，该回家休息了。

今天，我亲眼看见它忙碌了一整天。清晨，它用金色的手指敲开大理古城的东门，镀亮崇圣寺三塔的塔影，给每一幢"三坊一照壁"的白族民居送去了满庭院的明丽与清新；正午，它以满腔的激情，让洱海上的点点白帆银光闪烁，让蝴蝶泉边的一群群白族姑娘，更像金花一样光彩照人，由她们巧手编织的五彩云锦，就像彩蝶一般翩翩起舞……

然而，夕阳还不肯休息。

峰影闪了过去，它又从山谷中露出笑脸。山谷深处，有几根云柱直直地升腾而起，就像金色的喷泉在迸溅，那可是它金灿灿的笑容？

转瞬之间，又一峰黑影挡住了视线，它又倏然消失了。

是的，它应该休息了，也可以休息了。它完成了一天的劳作，为苍山上的每一片树叶，洱海里的每一朵浪花，阡陌田畴中的每一株秧苗送去了光和热，情和爱，美丽和神奇。大功告成，胜券在握，绚烂之极，归于纯朴，是到了它含笑归隐的时候了。

万没想到，当汽车上了一道高坡，它又第三次出现在另外两峰之间。

这时，天幕已由深蓝色变成了暗紫色。天空翻涌的云霞，红的，金的，白的，也全都远走高飞了，只留下玫瑰色的鱼鳞云。而夕阳本身，也由金黄褪成了暗红。一抹余晖，柔柔地投射过来，就像一位老人的目光，虽然带有几分疲惫，几分无奈，却显得十分安详而又从容，正满蕴着慈祥和温柔，向他所挚爱的即将远行的儿孙们做最后的送别……

这一而再，再而三的送别仪式，使车上每一位旅客都不能不为之动容。

洱海渐渐消失，苍山19峰也远远被甩在了后面。

唯有车轮滚滚，继续在无边的夜色中奔向前方。

但日落时的最后一抹余晖，却像一盏明灯，永远悬挂在我的心头。就像我祖母和母亲的目光一样，温暖着我生命中尚未完成的全部旅程。

2001 年 4 月 6 日游并记

2002 年 12 月 6 日完稿

参拜玉龙雪山

一

漫步丽江古城的老街旧巷，但见家家流水，户户垂杨。流布全城的水网之上，造型各异的木桥、石桥多达 300 余座，不是姑苏，胜似姑苏。伫立桥头，细看那桥下流水，落差大，流速快，哗啦啦的水声不绝于耳。水色清纯澄碧，又长又细的水草随波飘浮，五彩锦鳞的鱼儿上下游动，有如珍珠玛瑙在美妇人的满头青丝上跳来荡去。每当夜深人静，爱干净的纳西族市民还引水冲洗街道，让五花石铺砌的路面清清爽爽，待明朝日出时抖出彩虹般的鲜亮来。

作为全人类共同拥有的文化遗产，丽江古城对水资源的科学利用堪称典范。水在城中，城在水上。水是城的明眸、城的经络和血脉。正是水，源源不绝地润泽着古城的生命，才使它的青春之花永不凋谢。

水是山的女儿。饮水思源，人们不能不把感激的目光投向城北的玉龙雪山。如果说，云南是东南亚的"水塔"，那么，玉龙雪山高耸在蓝天白云间的雪峰和冰川，便是"水塔"的"塔尖"了。难怪，纳西人要称它为"灵山""圣山"，把它当作民族精神的象征。神话传说中那位跨白马、执白矛、身披白衣白甲，随时随地解人危难的纳西族保护神"三朵"，不就是玉龙雪山的化身吗！

因此，到丽江去的游客，都不能不满怀敬畏之情，前往玉龙雪山顶礼膜拜。

二

车出市区香格里拉大道，迎面便是玉龙雪山冰雪皑皑的召唤。

一座座山峰如同一柄柄利剑直插云端，连闪烁其间的阳光也似乎寒气逼人。雪山与古城相距仅 15 公里，但高差却超过 3000 米，难怪城中四季如春，山上却是万年冰封。尽管不少中外登山健儿早已征服海拔 8848 米的世界屋脊珠穆朗玛峰，但海拔 5596 米的玉龙雪山主峰"扇子陡"，却因遍插冰川、冰斗，其角峰薄如刀脊，至今仍是无人登顶的"处女峰"。心向往之而不能至，自然就愈显其高远而神秘了。

我们从东麓上山，顺路先去探访一个名叫"玉水"的纳西族村寨。

寨名"玉水"，因为它是一股泉流的源头，那泉水从一堆冰碛石下方的孔穴中喷出，飞珠溅玉，晶亮透明，分明是玉龙雪山冰雪融化后从地表下涌了出来。当我用双手掬起清泉畅饮时，指尖上有一种凉飕飕、滑溜溜的触觉。定睛细瞧，原来是一群棒槌大的鱼儿在唼喋嬉游。一问，是虹鳟鱼，那可是在我国极为罕见的冷水性鱼类呢！

泉眼的上方，有一棵古老的枫树，树干上缠满五颜六色的经幡。山上风硬，一阵阵山风刮得树叶哗哗作响，那经幡也像火苗一样翻飞舞动。树底下，密密麻麻竖插着许多油漆成黄色的木柱，柱上刻的，全是纳西族独有的"东巴文"。据说，这是目前全世界唯一还在使用的象形文字。当然，我一个字也看不懂。正因为看不懂，一种庄严、肃穆而又神秘的氛围便紧紧攫住了我。

泉眼的左侧，木栅栏围护着一高一低两排木屋。一对纳西族老人热情地把我们迎进里屋。寒风，挡在门外，屋内的火塘四周，暖意融融。我们的话题漫无边际，但都离不开纳西族先民有关玉龙雪山的种种传说。

原来，那口玉水泉是纳西族人心目中的"神泉"，也是村民祭拜自然神的"署古场"。相传远古时候，人类与自然神是同父异母的兄弟，情如手足。可惜人类越来越贪婪，不断砍伐林木，捕杀禽兽，污染水源。自然神忍无可忍，终于发怒了，他狠狠地惩罚了人类，使人类无田地可耕种，无草场可放牧，甚至，连一口干净的水也喝不上。于是，上天派"东巴神"巴什勒下来调解。他主持正义，要求人类爱惜森林草地，保护飞禽鸟兽，严禁污染水源，同时，每年都要以最好的供品来答谢自然神赐予人类生存所必需的一切。从此，自然神原谅了人类的过错，人与自然和谐共处，玉龙雪山又恢复了往昔的和平与宁静……

纳西族真是个了不起的民族！有关环境保护、生态平衡，有关人与生物圈、人与自然关系的法则，他们领悟得如此之早，如此之深刻，不能不使我的心弦为之震颤。试看今日之寰球，冰川在消融，雨林在消失，赤潮染指碧海，沙尘暴吞噬蓝天，多少河流被沙漠吸干，多少良田已沦为戈壁，多少奇花异草鸣禽猛兽正濒临灭绝，急速膨胀的人口对自然资源毫无节制的掠夺与挥霍，已使我们的地球母亲憔悴、羸弱，不堪重负！难道我们还要让自然神再一次恶狠狠地惩罚人类吗？而这一切，在纳西族先民对自然神的原始崇拜中，早已用神话故事的方式对子孙后代发出了最严厉的警告！

临别前，主人用土纸书写了两行东巴文送我。我认出象形文字中有个高昂的马头，特别高兴，因为我属马，对马情有独钟。那两行字的汉语译文为："宝刀刃上无坚石，骏马面前无深壑。"这，无疑是对我最美好的祝福了。

三

可惜，我们今天与骏马无缘。好在见到了一群黑白相间的牦牛。

那是在白水河河谷，由白灰石凝成的河床，层层叠叠，有如冰雪覆盖的梯田。河水分成无数股细流，顺着"梯田"田埂处的缺口，层层跌落，潺潺作响。这清亮的声音，令人想起挂在牦牛脖子下的布农铃，想起自古以来，经此前往西藏的"茶马古道"，一路上，迷茫的风雪，险峻的高山，幽深的密林，湍急的溪流，伴随着远行人的，只有布农铃的叮当声响，在群山中久久回荡。作为"高原之舟"的牦牛，在历史上功不可没。但布农铃的铃声，如今已很难再听见了。

从白水河一侧坐电缆车上山，更觉冷风刺骨，寒气逼人。玉龙雪山主峰"扇子陡"的簇簇冰峰，似乎逼近眼前，近在咫尺。但不久，一大片云杉林从峡谷中升了上来，又把它全遮住了。我们下车步行，沿一条用栗木铺成的栈道，弯弯曲曲潜入云杉林的深处。头顶，是浓密的树冠所撑起的帐篷，巨大的、墨绿色的、遮天蔽日的帐篷。但帐篷下方却颇为疏朗，只有粗大壮硕的树干，彼此保持一定距离，毫无旁逸斜出地直挺挺地升向上空，成为绿色大帐篷的一根根支柱。偶然间，我看见一棵老树倾倒下来，却正好斜靠在一棵参天巨树的半腰，如同一位老人在倚杖歇息。不久，又发现另一棵老树颓然躺在地上，半身业已朽烂，但其肩上、腋下、双腿间，却又冒出好几株幼树，正争先恐后地抽枝拔高呢！空气中，弥漫着半是清新半是腐朽的气息，一种原始森林特有的气息。在这幽秘的绿色王国里，一幕幕新老交替的悲喜剧正在上演，无始无终，无声无息……

四

走到森林的尽头，眼前豁然开朗。一大片高山草甸，在淡绿中透出鹅黄，平展展地垫在雪山冰川的下方。云杉坪，海拔3000多米的云杉坪终于到了。

草坪面积大约一平方公里。雪山抱着她，云杉托着她，显得冰清玉洁，纤尘不染。她就像玉龙雪山的掌上明珠，正娇憨地舒展柔美的腰肢，在这里酣然入睡，体态慵懒而甜美，优雅而高贵。天地间万籁俱寂，只有几簇野花为她悄然开放，只有一两声鸟鸣伴着她温馨的呼吸。

这里，视野开阔，自是仰观玉龙雪山主峰的最佳处。可惜，一阵山风卷走了阳光，天上竟星星点点、纷纷扬扬飘洒下晶莹洁白的雪霰来。仰望群峰，山影愈来愈淡，最终消融在一片白茫茫之中。

在纳西语中，云杉坪读成"吾鲁游翠阁"，意为男女青年殉情之地。传说古时有不少恋人，当他们的爱情在人世间受阻时，便双双来到这里，把爱的极致、生命的极致，一起融入雪山草甸美的极致。而在古老的《东巴经》里，这里是纳西族先民理想中的天国，人神共有的乐土。我想，他们的理想也应该是全人类共同的理想吧！请允许我抄录其中的一小段，文情并茂，优美如同散文诗的一小段，权当本文的结尾吧——

这里，没有吃肉的苍蝇，没有吸血的蚊子。老虎当坐骑，马鹿作耕牛，野鸡为晨鸡。没有生老病死，没有痛苦忧愁。与日月同在，与天地共存……

2001 年 4 月 7 日游并记

5 月 6 日完稿

泸沽母亲湖与格姆女神山

一

朝辞丽江古城,往泸沽湖进发。一路上,翻越金沙江,穿越小凉山,在滇西北的高山峡谷间足足颠簸了七个小时。

车窗外,不时闪过少数民族村寨——或悬在高山梯田之上,或藏在密林幽谷之间,或凭借一座桥——独木桥、藤桥或悬索桥,吊在激流险滩的两旁。有趣的是,进出村寨的妇女,不论是彝族、普米族,还是纳西族的分支摩梭人女子,全都爱穿拽地的百褶裙。大概,她们脚下的这片土地,也像百褶裙一样,是地球上褶皱最多、最细、最密的土地吧!

尽管山道弯弯,黄尘滚滚,全车游人在长时间的剧烈颠簸中早已昏昏欲睡,但当泸沽湖的一汪碧波突然间在群山间荡漾开来时,大家全都睁大眼睛,醒了,继而又全都眯起眼睛,醉了。

仿佛眼前只是一个梦境,一个蓝湛湛的梦境。是的,我只能用海一般的湛蓝色,来形容这仙境一般的高原湖泊。从高处俯瞰,湖水波澜不惊。只有蓝色,一片柔柔的蓝色,像透明的玻璃一般,轻轻托着湖中三个玲珑剔透的小岛,倒映着湖对岸那座高山的倩影。

这湖,这岛,这山,全都像少女一般纯净而明丽,像母亲一般温柔而宽厚,像外婆一般慈祥而宁静。一切,全都浸染着一层母性的色彩,

319

氤氲着一种女性的灵气。难怪，人们称这里是"女儿国"，是"母亲湖"，是"外婆家的童话世界"，是"上帝创造的伊甸园"，是"伊甸园中的最后一朵玫瑰"……

二

车子盘旋而下，降落湖滨，把我们带进一个名叫"落水"的摩梭人村寨。全村 72 户人家，家家都有一幢乃至数幢"木楞房"——这是用粗大的原木，呈"井"字形层层垒叠起来的楼房，高二至四层。几乎所有的窗户和走廊，都朝着湖的方向。彩绘的窗框，雕刻精美的栏杆，倒映湖中，在阳光中微微摇荡，美如童话。

建造如此壮观的木楞房，自然要归功于摩梭人世代相传精湛的建筑技艺。但耗费如此之多的上好木材，却不免让人感到奢侈，感到忧伤。因为长江上游，尤其是金沙江上游，森林资源毕竟有限，像泸沽湖这样得天独厚的生态环境，毕竟是越来越罕见了。我暗想：为了全流域子孙后代的福祉，但愿这片壮观的木楞房，只能成为这片湖光山色中最后的风景。

与想象中迥然不同的是，摩梭人的生活相当富裕。这，自然得益于近年来旅游业的勃兴，国内外游客慕名而来。徜徉在临湖的村街上，但见家家大门前都挂起了用中文、英文，甚至还有日文书写的招牌："摩梭人家""女儿国客舍""格姆山庄""泸沽湖渔家""阿夏风情国""伊甸园""外婆饭庄"……

其中，"格姆"是传说中的女神，"阿夏"是姑娘的统称。所有的招牌连同所有的庭院，似乎都笼罩在母爱编织的凉荫之中，充满着女性文化世界一种神秘而浪漫的情调。

三

在古代史书中，摩梭人原称"牧苏"，意为"放牧牦牛的人"。

如今的泸沽湖畔，牦牛被换成了骏马，换成了面包车，一个个体格健壮的"阿注"（小伙子），是骑着骏马，开着面包车来迎送旅客的。他们头戴宽边毡帽，足蹬长筒皮靴，腰挎佩刀，显得干净利索，英俊而潇洒。尽管高原强烈的阳光和紫外线，使他们的皮肤显得黝黑，却有一种青铜般的雕塑之美。

忘不了牦牛的，倒是"阿夏"（姑娘）们。她们借助牦牛的尾毛，把长长的秀发编成发辫，高高地盘上头顶，再插上鲜花，缀上珠玉。于是，她们走起路来，环佩叮当，花枝乱颤，又有百褶裙在湖风中翩翩起舞。那身材，就更显得高挑而苗条；那风姿，也就更显得秀美而端庄了。

她们，一个个都是荡桨摇船的高手，自然，也就成为我们的最佳导游。于是，夕阳斜照，满湖金波荡漾之时，我们登上了一位摩梭女子的独木舟。那舟，造型奇特，状如喂猪的木槽，果然，摩梭女子说它就叫"猪槽船"。

相传很早很早以前，滔滔洪水冲天盖地而来，眼看就要把整个村庄淹没。村头，有一位母亲正在喂猪，两个年幼的孩子在旁边玩耍。母亲见洪水来势汹汹，急中生智，赶紧把一双幼子抱进了猪槽。猪槽顺水漂流，终于抵达安全地带，两位孩子得救了，而母亲却不幸葬身水底。为了纪念这位勇于自我牺牲的伟大母亲，从此，人们把泸沽湖称为母亲湖，湖上的交通工具，也一直保留猪槽的形状。

摩梭人对母亲的感戴与崇拜，不能不令人为之动容。

怪不得，这里至今还保留着母系大家庭的社会。母亲，主宰着家庭，在家庭中享有至高无上的权威，同时也承担着不可推卸的责任和义务。她们，用无私的爱心，点燃家中永不熄灭的火塘，哺育家中每一个可爱的孩子，在这片孤独的高原上，托起一片温柔的湖波，用青春和生命证明：弱者，并不都是女人的名字！

四

摩梭人的崇母情结，甚至神化成为一种原始宗教。

当我们站在湖中的一个小岛上，隔着湖波，仰望湖对岸那座高山，那座在夕阳中紫雾蒸腾的高山时，为我们撑船的摩梭女子，用十分敬畏的语调告诉我们："那，就是格姆女神山。我们摩梭人心目中的爱情之神、生育之神、命运之神和丰收之神。"

相传很久以前，湖边永宁坝子波里村，有一位美丽的姑娘，名叫格姆。她聪明能干，织布如彩云飘飘，背水如风摆杨柳。她能歌善舞，竹笛一吹，百鸟悄然静听，歌声一响，百灵羞愧不已。她的美名传遍天下，家里的门槛都被走婚的小伙子们踩平了。连天神也看中了她，掀起龙卷风把她刮上天去。这时，整个永宁坝子的人都看到了，大家齐声吆喝表示抗议。天神惊慌失措，一失手，便把格姆摔落到了地上……

从此，格姆的灵魂永远在山尖上飘荡。飘飘的白云是她的头发，翠绿的青松是她的衣裳，永宁坝子是她柔软的坐垫，泸沽湖水是她明亮的镜子。她骑着白狮子，吹着竹笛，日日夜夜守望着这一方故土，护佑着故土上所有的亲人。

从此，天阴天晴，人们一望山顶的云彩就知道；丰收歉收，人们一看山腰的树木就明白；年轻夫妇想生育，就到山上去祭拜；男女青年要定情，更要请格姆女神来做证……

每年农历七月二十五日，是摩梭人的"朝山节"——朝拜格姆女神的节日。所有的男男女女、老老少少，都要跟随喇嘛上山，把帐篷搭起来，把经幡扬起来，把香火燃起来，在虔诚的顶礼膜拜之后，荡起秋千，骑上快马，跳起欢快的锅庄舞、狮子舞、凤凰舞……

五

游湖归来，暮色低垂，明亮的湖水渐渐暗了下来。只有微波细浪轻拍湖岸，听起来，犹如母亲在摇篮边轻声絮语。

好客的主人，为我们献上了熏鱼和苏里玛酒。那熏鱼，又香又脆，是泸沽湖活蹦乱跳的时鲜；那苏里玛酒，甜中微酸，是用青稞麦和高粱米发酵而酿成。

酒足饭饱之际，泸沽湖边燃起了熊熊的篝火。白天里骑马开车的"阿注"和摇船荡桨的"阿夏"们，全都唱歌跳舞去了，只有我们下榻处的"摩梭人家"，有位名叫柳枝央措的姑娘，还静静地坐在火塘边读书。此刻，她换下摩梭女子的传统盛装，穿上了 T 恤衫、牛仔裤，火塘里的火光，一闪一闪，映红了她俏丽、皎洁的脸盘，活脱脱一位城市里的现代女郎。

原来，她是昆明一所旅游大专学校的毕业生，今年 19 岁。四季如春的"春城"留不住她，她义无反顾地回到生她养她的泸沽湖，在"一家之长"——年已七旬的外婆的领导下，在母亲和众多哥哥的帮助下，负责经营这个拥有 32 个客房床位的"摩梭人家"。当我们围着火塘，跟她聊起有关"走婚"制的话题时，她一一回答我们好奇的提问，率真、坦诚，毫不掩饰和隐讳。

她说，"走婚"一词，顾名思义，是用"走"来表示的一种爱情关系，却与"婚姻"无关。传说格姆女神最终爱上了一位英俊的天神，但天地之间路途太遥远了，他们每年只能有一夜的欢聚。尽管久别重逢，每次都有说不完的知心话，但一旦传来雄鸡啼鸣的声音，天神便不得不依依惜别……

这种夜合晨离的习俗延续下来，便成为摩梭人特有的"走婚"制：男不娶，女不嫁，男女双方终其一生都只生活在各自的家庭中。当他们之间相恋时，便采取男方夜宿女家而翌晨离去的方式。一切，纯以双方的感情为纽带，既不以门第、地位、财产为媒介，也不受族权、神权、父权所约束，连婚礼也都免了。对于男方来说，甚至，连抚养儿女的责任与义务也都无须承担。男女双方，随情而生，随缘而合。若日后合不来，便客客气气分手，绝不留下任何怨恨。因此，每一位"阿夏"，一生中可能只有一位"阿注"，也可能先后有好几位"阿注"，但在同一段时间里，却只能结交一位"阿注"。

由此看来，"走婚"制并非"群婚"制。摩梭男女对爱情的追求，既热烈而奔放，又认真而严肃。柳枝央措一席的话，消除了我们对于"走婚"制的种种疑问。当有人问起她本人是否已经有心目中的"阿注"时，她爽快地回答道："我还年轻，要学习，要创业……"只不过，在火光的辉映下，她的脸，越来越红了。

六

夜深人静，湖畔的篝火熄灭了。唱歌跳舞的年轻人都已经散去。只有星星在夜空中眨着眼睛，只有湖波依然轻拍湖岸，那声音，在静夜里显得更加温柔。忽然，一阵马蹄声从窗外响了过去，渐渐消失在无边的寂静之中。那是一位幸运的"阿注"吧？在他的前方，有一扇窗口的灯还亮着，有一双痴情的眼睛，正等待着他的到来……

正如雪山上的云杉不觉得寒冷，大漠里的胡杨耐得住干旱，木麻黄的枝叶能在海风中狂舞一样，大千世界，物竞天择，各式各样的人，自有各式各样的生存状态和生活方式。在多元的世界文化中，摩梭人以其独有的母系社会和"走婚"制，保留其弥足珍贵的一元，值得我们理解和尊重。只要格姆女神山依然高高耸立，只要泸沽母亲湖依然柔波荡漾，只要木楞房里的火塘依然烈火熊熊，那么，就让我们为摩梭儿女的爱情和幸福深深地祝福吧！

2001 年 4 月 8 日至 9 日游并记

2003 年 5 月 20 日改定

阿里山神木

名山出名木。茫茫的林海托举起堂堂的高峰，这大概是许多名山之所以扬名天下的一大因素吧！试想，假若天山没有云杉，黄山没有奇松，岳麓山不见红枫，武夷山失却翠竹，它们，还能在万山丛中独领风骚吗！

古人对此早有领悟。如郭熙便在《林泉高致·山水训》中说过："山以水为血脉，以草木为毛发，以烟云为神彩。"但我以为，对台湾的阿里山而言，它那富有传奇色彩的"神木"，绝不仅仅只是头顶上的几根毛发，而是全山的精魂之所在。

台湾山多，号称"百岳"。"百岳"之中，又有"十峻"，其海拔皆在 3000 米之上。阿里山主峰祝山只有 2600 多米，论高度，在全岛群山中，只能算是"第二梯队"，它何以能成为宝岛山岳旅游的首选之地？显然，誉称"东亚树王"的"神木"功不可没。

我第一次拜识"神木"，是在台北一家大图书馆里。那天，承蒙主人的盛情邀请，我们福建省文艺家代表团一行 14 人，鱼贯通过一扇其厚无比的金属大门，步入恒温、恒湿，设有自动报警系统的善本书库。一股浓浓的幽香扑面而来。那是书香，从元、明、清古籍上散发出来的书香；那又是木香，从一架架高大的书橱里渗透出来的木材的清香。

主人自豪地说："这些书橱，都是用阿里山神木——千年红桧制成的，防潮、防火、防蛀，永不变形。可惜——"他叹了口气，目光顿时暗淡下来，说："这么高贵的木材，今后是再也找不到了。"

我用指尖轻轻触摸那些黄中透红，因不上油漆而呈现出天然纹理，保留木质本色的红桧木，一种敬佩之感伴随着一种惋惜之情油然而生。

数天之后，顺着地震后刚刚修通的新中横公路，我们登上了阿里山。上山后，这才知道，所谓"神木"，并不只是一种树，而是"阿里山五木"——红桧、扁柏、亚杉、铁杉和松树的统称。其中，又以红桧为代表。但也并非每一棵红桧都能享受"神木"的美称，能获此殊荣者，其树龄起码也要在 800 岁以上。天哪，800 岁！那时，荷兰人尚未染指台湾，"国姓爷"郑成功也尚未收复宝岛，与茫茫林海相依为命的，只有阿里山的原舞者——头插禽羽、身披兽皮，以刀耕、火种和狩猎为生的高山族及其分支的同胞！

潜入阿里山的密林，天暗了下来。潮湿的雾气，飘来树木或清新或腐朽的气息。除了一两声竹鸡的啼鸣，一小阵啄木鸟轻轻的敲击声，伴随着隐隐约约的涧水声，四周万籁俱寂。你似乎只能听见自己的心跳。你不由自主地把脚步放得很轻很轻，生怕惊醒绿色家族那长达数百年、数千年的酣梦。仰望身边那黑苍苍的树影，那顶天立地、轩昂矗立的树影，心中不能不升起一种庄严肃穆的敬畏之情。然而，你又分明感到它们正在呼吸，正睁开眼睛注视着你，正微微抖动树叶，要向你诉说有关风、雪、雷、电的故事，有关山林和人类的历史，有关它的欢乐与不幸，追求与希冀……于是，你又分明感到像是来自远方的子孙投入长辈的怀抱，有一种感应，一种默契，一种骨肉亲情的心频之共振……

红桧树，真不愧是阿里山绿色大家族中的尊者和王者。它具有最坚忍的意志，最顽强的生命力。它的主干，粗壮到需要七八人、十几人手拉手才能合抱。有一棵"象鼻木"，其盘根错节之状，就像一只巨象伸出长长的鼻子。有一双"夫妻树"，虽早已在雷电交加、天火焚烧中双双殉情，却依然并肩比立，遥对蓝天白云坚守海枯石烂的盟誓。又有一棵"三代木"，第一代主干衰朽中空之后，其一侧长出了第二代，继而又在其上方冒出了第三代。三代同堂，前赴后继，像叠罗汉一般，撑起一幢巍巍然、碧森森的绿色大厦！而这些有情、有义、有节的巨人，在死后不知多少年，树皮脱光了，甚至连焦黑的颜色也被雨雪风霜冲洗殆尽，只留下白生生的树干和枝丫，像骷髅一般，却也不肯訇然倒地，硬是在四围的无边翠色中，挺出一片"白树木"的奇观，为阿里山风光添上了一绝。其悲壮与惨烈，我想，只有新疆大漠瀚海中的胡杨木，才堪与之相媲美！

然而，比自然界的天灾更可怕的，也更令人痛恨的，却是人祸。一个多世纪以前，当甲午海战的硝烟刚刚在黄海飘散，日寇的铁蹄便踏上了宝岛。他们以在阿里山修铁路为借口，大肆砍伐我们的"神木"，并把它们一根根掠往东瀛。至今，林中漫步，还可以看到许多在浩劫之后所遗留下来的树桩，仿佛是一垛垛钢铁熔铸的雕塑。它们，或在痛苦中扭曲，或在惊恐中挣扎，依然保留着遇难时的姿势。从刀口流溢出来的鲜血虽已凝固结痂，但心灵上的伤口，却依然在滴血……

传说那时，阿里山满山都是愁云惨雾，每一棵树木，每一片树叶，都刮起了复仇的旋风。白天，强盗们一个个被突然倒下的大树压死；入夜，暴徒们又一遍遍被噩梦惊醒。甚至，当他们打开饭盒时，那白米饭团中也会渗透出猩红的血丝！入侵者惊恐万状，不得不在林中建了个"树灵塔"，朝夕焚香祭拜，请求宽恕。但我想，阿里山的"神木"，连同海峡两岸的中国人民，对侵略者的罪行，是永远也不会宽恕的！

阿里山的"神木王"，位于山顶铁路站的一侧。它身高53米，犹如擎天巨柱，是全山的标志。它的树龄，据推算，已达3000岁高寿。

假若把它的躯干锯开横剖面，那么，我们可以读到 3000 圈奇妙的年轮。那 3000 个同心圆的圆心，大约是周公摄政的时代，因此，它也被称为"周公桧"。又据说，它比北美加利福尼亚红杉的"世界爷"只略为年轻一点，因此，它又有"亚洲树王"的美称。

然而，就连这沐浴过周朝的阳光，秦时的明月，领略过唐风宋雨，经受过元、明、清电锯雷劈的"神木王"，也未能幸免于遍及台湾全岛的一场灾难。我们是 1999 年底上山参拜的，那天，距"9·21集集大地震"尚不足百日。铁轨因扭曲变形而尚待修复，红色小火车也只能暂时在站台停泊。上下的山道上，树周围的土地上，处处留下地震时开裂、隆起或塌陷的痕迹。我们伟大的"神木王"，已经轰然倒地，再也站不起来了。尽管，作为绿色家族中的堂堂伟丈夫，即便如此，也依然雄风犹存——它那筋骨尽露的指爪，还紧紧抓住培育它的泥土；它那霜皮龙鳞，还坚硬得如同铜浇铁铸；它那庞然的躯干，横倒在地之后也还比站着的人更高呢！它，就像一条巨龙，随时都可以挟雷携电，冲云破雾，腾空再起！

凭吊之余，举目四顾，我看见无数年轻的红桧树，正蓬蓬勃勃，冲天而起。再过 800 年、1000 年，又有多少"神木"将再创辉煌！3000 年过后，又有哪一棵"神木"将成为新的、无可匹敌的"神木王"呢？

中华大地，万古长青；神木家族，生生不息。

1999 年 12 月 24 日至 25 日游并记

2000 年 3 月 13 日完稿

[本文原载《散文》2000 年第 10 期、美国《中外论坛》2000 年第 5 期，入选《日月潭情思》（重庆出版社 2001 年版）。]

从阿里山到玉山

一

月亮和太阳是一对恋人。可惜它们日夜交替，永远不能聚合。

月亮在高高的玉山顶上哭了，它的眼泪是皑皑的白雪。雪化了，化成潺潺的河水。河水从陆地奔向海洋，便成了滔滔的海水。

泪是咸的，海水也是咸的……

二

我是在阿里山上听到这个有关玉山的传说的，冷艳而又凄美。

我不知道这个传说始于何时，出自何方。是山林的原舞者——高山族同胞对山高路远、生计艰难一种无奈的嗟叹？还是来自大陆的先民对两岸亲人隔海遥望、难以团聚的一种无望的感伤？我不知道。

也许，只有云封雾裹的层层山林，只有山顶上的皑皑白雪、山谷中的潺潺流水，它们自己才知道。

三

那夜，我们下榻阿里山的塔山一侧。几幢童话般的小木屋，沐浴着淡淡的星光和月辉，静静地躺在杉林的怀抱里。

杉林的剪影，给夜空围上一圈锯齿状的黑色花边，使那暗蓝色的

329

夜空，显得更加深不可测。

在"冻顶乌龙茶"浓浓的醇香中，主人聊起了这个令人回味无穷的传说。也许，他感觉到这个传说已引起大家浓厚的兴趣，便忽然发出邀请：从阿里山到玉山，地震后的新中横公路刚刚修通，明天一早，你们不妨先到"塔塔加"去，要是运气好，还可以望见玉山的雪峰呢！

玉山，曾经是那么遥远的玉山，经他这么一说，仿佛正一步步向我们走来，顿时显得亲近起来。

四

我从小便从书本上得知：玉山海拔近 4000 米，它不仅是台湾"百岳""十峻"之首，也是东北亚的第一高峰。据说，它山顶上"终年积雪，浑然如玉"，这才赢得"玉山"的美称。哪想到，那皑皑的白雪却是月亮的伤心泪凝成的呢？

从大陆来到宝岛，若能远远望一眼玉山的神采，自然好。可是，那闻所未闻的"塔塔加"呢，却又是什么去处？

原来，"塔塔加"是高山族同胞的一个语汇。在布农语中，意为"水鹿走过的山径"；在邹语中，又专指"马鞍部"，即阿里山与玉山两大山脉连接处的马鞍形台地。

主人说："塔塔加"海拔 2600 多米，设有全台湾最高的游客中心。徒步攀登玉山，那里，是最主要的登山口。

于是，"塔塔加"，这陌生而又新奇、美丽而又神秘的三个字，便整整一夜盘旋在我的梦中，直到几声清亮的鸟鸣把我唤醒。

五

迎着熹微的晨光和迷蒙的朝雾，我们驱车向"塔塔加"进发。

新中横公路，像一条银色的巨蟒在黑黝黝的密林中蜿蜒起伏。

柳杉、亚杉、铁杉，这些只有在寒带才能见到的高山乔木，在这里却排出整齐的队列，一队队从我们眼前闪了过去。

偶有几棵巨大的"神木"——被雷电劈死后依然屹立不倒的红桧树，朝天伸出白森森的主干和枝丫，给这浓重的森林暗影涂上一抹亮色。但那亮色，却带有几分死亡的悲壮。

公路穿出密林，盘上了天际。

一边，是刀劈斧削的悬崖；另一边，是深不见底的大裂谷。而深谷对面，便是层层叠叠、波澜壮阔的远山了。

气温骤然降了下来。峭壁的岩缝间，本应是淙淙的流泉却冻成了冰挂，冻成了一丛丛晶莹洁白的玉雕。

我看见一对早行人——是父子俩吧，身穿厚厚的羽绒服，戴着羊毛帽，正用树枝敲击着，叮叮当当金属般清亮的声音，打破了山间清晨的寂静。

回望另一侧峡谷，对面的远山，层峦叠嶂似已在曦明中睁开了惺忪的睡眼。

一抹曙光，遥遥地落在其中的一座山峰之上。顿时，它就像一位头戴皇冠的国王，全身金光闪烁，在灰蒙蒙的群山中凸现出来。

然而，仅仅只是一刹那，甚至我们连照相机的镜头盖还来不及打开，随着那一抹曙光淡然消失，它又和四周的群山融成了一体。

主人说，那远处的群山，便是我们来时的阿里山了。

主人又说，大峡谷中，有好几条有名的河流，其中一条名叫"十八重溪"……

正巧，它与福州市郊的一条溪流同名。没想到，海峡两岸，不仅有相同的半屏山、太武山，还有相同的十八重溪！

只是，福州的十八重溪，我们常常欢聚，而台湾的十八重溪，我们只能感觉到它在深深的谷底流淌，看不见它的踪影，听不见它的声音……

六

把阿里山和玉山连接起来的新中横公路，不愧是一条高山观景公路。

石桌、石椅，连同造型古拙的凉亭，不时在公路一侧闪了出来。可惜我们来去匆匆，不能下车驻足流连。

主人说，春天的樱花、杜鹃花，夏日的野百合花，连同翩翩的蝴蝶，秋季的众多候鸟，包括珍稀的帝雉和蓝腹鹇，都为这条公路增添了许多奇幻的色彩。

而现在是隆冬季节，一切都显得空旷而寂寥。连经常在路上与游客嬉戏的小猕猴，也不知躲到哪里避寒去了，尽管我们已到了"减速慢行，礼让猕猴"的地界。

好在我们有幸看到了一道桥，一道独特的天桥，一道用许多白色的绳索精心编织成网状的"猕猴天桥"。它就横架在公路的上方，专供小猕猴们攀缘穿越公路，以免被来往的车辆所误伤。

七

没想到，"塔塔加"送给我们的见面礼，居然是一场冰雹！

刚跳下车，还没站稳，就被一阵刺骨的寒风刮得睁不开眼睛。那风，忽东忽西，忽南忽北，像陀螺一般疾速旋转，转得远山近树、高峰低谷，一片混沌，一片迷茫。

紧接着，一颗颗雪白而又坚硬的冰雹劈头盖脸砸了下来。

停车场上，顿时噼噼啪啪，大珠小珠满地乱跳，溅到脸上，针刺一般又疼又麻。我看见游客们全都哆哆嗦嗦抱成了一团。慌乱中，我也赶紧往路口的一扇木墙靠了过去。那墙顶，用带皮杉木伸出来的一小片屋檐正好成了我的保护伞。

不料，这场冰雹来得快，去得也快。来时轰轰烈烈，天昏地暗，转瞬间却又消失得无影无踪。惊魂甫定，举目四顾，远山近树、高峰低谷，又渐渐露出一些模糊的轮廓，天色似乎也悄悄明朗起来。

我转身一看，笑了，那背倚的木墙上，分明写着："塔塔加游客中心，09：00—16：00"，我们来得早，还不到开门时间呢！

八

于是，我们获得了在四周悠闲漫步的时间。

我渐渐明白，我们正骑在一个巨大的"马鞍"上。在这相对平坦的"马鞍"两侧，隔着两条大峡谷，便是遥遥相对的阿里山和玉山两大山脉了。

可惜，冰雹过后，层层叠叠的云浪又从天际涌了过来。阿里山也好，玉山也好，其上半截，全被云雾吞没了。

今天，太阳能出来吗？我们能见到云消雾散的奇观吗？

眼前的"塔塔加"，只是茫茫雾海中的一座孤岛。而游客中心那几幢白色的小楼，不就是孤岛上耸起的灯塔吗？

我们迈步走向"灯塔"。

地上湿漉漉的，有点弹性，却也有点滑。低头一看，到处是草，是在严寒中依然不肯褪去星星点点绿意的野草，原来，这里已是高山草甸地带。

我发现草坡上还有一丛丛箭竹，那可是我们的"国宝"熊猫最喜爱的美味佳肴！于是，我忽发奇想：要是把四川卧龙的熊猫送过来，说不定也能在这里安家落户呢！

草坡上，又有一大截巨木吸引了我的视线。那是红桧，断口处透出雄劲的赭红色，显然还比较年轻。年轻力壮的它，为什么就这样訇然仆地呢？

一位戴眼镜的主人从"灯塔"中迎上前来，痛惜地说："这是'9·21'大地震时，从山上折断滚下来的。"

这时，我们才想起，90多天前遍及台湾全岛的地震大劫难，连高高的玉山也未能幸免！

九

其实，"塔塔加"游客中心的大门早就为我们打开了，玉山的主人，热忱欢迎来自海峡对岸武夷山的客人。

在这天寒地冻的高山顶上，依然有阵阵春风扑面，丝丝春意撩人。

这真是一席精神的盛宴。从实物展示厅到影像放映厅，伴随着一位女主人深入浅出且不乏风趣幽默的解说，玉山为我们一层层撩开神秘的面纱——

它，是如何在山与海的共舞中横空出世，如何在日与月的穿梭中发育成长；奇花佳木如何为它披上盛装，飞禽走兽如何为它增添神采；人类活动的最初痕迹——勤劳勇敢的高山族同胞，又是如何赋予它以生命的活力……

匆匆浏览玉山这部博大的史书时，我分明感到，它的每一章每一节，几乎都与海峡彼岸的祖国大陆，有着千丝万缕的联系。

难怪，大陆的寒流一来，玉山上就要下冰雹；台湾大地震，远在福州的我也会在强烈的震感中从床上跳下来……

海峡两岸同根同源，巍巍玉山可以做证。

十

可惜，太阳依旧不肯露面。

走出"塔塔加"游客中心时，雾散了，但云却更厚了。

尽管用上了高倍望远镜，玉山的主峰，连同它周围的东、西、南、北峰，依然不肯一露峥嵘。

我们最多只能望见它的前峰，身披黛青色的长袍，静静地站在远处。而它的头部、脸部，全躲在白云之中，就像一位戴头巾和面纱的阿拉伯少妇。

我想起《古兰经》中的一句话：

"假如你向山呼唤，山不应，你就向山走去。"

我看见一群身背行囊的游客，正勇敢地往前峰方向攀登。他们中，还有人回过身来，向我们遥遥招手。

可惜，我们的日程表不允许我们继续前进。我们不得不与这神奇的"塔塔加"依依惜别。

但我想，总有一天，海峡两岸能实现"三通"，到时，从福州直飞台北，再从台北驱车来这里，朝发而夕至。

玉山，我们后会有期！

你山顶上的皑皑白雪，将不再是月亮的眼泪。

你将和喜马拉雅山一起，献上洁白的哈达，共祝祖国的统一！

> 1999 年 12 月 24 日至 25 日游并记
> 2000 年 3 月 26 日完稿

［本文原载《福建文学》2000 年第 9 期，入选《日月潭情思》（重庆出版社 2001 年版）。］

七股盐山拾趣

台南的朋友邀请我们到七股盐山一游，可谓正中下怀。

遥想此生，爬过冰山、火山、沙山，更不知爬过多少石山、土山，唯独盐山尚无缘拜识，自然心向往之。1998年访问罗马尼亚时，听说当地有座斯拉里克盐山，全山由岩盐构成，坚如磐石，美如白玉，山腹中藏有地下湖，湖水比海水还蓝，是东欧著名的疗养胜地。可惜主人未在日程表上做参观安排，客随主便，我们只能与之痛失于交臂。此番初抵台湾，能领略一下祖国宝岛的盐山风光，自然三生有幸。

可是，我遍查随身所带的地图册，却找不到盐山的位置，不免心存疑惑。询问主人，得到的回答是——

"七股盐山，号称台南长白山，是这几年刚刚冒出来的喽，鼎鼎有名的喽！诸位前往观光，一定好开心喽！"

百闻不如一见。那天，车出台南市区，直奔滨海的七股乡。一路上，车流滚滚，多为旅游观光的中巴和私人小轿车，可见盐山的诱惑力名不虚传。我紧贴车窗往前望去，一马平川的海滨，水塘密布，港汊纵横，时有点点白鹭，从浓绿而又低矮的红树林顶上跃起，令人遐思不已。不久，带咸腥味的海风阵阵吹来，前方临海处，果然升起两座亮晶晶的银山来。那冰肌雪肤的玲珑体态，就像一对玉雕姐妹，刚从蔚蓝色的海浴中爬上岸，娇美中带着一丝冷艳，正款款地朝我们走过来呢！

及至停车后趋前细察，那一大一小两座盐山，虽只有两三层楼高，却也"横看成岭侧成峰"，尤其是正面一大片刀劈斧削般的悬崖峭壁，在白皑皑的冷色中还透出几分凛然的气派。可惜，没见到那身穿黑色燕尾服、摇摇晃晃踱方步的企鹅，否则，我一定会以为自己一步踏上南极洲，正置身于白茫茫的冰川之上呢！

挂在峭壁上的那条横幅，既醒目，又逗人发笑："台南长白山，只怕刮风下雨不怕太阳晒！"

原来，这眼前的冰山雪峰，全都是用海盐堆砌起来的。众所周知，海盐是海水在高温下结晶形成的，自然不怕阳光暴晒了。台南海滨湿地，历来是盛产海盐的宝地。但近几年来，台湾的劳动力成本越来越高，盐业公司算了一笔账：与其高工资雇盐工晒盐，还不如从东亚各地把粗盐买过来加工更合算。于是，船运极为便捷的台南海滨，便渐渐堆起了如此两座盐山来。本来，这里只是很普通的海盐加工场，但富有商业头脑的老板灵机一动，便把它开发成新兴的旅游景点，并以其山色之白，号称"台南长白山"，让无山可爬的台南市民来此观光度假，一来可增加盐业公司的知名度，二来又可从游客身上赚点钱，如此一箭双雕，何乐而不为呢！

我们从两山之间的"峡谷"地带，沿一条比较平缓的山坡往大盐山上攀登。没想到，脚底下的盐盖又硬又滑，不断有人在上头跌倒，并骨碌碌翻滚了下来。一串串尖叫声，伴随着戏谑声和欢笑声，让所有登山者全都变成天真烂漫的孩童，人世间的种种辛劳与烦恼，似乎顷刻间便在此得以消解。时值隆冬，不少游客身穿鼓鼓囊囊的羽绒服，姹紫嫣红，如同一簇簇鲜花，盛开在冰天雪地上，既好看，又好玩。

我小心翼翼，步步为营，有时甚至是四肢并用，这才慢慢爬到了盐山的顶上。举目环顾，更不能不对盐业公司的"生意经"深感钦佩。盐山的背后，是一片碧波荡漾的大浴池，透明的玻璃天棚上，还叠印着"欧陆风情，疗养天堂"等字样。听说，这里的盐水中饱含各种矿物质，对治疗关节炎等病症颇见奇效，每逢夏日，便有许多游客从台岛各地赶来浸泡疗治呢！

转到盐山的另一侧，又发现许多游客在底下的一大排房舍前排起了长龙。于是，下山之后，我们便绕道前往一探究竟。原来，这里才是海盐加工和包装的车间，游客们可通过瞭望孔观察其整个工艺流程，以此增长见识。但更妙的是，车间里还同时制作并销售各种咸水冰棒。这种冰棒，含有海盐中丰富的氨基酸和微量元素，再加上杏仁、核桃等佐料，吃起来冷飕飕甜丝丝的，且甜中带咸，别有一番风味。大人小孩，谁不想来这里尝尝鲜呢！因此，窗口前排起了长龙，也就不足为奇了。盐业公司"生财有道"，由此可见一斑。

在返回停车场的途中，我们又陷入了小食摊的包围圈。台南小食历来风靡全岛，而七股乡的海鲜又是其中的佼佼者。因此，盐山一对外开放，这里就成为游客们大快朵颐的好去处。五彩凉伞底下，到处是锅盆碗盏的叮当声，煎炒油炸的吱叫声，热腾腾，香喷喷，吊人胃口。"度小月担子面""黑桥香肠""油炸棺材板""鳝鱼意面"……种种名传遐迩的美食小点，真叫人大开眼界。我跟随摩肩接踵的人流徜徉其间，又有两大发现：

一是"鼎边趖"，源自福州的"鼎边糊"，传入台湾之后，不知何故，"糊"变成了"趖"。其用料更加丰富，工艺更加考究，汤汁中拌入香菇、生蚵、笋丝、木耳、金针菜和干鱿鱼丝，甘香鲜美，软嫩顺喉，比之福州的"鼎边糊"，实在是"青出于蓝而胜于蓝"！

二是"虱目鱼"，台南安平港的一大特产。肥美而细嫩，可清蒸，可烘烤，也可细剁成泥，加入豆粉、笋丝制成浓浓的鱼羹，称为"虱目鱼糜"。有趣的是，这"虱目鱼"又称"国姓鱼"，是民族英雄郑成功为它命名的。传说"国姓爷"郑成功率兵自安平港登陆，打败荷兰人，收复台南之后，品尝到这种鱼鲜，十分喜欢，便用闽南话发问："这是什么鱼？"

当地老百姓听不清他的话，以为他是在为这种鱼命名，便一传十，十传百，把他用闽南话发音的"什么鱼"，谐音念成了"虱目鱼"，一直流传至今呢！

没想到，在台南小食的名称中，也寄寓着台湾同胞对郑成功的感戴，对海峡两岸血浓于水的一种亲情的怀恋。

1999 年 12 月 26 日游并记

2000 年 4 月 9 日完稿

太平山回眸

1997 年（丁丑年）新春佳节，距香港回归祖国不到五个月时间，收到友人自香港寄来的两套新版邮票，恍若五彩云从天而降，喜不自胜。

两套邮票皆为联票，一夜景，一昼景，交相辉映。我焚香净手，借放大镜细加品赏，但见殖民统治的标志——大不列颠帝国女皇头像已从票面上消失，展现在眼前的，是维多利亚海港闪闪的波光，是波光上方群山连绵、高楼林立的香港岛大全景。其间，雄踞天际轮廓线最尖端的，便是太平山了。于是，有关该山的种种记忆，便如同潮水一般涌上心头。

香港是古代华夏陆块的一部分，历经褶皱、造山运动及沉积而成，故境内多山丘而少平川。香港地形构成以两条平行的山脉为主，其一为大帽山，延伸入海后成大屿山岛；其二为马鞍山，中部支脉入海后再浮出，便是香港岛连绵起伏的群山了，其最高峰太平山，海拔554 米。

太平山原名扯旗山。扯旗者，粤语升旗之意也。传说有二：一说清末嘉庆年间，大海盗张保仔在此揭竿而起，升旗聚众；一说香港开埠后，山顶利云台曾竖旗为进出港口的船舶导航。我不谙史实，难辨虚实，姑且两说并录吧！

太平山虽居高临下，但并不孤单。它东掖歌赋山，西挟西高山，南携奇力山。三山犹如三星拱月，把主峰衬托得更加卓尔不凡。登太平山，俯瞰维多利亚海港两岸的香港、九龙，远眺苍苍茫茫的大海，自然成为旅游者的必修课。前些年，笔者初次来港时，便一而再，再而三，三上太平山。

初上太平山，坐的是电缆车。该车一辆上，一辆下，每辆仅一节车厢，被钢缆牵引着，沿铁轨在山坡上下滑行，全程1300米，只需8分钟时间。但乘客并不多，原因是不如汽车便捷，本岛市民鲜有以此代步者。屈指一算，这电缆车自1888年开通以来，已超过100年。在这块中国的国土上，我仿佛被一位老态龙钟的英国绅士背驮着上山，先是感到有点滑稽，继而感到有点悲哀，最后便愤愤不平起来。100年的盛衰荣辱，悲欢离合，酸甜苦辣，似乎全都浓缩在这短短8分钟的游程里，沉重得叫人喘不过气来。

转瞬间，抵达海拔400米山鞍处的总站。总站大厦取名凌霄阁，颇具中国古典韵味。但那建筑形状却像是一艘英国的老军舰，在雾海中半浮半沉。是的，雾海茫茫，今天的雾好大好浓！我透过舷窗，极目四望，山上山下，陆地海洋，一片白茫茫，什么也看不见。我兴味索然，干脆一掉头，下山去也。

没想到，太平山给我的第一印象，居然只是一团雾，一团郁结了整整一个世纪的迷雾。

翌日，云消雾散，艳阳高照。热心的友人驾车带我再次登山。此番，沿盘山公路曲折而上，终抵最高处的山顶公园。可惜公园里，茶楼、酒肆、饭店、超市已占去很大的地盘，浓厚的商业气息盖住了恬淡的大自然气息。留给游客观光的，其实只有一"点"一"线"。"点"为"明仁亭"，一座碧瓦红柱、攒尖顶的中国式六角亭。"线"为一条长100米、宽仅2米的小径，这便是登高览胜的最佳去处了。

天高云淡，风和日丽，游客摩肩接踵，蜂拥而至。我好不容易挤进人群，站稳了脚跟，这才放眼向山下眺望：半山区繁星般的别墅，山脚下密林般的高楼，维多利亚海港进出的轮船，启德机场上升降的飞机，九龙、新界背后影影绰绰的山影、树影与楼影，一个现代大都市海陆空立体交叉的大全景，总算全方位地进入了我的视野。

说实话，印象最深的，还是香港岛上的建筑。从上环、中环、湾仔到铜锣湾，一小片依山面海的狭长地带上，居然同时崛起如此之多充满现代气息的高层建筑，不能不令人惊叹。其中，汇丰银行的造型犹如火箭发射塔，威尔逊大厦恰似巨大的雷达，康乐大厦的矩阵圆窗，是设计师从电脑显示屏上获得灵感吧？毫无疑问，金光闪闪的玻璃幕墙，是远东金融中心财力和雄心的炫耀；而演艺学院不规则的几何图形，则又是新潮艺术打破传统、不拘一格的体现。由贝聿铭大师设计的中国银行大厦，像春笋拔尖，蒸蒸日上，正寄寓着对香港同胞最殷切的期盼、最美好的祝愿……

恢宏的气势，纷繁的色彩，东西方兼收并蓄、丰富多变的艺术造型。力与美的结合，时间与空间的交汇，现在向未来的提升。无声的建筑语言，充分表达出一个城市的个性和魅力，一个金融中心、商贸中心和港口航运中心城市，在亚洲，乃至在全世界，所不可取代的重要位置。

也许是久入芝兰之室而不闻其香吧！我那位久居香港的朋友，对此似已熟视无睹。他怂恿道："其实，还是晚上来看夜景好，香江灯火可是全世界城市中的四大夜景之一，你岂可失之于交臂！"

言之有理。于是，离港前夕，我又第三次随友人登山。

夜幕，犹如泼墨画家的巨笔，把天与地、山与海的界线全然抹去。我仿佛掉进了银河，沐浴在星汉灿烂的光波之中。

陆地上的灯，高高低低，层层叠叠，组成了灯的峰峦，灯的峭壁，灯的峡谷。

海港里的灯，摇摇晃晃，闪闪烁烁，流动成灯的长河，灯的激流，灯的漩涡。

从陆地、海洋到天空，人间的灯火与天上的繁星连成一体，水乳交融，难分彼此。那在银河星海中飞驰的光点、光斑、光束，是地上的车，海中的船，升天的飞机，还是从空中一闪而逝的流星？

面对这灯火辉煌的天上人间，我终于明白了"东方之珠"的含义。

香港，这颗拭去百年尘埃的东方夜明珠，在 1997 年 7 月 1 日，必将放射出举世瞩目的更加瑰丽夺目的光彩！

1989 年 5 月 3 日至 12 日游并记

1997 年 3 月 13 日为迎接香港回归而作

与妞妞同游科罗拉多大峡谷

妞妞是我的外孙女，刚满 3 岁。可是我真正认识她才 3 个小时。她是在美国亚利桑那州州府菲尼克斯出生的，3 个小时前，当我从纽约飞来探望她时，她扬起那双很像我女儿当然也很像我的浓黑的眉毛，睁大眼睛用汉语怯生生地喊了声"外公"。毕竟是血浓于水的亲情，3 个小时之后，她就像麦芽糖一样黏紧了我。

从菲尼克斯到举世闻名的科罗拉多大峡谷，只有 3 个小时的车程。于是，女婿开车，女儿、妞妞、我，连同与我同行的王炳根先生，一起上路。

妞妞夹在我和女儿中间，坐在后座。她爬上幼儿专用的小椅轿，熟练地套上安全带，便歪过头来命令我："外公，带带！"

原来，在美国坐车，不论前座后座，大人小孩，都必须系上安全带，妞妞从小便自觉遵守交通规则，不由使我这当外公的自愧不如。

车子沿着高速公路进入美国西部的凯巴布高原。举目四顾，皆是茫茫无际的戈壁荒漠。偶见一些风蚀残丘，也早已被风刀沙箭雕刻成形销骨立、苟延残喘的模样。我自然联想起祖国西部的青藏高原。但不同的是，这里不见芨芨草、骆驼刺、沙柳和红柳，却站起了一棵棵树状的仙人掌，直挺挺的身躯，举起左臂，再举起右臂，如同一个个绿色的精灵，在无边的寂寞和焦渴中向我们举臂高呼，恳求救助。

我拉开窗玻璃，想拍张照片。不料，漠风尖叫着旋进了满车燥热的土腥气。妞妞惊叫一声，我立即把窗户关上。照片没拍成，却多少领略了荒原的严酷。

女儿在一旁安慰妞妞："妞妞别怕，来，给外公唱支歌！"

于是，妞妞拍起胖胖嫩嫩的小巴掌，用汉语唱了起来。"找呀找呀找呀找，找到一个——"她用眼睛顽皮地盯着我，"找到一个好外公！"说着，便搂着我亲了两下。坐在前座的王炳根好嫉妒，悻悻地说："还是当外公好，够幸福喽！"

有了妞妞，漫漫长途似乎缩短了，寂静的荒原生机盎然，干涸的大地也渐渐变得润泽起来。莫非是海市蜃楼？一棵棵仙人掌变成了一丛丛浓绿的树影，树影越来越密，在夕阳的斜晖中竟连成了一片。

女儿说："快到大峡谷的南缘了。"

女婿说："还赶得上看落日。"

于是，车子径直驶入大峡谷国家公园的大门。趁女婿停车购票领取地图之际，我仔细观察周围的森林，全是针叶林，杉树。是冷杉、云杉！没想到，在美国西部的荒原上，居然有这么多杉树。它们，是洪荒时代的孑遗树种，还是人类用飞机播种的杰作？看得出，它们全都受到了良好的保护。我又不能不想起祖国大西北的"三北防护林"，那是一场沙进人退、人进沙退最严酷也是最悲壮的较量……

科罗拉多大峡谷全长 300 多公里，是同名河流科罗拉多河千万年冲刷切割后奉献给人类的一件天然艺术品。划入国家公园的这一段，南北两缘之间最窄处仅 6 公里，目力可及，但开车则要绕行数百公里。据说北缘比南缘高 200 米，俯瞰深谷时视野更为开阔，但南缘交通方便，大部分游客走的都是我们今天这条路线。

汽车上坡后即沿着大峡谷的南缘盘旋东进。我一直朝北凝望，但树影犹如屏风一般挡住了视线。暮色渐浓，那树影竟变成锯齿状的黑色剪影，紧贴着紫红色的天幕。

前面又是一个急转弯。忽然，树影裂开一个豁口，出现了一个观景瞭望台。车子开了进去，停了下来。我下车一看，大吃一惊，原来我们已置身于万丈悬崖顶上。悬崖下方，是深不可测的峡谷，暮霭从峡谷中氤氲升腾。看不见潜藏在谷底的河流，却只见无数陡崖峭壁托举着危岩险石，层层叠叠，高高低低，像亿万册图书，在落日的余晖中，组成一片卷帙浩繁的紫雾腾腾的海洋。而落日，当它没入西边的山崖时，似乎跳了一下，把余晖收拢成一篷正在燃烧的烈火。火光返照，大峡谷红得发紫，紫得发黑，最终，黑成了苍苍茫茫、万象皆消的一片混沌。

这大峡谷的最初一瞥，就给我留下惊心动魄的印象。回到车厢，妞妞睫毛上挂着泪珠，居然不理我了。原来我刚才观景心切，没和她打招呼便跳下车，伤害了她的自尊。我只好连声道歉。妞妞对外公倒也宽容，"OK"一声，便破涕为笑。王炳根递给她一方巧克力糖，她笑得就更甜了。

在大峡谷城住了一夜，天没亮我就起床沐浴，响声把王炳根吵醒了。我给隔壁房间的女婿打电话，声音尽量放得很轻："怎么样，开车看日出去吧？别惊动她们娘儿俩。"

不料，女婿说："妞妞也醒了，比平日早醒了3个小时，正吵着要坐车跟外公看大太阳呢！"接着，便传来妞妞奶声奶气的中、英文混合语："外公，顾摩令（早晨好）！"

于是，大家全都披上御寒的外衣，出发！整个大峡谷城静悄悄的，只有几盏路灯犹如惺忪的睡眼。车经城郊的机场，也是空荡荡的一片。女婿说："每年到大峡谷的观光客达300多万，坐直升机鸟瞰是最佳的旅游方式。可是，'9·11'事件之后，机场关闭，游客锐减，这里已是今非昔比了。"

果然，一路上，只有我们这辆车，在黑黝黝的树影和山影中穿行，犹如孤舟在破浪航行。只有数颗晨星，在暗蓝色的天幕中冷冷地注视着我们。然而，"莫道君行早，更有早行人"。当我们抵达第一个观景台时，发现有一对年轻的恋人正高高骑在一块巨岩上用早点。当我们进入第二个观景台时，发现有一位白发苍苍的摄影师早已架好了摄影机。听见我们的脚步声，他立即用食指在嘴唇处"嘘"了一声，并示意我们看看他停在一旁的车子。那车头上，正威风凛凛立着一只苍黑色的山鹰，似乎正跟他一起静候日出的盛典呢！而当我们赶到第三个观景台时，有一队背着行囊的旅客，正小心翼翼地从悬崖间寻路而下。他们，是要到科罗拉多河的激流里乘坐皮筏漂流探险吧？

看来，恐怖分子的袭击，并没有使所有美国人都成为惊弓之鸟。只要大峡谷依然存在，热爱生命与运动，热爱大自然者便依然大有人在。

随着东方天际愈来愈亮，大峡谷的能见度也越来越高了。它不像中国南方多雨阴湿的山谷，总是云封雾裹，矜持而含蓄。相反，它就和大多数美国人的性格一样，爽朗而透彻。我看见峡谷两岸弯弯曲曲、重重叠叠的全是巨岩的断层，因地质年代的不同而分别呈现出灰白、淡黄、褐红、丹赤、浅蓝、深紫等种种色差，而在重峦叠嶂中千回百转的科罗拉多河也终于出现了，它就像一匹白练，在谷底的巨岩间轻轻地抖了出来。也许，我们站得太高了，看不见它的浪花和漩涡，也听不见它那激情澎湃的倾诉。它显得那样平静和从容，细小而柔弱。跟周围强大坚硬的山岩相比，它简直微不足道。然而，柔能克刚，正是它，用千万年点点滴滴、丝丝缕缕的渗透、剥蚀、冲刷、切割和雕刻，在美国西部的高原上，造就如此一条大地的裂缝，一条鬼斧神工、气象万千的天然艺术长廊来。

遥想当年，是1869年吧？一位与当今美国黑人国务卿鲍威尔同名的独臂炮兵少校，率领一支探险队，分乘四条小船，在惊涛骇浪中顺流而下。尽管两条小船在激流险滩中被撞得粉碎，尽管有三名队员吓得丧魂失魄而当了逃兵，但他们终于撩开大峡谷神秘的面纱，把这一后来被评定为世界自然遗产的天下奇观展示在世人面前。然而，印第安人呢？早在 13 世纪，印第安人便在这里的岩穴、洞窟及泥墙小屋定居，沿河捕鱼狩猎，他们，才是大峡谷最早的主人，难道美国历史已把他们遗忘了？

好在第三个观景台一侧，还矗立着一座也许是仿造的印第安人古碉堡，粗粝、毛糙的石块垒砌起凹凸不平的台基和墙体，与四周古树扭曲而苍老的枝丫，浓密而繁茂的树叶，共同营造出一种岁月久远、历史沧桑的氛围。然而，当我牵着妞妞爬到碉堡的一个窗台上朝内窥望时，却发现那只是个出售印第安人工艺品的商店，其商业价值大大超过了历史价值，不由使我大失所望。

但妞妞却兴高采烈地在古堡周围爬上爬下，跳来蹦去。也许，她太缺乏户外运动了，这里的一切都和早晨的空气一样新鲜。但不久，她却突然间安静了下来，趴在地上，双手托腮，一动不动。原来，她发现前方的一块巉岩上，有一只松鼠，正翘着毛茸茸的大尾巴，也一动不动地凝视着前方。

我不由回想起我的童年，在老家周围的龙眼林里，随处都有松鼠上蹿下跳的身影，但如今，已消失得无影无踪了。所幸妞妞的童年还能与松鼠做伴，只不过她所见到的，已不再是中国南方乡间的大松鼠了。眼前的这只松鼠，它在巉岩上所凝视的方向恰是日出的方向。突然，一抹曙光把它全身灰褐色的皮毛全都镀亮了，妞妞也从地上一跃而起，拍手欢呼："大太阳，大太阳！"

随着一轮旭日从东方冉冉升起，我反身西望大峡谷，由于光影和明暗的强烈对比，它显得更壮阔，更深邃，更富有立体感了。凡是阳光照不到的角落，全是一片深蓝、一片玫瑰紫；凡是阳光直接投射到的块面，灰白的变成银白，淡黄的变成金黄，那层层叠叠褐红、丹赤的山崖，则更是红光灼灼、烈焰腾腾，整条大峡谷，如同七色彩虹，在蒸腾，在闪动，在飞旋……

距今近一个世纪以前，即 1903 年，美国总统西奥多·罗斯福来此游览时，曾感叹道："大峡谷使我充满了敬畏。它无可比拟，无法形容，在这辽阔的世界上，绝无仅有。"

如今，我面对科罗拉多大峡谷，心中同样充满了敬畏。但我却要纠正总统先生的一个错误：在这辽阔的世界上，科罗拉多大峡谷并非绝无仅有！在地球的第三极，在中国的青藏高原上，还有一条比科罗拉多更长、更深、景色更加壮丽的大峡谷，那就是中国人近年来刚刚发现的雅鲁藏布大峡谷！

也许是我一直在念叨着"雅鲁藏布"这几个字，正在牙牙学语的妞妞听进去了。她突然拍起双手，大声喊了起来："雅，鲁，藏，布，雅鲁藏布……"

稚嫩的声音，飘向大峡谷的层峦叠嶂。我紧紧搂着她，仿佛搂着一轮太阳，我心中升起的真正的太阳！但愿妞妞长大之后，能回到祖国，去畅游那世界上真正是绝无仅有的雅鲁藏布大峡谷吧！

2001 年 10 月 15 日至 16 日游并记

2003 年 2 月 13 日修改定稿

［本文原载《海燕·都市美文》2003 年第 6 期，《青年文摘》2003 年第 8 期、香港《当代文学》2003 年第 3 期转载。］

比肯山与查尔斯河

乔治·华盛顿足蹬马靴，腰挎佩剑，骑着高头大马，威风凛凛地屹立在比肯山山顶。在这位美利坚合众国开国总统塑像的背后，是马萨诸塞州州府大楼，其巨大的金色穹顶在秋阳朗照下闪闪发光，傲视着穿城而过的查尔斯河注入大西洋的浩浩烟波。

这里，便是波士顿，美国东北部统称为"新英格兰地区"的六个州的首府。对于历史不长的美国来说，它还是首屈一指的历史文化名城。1629年，第一批欧洲移民乘坐"五月花"号轮船从这里登上美洲的"新大陆"，10年后，这里成为英国在北美的第一个殖民地城镇，殖民者还以自己在英国家乡的小镇波士顿为之命名。1775年，又是在这里，打响了美国独立战争的第一枪，乔治·华盛顿也一跃成为美国人民抗英的领袖与英雄。从此，北美的波士顿以美国开国元勋的英名闻名天下，而原先那个英国的波士顿小镇却默默无闻，似乎早就被人们遗忘了。

在州府大楼的对面，顺着比肯山南坡自然倾斜而下的，是美国最古老的公园——波士顿公园。据说，它原先只是个放牧牛羊的草场，后来成为抗英民兵们的演兵场，再后来，又成为美国民权自由集会的象征。许多著名人物在此演讲，许多历史事件也由此滥觞。尽管时光已流逝200多年，但当年的老榆树依然枝繁叶茂，郁郁苍苍。树荫中，草坪上，碧波荡漾的池塘边，不时可看到有关独立战争和南北战争的纪念碑和历史人物雕像，整个公园充溢着浓浓的历史沧桑之感。

其中，有一组人物群雕特别引人注目。那是一位骑马的白人将军，正率领一队举枪的黑人士兵在急行军，飞翔在他们头顶的，是一位长裙飘舞的女神。据说，这是南北战争时期北方的第一个黑人兵团，他们在一位名叫"肖"的白人将军指挥下，为解放南方的黑奴冲锋陷阵，立下汗马功劳。可见，在美国的历史上，黑人们的贡献功不可没。有趣的是，有人在雕像间插上一面鲜艳的星条旗，大约是想昭示游客，如今的反恐怖斗争，也需要像当年黑人兵团那样，英勇顽强，一往无前吧！

在州府大楼和波士顿公园的周围，顺着比肯山山势，无数建筑物高低错落，既有尖顶的古老教堂、爬满常春藤的红屋，又有线条笔挺、镶嵌着玻璃幕墙的现代摩天楼。而在楼群之间，又纵横交叉着许多街道。这些街道，由于历史文物相对集中，被分别冠名为"自由之路""黑人遗产之路""妇女解放之路"。美国人如此珍爱自己短暂而又不平凡的历史，不能不令人叹服。而波士顿，也正因为比肯山上有如此之多令人怀旧的街道，如此之深厚的历史文化底蕴，才在美国的众多城市中独具魅力、独领风骚吧！

马克·吐温曾言："波士顿是思想与智慧之州。"我想，这不仅仅指它的历史，还跟它的高等教育对全美乃至全世界的杰出贡献息息相关。如今的波士顿，全城人口不足百万，却拥有 65 所大学，其中不乏世界一流的名校，这，不能不说是一个奇迹。

我们驱车从比肯山盘旋而下，沿百年古桥朗费罗大桥跨越查尔斯河，进入城西的大学城。这里，城名剑桥，街号牛津，自然使人想起英国的剑桥大学和牛津大学。而坐落在查尔斯河西岸的哈佛大学和麻省理工学院，正是与剑桥、牛津遥相媲美的全球高等学府中的佼佼者！

漫步在查尔斯河西的林荫大道上，透过色彩缤纷的秋林，可以望见两校校园里耸立起许许多多楼厦。麻省理工学院的校舍多为几何线条和图形的白石建筑，简洁、明快，富有现代色彩。据说，其中有不少作品出自华裔建筑大师贝聿铭之手。而哈佛大学400多幢校舍几乎是清一色的红砖楼，楼与楼之间镶嵌着许多方形庭院，院内碧草如茵，许多松鼠跳来跳去。显然，这种风格源之于英国的维多利亚时代，看起来，既典雅又温馨，再加上每幢红楼都爬满了常青藤，藤叶如瀑，则更给人一种生机勃发的感觉。

论校史，哈佛大学300多岁了，其年龄比美国还大。而麻省理工学院虽然年轻一些，也有140多岁了。美国人都知道，哈佛大学先后培养出六位总统，麻省理工学院为"阿波罗号"宇宙飞船的指挥舱和登月舱成功设计了导航和航行系统。在两校的专家教授中，还拥有一大批诺贝尔奖获得者。它们对人类文明的贡献，可谓众所周知。而正是在这个古老的大学城里，全城居民平均年龄才26岁。年轻而充满活力，敏于思考而勇于创新，我想，这正是波士顿这座古老的城市青春焕发的秘密之所在。

漫步查尔斯河畔，我还有幸看见河中正在举行划船比赛，一个个生龙活虎的健儿奋力划桨，击水中流，一条条赛船你追我赶，奋勇争先。据说，这是哈佛大学与来自康涅狄格州的另一所名校耶鲁大学正在举行一年一度的对抗赛。就像英国的剑桥与牛津，中国的北大与清华一样，强者挑战强者，以决出强中之最强！查尔斯河上这一幕激战正酣的场景，似乎正在向我提示一种强者的哲学：在人类追求科学与真理的征途上，胜利，将永远只属于强者、最强者！

当然，波士顿之旅也并非十全十美。比如眼前这条著名的查尔斯河，它的水色灰暗，甚至发黑，浪遏飞舟处，还不时飘来一阵阵难闻的气味。位居全球首富的美国，高科技精英云集的波士顿，既不缺钱，也不缺智慧，却为何连这条查尔斯河的污染问题也未能解决？联想到人均消费地球自然资源与人均排放二氧化碳双双高居世界榜首的美国，却居然连《京都议定书》也迟迟不肯签字，这，就不能不令人深感遗憾与困惑……

从查尔斯河西岸东望波士顿市区，比肯山山顶州府大楼的金色穹顶，依然历历在目，只是它的光芒似乎暗淡了许多。

2001 年 10 月 12 日游并记

2002 年 4 月 13 日完稿

比肯山与查尔斯河

旧金山之山

美国的"西大门"圣·弗朗西斯科，华人们都称之为旧金山。一个半世纪以前，这里，曾经是无数淘金者梦中的天堂，也是成千上万华工沦为"猪仔"的地狱。后来，黄金挖尽了，却把一个金光闪闪的市名留给了这座美国西海岸最大的移民城市。只是为了有别于澳大利亚墨尔本的新金山，这里，便约定俗成叫成了旧金山。

旧金山市区是圣·克鲁斯山脉延伸入海的半岛。岛上冈峦起伏，据说，共有小山42座。倘若把金门公园斯托湖湖心人工垒起的草莓山计算在内，则旧金山之山多达43座。

43座小山中，最高的三座分别叫作双峰山、苏特罗山和俄罗斯山，皆是登高俯瞰山海大观的好去处。我有幸在初抵旧金山的当日傍晚就驱车盘上了双峰山。那山，浑圆的双峰昂然挺立，犹如少妇丰腴的乳房。伫立峰顶放眼眺望，山下是金融区林立的高楼，在夕阳的斜晖中，像剪影一般紧贴在太平洋的浩浩烟波之上。当然，太平洋在这里，只是伸入市区的一小部分——北面，是狭长的金门海峡，举世闻名的金门大桥横空飞架，一双橘红色的桥塔如巨人砥柱中流；东边，是宽大的圣·弗朗西斯科海湾，长达13公里的奥克兰海湾大桥如长虹卧波。正是落日熔金时辰，闪闪的波光连同双桥的桥影，全都蒸发出如同黄金一般华贵的色泽和光芒来。

山顶上风大，不宜久留。驱车下山时，车窗外的山林已在暮色中融为一体。唯见相邻的苏特罗山上，高耸的电视塔，如同黑色的巨人在向我们遥致注目礼。

有趣的是，当我在次日走进旧金山市区时，发现这里所有的街道，也都像美国人的性格一样，直来直去，直上直下，全不依山势的起伏而拐个弯，盘个旋。因此，全城的街道几乎成了纵横有序、经纬分明的方格子围棋盘。如此格局，自然使街道坡度极大，忽上忽下之间，驾车者必须不断换挡，难怪有人说，只要在旧金山能开车，走遍美国就全都"OK"了。

当然，万物都有个例外，比如那条隆巴德街，由于坡度实在太大了，为安全起见，不，更为了招徕世界各地来的观光客，特意设计了八个弯，这八个弯像蛇一样扭过了一个个花坛，车行其中，如在花海中冲浪，姹紫嫣红，倒也赏心悦目。由于这里是"世上最曲折的街"，于是，它便以"弯街""花街"的美称赢得了人们的喜爱，成为旧金山一处著名的旅游景点。

也许，正因为旧金山山多坡陡，行车不易，有轨缆车便成为游客们的专宠。尽管它已有130多岁了，却老而弥坚，历经地震、大火而幸存。跳上它那古老的木壳车厢，听司机一路摇着铃铛，叮叮当当地由山顶直冲向海边的渔人码头，那种独特的感觉，就像是买了张回访百年前城市历史的旧车票。

> 寸心付于旧金山，金山唤我至峰巅。
> 攀缘直上摘星辰，缆车驻足云霄间。

这是美国诗人托尼·贝内特的名句。不知是谁居然把它汉译成七言绝句，读起来，还颇有点中国唐代诗仙李白的潇洒和浪漫。

作为移民城市，旧金山的有色人种占居民一半以上。徜徉在市区内的每座小山，每个街区，你几乎可以看到世界上任何一个国家的人，听到任何一种民族的语言。奥斯卡·王尔德曾经说过："说来奇怪，世界上任何地方的失踪者，人们最终都会在旧金山找到他。"

在这座民族的大熔炉里，各种文化兼收并蓄，交相辉映。如建筑，既有唐人街的石牌坊、日本城的五重塔，也有仿巴黎圣母院的大教堂、英国维多利亚式的小别墅。甚至，连墨西哥的宽边大草帽、荷兰与意大利的水乡风情，也能从楼群中觅见遗踪。若以山而论，诺布山的现代住宅，是白人亿万富翁的天堂；俄罗斯山用木板贴面的小洋房，则保留着西伯利亚皮货商的缕缕思乡之情。最令人惊异的是卡斯特罗高地街区，林立的旗杆上飘扬着一面面彩虹旗，据说，这是同性恋者的标志。岂止于此，世界上许许多多奇奇怪怪的文化现象，嬉皮士、雅皮士、"垮掉的一代"，不都是滥觞于旧金山吗！看来，美丽的旧金山，宽宏大度的旧金山，藏龙卧虎的旧金山，有时，也不免成为藏污纳垢的旧金山。

位于市中心的电报山，是来旧金山的观光客必登之处。山名来之于山下的太平洋电信电报大楼，但高耸在山顶的却是哥伦布的铜像。他斜披斗篷，远眺沧海，似乎陷入沉思。而在他的背后，是造型奇特的科伊特塔，状如消防水管的喷嘴。据说，建塔的本意是为消防公司树立企业形象，后来它却成为轮船进出旧金山港最醒目的航标了。

站在塔下，又可望见前方的金门大桥。奇怪的是，一条白色的云带正横在碧波与长桥之间，整个桥面，在云端载浮载沉，若隐若现，如同天上的长虹，给人似真似幻的感觉。旧金山别称"雾城"，金门海峡时而大雾弥天，时而白云横架，时而阳光朗照，因此，金门大桥也就有了"一日三变"的奇观。

旧金山之山，还有一大魅力，便是随处可见的加利福尼亚海岸红杉。伟岸的身躯，浓密的树冠，犹如一个个红色巨人，为城市撑起绿色的天棚，带来了大自然蓬勃旺盛的生命气息。尽管我在旧金山的行程只有短短的两天一夜，但热心的主人还是驱车带我们到北郊的缪尔森林，一睹原始红杉林的风采。

在山谷中顺着蜿蜒曲折的山涧，踩着铺满厚厚的落叶、富有弹性的小径一路前行，我几乎把头都抬酸了。两旁的红杉林实在太高了，高达二三十层楼吧？徜徉林中，只能不断羡树之高伟，叹人之渺小。难怪美国人要把它称为植物王国中的"泰坦"，而众所周知，在古希腊神话中，"泰坦"是统治万物的巨神。

据说红杉树的生长期十分漫长，其幼苗成树约需 200 年，但它的生命力却极为顽强，经得住雷劈、火焚、虫噬、兽啃。眼前的这些红杉，树龄高达千年，听说别处还有 3000 岁的老寿星呢！默立林中，聆听鸟声啾啾，虫声唧唧，水声淙淙，一切天籁似乎都在为它高唱生命的礼赞。遥想大洋彼岸的祖国，也许，只有塔里木的胡杨、阿里山的神木，才能与之相媲美吧！

缪尔森林位于马尔派斯峰下的山谷地带。马尔派斯峰是否位居旧金山城内的 43 座小山之列，我就来不及考证了。

2001 年 10 月 17 日至 19 日游并记

2002 年 1 月 8 日完稿

走进喀尔巴阡山

欧洲名山，论高大雄伟，首推阿尔卑斯山。其主峰勃朗峰，终年冰雪皑皑，颇有一种君临天下的王者风范。但若论山脉绵延之长度，则喀尔巴阡山又略胜一筹。它从欧洲中部往东延入巴尔干半岛，在罗马尼亚境内如同巨掌伸开五指，形成东、西、中、南喀尔巴阡山及特兰西瓦尼亚高原五部分，莽莽苍苍中自有无穷的奥秘。

1998年秋天，我有幸两度沿阿尔卑斯山北侧飞行，往返于瑞士与罗马尼亚之间。但或是夜幕沉沉，或是云海茫茫，欧洲第一名山始终缘悭一面，似乎以此显示其高傲与矜持。相形之下，喀尔巴阡山则热情好客多了，我们在罗马尼亚的半月游程中，大半时间都被它拥入怀抱，尽情领略它的美丽、神奇与富有。

时令正是金秋，首先欢迎我们的东喀尔巴阡山，穿上了一年一度最绚丽的秋装。它像一位肌肉丰满、体态健美的少妇，皑皑的白雪，给她戴上晶莹洁白的帽子；青青的云杉林，给她挂上了一串蓝宝石项链。平缓、柔美的山坡上，绿茸茸的草地是她秀美的上衣，而山谷中金黄、酡红、酱紫和尚未褪去苍绿的树叶，在阳光下幻出七彩霓虹般绚烂的树叶，便是它华丽的曳地长裙了。清清亮亮的小溪在它的足下淙淙流淌，令人想起山间那甜美、香醇的葡萄酒。于是，一向与诗无缘的我，也突发诗兴，冒出两句被同伴们权且认可为"诗"的句子来：

葡萄酒从天而降，

喀尔巴阡山醉了。

　　其实，论平均海拔高度，喀尔巴阡山不过 2000 米左右，但从上到下，雪山、草甸、针叶林、混交林与阔叶林，如此呈垂直状态分布，形成多色调、多层次的同一个立体画面，不能不令人暗暗称奇。

　　跟中国西部许多奇峰叠起却又干瘦贫瘠的大山相比，它的山势平缓多了，植被朗润多了，土层肥厚多了。特别令中国作家羡慕的是它的天然草坡，像绿色的地毯顺着柔顺的山势起伏，在蓝天、白云和阳光下舒展开来，任凭白色的羊群、黑色的奶牛群、杂色的马群在其间悠游，静静地谱写出一曲充满异国情调的田园牧歌。这里，看不到任何一寸裸露的泥土，看不到任何一处因人工砍伐树木或开垦耕地而造成水土流失的痕迹。天然资源如此之丰沛，生态条件如此之优裕，环境保护如此之精细，不能不叫人叹服。

　　显而易见，喀尔巴阡山山区是全罗马尼亚乃至全欧洲最富有的牧区。这里，几乎看不到耕地，看不到梯田，举目皆是森林、牧场和牛羊。偶见东正教教堂的钟楼从前方高高耸起，那便意味着山间有一座村镇要出现了。峰回路转，于是，我们的眼前便迎来了一幢幢散落在草坡上的牧民们的小木楼。那木楼，多为二至三层，造型各异，色彩不同，其建筑与装饰的精美程度，大大超过了多瑙河平原地区的农舍，远远望去，恍若仙境，美如童话。也许，是为了体现主人对艺术个性的追求吧？我几乎看不到两幢相同的木楼。主人们总是千方百计利用屋顶的或尖或方，门楼的或高或低，窗台的或凹或凸，廊柱的或粗或细，以及屋瓦坡面的不同朝向和倾斜度，构成与左邻右舍绝不相同的式样。至于外墙所油漆的颜色，或纯白，或朱红；或湖蓝，或草绿；或黑白相间，对比强烈；或质朴无华，保留木质之本色，犹如烂漫的山花，姹紫嫣红，美不胜收。回想我国的一些新村建设，片面追求统一、整齐，却失之于单调、呆板，同行的作家们免不了又发出一番感叹。

在这如诗如画的喀尔巴阡山腹地，生活着昔日的达契亚人，今日的罗马尼亚民族。这是个热爱和平，崇尚自由，勤劳而又勇敢，热情而又好客的民族。他们就像森林和野草一样，扎根在自己的土地上。正如已故作家萨多维亚努在其名著《斯特凡大公》一书中所写：

> 这样的民族，根本没有想到去挖人家的祖坟，不愿见到血流成河的惨相，也不想用尸体来堆成金字塔，从来没有把世界的财富掠夺到自己的库房里。他们既不贪图钱财，也不贪图赫赫威名。耕耘土地和定期放牧的生活是恬淡的，日出而作，日落而息，一年四季守着自己的家园和故土。他们对物质的需求是简朴的，却创造了精神财富。宗教、传说、歌曲和传统，对于他们来说，是比黄金更宝贵的东西。

是的，我们在喀尔巴阡山旅行的日子里，便一路上分享了他们丰富多彩的民族艺术财富。在这块得天独厚的土地上，且不说曾诞生过诗人埃米内斯库、小说家萨多维亚努、音乐家埃乃斯库等文化名人；孕育过"多依娜""霍拉"等乡村舞曲和《云雀》《罗马尼亚狂想曲》等音乐精品；流传着有关民族英雄斯特凡大公无数动人的传说；保存着切德珠亚、沃洛维茨教堂等世界遗产级的精美建筑……单是我们随便下车，在路边小店里扫一眼当地土生土产的民间工艺品，那千姿百态的彩蛋、陶盆、烛台、酒坛和木雕花瓶，那纹饰繁复的各种手工编织品——桌巾、头巾、窗帘和羊毛地毯，都无一不使我们爱不释手。

在特兰西瓦尼亚高原，我发现有一家牧民的小木屋，其精雕细刻的门楼，简直就是一件玲珑剔透的艺术品，两边的门柱上，一边是狩猎归来的勇士，英姿勃发；一边是怀抱小羊羔的牧羊女，妩媚多情。而门楣上，一大串葡萄藤正垂下沉甸甸的果实。劳动与收获，青春与爱情，正是高原牧民心中永远开不败的花朵。

在东喀尔巴阡山一个名叫"酒谷"的小山村，我曾踏着遍地晨霜，到溪边叩访一家炊烟袅袅的小木屋，意外发现他家的客厅里，悬挂着主人手绘的风景油画，书架上是琳琅满目的图书……罗马尼亚山地居民良好的文化素质，对科学和艺术的广泛兴趣和爱好完全超出了预料。

然而，就在这似乎与世隔绝的深山里，1000 多年来，却有无数次战争强加在这个热爱和平的民族头上。来自南面的土耳其人，西边的匈牙利人，北方的波兰人与俄罗斯人……入侵者的铁蹄轮番踏碎了山间的宁静，美丽的森林和牧场在战火中熊熊燃烧。时至今日，多灾多难的巴尔干半岛，历来被称为"欧洲火药桶"的巴尔干半岛仍不得安宁——紧邻罗马尼亚的一些邻国，"导火线"已经点燃，"火药桶"已经冒烟，战争的幽灵，正在世纪之交徘徊。主人们对被一分为五的南斯拉夫，对塞尔维亚与阿尔巴尼亚之间的科索沃危机尤感忧心忡忡，生怕在四周列强的挑动下，不祥的战火再一次蔓延过来，使暂时平静的喀尔巴阡山再度沦入浩劫之中。

也正因为如此，他们对首批进山来访的中国作家给予特别热情、隆重的接待，对在改革开放中日益强大的中国充满了好奇和由衷的赞赏。当我们在山间的岔道上停车问路时，总有一大群牧民围上来，热忱地为我们指点迷津；当我们穿越铁路或桥梁时，总有卫士或警察给我们立正敬礼；当我们参观沿途的教堂或修道院时，连一向严肃的神父和修女的脸上，也绽开了明亮的笑容。更不必说那些一见如故的文艺界同行了，他们都以能到遥远的中国访问作为一生追求的目标和殊荣。许多人见到我们，都竖起了大拇指。灼热的目光，真诚的笑容，像一股股暖流，注入了我们的心头。

罗马尼亚有句谚语："山和山不会碰撞，人和人总会相逢。"喀尔巴阡山与喜马拉雅山自然不会碰撞，而中罗两国人民之间的往来只会越来越频繁，因为，罗马尼亚的半月游程，使我深深体会到：多瑙河与长江并不遥远。

1998 年 10 月 13 日至 26 日记于访罗途中

1999 年 2 月 28 日完稿

飞临富士山

宛若长城之于中国，金字塔之于埃及，富士山你——毫无疑问，日本的象征。

但我无论如何也没想到，我第一眼看到的日本，居然就是你——一个在顶部被削去一圈的圆锥体，积着皑皑白雪，高踞于云层之上，阳光之中。晶莹洁白，端庄秀丽，如天上一座圣殿。冷静、严峻，却又那么遥远、神秘，像上苍留给人类一个亘古难解的谜。

363

那时，我睡眼惺忪，毫无思想准备。从北京到东京的波音 747 大型客机平稳地在云天滑翔。我戴上耳机，渐渐在音乐声中沉入梦乡。也不知过了多久，忽然，邻座的诗人李瑛用肩膀碰了碰我："看，富士山！"

仿佛"哗"的一声，我全身的血液全都涌上了视网膜。我蓦然圆睁双眼，便看见你——在阳光下骄傲地毫无掩饰地袒露着自己：浑圆的线条，饱满的胴体，无与伦比的皎洁的肤色，一种沉稳、娴静和从容的气度。简直难以想象，你曾经是那样暴烈，从 8 世纪到 11 世纪，你先后喷发过 11 次！而今，时光吹散了弥天的尘灰，炽热的岩浆冷凝成冰雪的形象，你在疯狂之后归于平静，在呼啸之后归于无边的沉寂。

天气真好，阳光朗照，连机翼也显得温软。该记住这美妙的时刻。我看了看表：1992 年 4 月 6 日 13 点 10 分。在北京登机时，我拨快了一个钟点，这是东京时间。东京与北京时差一小时。那么，北京时间当为 12 点 10 分。

这时，全机乘客都向右舷窗倾斜。我听见杂沓的脚步声和摄影机揿动快门的"咔嚓"声。湖南画家王金星挤了过来，迅疾打开了画夹。他和我同是中国文联代表团的团员，正跟随团长李瑛赴东瀛访问。

李瑛已不再言语。他眯着双眼聚精会神地凝睇着窗外。我能感觉到他的内心正奔涌着一股诗的激情。四年前，他到过日本，参加井上靖先生《敦煌》电影故事片的首映式。他的诗集《日本之旅》里就有一首《富士山》，可惜他却以惆怅的笔墨向读者坦白：

> 始终未见到富士山
>
> 粗犷娇妍的富士山
>
> 只能从绘画的油彩里，想象
>
> 你峭壁覆雪的神采
>
> 你的白，你的蓝……

今天，他将不再遗憾。莫惊动他，就让他沉醉在新的诗境里吧！

今天真是个好日子。昨晚在北京收听国际天气预报，说东京有雨。没想到今天，竟然云收雾散，天门大开。富士山，你我有缘，感谢你对中国客人的一番盛情！

飞机绕着你缓缓转了半圈，整整 15 分钟。我细细赏读着你——海拔 3770 米的日本列岛第一高峰，被日本人誉称为"镇国之山"的"灵山"。

大自然的杰作。不是用画笔和油彩，而是用熔岩流、火山灰和火山沙砾雕塑成的杰作。我看见你顶部的缺口宛如一个巨大的钵盂，钵盂周围是厚厚的积雪，积雪顺着山势向下延伸，洁白的雪色在阳光下耀眼，使人不能直视。我还看见你的雪坡上有几道灰褐色的皱褶，线条极简练极优雅，却又似曾相识。于是，我想起日本画大师东山魁夷先生那肃穆静美的画卷。

云，厚厚的云，羽毛般轻盈、棉花般柔软的白云，层层叠叠，把你的下半身遮掩得严严实实。那是你白灿灿的睡袍吧？袍裾长长地垂落黛青色的陆地。陆地向四面八方呈放射状的延伸，伸成岸，伸成岬，伸成半岛、岛屿和礁岩，终于浸入了蓝湛湛的一望无际的汪洋。海上，一艘艘轮船拖着扇面形的尾浪，从空中俯视，宛如一颗颗流星在蓝色的天幕中明明灭灭，闪闪烁烁……

15 分钟过去，你终于从舷窗外消失。

但此后，不论在东京，在大阪，在京都，还是在日本的南大门鹿儿岛，你始终与我们同在。墙上挂着你，书上写着你，歌里唱着你，人们的嘴上谈着你。连你头顶的"笠状云"，也成为天气预报的重要依据："笠云环山巅，天晴；笠云像横线，下雨；笠云沿山下，刮风……"

在你诸多美妙的民间传说中，我最感兴趣的，是有关中国人徐福的故事。

据说，当年秦始皇派他率童男童女各 500 人，到蓬莱国的"不二山"寻找长生不老药。那蓬莱国就是日本，"不二山"就是你，意为"唯一的山"。汉语"不二"恰与日语"富士"发音相似。历经千辛万苦，徐福终于在你身上找到了一种名叫"浜梨"的灵药。可惜，海天苍苍，岁月悠悠，他却未能渡海西徂，返回唐山。他死后，精灵化为一只白鹤，一直翱翔在你的上空，直到心力交瘁，坠地而殁。至今，在你的福源寺里，还保存着葬它的"鹤冢"呢！

又据说，日本的科学家们用最先进的科学观测手段，发现你至今还"活着"。你每年发生 10 次左右微小的"火山性地震"，估计震源深度达 10 公里。

你，还会失去理智再度疯狂地喷发吗？还会以浓烟、烈火、炽热的岩浆流、惊天动地的火山雷和遮天蔽日的火山灰吞没大地，遗祸人类吗？

我说不准，我有点担心。

但我所看到的画面，不管是日本画、水墨画、油画、版画，还是各种各样以你为题材的摄影作品、诗和音乐作品，你总是与皎洁的白云在一起，与烂漫的樱花在一起，以你的自尊和自信，同时，也以你的自律和自爱，静穆而平和地卓立在水的一方，卓立在太平洋的岛国之上。

愿你好自为之。再见吧，富士！

1992 年 4 月 6 日记于赴日途中

11 月 17 日完稿

366

雨　后　岚　山

京都是日本的千年古都，又称"京洛"。

顾名思义，它是仿照中国古代的洛阳城建造起来的吧？至今，城里呈棋盘状的市街，以"朱雀"命名的南北大道，古街上幽深的寺院，苍郁的松林，古雅的木屋，屋檐下的灯笼和布帘，店门口的拴马柱以及装在陶钵里供马匹舔食的细盐，似乎都留有浓浓的隋唐风韵。

日本的许多作家、艺术家都视京都为心灵的故乡。20世纪60年代的某一天，川端康成漫步京都街头时，发现有一些不甚雅观的新造小洋楼遮断了郊外的山影，便伤心地嚷了起来："看不见山了，看不见山了，从大街上看不见山了，看不见山的京都，还能叫京都吗!"

为此，他一再催请画家东山魁夷，要赶紧把现存的古都风貌描画下来。

"心有灵犀一点通"。东山魁夷果然不负挚友的重托。1969年，正当川端康成荣获诺贝尔文学奖时，东山魁夷的系列风景画《京洛四季》也宣告完成。川端康成谢绝了一切庆典应酬活动，躲到京都，为该画的展出，精心撰写了长篇序文《古都姿影》。

我很早就拜读过这篇序文的中译本，优美的篇章中，夹有许多隽永的俳句和短歌。作者借京都的山水和画卷，论述了对日本自然美和艺术美的怀想，是一篇极为精彩的随笔体文论。

1992年春，我有幸东渡日本，在千叶登门拜访了84岁的东山魁夷先生，并从他所赠予的画册中，一瞻《京洛四季》的风采：春天的樱花，秋日的红叶，夏夜的萧萧竹林，冬晨的皑皑白雪。京都郊外的东山、岚山、北山、比睿山和嵯峨野，清纯、静谧、优雅，充满一种温馨的依恋，一一走进我的心扉。

　　当然，在京都郊外的群山中，最令人神往的，还是岚山。因为它与一位中国伟人的名字连在一起。好像到了日本，到了京都，不去岚山，就不像是中国人一样。善解人意的日方主人，自然也做了妥善的安排。

　　那天，我们从大阪驱车进入京都，下榻新都饭店。站在六楼上凭窗四望，首先扑进眼帘的便是东寺五重塔浓浓的塔影，而它的背影，就是东山淡淡的山影了。此情此景，让我想起日本诗人赖山阳的名句："东山如熟友，数见不相厌。"我一直以为，此句与李白的"相看两不厌，只有敬亭山"，颇具异曲同工之妙。

　　主人告诉道：京都城内已立法规定不许建高楼，所以，五重塔便是全城最高的建筑了。面对塔影、山影，我想，当年为此而忧心忡忡的川端康成先生，该含笑于九泉之下了。

　　翌日清晨，一场微雨刚刚散失，大堰川上，弥漫着薄薄的朝雾。我们驱车出城，沿川往西北方向的岚山进发。川的对岸有山，有树。山愈来愈高，树木也愈来愈繁茂。川里的流水时而轻声细语，从容自在；时而引吭高歌，激情澎湃。偶见一叶扁舟，鱼鹰从船头掠起，闪电般地插入水中，又浮出水面，嘴里叼的小鱼闪闪发亮，为这春江淡墨画平添一份乡情野趣。

　　车子停在渡月桥头。这是条长长的木构桥梁，桥下滩平水阔，想必是泛舟载酒赏月的好去处。站在桥上凭栏仰望，对岸的岚山层峦叠翠，榉树、枫树、松树、柏树，巨大的树冠重重叠叠，波澜起伏。夹在其间的几树樱花，映着雨后的朝阳，亮丽如同白色的仙鹤。山根临流处多为峭壁巉岩，几条瀑布哗哗直下，水声似乎把林中传来的几声鸟鸣都溅湿了。

渡月桥的另一头是龟山，一座草木葱茏的圆形小山，如今已辟为龟山公园。我们拾级上山，山径幽深而宁静，水珠从头顶的树梢上悄然滴落，几瓣樱花也轻轻地飘了下来，像绯红的蝴蝶，停在我的肩头。空气清新而湿润，阳光筛落地上，连幽暗的青苔也亮出了勃勃生机。我忽然觉得自己变年轻了，步履也轻快起来，似乎要去追赶一位年轻人的背影，一位21岁的中国留学生的背影，一位在中国当代历史上时时闪动的背影……

转到了山间的开阔处，正中，用鹅卵石砌成的平台上，卧放着一块巨大的天然碑石，石呈深褐色，上有地衣斑驳，据说重达五吨，沉甸甸地透出硬度、厚度和力度。这，便是我们此行的目的地，我们所要拜谒的中国总理周恩来的诗碑了。

纵行镌刻在碑石上的诗，题为《雨中岚山》，系周恩来1919年4月5日所作。原稿想已散失，现由廖承志书写，笔迹工整而俊秀。全诗不长，敬录如下：

雨中二次游岚山，

两岸苍松，夹着几株樱。

到尽处突见一山高，

流出泉水绿如许，绕石照人。

潇潇雨，雾濛浓，

一线阳光穿云出，愈见姣妍。

人间的万象真理，愈求愈模糊；

模糊中偶见一点光明，

真愈觉姣妍。

碑石的背面为日本国际贸易促进会等团体的中文题词："为了表

示京都人民世世代代与中国友好下去，为纪念伟大的领导人周总理，特建立诗碑。"落款时间为"1979年4月吉日"。屈指一算，正是中日两国缔结和平友好条约之后的半年，据说诗碑落成时，邓颖超大姐亲自渡海前来揭幕。

我们向诗碑献上一束洁白的鲜花。

我们在诗碑前列队肃立，深深地三鞠躬。

我站在碑侧一座伞形的独柱木亭里，凝望着诗碑，久久不愿离开。

我想，1919年，即距今73年前，年轻的周恩来才21岁吧！他负笈东渡已近两年。他在徘徊和彷徨中苦苦地求索。当时，俄国十月革命一声炮响，声波撼动日本列岛，马列主义理论书籍的日译本正悄然流传，处在苦闷中的他仿佛看到了真理的火光，这便是诗中"愈见姣妍"的"一线阳光穿云出"了。

岚山，不仅属于川端康成的散文，东山魁夷的画。雨后岚山上的阳光，还成为中国总理青年时代追求真理、献身人类解放事业的象征。

又有几瓣樱花，像绯红的蝴蝶轻轻地飘落我的肩头。我轻轻地把它们取下来，夹进了笔记本。我想，我应该把它们带回中国。

如今，周总理、廖公、邓大姐皆已作古，川端康成早已辞世，日中友好团体的"掘井人"中岛健藏先生、井上靖先生也已相继离开人间。在东京靖国神社一片乌鸦的聒噪声中，他们所开创的日中友好事业能世世代代坚持下去吗？我不免深感忧虑。

忽然，一群日本儿童，犹如叽叽喳喳、活蹦乱跳的小鸟，扑着翅膀，围了上来。他们睁着明亮的眼睛，好奇地注视着诗碑。在一位女教师的解说声中，他们的神情庄重起来，好像突然间长大了许多。他们列队，鞠躬。他们的老师也把一束鲜花摆了上去，与我们早先献上的一样，也是冰清玉洁的纯白色。

两束鲜花，在雨后岚山的晨光里，并列倾吐着淡淡的清香。

顿时，我的呼吸顺畅起来，心里宽慰了许多。

1992 年 4 月 15 日游并记

1996 年 11 月 16 日完稿

［本文原载《散文天地》1997 年第 1 期，获华东地区报纸副刊作品年赛二等奖。］

樱岛火山喷烟目击记

雁南飞。"全日空"客机像一只矫健的大雁，从东京往南直飞。

机翼下，是太平洋一望无际的蔚蓝。久雨乍晴，天幕如洗，鲜丽的阳光尽情往海面倾泻金色的抚爱，舷窗外是一片令人目眩的灿烂。

然而，当飞机飞临日本的南大门——九州的鹿儿岛市上空时，阳光突然变得疲软下来，天空与海洋全蒙上了一层层灰蒙蒙的色调。

我把额头紧贴舷窗往下一瞧，一幕惊心动魄的景象令人目瞪口呆：

烟，浓烟，滚滚的浓烟。就在距市区咫尺之遥的海面上，一座大山正热腾腾地喷吐浓烟。滚滚的浓烟先是扶摇直上，继而飘摇旋转，像是一条黑褐色的巨龙，张牙舞爪，奔腾呼啸，直冲九霄。

仿佛为了躲开这炷浓烟，飞机疾速转了个弯，一头栽进群山环抱的航空港。

前来接机的日方主人说，那海中的火山名叫樱岛火山，是日本列岛36座火山中最活跃的一座，近四年来已持续喷发过89次。它与市区隔海对望，相距只有四公里。前几天，刮西北风，满城上空都是火山灰，大白天汽车亮车灯，街上行人还要撑雨伞、戴口罩呢！好在今天久雨初晴，风向转东，空气清爽多了。瞧，连火山也在欢迎中国客人呢！

果然，当我们驱车进入市区时，洁净的街道两旁，全是碧森森的棕榈树，红艳艳的杜鹃花，在和煦的春风中摇曳出南日本明丽的色彩。细看那杜鹃开得也怪，繁花似锦，密密匝匝，而底下的绿叶却只有寥寥数片。也许，这是火山城市地气温暖、地热蒸腾的缘故吧？

翌日，主人安排我们搭乘渡轮，横跨海峡，上岛观光。一踏上樱岛码头，我便感到火山不安的躁动。风起处，满眼昏暗，黑褐色的灰粉在地上如陀螺一般旋转。空气中，弥漫着二氧化硫呛人的气味。

我们驱车上环岛公路。路两旁全是冷却凝固的熔岩，黑黢黢的，像暗夜里肃立的群峰，像大火烧焦的森林，又像是矿区里胡乱堆放的煤渣、废铁、旧机械之类。愈往前走，天色愈暗，呛人的气味也愈浓，熔岩的原野呈扇面形展开，浩浩荡荡如黑色的波涛翻涌。我甚至怀疑到了荒无人迹、寸草不生的月球之上。

随后，弃车步行。冒着纷纷扬扬的火山灰登上山腰的瞭望台。我顺手触摸路边的熔岩，竟比钢筋水泥还硬。这瞭望台名叫鸟岛，据说原有三个村庄，1914年1月13日樱岛南岳大喷发时，熊熊烈火挟带着金光闪耀的雷电，炽热的岩浆流滚滚直下，顷刻间，就把它们全吞没了，来不及逃离的村民也同时化为灰烬……

现在，我们就站在这一页悲惨的史册之上。眯起眼睛仰望头顶的樱岛南岳，只见它依然对着苍穹发泄冲冲怒气，天晓得什么时候又要来一次疯狂的喷发？

阵阵热浪席卷而来，我感觉到满山的熔岩全在战栗。

我发现南岳喷气口的下方有一条川道，大概是人造的吧？像白色的巨蟒在黑色的山体间奔走，蜿蜒曲折没入山下的大海。主人说，它名叫"野尻川"，是雨天冲洗火山灰的通道。正因为熔岩和火山灰的堆积，樱岛火山的海拔高度逐年升高，全岛的面积也逐年扩大……

说话间，一阵狂风袭来，火山灰变成了坚硬的火山沙，打在脸上如针灸般刺痛。紧接着，火山沙又变成了"火山蛋"，有几颗鸭蛋大的石头竟然砸到了我们的跟前。此地不宜久留！大家赶紧反身寻路下山，一头钻进了汽车，车篷顶上，还不断传来噗噗嗒嗒的响声呢！

我们驱车继续环岛前行，路边的熔岩逐渐消退。转过一个岬角，面前竟意外出现了绿洲。青翠的果园，小巧的木屋，幽深的街市，像世外桃源一般恬静而神秘。然而，细细一看，为了抵御无孔不入、无微不至的火山灰，这里的房舍全都关门闭户，树上的果实也都用纸袋子严严实实地裹了起来。

这里，便是著名的樱岛町，一个拥有七千人口的小镇。

一半是海水，一半是火焰。何况，还有弥天的火山灰！在生态环境如此恶劣的地方，为何还能有这么多居民呢？

当我们步入金字塔形的火山博物馆时，终于找到了答案。

原来，这里是日本国立火山公园。奇异的火山景观，海滨熔岩间的无数温泉，再加上得天独厚的物产——全世界最大的萝卜和全世界最小的蜜橘，吸引着五洲四海的无数观光客。

作为樱岛的居民，谁愿意放弃这巨大的商机，巨额的旅游业收入呢！

1992 年 4 月 12 日游并记

2004 年 5 月 1 日定稿

三保山·三保庙·三保井

太平洋，印度洋，两洋潮水涌进马六甲海峡，涌进马六甲海港，拍打着古老的码头、栈桥、石阶和古老的城堡……

在马来西亚古都马六甲，中国明代的"三保太监"郑和，拥有至高无上的尊荣。500多年前，当达·伽马、哥伦布尚未出生时，他便率领两万多人的庞大船队七下西洋，其间，五次驻节马六甲。信奉伊斯兰教的马来人称他为"伟大的穆斯林"，当地华人则尊他为"三保公"。以他命名的名胜古迹遍布各地，尤其是古城东北角的三保山、三保庙、三保井，至今香火绵延不绝。

三保山面对波涛滚滚的马六甲海峡，山上绿树繁翳，浓荫蔽日。树荫下，是一万多座华人先民的坟茔，满山遍野，累累叠叠，一眼望不到头。尽管坟茔有大有小，有新有旧，但墓碑一式都是用中文镌刻的唐山石，上面标示着他们的祖籍地。我匆匆浏览一番，发现几乎遍及中国东南沿海闽、粤、江、浙、桂、琼各省各州县。甚至，还有来自云贵高原、巴山蜀水乃至中州大地的。他们，是跟随郑和南下的水手，是从事远洋贸易的商人，是躲避战乱的难民，还是蹈海前来传教的僧侣或阿訇？可惜碑文语焉不详，难以查考。

三保山的半山有三保庙，建于1795年。粉墙、红柱，覆盖着金黄色的琉璃瓦。屋脊上有彩龙戏珠的泥塑，象征郑和船队飞舟破浪。庙门口楹联曰："五百年前留胜迹，四方界内显英灵。"显然，是讴歌

"三保公"名垂千古的丰功伟绩。殿前，还立着用花岗岩雕成的郑和立像，披风佩剑，雄姿英发。基座上又是巨船破浪的浮雕。传说当年船队入港时，遭遇狂风恶浪，船破进水，是一条条海豚从海上跃起，以身堵洞，这才使船队安全靠岸。可见，连马六甲的鱼族水类，也欢迎来自中国的友谊使者！

庙前左侧不远处，是著名的三保井。井边的铺路石，环状的石雕井围，皆呈古铜色，且凹凸不平，斑痕累累，恍若锈铁，刻满岁月的沧桑。透过井围边的护栏，可俯视井中的天光云影，看来，井水依然清澈明净。传说郑和最后一次下西洋时，护送明朝汉宝丽公主来马六甲与苏丹曼梭成亲，特地开凿了这口水井供公主专用。

可惜，待郑和船队的风帆飘然远逝之后，马六甲便开始了它多灾多难的历史。葡萄牙、荷兰、英国的殖民者相继入侵，昔日的宫殿早已化为灰烬，唯剩这口水井，还在印证着悠远的历史连同可歌可泣的爱情与友谊。

三保庙里还有一方石碑，碑文写得文情并茂，荡气回肠。同行的作家都说，此文若入选《古文观止》，也毫不逊色。若不信，不妨读读它开头的一段：

> 滨海而城，环廓而市者，甲州也。东北数峰，林壑幽美，阶层空起，丰盈秀茂者，三保山也。山之中，叠叠佳城，累累垣墟，因我唐人远志贸易，羁旅营谋未遂，殒丧厥躯，骸骨难归，尽瘗于斯。噫嘻，英雄豪杰魂欤！脂粉裙钗魂欤……

由此看来，三保山作为华人的义葬坟场，栖息着一代又一代先辈移民的魂灵，其在华人心目中的重要地位不言而喻。1984年，曾有地产商拟将此山夷平，改建商城，因华人奋起反对而未果。次年，当地土地局又通知管理义山的华人理事会，拟收缴巨额土地税。理事会当即向华人发出号召，要以每人捐款一元林吉特的实际行动来保卫三保山。结果，全马各地 25 个华人社团纷纷响应，并联名上诉法庭，事后，此案得以庭外和解。1992 年，马六甲州政府宣布撤销华人税款；次年，又把三保山正式列入"历史遗物"（相当于中国的重点文物保护单位），一场历时 8 年的纠纷终告解决。华人在海外强大的凝聚力，由此可见一斑。同时，马来西亚政府施行民族团结政策，充分理解和尊重华族的感情，也令人钦佩。

我的脑际，又重现 500 多年前郑和船队下西洋的壮丽场景。在中马友谊日益巩固的今天，我对伟大的航海家、杰出的外交家、中马友谊的创始者"三保公"，更加充满由衷的敬意。我恨不得时光倒流 500 年，也让我充当郑和手下的一名水手，大喝一声：

"开船喽，顺风顺水下南洋！"

1997 年 8 月 20 日游并记
10 月 19 日完稿

怡保的岩洞

我从小便从母亲口中得知，在遥远的南洋，在遥远的马来西亚，有个名叫怡保的城市，它是我母亲的诞生地。我母亲的小名就叫"怡保妹"，因此，我也常常被长辈们唤作"怡保妹的男孩子"。

我母亲是 9 岁时被人从怡保带回中国的。她对怡保唯一的回忆，是高大茂密的热带雨林，夜深人静时，常听"嘭"的一声，那是后山上的榴莲——一种被称为"热带果王"的水果，从树上掉了下来……

我常常想：没有怡保，就没有"怡保妹"；没有"怡保妹"，就没有我。那么，与我命运息息相关的怡保到底是什么样子呢？什么时候，我才能到母亲的诞生地去尝一尝榴莲的风味呢？

1997 年夏天，应马来西亚华文作家协会之邀，我终于踏上了这紧靠赤道的异域热土，并借机赴怡保一游。那天，汽车一出吉隆坡，便在号称"亚洲第二高速公路"的联邦大道上疾驰，路两边尽是一望无际的橡胶园和油棕林，在金色的阳光下波动着绿色的旋律。当车子穿越雪兰莪州，进入霹雳州地界时，高速公路跃上了一个高坡，举目前望，眼前竟展现出一片类似中国桂林山水的峰林奇观，一座座孤拔峭立的山峰，像一个个巨人站起来迎接我们。查看手中的地图，方知这是马来半岛吉保山脉的中段，典型的喀斯特地貌，在石灰岩的峰峦间，自然藏有许多千奇百怪的溶洞。

作为霹雳州的首府，怡保市就坐落在群峰环立的盆地中央。跟桂林一样，从市街的任何角度向前望去，都可以瞥见山峰的倩影，只不过由于距离的远近，有的呈浓浓的铁灰色，有的似淡淡的水墨痕罢了。

怡保是华人最早开采锡矿的地区之一，因此，这里的街区多为唐人街，店铺招牌上的汉字往往写得比马来文还大，还醒目，令人倍感亲切。赤道的阳光，透过棕榈树的羽状复叶，在街道两旁的人行道上洒下了金色的光斑。我看见一群华文学校的小学生，身穿海蓝色的校服，正轻盈地踏着地上的光斑，迎面朝我走来。领头的一位女学生，甩动着齐耳短发，扑闪着一双大眼睛，也许是看到我手中的照相机吧，竟朝我嫣然一笑。我呆呆地望着她，坠入了美丽的遐想：60多年前，童年时代的母亲，不也是这样笑吟吟地从这条路上走过来吗？

午餐时，我们进入一家名叫"宾香楼"的中餐馆。大堂里，悬挂着一副汉字楹联："宾客登楼欣对饮，春风拂槛乐忘家。"玻璃柜台里，摆满了大大小小、各式各样的月饼，金灿灿、甜丝丝、香喷喷地吊人胃口。虽然中秋佳节尚未到来，但这里已充溢着浓浓的喜庆色彩。餐桌上，主人又特意为我们点了怡保的"四大名产"——香喷喷的油炸豆腐、圆滚滚的盐煮花生、脆生生的豆芽菜以及又大又甜的柚子。那柚子的口味，与福建仙游的文旦柚和广东梅州的沙田柚不相上下，一种浓浓的认同感如醇酒般让我陶醉。怡保，我母亲的摇篮血地，果真是无数先辈在异域它邦艰辛创业、安家定居、繁衍子孙的一方热土！

午餐后，我们便驱车前往郊外爬山，钻山洞。

在怡保的众多洞府中，最负盛名的首推霹雳洞。洞口的石阶，托举起三层楼高的中式牌楼，顶端"霹雳洞"三字系于右任手书。两旁的对联为："洞天开霹雳，南国有敦煌。"进入主洞，又见崖顶有胡适之的题刻。入洞愈深，光线愈暗，但见眼前无数烛光闪动。透过袅袅的香烟，渐渐看清迎面高高端坐在莲花座上的，是慈眉善目的如来佛像，据说像高 5.4 米。又渐渐听到人声从头顶、从身边处处传来。举目四顾，方知山腹内洞中有洞，洞上有洞，一个大洞套着十几个小洞。几条或宽或窄、或升或降的石径绕行其间，把所有的洞窟串成一气。但不论大洞小洞，皆各有主题，或称弥勒洞，或叫观音亭，或号地藏阁。拔地而起的石笋，悬空而降的石钟乳，上下对接的石柱，形成天然的殿堂、神龛乃至悬吊在神龛前的帘幔。60 余尊石雕像、100 多幅壁画散布其间。难得的是，这些雕塑、壁画，均出自中国近、当代名家之手。一管管生花妙笔，饱蘸五千年华夏文明，把此洞装点得富丽堂皇，美轮美奂，充满浓浓的中国神韵、中国气派，难怪这里被誉称为"南岛敦煌"。

我看见两幅观音壁画，一为立像，衣带当风，飘飘欲飞，气韵极为生动；一为坐像，置莲驾于大象之上，构思奇妙，笔墨奔放。两幅画上皆嵌有一枚红色的印章，逼近细瞧，居然是张大千先生的"大风堂"呢！能在国外拜识大师的真迹，真叫人喜出望外。

且行且看，不觉已进入洞穴的最深处。因耐不住逼人的寒气，这才不得不转身顺陡峭的石阶攀缘而上，不久，却又爬出了一身大汗。待眼前一亮，清风送来天光云影，方知已钻出山顶的出洞口。在凉亭上品茗小憩，但见脚下绿荫似海，耳边蝉声不绝。

与霹雳洞相媲美的，是以"三保太监"命名的"三保洞"。洞口的石坊上，有赵朴初手书的"华玄门"三个大字。该洞系数洞一串，犹如中式的深宅大院，一进连着一进。第一进尊的是"千手观音"；第二进奉的是大肚弥勒笑佛；第三进颇为奇特，可能是受地形的限制吧，其所塑的十八罗汉打破分列两厢的惯例，全部集中于左侧，分上下两层，上层十尊，下层八尊，却也自成格局，错落有序。最后一进"梵皇殿"，佛像的背后，有一尊汉白玉石卧观音，右手支颐，做微睡状，全身晶莹洁白，玲珑剔透。本以为洞深到此为止，不料，转到卧观音的背后，又发现一条长长的地穴。信步趋前，一股寒气迎面袭来，浑身大汗为之一收，仿佛盛暑季节转瞬变为凉秋。走到地穴的尽头，钻出洞口，眼前却又是另一番天地。

原来，这里群峰合围，四面峭壁，我们置身其中，犹如站在一口深井的底部。天上的炎阳全被峭壁上茂盛的林木所遮挡，这里自然成为天然的冰箱了。忽听耳边传来哗啦啦的水声，循声寻去，发现树丛中藏有一口池塘，塘中养满大大小小的乌龟，正争食香客们投放的香菜叶呢！在华人的眼里，龟者，寿也，选择如此天造地设的佛门净土来供养乌龟，自是功德无量之事。

怡保的岩洞，比起中国桂林的芦笛岩、七星岩，规模自然小多了，但世世代代的华人移民，却以它们为载体，把中华传统文化，包括宗教文化和民俗文化，原汁原味地移植过来，使我感到既在意料之外，却又在情理之中。

此番怡保之游，唯一遗憾是错过了榴莲鲜果上市的季节。好在我带回几盒蜜饯呈奉给母亲，让她老人家重温一下童年时代的南洋风味。

1997 年 8 月 18 日游并记

1998 年 1 月 31 日完稿

云顶高原 "恶之花"

云顶高原又名 "珍丁高原"，地属彭亨州的吉保山脉中段，距吉隆坡 51 公里，是马来西亚著名的避暑胜地，也是东南亚首屈一指的 "卡辛诺"。

何谓 "卡辛诺"？它在马来语中是什么意思？

开车的龚师傅故意笑而不答，只是说，你们外宾可凭护照免费参观，何乐而不为呢！

其实，我早从马华作协主席云里风先生的同名小说中得知，所谓 "卡辛诺"，就是赌场的意思。云顶的 "卡辛诺" 规模超过澳门状如 "雀笼" 的葡京大酒店，甚至被人称为 "蒙地卡罗第二"。能透过这一独特的视角，窥见马来西亚社会的某一个侧面，对于我们写作人来说，自然是 "何乐而不为" 的一桩美事了。

汽车出城时，忽然下了一场大雨。雨帘遮住了郊外的橡胶园和油棕林，白茫茫一片什么也看不见。

龚师傅欢呼道："来水了，来水了！"

奇怪，他为何要把下雨称作 "来水"？

一问，原来这是赌客们的 "行话"。水者，钱也。"来水" 就是 "来钱" 的意思。下雨 "来水"，手气旺，大吉大利呢！

于是，大家全都开心地大笑起来。

这雨，来得快，去得也快。来时紧锣密鼓，铺天盖地；去时悄然无声，转瞬即止。雨帘拉开之际，我们方知车子已盘上山，重峦叠嶂之间，举目皆是浓得化不开的热带雨林，且寒气袭人。好在主人早就提醒，我们全都披上多带的衣服。

路随峰转，越转越高。一团湿漉漉的浓雾飘过来，满山翠色便淡下去。一些色彩鲜丽的楼房在雾中闪动，像海市蜃楼一般看不分明。

突然，眼前一黑，车子钻进长长的隧道，待天光云影迎面扑来，我们已从吉保山脉的西坡钻到了东坡。风从东方来，印度洋已变成了太平洋。

举目往高处望去，海拔 1772 米的乌鲁卡里山峰，犹如身披绿袍的巨人张开双臂，把我们团团抱住。可惜，它的脸部依然藏在雾中，像披着白色头巾的马来族少妇。忽然，头巾掀开一角，山腰处一幢红楼粲然一笑，那便是 18 层高赫赫有名的"云顶酒店"了。但来不及拍照，它又在浓雾中化为乌有。

车子在半山腰的跑马场附近泊了下来。我们改坐缆车上山。偷眼下望，山间尽是浓密肥厚的阔叶林，可惜除了芭蕉树，我们什么也辨认不出来。再往上，白茫茫的雾便吞没了一切，玻璃窗外烟涛滚滚，感觉如同在大海中浮沉。

终于抵达云顶酒店。不断旋转的玻璃门，犹如巨兽的大嘴一张一合，把冷风、寒气、浓雾连同我们全都吞了进去。步入大堂，一时分不清东西南北，只见氤氲的雾气中有许许多多大柱子和许许多多雕塑，小天使张开翅膀在头顶飞翔，青铜骑士护卫着头戴桂冠的女神，射灯把光束投向她的唇边嘴角，似有一丝冷冷的笑意。一切，都显得富丽堂皇，雍容华贵，却又肃穆宁静，甚至，还带有几许诡秘。要不是那几面鲜丽的马来西亚星月纹国旗，我会疑心自己置身于古罗马的某座宫殿里。

我们一头钻进了金碧辉煌的电梯间，顺手揿亮某一个数字，便可随意进出这座五星级酒店的某一层。五光十色的商场、酒吧、咖啡厅、保龄球馆，连同门扇紧闭的套套客房，全都在身边闪了过去。迎面遇见一批批房客，全都神情沮丧，疲惫不堪，且眼圈都染上水墨画似的暗影。看来，他们都是通宵达旦的豪赌者，但似乎运气欠佳，输得精光，连头都抬不起来。只有一位瘦猴般的中年男子例外，他拎着一只沉甸甸的皮箱，神采飞扬，喜形于色。诗人朱谷忠故意贴近他耳朵悄声问道："来水了？"

瘦猴双眼一亮："托福，托福——你们刚到？"说着，便自告奋勇，带我们下到二楼。原来，二楼的大圆厅才是真正的"卡辛诺"大赌场。

在入口处办理参观手续，又发现两大奇观：

其一，凡入内者，需衣冠楚楚，男士一律西装革履，打领带，若无此"行头"，则须在柜台里租一件"峇迪"。所谓"峇迪"，乃花衬衫也，号称"大马"之国服。看来，马来西亚人进赌场，也像欧洲人穿礼服上音乐厅，日本人穿和服观赏歌舞伎一样，庄重得很呢！

其二，我们这些外国游客，可凭护照免费领取参观券，而同行的龚师傅，却还要交200元林吉特（马币，相当于人民币700元）。不过，龚师傅说："请放心，这200元等于寄存，出场时如数归还。"

我们大为不解："这一存一取，岂不麻烦？"

"诸位有所不知，来此的赌客，往往一赌起来，便忘乎所以，倾家荡产在所不惜，直到出门时方知口袋里没剩下一枚铜板。山风一吹，大梦乍醒，跳崖轻生者不乏其人。于是，赌场老板想出了这一招，让输者出场时尚可取回200元，下山的车马费连同一星期的柴米油盐，足矣，以此可免去种种意外。"

原来如此。善哉，善哉！

终于步入"卡辛诺"大圆厅，一个一望无际、可同时容纳数千人的大圆厅。不，是圆形广场。不，是海，是一个彩灯闪烁、人头攒动、充斥各种金属撞击和滚动声音的风狂浪急的大海，一个遍布暗礁、潜流和漩涡的人欲之海！我以一个不谙水性的旁观者身份在这海中逡巡，冷眼看去，是各种各样光怪陆离的赌具——张开虎口吃人不吐渣的"老虎机"，急速旋转的"特洛依木马"，俄罗斯式的"大转盘"，令人眼花缭乱的"百家乐""二十一点"……

还有，停放在一旁的宝马香车连同如花美女，作为奖品，仿佛人人都伸手可及，即刻便可拥有……一切的一切，把人性中最贪婪、最狡诈、最冷酷、最无耻的弱点全都激发起来，膨胀开来，发泄出来。

在这里，人的脸孔全都黯然失色，全都可以省略。强烈的聚光灯下，是一双双手：肥胖的手与瘦削的手，细嫩的手与粗糙的手，灵巧的手与笨拙的手，勇敢的手与怯懦的手，孤注一掷的手与优柔寡断的手，欣喜若狂的手与悲愤欲绝的手，颤抖的手，疯狂的手，贪得无厌的手，稳操胜券的手，屡败屡战的手，在绝望中做最后挣扎的手……

手，手，手。在手与手较量的背后，是人与人的撕扯、咬啮与博杀，是你死我活的吃与被吃的大决战！

狂波浊浪中，既有趾高气扬的风帆，更有折戟沉沙的桅杆，行将沉没的破船，以及四处漂流的尸骸……

而在这惊心动魄的海之岸，到处是明媚的阳光，明净的沙滩，怡人的芳草地。赌场老板为此提供了种种最文明最舒适的服务，吃喝玩乐应有尽有。你可以一掷千金，下榻总统套房，遍尝山珍海味，当然，也可以在赌场里喝免费的咖啡，看免费的电影，暂时放松一下绷紧的神经。

于是，我们这些人便躲进了位于赌场中央的电影棚里，想让视听暂时安静片刻。不料，大银幕上出现的却是一部亚马孙河探险的故事片。在密密的热带雨林中，水桶粗的大蟒蛇冷不防从水中像鞭子一样甩了出来，把探险者紧紧地缠住，吸住，然后，张开血盆大口……

我们不忍心看下去，便逃了出来，逃出了这二楼的"卡辛诺"，逃出了这一楼古罗马式的大堂。我恍恍然觉得大门上那尖斗形的浮雕，状如三把砍刀，三把杀人不见血的砍刀。而整个云顶酒店，也像是亚马孙河的大丛林，凶恶的大蟒蛇正处处吐着火焰般的蛇信……

据说，马来西亚的"卡辛诺"仅此一家。谢天谢地，仅此一家！据说，自20世纪70年代酒店开张以来，老板早已发了大财，政府也大大增加了税收。然而，那些游客和赌徒呢？在云里风先生的笔下，就有因一赌破产而在悬崖下车毁人亡的老板，有瞒着丈夫赴赌而不得不卖身抵债的少妇……一幕幕人生的悲喜剧，就在这云雾山中的舞台上盛演不衰。

我们还是坐电缆车回到山腰。回望云遮雾罩的乌鲁卡里山峰，来时美丽的感觉全都发馊变味。茂密的森林，怡人的气候，舒适的现代化设施，全都是一种美丽而虚幻的诱惑。如果说，云顶高原是一朵花，那么，它只能是一朵"恶之花"，一朵妖艳却浸透毒汁的罂粟花。

别了，云顶高原"恶之花"！

1997 年 8 月 19 日游并记

11 月 15 日完稿

人与山的对话

爬山难，读山更难。写山，则难上加难。

一

中国乃多山之国。

冰山，雪山，火山；石山，土山，沙山；孤峰峭拔的山，群峰林立的山；寸草不生的山，密林郁闭的山；远绝人迹的山，跻身闹市的山；随漠风飘移的山，与海涛共舞的山……其数量之多，品类之繁，分布之广，恐怕，只能以大海的波涛来比拟吧！

苍山如海，而人生苦短。

任何人，要想踏遍青山，都只能是痴心妄想。

每当我花费九牛二虎之力，爬上某一座大山，喘息甫定，举目四望，远方的地平线上，总还会有重重叠叠的山影，在无声地向我召唤。此时，我的耳畔常常会响起一首歌，一首由弘一法师填词的令人惆怅的歌："夕阳山外山……"

面对如海的苍山，我常想，既然一个人终其一生也不可能遍踏群山，那么，就把范围缩小到那些非爬不可的名山身上吧！

然而，在我的心目中，因自然景观或人文景观或二者兼而有之而独领风骚的名山，至少也有300座之多。我这短暂的一生，能有幸参拜其中多少座呢？

我相信，人与人之间有缘分，人与山之间也有缘分。

这种缘分，一半来自天赐，一半来自人为。

也许，是从小受中国传统文化的熏陶吧？李白的"五岳寻仙不辞远，一生好入名山游"，杜甫的"会当凌绝顶，一览众山小"，石涛的"搜尽奇峰打草稿"，乃至于诗人领袖毛泽东的"踏遍青山人未老，风景这边独好"，都使我对山产生无穷无尽的向往。

大学时代，受恩师黄曾樾教授的启迪，我把爬山作为读书的另一种方式，并以福州城内的于山为起点，开始养成见山就爬，并尽可能一爬到顶的习惯。

毕业以后，适逢"文化大革命"及其所派生出来的"大串连"，免费到全国各地旅行突然成为一种可能。不是说"看万山红遍，层林尽染"吗？于是，从韶山、岳麓山到北京城里的景山，一系列与国家命运息息相关的山影，在我心屏上刻下了最初的红色印记。

人到中年，我对山的痴迷程度丝毫不减当年。

不论是在繁忙的工作之余，还是在大病初愈之时，我总是以望见地平线上一抹陌生的山影，视为人生最大的快乐。

1994年，中国作家协会组织几位华东沿海的作家赴大西北采风，我有幸奉召前往。我们沿唐蕃古道、青藏公路、兰新铁路西进，沿着当年筑路大军、石油大军、生产建设兵团和支边知青的道路前进。我们西出日月山，翻越祁连山，途经敦煌的三危山、鸣沙山，远达新疆的天山、火焰山……一路上，汽车、火车、马、驴、骡、骆驼，还有黄河上游用13张羊皮扎成的羊皮筏，几乎所有的交通工具全用上了。

正是大西北的巍巍群山为我壮胆，52岁的我，终于为自己暗暗确立了一个目标，一个在有生之年经过努力兴许可能实现的目标：

爬 99 座大山，写 99 篇有关山与人的文字。

从此，我倍感年岁和时间的紧迫。

就连梦里，也不断听见远山在向我遥遥呼唤。

我把每一次爬山的机会，都当成是我与某座山之间唯一的一次：既是初次相逢，也可能就此永别。

因此，我不能不倍加珍惜。

我不敢因一时犹豫而交臂失却，更不敢因半途而废而抱憾终生。

哪怕死神刚刚与我擦肩而过，我也要继续向山走去。摘除胆囊之后，我成为攀登张家界天子山的"无胆之士"；遭遇车祸之后，雁荡山的溶溶月色，是对我全身心最好的抚慰与治疗。

也许是心诚则灵吧？慷慨的群山，总是以它宽广的怀抱接纳我，并且，往往在气候骤变之时，险远幽深之处，在我精疲力竭、饥寒交迫之际，突然展现它转瞬即逝的异常之美，给了我意想不到的惊喜。

大地震后玉山的冰雹，大雷雨中青城山的幽冥之色，以及玉华洞豪雨过后挂在出洞口的那一圈彩虹——360 度最完整最绚丽的彩虹，不都是造物主对我的一种奖赏吗！

晚年自号"半山老人"的王安石曾言："世之奇伟、瑰怪，非常之观，常在于险远，而人之所罕至焉。"（《游褒禅山记》）

我想，最能印证这一名言的，非徐霞客莫属。

徐霞客在其闽游日记中，曾有一段自我写照的神来之笔：某年春末，他途经闽西北将乐县某山村时，适逢天降大雪，村民们纷纷怀抱火笼烤火御寒，而他看了，却故意脱掉鞋子，赤足在雪地上狂奔，并自谓"良大快也"。其一腔热血，万丈豪情，至今，犹令人无限神往而望尘莫及。

尽管我无法仿效他徒步旅行的壮举，也很少采用他那种日记体的写作方法，但他不畏山高路远艰难险阻的精神，却始终在支撑着我，鞭策着我。

感谢画家刘兴淼先生，感谢徐霞客研究会，他们先后送给我的徐霞客画像和竹雕胸像，一直在我的案头，默默地注视着我……

年过花甲，我这和山有关的小小愿望总算勉强得以实现。

然而，回眸来时之路，更多的仍是遗憾。

在滇西北高原，总算登上玉龙雪山半山腰的云杉坪，但对附近的哈巴雪山、梅里雪山、碧罗雪山、白马雪山、子午雪山……囿于体力、精力、财力及时间的种种限制，只能望山而兴叹了。

宝岛台湾，因山多而号称"百岳"，"百岳"之中，又有"十峻"，其海拔皆在3000米以上。就是台湾本土的登山健将，也很少有人能穷其究竟，更何况我们这些来去匆匆的大陆观光客！

万山丛中，古人曾选取五岳作为中央帝国疆域的空间坐标。就是这五座海拔不算很高，在今天也都不算僻远的名山，我对它们的朝拜，从50岁初登华山到60岁终游衡山，竟也先后历经11年之久。

许多神交已久的名山，如北疆的大、小兴安岭，海南的五指山，已列入世界遗产名录的龙骨山、武当山等，至今心向往之而不能至。至于挑战中外登山健儿的中国七大冰峰，尤其是让所有炎黄子孙引为自豪的世界屋脊珠穆朗玛峰，此生，怕是再难承欢其膝下，只能在梦中遥瞻它的风采了。

何况，就是业已拜谒过的名山，我也大多是借助于现代交通工具之便，走马观花、蜻蜓点水式的匆匆一游，虽然节时省力，却也失却了与大山长相厮守、休戚与共、水乳交融的亲密接触，失却了在大自然怀抱中那种生命的高峰体验和主观性灵的自由解放，更不可能达到天人合一、物我两忘的更高境界……

因此，我特别羡慕旅途中所见到的那些年轻的背包族，他们还年轻，还有许多路可走，还有许多山可爬，而且，他们选择了徒步旅行这一与山亲近的最佳方式。希望在他们身上。总有一天，中国游记文学中许多最重要的空白，古今中外作家都尚未涉足的空白，诸如珠峰游记、江河源游记等，将由他们加以填补。

请允许我借用《古兰经》中的一句话，为他们壮行：

"假如你向山呼唤，山不应，你就向山走去。"

二

对于人类来说，山，绝不仅仅只是可供审美的风景。

每一座山，都是一部百科全书，一部卷帙浩繁的百科全书。

它囊括自然科学、人文科学和社会科学的所有学科。

它承载着人类迄今为止一切文明——包括物质文明、精神文明，兴许，还要加上生态文明的所有成果。

与某一座山的某一次邂逅，你仅仅只是瞻仰了它的封面，浏览了它的目录，信手翻阅到它某一卷某一页中的某几行文字而已，你怎么可能对全书博大精深的内容能有全面而透彻的理解呢！

怪不得苏东坡说过："看山一日，读山数载。"

"夫山……万民之所观仰。草木生焉，众木立焉，飞禽萃焉，走兽休焉，宝藏殖焉，奇夫息焉，育群物而不倦焉，四方并取而不限焉。"（刘向《说苑·杂言》）

山，大地的脊梁，江河的源泉，生命的摇篮。作为大自然的主体，它包罗万象，涵盖一切，却又慷慨无私地向人类奉献出它的一切。

正因为如此，早在2000多年前，孔夫子就谆谆告诫我们："仁者乐山。"

山，毫无疑义，它是人类道德的楷模。

面对山的崇高与伟岸，人，显得多么低矮而渺小；

面对山的坚毅与沉稳，人，显得多么脆弱而浮躁。

与山的厚重、宽容相比，难道你不觉得自己是多么浅薄，多么狭隘；

与山的深邃、富有相比，难道你不觉得自己又是多么幼稚，多么贫乏！

巍巍群山，仰之弥高。山的高度，只能是人类理想的高度。

孔夫子还说过："智者乐水。"

对此，我家乡的父老乡亲却有些不同的理解。

小时候，我在海边长大。海边的小平原上只有一座小山，一座圆锥状的正处在休眠期的火山，名叫壶公山。

大人们常说：小孩子只要能"爬上壶公山，聪明花就开了"。

长大后，我才知道这是家乡的一句民谚，它直接把登山与益智作为因果关系连接了起来。仔细想想，还真有点道理，因为山与水相依相伴，密不可分，山得水而活，水得山而媚，乐山者必同时乐水，仁者也未必不智，二者难道就不能兼而有之吗！

因此，在我的心目中，山和水一样，都是人类智慧的象征。

没有一种哲学，不是从山水中得到启迪；

没有一种宗教，不是以山林作为它的载体；

没有一种文学艺术，不是把山当作它永恒的主题和灵感的源泉。

山，国家统一的基石，民族团结的家园；万里长城依山而筑，丝绸之路穿山而过。它既是百业勃兴之所，商旅必经之途，又是兵家必争之地。它既是人类活动的历史舞台，又是人类思想的宝库，情感的寄托。它贮存着人类迄今为止的全部记忆。

山的厚度，就是人类文化积淀的厚度。

因此，每一座山都是圣山、灵山、仙山。

我们向山走去，就是向我们的父亲母亲，我们的列祖列宗走去；

我们向山走去，就是向我们的良师益友，我们的恩人和亲人走去。

在神圣而又威严的大山面前，在慈爱而又博学的大山面前，不论你年龄多大，学历多高，阅历多深，全都是幼稚无知的小孩，求知若渴的学生，你只能捧着一颗童心，一颗拳拳赤子之心，赤裸裸一丝不挂地向它走去。

山与人的关系，只能是父与子的关系，师与徒的关系，源与流的关系，本与末的关系。人，只有遵循这种关系中的伦理道德，对山满怀敬畏之心，感恩之情，才能与山和谐共处，完美结合，才能接受山的馈赠，山的教诲，不断充实自己，完善自己，并在山所许可的范围内，求得自身的生存与发展。

山，只可仰瞻而不可轻视，只可亲近而不可亵渎，只可皈依而不可反叛，只可感恩而不可强行索取。

与山为敌者必遭山之严惩；

损毁山者必被山所报复；

妄言征服山者，最终必被山踩在脚下，化为一小撮微不足道的尘土。

面对大山这部百科全书，愚笨如我者，虽然读得很慢，很吃力，所读的篇章很有限，许多地方读得似懂非懂，或根本就没有读懂，但我仍然乐此而不疲。

因为，它总是让我开卷有益。

三

常常有朋友问我：你爬过那么多山，到底哪一座最美？

对此，我惶惶然不知该如何作答。

人有妍媸之分，美丑之别；但在我的眼里，每座山都是可爱的，都是美的，只不过美的形态不同罢了。

林木葱茏、野花烂漫、泉瀑高挂、藤蔓低垂的山固然赏心悦目，但那些赤身裸体，寸草不生的荒山，不也独具一种荒凉之美、野性之美乃至悲壮之美吗！

当然，在我的笔下，有时也不免会写到山的丑陋。

比如，好端端的青山绿水沦为荒漠，活生生的飞禽走兽濒临绝境，毒瘤在大自然的肌体上潜滋暗长，美妙动听的天籁中也会夹杂一些不谐和的噪音……

但那都不是山本身的罪过，而是人类无知与贪婪所种下的恶果。

常常有朋友问我：天下山那么多，你为什么每座山都想爬，每座山都想写呢？

我以为，世界上，没有两座山是一样的；

同一座山，没有两棵树是雷同的；

同一棵树，没有两片树叶是重复的。

山，拒绝克隆，无法仿造。

每座山都有它独立存在的意义，都是它山所不可取代的。

最佩服惜墨如金的古人，他们常用最简单的一个字来概括一座山与众不同的美，诸如泰山天下雄，华山天下险，峨眉天下秀，青城天下幽等。

最不明白某些导游书，何以要把泰山之雄、华山之险、峨眉之秀、青城之幽全都"兼具"到它所要介绍的同一座山上。把各种各样不同形态的美人工堆砌起来，岂不抹杀了这一座山最难能可贵的个性之美、独特之美？

尽管平生最佩服徐霞客，但他那句"五岳归来不看山，黄山归来不看岳"的传言，我却万万不敢苟同。

山的多样性，包括山体本身的多样性，山上生物的多样性，植物的多样性，矿物的多样性，组成了世界的多样性。

假如所有的山都一样高，都长一样的树，在天际都画出一样的轮廓线，那这世界也就未免太单调了。

正因为如此，每一座山，都值得写，都值得大书特书，大写特写。

有些山，之所以没能写出来，只是因为我一时还找不到某种感觉，某种理解它的切入点，某一把能"芝麻开花"，把它的宝库打开的钥匙。

我生怕委屈了它、亵渎了它，因此，迟迟不敢贸然动笔。

还有一些朋友劝我：大凡名山，古往今来都有不少脍炙人口的传世之作，你何苦吃力不讨好，步人后尘呢？

是的，这正是几十年来如影随形，时时困扰我的难题。尤其在我身心疲惫，文思阻滞之际。

我这不是在班门弄斧吗？我这不是为自己选择了一个注定要失败的创作母题吗？我犹豫，我彷徨，不知多少次想打退堂鼓。然而，当我看到窗外隐隐约约的山影，看到墙上徐霞客炯炯有神的目光，我又鼓起了勇气。

还是柳宗元说得好："夫美不自美，因人而彰。"

在西方，人们常说，一千个人的眼中，有一千个哈姆雷特。在东方，一万个游客的眼中，不也有一万座泰山吗！

前人的名山游记，固然群峰林立，星汉灿烂，但与名山本身的美比起来，仍然还有许多未被涉足的领域，未被发现的空间，何况，风起云涌，山奔海立，名山本身也在不断运动变化之中。

我想，我所能写的，仅仅只是我眼中的山，我心中的山，与前人无关。我只忠实于自己对山的感受与发现，思考与理解，或者，我只借山水之酒杯，来浇我胸中之块垒。我不可能也不想超越前人，但只求尽量避免与前人重复，如此而已。

何况，就是同一座山——

因视角不同，"横看成岭侧成峰，远近高低各不同"（苏轼语）。

因气候不同，"水光潋滟晴方好，山色空蒙雨亦奇"（苏轼语）。

因季节不同，"春山澹冶而如笑，夏山苍翠而如滴，秋山明净而如妆，冬山惨淡而如睡"（郭熙语）。

更何况，就是同一个人攀登同一座山，也往往因年龄的差别，阅历的深浅，境遇的顺逆，心情的好坏，乃至于旅伴的相异，而产生截然不同的感受。

山的千姿百态，山的博大精深，为每一篇读后感的写作都提供了无数新的选择。因此，每座山都常写常新，一如游客之承前启后，源源不绝。

也正因为如此，在本书行将出版之际，我要向读者如实禀报：

一、千万不要以为，你最值得爬的山，全在我这本书里头了。天外有天，山外有山，世界上，还有许许多多我不曾涉足过，因而也无从下笔的名山，正等待你的光临呢！何况，"山不在高，有仙则名"，还有一大批虽然现在还默默无闻，但将来必定一鸣惊人的山，正等待着你去发现呢！

二、千万不要以为，我笔下这九十九座山，其好处妙处尽在其中了，那仅仅只是我个人眼中所能看到的，有关某座山的某一个小小的局部，有时，甚至只是山上的一小片绿叶罢了。我的眼睛不能代替你的眼睛，你还是自己到山上看看去吧，你肯定能比我看得更多些，更透彻些，不但能弥补我的不足，而且还能校正我的谬误呢！

我之所以要写这本书，唯一的目的，只不过希望能多少增添一点你对山的敬畏，增添一点你爬山的兴趣，果能如此，我就十分满足了。

那么，就请撂下我这本无足轻重的书，戴上你的遮阳帽，背上你的旅行包，穿上你的登山鞋并绑紧你的鞋带，向远方的山影走去……

最后，在本书行将付梓之际，我特别要向引导我爬山不止的黄曾樾教授、李圣穆老师，向长期鼓励我完成这一创作选题的郭风先生、许怀中先生、谢大光先生，向关心、支持本书出版的陈俊杰先生、黄文山先生表示由衷的敬谢之忱。同时，也要向陪我登山，并在崎岖的山路上伸出援手，拉我一把的所有旅伴，表达最深切的怀念。

2004 年 6 月 7 日初稿

2010 年元旦改定

告别章武夫君

汪 兰

生离死别，人生无法回避。一旦轮到你，那种刻骨铭心的思念伴着难以言说的痛楚，会如影随形地跟着你。夫君章武走了，在 2023 年的 1 月 9 日，刚刚进入 81 岁耄耋之年，上天却没让他继续走下去。

20 世纪 60 年代初，早在我读高中的时候，就听老师在语文课上介绍他高考作文一百分的传奇，那是多么令人羡慕呀！也许是命运的安排，我怎么也想不到会和这样一位高考状元的命运紧紧连在一起，一步步和他相遇相熟相知，直至终老一生。

这是生命的馈赠，更是上天的命运安排。

他从莆田的大岭村走来，和所有来自乡村的孩子一样，经历了苦乐参半的一生。面对人生的风风雨雨，他虽难免心潮起伏，但最终总能以平常心面对。1994 年他在《福州晚报》上开辟了《名山游》专栏，时年 52 岁，他立下一个目标，要写 99 篇关于山与人的文章。从 20 岁起，他就开始了人生中极为重要的登山旅程，50 年间先后爬了贺兰山、火焰山、喀尔巴阡山等 130 座中外名山，写了 99 篇关于山与人的散文。他不禁感慨道："面对山的崇高与伟岸，人，显得多么低矮而渺小；面对山的坚毅与沉稳，人，显得多么脆弱而浮躁。""苍山如海，而人生苦短。任何人，要想踏遍青山，都只能是痴心妄想。"2010 年，《一个人与九十九座山》由海峡文艺出版社出版。他以毕生的精力读山、作文，还先后出版了《海峡女神》《东方金蔷薇》《标点人生》《策杖走四方》等十一本散文集。

生命就像多棱镜，由许多立面构成。生命中的高光时刻只是他的一面，在勤奋、成绩和荣耀面前，他谦虚自律，他的心充盈而丰富。但谁又能说自己没有难堪的另一面？心里过不去的时候，他也会一个人躲在角落偷偷地哭泣。

晚年，他全身心地生活、写作，书桌下的地板被他的鞋子磨掉了一层皮，留下一份对文学事业的执着与从容。他的《北京的色彩》等多篇散文多次入选全国各地中小学语文教材及百余种散文选本，多次获省级文学奖及《人民日报》等报刊散文征文奖。

遗像摆在电视机旁，我每天每天和他对视，他那睿智的大眼含着笑，像一切都没有发生一样。

神龟虽寿，犹有竟时。如今因缘聚散，他终于为尘世的生命画上了句号，化成一缕白云潇洒而优雅地飘向天国群山。

在此，感谢海峡文艺出版社策划出版这套"海岸线"美文典藏丛书，使夫君章武的旧作《一个人与九十九座山》得以在身后重版。感动之余，我以爱的名义，留此后记，以兹纪念，并与章武众文友共同深切缅怀。

夫君，我相信，天国里有更加崇伟的群山，他们早已等候着，张开雄伟的臂膀欢迎知山、乐山、渴望向山走去的你。你们终能日日相伴，永恒相依了！